小乾坤

陈泰湧 —— 著

重庆出版集团
重庆出版社

图书在版编目(CIP)数据

小乾坤/陈泰湧著.—重庆:重庆出版社,2024.4
ISBN 978-7-229-17853-6

Ⅰ.①小… Ⅱ.①陈… Ⅲ.①长篇小说—中国—当代
Ⅳ.①I247.5

中国国家版本馆CIP数据核字(2023)第140690号

小乾坤
XIAO QIANKUN

陈泰湧 著

责任编辑:张继佳
策划编辑:陈琰枫　李林娟
责任校对:何建云
封面设计:桂　描　李柯欣
装帧设计:胡耀尹

重庆出版集团　出版
重庆出版社

重庆市南岸区南滨路162号1幢　邮编:400061　http://www.cqph.com
重庆出版社艺术设计有限公司制版
重庆博优印务有限公司印刷
重庆出版集团图书发行有限公司发行
E-MAIL:fxchu@cqph.com　邮购电话:023-61520646
全国新华书店经销

开本:787mm×1092mm　1/16　印张:21　字数:312千
2024年4月第1版　2024年4月第1次印刷
ISBN 978-7-229-17853-6
定价:49.00元

如有印装质量问题,请向本集团图书发行有限公司调换:023-61520678

版权所有　侵权必究

目 录
contents

一	传奇	/001
二	童家	/012
三	张家	/031
四	记者	/046
五	闯祸	/061
六	穗城	/075
七	创业	/092
八	痛殴	/110
九	殒命	/125
十	远方	/141
十一	红娘	/157
十二	风波	/169
十三	阳谋	/182

十四	雷区	/199
十五	结婚	/212
十六	死讯	/228
十七	新店	/243
十八	办厂	/253
十九	重逢	/259
二十	煤山	/269
二十一	流产	/289
二十二	儿女	/302
二十三	闹剧	/313
终　章	时光	/325

一　传奇

> 河水最终会流到江水里去，而江水是从上游流淌下来的，江的上游还有一座叫渝城的大城市。

张隐最痛恨的人是他哥哥宋军舰，宋军舰比他大三岁。他们是同母异父的兄弟。

对于张隐的各种恶作剧和挑衅，宋军舰只是忍让和沉默，但无论如何伪装，父母都能一眼看透。对于大儿子的隐忍和小儿子的顽劣，母亲宋文菊始终保持着沉默。

父亲是张隐唯一不敢招惹的人。其实张隐心里明白，自己对哥哥的各种挑衅，是作为幼童的他对父亲唯一的反抗，宋军舰只是替罪羊。

对父亲张昇，张隐不知道究竟是因惧而生恨，还是因恨而生惧。父子之间会有什么仇恨呢？他不知道。可惧怕却是实实在在的，如果不得不在同一空间相处，张隐会让自己尽可能保持隐形状态，没有声音，没有影子，没有任何动作，他甚至宁愿自己没有呼吸。

唐奕是张隐这辈子除了苏东坡之外唯一敬佩的文化人，他认为张隐对张昇的惧怕可能在张隐的胎儿时期就形成了，他说张隐的性格用渝城方言来讲就是时常发胎。渝城人骂人的最高层级之一就是用胎神二字，形容对方蒙昧、未开化。只不过谁要是敢当面说张隐发胎，张隐就敢拿啤酒瓶给对方脑袋来一下，现场直播发胎。

娘胎里的事张隐哪里会记得，不过据邻居童家大姐秀秀讲，在张隐出生的那一天，他父亲张昇气得把家里的铁锅都砸了。

童秀秀记得清清楚楚，张隐出生那一天，宋阿姨被送去了厂医院，三岁多的宋军舰就寄养在她家。宋军舰看父亲把家里的铁锅砸了，拼死拼活要把秀秀姐家的锅偷回去，说要拿锅回家给妈妈和弟弟煮稀饭。

张昇在渝棉四厂是出了名的怪脾气，任何人都敢骂，天天都骂。渝棉四厂的女人有几千人，却没人敢和他对骂。他不管对方是大婶大妈还是黄花大闺女，从嘴里骂出来的字眼全都带着生殖器——渝城男人是不会和女人对骂的，因为和女人对骂，由于性别间有着先天的不同，语言的底线也有所不同，这个底线就是对方的母亲，再不要脸的人总是会顾及自己母亲的名誉的。而张昇的底线完全在海平面以下，肆无忌惮得让所有妇女都不战而败。"反正我又没妈，反正我爹从厂里走的时候是光着屁股！"他这叫不要脸，哪个女工会和这样一个不要脸的男人纠缠？

有男青工看不顺眼，更是为了在女青工面前挣表现，就会帮腔骂他。张昇不和这些男工人对骂，直接拖着长柄勺追得他们满厂跑。青工们并不是害怕和他动武，但大家都知道这是一个疯子，和疯子对战那不是傻子吗？赢了难看，输了更难看。

厂里有无聊的人曾细细数过，整个厂区内只有两个人是没有被张昇骂过的：第一个是唐厂长，第二个就是宋军舰。

张昇的怪脾气是出了名的，当知道宋文菊怀孕，怀的还是他的亲骨肉之后，他竟然对大着肚子的宋文菊也发起脾气了。厂里的人都一边摇头一边笑，说张昇对拖油瓶好得不得了，对自己的骨肉反而怨气冲天，都说这种人就活该绝后。

张隐就是在张昇骂骂咧咧的声音中出生的，也是在骂骂咧咧的声音中被张昇从厂职工医院捧回家的。"喊你不要生不要生，你就是不听！"张昇抱着襁褓中的小婴儿仍然在埋怨，只是这一天他破天荒地没有喝酒，他小心翼翼地捧着襁褓，看着那团粉嫩的小肉球，顺便给这个逆了自己意的儿子起了"张隐"这样一个名字，意在应该消失。

宋军舰用手指轻轻触碰了一下这个小肉球上那稀疏难看的胎毛，飞快地缩回了手，他看到这个刚见天日的小人儿正斜着眼睛，充满恨意地看着自己。

张隐能吃奶，能尿能便，能睁开眼，能跟随声音转动。张隐每一个新动作的解锁都让张昇长长地舒一口气。张隐八个月大的时候喊出了第一声爸爸，张昇兴奋得脱掉上衣，一边叨念着这个小狗×的，一边赤裸着上半身围着整个厂区跑了两大圈。厂子里的年轻人都在笑，年龄大的则摇头叹息："和他老汉儿一个样，以后也是要疯的！"

可惜那时的记忆没有被保存下来，张隐最初保存下来的记忆就是这个怪男人是绝对不能招惹的，宋军舰做了错事啥事没有，自己却免不了要替人受过，这个男人对自己要么骂，要么打。

张隐是家里最小的人，人虽小，却也懂得欺软怕硬，这是生物生存的一种本能，在张昇那里受到的打骂，他背着爸妈一定要还给宋军舰。

这栋渝棉四厂的宿舍是七层的楼房，他们住在三楼的第二号房，只有小小的三间屋子：张昇和宋文菊夫妇住在最里的一个小房间，只放得下一张床；中间一间要大一些，姑且算作客厅，能摆得下一张饭桌，放一张三人座的藤条长椅，留有仅能一人通行的过道，剩下的空间就只放得下一张小床；还有一个连转身都很困难的小厨房。张昇将厨房里的灶台和水缸全拆了，在公共走廊上砌了一个灶台，小厨房就变作了杂物间。房管科的刘科长来看了一次，张昇拿出菜板往新砌的灶台上一甩，将一个白萝卜切得细丝飘飞，有人过路带起的风将少许轻如棉线般的萝卜丝带到了刘科长头发上、肩膀上，还有几丝飘到了他嘴边。刘科长吐了两口唾沫，不声不响地走了。很快，邻居们也都在走廊上砌起了灶台。

走廊尽头是公共厕所，溢出的尿味若隐若现地灌满整个走廊。到了饭点时间，那些尿味会被飘荡在走廊上的油烟味暂时替代。

张隐尿了床，睡眼蒙眬地从宋军舰的身上爬过去，然后将宋军舰向床里面挤。宋军舰不敢和弟弟争抢，但湿漉漉的被褥让他实在睡不着，只能爬起来在黑夜中嘤嘤哭泣。

张隐被一个耳光抽醒，他望着张昇在黑夜中发亮的眼睛，战战兢兢地说是宋军舰尿了床。又一个耳光，这个耳光直接将他抽到床下，躺倒在地板上。宋文菊忙用身子护着小儿子。张隐在妈妈的怀抱里缓过了一点气力，他对宋文菊说："我不和哥哥睡一张床，我要自己睡。"

"要自己睡一张床就给我滚出去！大马路宽得很，你想睡哪里就睡哪里!"张昇又要抽他。

"娃儿还小,尿个床,莫这样大声武气的,明天你想办法去弄个卤狗肚子,狗肚子吃了治娃儿尿床。"宋文菊说。

宋文菊把大儿子也搂了过来,将他们两个都安置在里间的床上。"你是哥哥,要多让着弟弟,莫把弟弟挤到了。你看隔壁的童阿姨家,她们家四姐妹都还挤在一张床上,她们都能睡得下,你们两兄弟就更没问题。"

隔壁的童阿姨是寡妇,拖着四个还在读书的闺女,好在左邻右舍相处也还算和睦,多少都愿搭个手帮一把。张隐最喜欢和青青姐耍,可青青姐却喜欢和宋军舰耍。童青青和宋军舰同龄,他们都在渝棉四厂子弟校上学,还是一个班的同学。童阿姨家五口人住的房子和张隐家住的是一样大小的。张隐经常到童阿姨家去躲张昇,童阿姨和青青姐住里面的房间,秀秀大姐、慧慧二姐以及岚岚三姐睡外面的一张大床。张隐没有纠正妈妈的话,他想着卤狗肚子,流着口水很快就又睡着了。

张昇做的卤狗肚子是一绝。狗肚子是怎么搞来的,又是怎么卤出来的,张隐从不关心,反正每次娃儿尿了床,张昇都会想办法整这么一个菜。张昇是渝棉四厂职工食堂的厨师,只有你想不到的菜,没有他做不出来的菜。他的坏脾气得以被滋养也多亏了他的独门好手艺。厂里从年头到年尾来视察的领导络绎不绝,上午听完汇报,领导脸上晴转阴,中午在食堂包房里一坐,张昇做的几道大菜一上桌,领导脸上很快就风和日丽了。如果情况特别严重,这几道菜还不足以改变领导脸上的天气,那就晚上再整几道菜。用唐厂长的话来说,厂里所有人的汗水都比不过张炊棒的口水。唐厂长把食堂里所有的炊事员都喊作炊棒,而对张昇例外,他颇显礼貌地把姓加在了前面,喊张昇为张炊棒。

炊棒是旧时渝城人对厨师的贬称,就如将司机喊成车夫,将演员喊成戏子。其实职业没有高低贵贱,张昇的师父就曾说:"我这一辈子最想做的工作只有两种:一是拉人力三轮车,每天带着眼屎出门都能挣到米钱;第二就是当炊棒,不仅我自己能吃饱饭,还可以拿点东西回家喂娃娃和媳妇儿。"

张炊棒这个称呼只有唐厂长可以喊,换一个人来喊,张昇又会发疯,除了不用菜刀,手里有啥就会直接扬手丢去,比如饭勺、铝盆、卷心白或还没洗净的猪大肠。

唯独对唐厂长,张昇永远都是低眉顺眼。

张昇是半个孤儿。在他之前,他的父母先后生了七个娃,就只活了他一个,职工医院的医生在给新进厂的女工讲优生优育课时会把他当成活教材,说这种情况可能是家族遗传疾病,流产、早产其实都是自然界优胜劣汰的一种选择,能活下来的哪怕身体是健康的,也难免会在精神上或情感发育上出现问题。厂里的职工都接受过这些优生优育课的教育,把张昇当作怪胎来看,哪怕张昇成了家,有了活蹦乱跳的亲生儿子,大家还是把张昇当怪胎,这样也连累到了张隐,大家看张隐的眼神也不对劲,背后叫他小怪胎。

张昇对自己的母亲毫无记忆,对父亲也没留下多少印象,他能记得的是父亲曾是渝棉四厂的工人,和厂里其他男工人没有多少区别,非要说区别也是有的,他们父子俩住着一栋有院子的房子,其他工人住在一排一排的集体宿舍里,整整齐齐,像机器上的纱锭,在自己的位置上不停地旋转。

在他九岁生日那一天,父亲突然疯了,他带着张昇在厂里的大澡堂里洗澡——家里有专门的浴室,他们不敢用,家里大部分房间都上了封条——父子两人衣服裤子全脱光了,父亲突然说了一句:"我的身上怎么像着了火,火辣辣的,不得了不得了。"说完他就光溜溜地走出了澡堂,从此就消失在了这座城市里。张昇也光着身子,他不敢去追,父亲留给他最后的记忆就是一个光溜溜的背影和那句莫名其妙的话。

父亲究竟活着还是死了?这是一个没有答案的问题,只要没看到他的尸体,张昇就不能算孤儿,就不能被送到福利院去,就只能由渝棉四厂养着。唐厂长那时还是劳资科长,看到澡堂里光溜溜的张昇就多嘴说了一句:"怎么办呢?喊你接你老汉儿的班,你娃一个小娃娃什么都做不来,夹钳都拿不动,不让你接班又要遭饿死。"

张昇只知道自己的父亲是渝棉四厂的机修工。可唐科长是知根知底的，眼前这个光着屁股用双手遮挡着还没有长毛的关键部位的人原本就是这个厂的少东家——张昇的父亲在当机修工之前是渝棉四厂的老板。渝棉四厂那时还叫裕昇纱厂，公私合营后改成了现在的名字，张昇的父亲也不再是老板了，他先是当了半年多的副经理，再后来就主动提出到机修车间当了一名钳工。

张昇出生的那一年，唐科长还是裕昇纱厂的小先生，也就是负责考查员工技术等级的人，能得到这个工作在于他读过七年的私塾，识文断字。

唐科长还记得当时的情景，少东家满月那天厂里食堂是开了大伙食的，杀了五头大肥猪，让员工免费吃了三天，张老板脸上笑出了褶子，还给管理人员发了红包。唐科长虽是小先生，并不属于管理人员，但他也主动凑过去给张老板道贺："张老板，您取的这个名字取得好哟，是将福禄寿都占全了的名字。张昇是北宋时的朝官，历经四朝，他八十岁大寿时还写了《满江红》，教我识字的先生特别喜欢，说这首词的开篇十二字道出了人生的至高境界。"

张老板拱手："唉呀，您哪是小先生哟，您是大先生呀！请多美言！请多美言！"

"无利无名，无荣无辱，无烦无恼。夜灯前、独歌独酌，独吟独笑。况值群山初雪满，又兼明月交光好。便假饶百岁拟如何，从他老。知富贵，谁能保。知功业，何时了。算箪瓢金玉，所争多少。一瞬光阴何足道，便思行乐常不早。待春来携酒㴗东风，眠芳草。"

小先生一念完，也领到了一个大红包。

张昇成了半个孤儿，不被饿死的办法当然就是去食堂。他被唐科长安排到职工食堂当上了厨工，人也从有院子的房子搬到了食堂的库房里。

他搬出来的第二天午后，军管会的鲁主任就搬进了这座小院，再后来鲁主任因工作调动到省城去了，唐科长成了唐厂长，唐厂长也就搬了家，住进小院。那个小院里有二十多个房间，其中有一间曾经是宋师傅住过的。

宋师傅原本是张家的厨师，公私合营后他也成了渝棉四厂的工人，是职工食堂的掌灶师傅。

徒弟和干儿子，这两个标签是张昇自己贴上去的，厂里只是让宋师傅帮着照看一下，开饭的时候给他一口饭把他养活而已。因为要多照看一个人，厂里给宋师傅的工资涨了两元。宋师傅拿的是二十五块半，他不觉得钱多，也不嫌钱少。

"以前的日子就不提了，我的师父那才叫行势（方言，厉害的意思），按现在的说法肯定是特级厨师。他跟的那一家人都搬到上海去了，住的小洋楼，还由国家给他开工资，他现在叫啥公务员了，一个月拿九十块钱……你晓不晓得，我们这里比鲁主任还大的官，那个叫啥黄区长的——就相当于以前的县长——一个月才拿六十块钱的工资。啧啧，还是我师父行势，晓得跟个革命家。老子运气不好，偏偏跟了一个资本家。"宋师傅喝得晕乎的时候就喜欢和张昇摆闲龙门阵，"老子现在和厂里的工人都是一样的，都拿二十三块半。"他从没把多领的那两块钱当成工资，只当厂里额外发的酒钱。他一边喝，一边让张隐陪着喝，每个月多领的那两块钱全都让宋师傅买成了酒。食堂的酒他嫌太孬，食堂的好酒都被总务科的向科长锁上了，要喝好酒只有到厂子外面去买。

"张老板以前对我还是可以的，还有老板娘，灶上的事从来不多管半分，好酒从来不上锁，他们是好人……他们对我好，我也规规矩矩的，从不乱来，这都是我师父教的规矩。我和师父不能比，他手艺比我好，命也比我好。我真没怪过张老板，怪我自己的命，我的命就是一个烧火的命，在哪里烧火都是一样的，喂一桌和喂一群又有好大的区别吗？"宋师傅对张隐说，"说到这个命呀，唉，一辈不如一辈哟。娃儿，现在这个时代我也不敢再喊你少爷，你也莫喊我师父，我们两爷子就彻彻底底地平个等。要喊，你就喊我宋炊棒，我就喊你张炊棒。我宋炊棒别的本事没有，四川帮口菜的二十四个味型我还是搞得明白，等你再长高一些，比砧板高的时候我再教一两招，有这手艺，这辈子都不会饿肚子。你莫嫌这个地方烟熏火燎，也莫嫌炊棒这个名字不好听，当炊棒有一个好处，那就是自己的嘴巴永远都不会吃亏。人这一辈子脸巴可以不要，但要是让嘴巴吃了亏，那这一辈子活着还有什么想头呢……"

张昇在父亲光着屁股离开后就已经不要脸巴了，要脸巴就活不下去，但嘴巴不能吃亏他是知道的，嘴巴吃亏肚子就难受，肚子难受就睡不着觉，睡不着觉就会想自己光屁股的父亲，一想到自己的父亲，他就觉得这辈子也没有什么想头。

张昇在职工食堂里有吃有住。他不是好吃懒做的人，眼里会看人，手里总有活儿，一天到晚除了嘴不动，手脚就没有停过。

到了晚上，厂子里是要给工人准备夜班饭的，其他炊事员值班就是把剩菜剩饭加加热应付一下。宋师傅当班，他会喝两口酒，把锅烧热现做几个菜。到后来他就只喝酒，把锅勺甩给张昇。味道的好孬夜班工人们都不敢计较，有口热乎的比什么都好。宋师傅不当晚班的时候，张昇就抓紧时间睡觉。宋师傅会比食堂的早班炊事员还早起两个小时，吊高汤、熬卤水，这些汤汤水水里面加的料他是不会在其他炊事员面前显露的，只有张昇可以站在旁边打下手。

"就算他们想看也没啥，他们看得到的是我勺里舀了这么多——只要是人站旁边都看得到——他们看不到的是我的勺子背面往下这一按，又拌（方言：沾）了一些盐起来。嘿嘿，他们能学得到个铲铲（方言：落空）。在煎、炒、烹、蒸、炸、煮、煨的过程中，用盐的多少、用盐的时机是最有讲究的。好厨子一把盐，就是说做一锅汤、炒一瓢菜，到盐缸里舀的盐要不多不少，恰到好处。如果做菜还要边做边尝才知道是咸了还是淡了，那手艺就还差火候哟。"宋师傅有时候也会不咸不淡地给张昇甩上这么几句话。

日子一天一天地过，张昇从宋师傅那里学足了厨师手艺，可他只有一个菜是坚决不做也坚决不学的。宋师傅再生气也没用，骂他："你这个憨包娃娃，回锅肉是川菜的还魂丹，川菜第一菜，不做回锅肉，你永远都当不成川菜师傅！"

"当不成就当不成，才不稀罕！"张昇每次挨了骂就罢工，菜刀锅铲往案板上一扔，手就伸进宋师傅兜里，连掏带抢地摸出几张零碎钞票。宋师傅继续骂他，他脖子一梗说这些钱是厂里给他的。宋师傅也不恼，他晓得张昇没有其他爱好，跑出厂去也仅仅是到城里闲逛一番，就算不回来也没有人会感到吃惊，毕竟有一个光屁股出走的爹，他随便做出什么事来大家都不会觉得奇怪。不过厂子里的人都很失望，因为张昇逛累了总是会回来的，他回来时也总是会打二两酒来孝敬宋师傅，他拿钱就是干这些用场。偶尔馋了，他手里也有钱，就会在街上找个小馆子点一两个菜，吃得嘴里吧唧吧唧的，回到厂里第一时间就是找宋师傅，他说一遍，宋师傅就做一遍，他尝一筷子，然后也做一遍。这两盘菜最后往往就成为夜班工人额外的加餐福利。最初大家还分得出不同，后来也就觉得味道差不多了，各种花样的菜他们都尝过了，但谁都没尝到过张昇做的回锅肉。不说了，这个话题一说宋师傅又要骂人，张昇又要跑了。

　　回锅肉的做法缘于祭祖习俗，给老祖宗上供要用白水煮一块肉。肉毕竟不是易得之物，那点油水也是难得的，况且还有戏子的腔厨子的汤这一说法。汤是厨师的命根子，将香气和心意供奉老祖宗之后，汤不会倒掉，在肉汤中再加花椒、辣椒和香料，煮点菜进去，就能成一锅麻辣烫，再把肉再切成片，加豆瓣、豆豉、蒜苗爆炒，就做成了一盘回锅肉，人鬼神三界共享。

　　"看老子死之前吃不吃得到你做的回锅肉哈，吃不到老子不得闭眼睛！"宋师傅总是会这样骂张昇。

　　宋师傅过世的时候是张昇给他摔的老盆送的终，但张昇仍然没做回锅肉。

　　宋师傅的女儿宋文菊从苏北老家赶过来，那是她和张昇的第一次见面，再见面是两年之后，宋文菊大着肚子又来渝城。宋军舰的亲生父亲回城之后人间蒸发了一般，宋文菊挺着大肚子在县城里找了很久，孩子快足月了还是没有找到，回村里已是万万不能了。宋文菊站在河边看着流水想，这一河的水呀悠荡悠荡地往哪里流哇？人漂在里面脸朝上还是朝下哇？想了半天，她只想明白了一个问题：河水最终会流到江水里去，而江水是从上游流淌下来的，江的上游还有一座叫渝城的大城市，父亲在那个地方干了一辈子，还有一个像干儿子一样的徒弟，他就住在父亲的那间宿舍里，那间宿舍应该算是自己的，那里可以落脚。

唐厂长将宋文菊办了招工，那时厂子里的生产正逐渐恢复正常，急缺工人。虽然宋文菊大着肚子，但几个月后就能上岗，最重要的一点是她进厂不会占用宿舍，至于张昇，可以是苦事也可以是美事嘛，就看他自己怎么想。

好心有好报这句话在唐厂长和张昇的身上都得到了应验。

从不给人好脸色看的张昇半夜翻墙爬进那个小院子，悄无声息地翻墙进去又悄无声息地爬墙出来，可卤狗肚子的香味终是让他暴露了。睡眼惺忪的唐厂长被这股味道引出门来，看到了正往围墙外翻的背影。卤狗肚子是宋师傅的绝活儿，他说这叫神仙菜，不是大德之人不配享用。张昇认为唐厂长能把大肚子宋文菊招工进厂，算是有大德，就算宋师傅活过来也应该亲自做一次卤狗肚子。但他不想让人知道自己会做菜，宁愿一直当个墩子或打荷的，甚至一直当水台（负责宰杀和食材粗加工的职位）都可以。要说食堂的厨师既好当又不好当，虽然众口难调，但何必非要去调呢？能做三菜三汤就能干这份活领这份工资，所谓的三菜三汤就是回锅肉、青椒肉丝、蒸烧白、海带汤、番茄鸡蛋汤和排骨藕汤。

第二天中午，唐厂长夹了几筷子菜，咂咂嘴，然后摔了碗，把向科长吓得腿直哆嗦。"你看看你下面的这些炊棒，做的是猪食吗？你喊那个张炊棒给我炒一个小菜，搞快点，我下午还要到局里去开会！"

张昇记得宋师傅说过，喂一桌人和喂一群人是有很大不同的，他站到唐厂长面前说："我不会做回锅肉哟。"

"哪个龟儿才要吃那个回锅肉，你想做什么就做什么。"唐厂长嘴里还留着卤狗肚子的香味。

不试不知道，一试发现宝。张昇也就一步登天，成为了渝棉四厂的御厨。

"人这一辈子就耗在两个'巴'上，脸巴和嘴巴。他们的脸巴我管不了,我就要你帮我把这些人的嘴巴弄舒服,他们吃得不安逸你就给老子滚去看澡堂烧锅炉!你还不能把这些馋虫养大,不然他们三天两头往厂里跑,那才是闯了鬼哟。"唐厂长一边剔牙一边对张昇训话。

怎么到了唐厂长嘴里就不用管脸巴了呢?脸巴不要了吗?张昇只在心里默默抵抗了一下,嘴里却是什么都不说。后来他想,唐厂长能当上厂长,宋师傅一辈子都只是一个烧火佬,可能就在于这一个差距吧:要脸不要脸,日子过得大不一样。

张昇并不想当厂长,他只想把日子过得下去。厂里大姑娘小媳妇们对宋文菊大肚子发出的各种声音他装作听不见,在宋文菊瘪了肚子后,她们转头又对如奶狗崽崽般的宋军舰指指点点。张昇只能将脸巴抹下来,脾气越来越暴躁,一暴躁,各种脏话就脱口而出,如洪水滔天,人神皆畏!自从张昇学会将脸巴揣裤兜里之后,一家三口的日子反倒过得风平浪静起来。

二　童家

　　酸、甜、苦、辣、咸这五种味道再加上麻和香就构成了川帮菜所特有的七味。

　　和张隐家同住一层楼的有九家人，张隐家的伙食是最好的。他家一开伙，总有邻居来揭锅盖，拿着筷子说是尝味，一筷子戳下去就带走或大或小的一坨肉。隔壁的童阿姨家是例外，大家做饭的时候她关门，大家都在吃饭了她才出来生火做饭。

　　秀、慧、岚、青四个丫头有时也馋得慌，借口要撒尿冲出门，从别人家灶台经过时眼珠子会在锅里滚一圈，鼻孔把油烟吸走一大半。大叔大妈偶尔会拉住其中一个丫头，说："来，尝尝味道，是不是差点盐味？"

　　锅里本就不多的几小坨肉在拉扯中最终还是会少一两坨，也正是这一点点肉将童家姐妹的胸脯慢慢撑起来。

　　秀丫头的胸前胀得最明显，她很快进了厂，在细纱车间当挡车工。细纱挡车工是最苦最累的活儿，从上班到下班不允许停车，挡车工一刻不停地在自己的车档巷道里操作、巡回、清洁、接头、络纱。秀丫头胸部胀了，个头却没长起来，只有一米五，别人一伸手就能够到的纱锭她要踮脚才能从车顶板上取到，动作也就比别人慢一些。因此她经常被扣钱，一个月下来只能算是为家里减了自己一个人吃穿的负担，一个多的子儿都攒不下来。不过秀丫头还是很开心，其他挡车工最讨厌的三班倒在秀丫头看来是一件好事，自己去上班，家里就没有那么挤了。如果上夜班，自己白天还可以一个人睡一张床，能一个人睡一张床就是童秀秀这辈子最大的奢求。

　　第二年慧丫头也想进厂。童阿姨家的四个女儿从老二开始就一个比一个好看，好看得就不像工厂子女，慧丫头和大姐的对比简直就是天鹅和鹌鹑的对比。童慧慧一米七几的个子，白白净净的皮肤。"樱桃小嘴""淡扫蛾眉"这些张隐从故事书上看到的形容女特务的词，放在慧慧姐身上就是最好的实景展示。张隐一直想不明白，慧慧姐是不是接受了潜伏命令的女特务哟？她的任务是什么呢？如果她使美人计那我会投降吗？

今年厂里并不是没有招工，只是社会上的待业青年越来越多，轻纺局要求渝棉四厂为政府分忧，解决这些待业青年的就业问题。顾大局嘛，于是今年厂里的招工名额就给了社会青年，渝棉四厂的职工子女反而只能眼巴巴地望着。等吧。

慧丫头就这样在家里闷了一年。不过社会上的待业青年数量不减反增，轻纺局再次向市委市政府表态，要急政府之所急，尽国有企业的责任。唐厂长作为轻纺系统的代表还在大会上发了言，把胸脯拍得当当响。

唐厂长领了奖状，刚回厂就被一群老工人围住了，他们的子女都在等进厂指标，有人把唐厂长的小腿踢出很大一块瘀青。唐厂长受伤的消息很快就传开了，很多人都在骂这个趁乱打冷锤（方言：偷袭）的人："是哪个灾舅子（方言：倒霉的人）踢的？短手短脚的，逮到这种机会不晓得要再踢高一些吗？该踢他的沟子（方言：屁股）哟。"

唐厂长忍着痛连夜召集车间主任以上的干部开会，会议决定可以适当照顾部分职工子女的就业问题，这个"适当"配套的具体政策就是"一进一出"，提前退一个老工人就可进一个职工子女。后来唐厂长又在市里的大会上发了言："社会主义接班人就是要接过父母扛过的枪。"于是四十多岁的童阿姨退休了，慧丫头顶替她去了厂里上班。

又过了一年。岚丫头初中毕业，在学校时就有好几个男生因她打架，到了社会上就更邪性了。岚丫头是个衣服架子，会穿衣服，哪怕是二姐淘汰下来的旧衣服，她穿上去就是要比二姐还要好看丰满，但好看和丰满解决不了就业难题，她们只有一个妈，没办法再顶替了，于是岚丫头成了待业女青年。岚丫头待业了，可她不像二姐那样老老实实待在家里等就业，而是"满天飞"。

街面上晃荡的待业男青年越来越多，宿舍楼底的坝子上也经常会有男青年在转悠、吹口哨，他们转得童阿姨心里发慌。岚丫头经常借口尿急往外跑，可童阿姨每次去公共厕所找人却找不着。直到一两个小时后岚丫头才解完小便，回到家嘴里叨念着楼道厕所的臊味太大，她是到厂里去上厕所了。这时童阿姨的声音会透过木门穿过走廊，最终传到楼下的坝子上："你不闻闻自己身上？你身上是没有尿臊味了，但你把渝城所有骚鸡公都引过来了！"话音未传完，一盆水从天而降泼到坝子里，顿时激发出一阵怪异的口哨声和四散的脚步声。

在童阿姨眼里，宋文菊虽然也是一个工人，也没啥文化，但宋文菊毕竟是从江苏那边过来的。她觉得下江人都是见过大世面的，只要有难题，在宋文菊这里应该能找到答案。

宋文菊将宋军舰和张隐两兄弟赶到里屋去做作业。

"菊姨，你说我这孤儿寡母的该怎么办？你看嘛，这个死女娃子就像一块肉一样，逗得苍蝇嗡上门来了，前天晚上人都不回屋了。打她，她说是看电影去了，还拿了五张票根来作证。电影怎么可能连更连夜地放嘛！一个人又怎么可能一部电影翻来覆去看嘛！扯谎哟……"

"大姐你莫急，急也没用。"宋文菊给童阿姨倒来一杯水，又说，"我都给你说了好多次了，最好的办法还是赶紧给三妹儿找份工作。不怕外面苍蝇飞，就怕家里豆腐霉。等她有了工作不就和那些街溜子拉开距离了吗？"

"工作哪有那么好找哟！"

"三妹儿，童三妹儿，快点下来。蛊蛊哥这几天搞到了一些皮款（方言：钱），他约了鳅鳅妹儿和我们几个一起去宴宾楼撮（方言：吃）一顿。"

她们正说着，就听到楼下传来特意压低了却和猫叫春般压制不住的声音。童阿姨还没来得及冲出屋子，就见门前有母猫般的身影一晃而过。

"童大姐，要不你们也开一个馆子？有一个摊儿就可以把三妹儿的脚杆儿套住了。"宋文菊想到了这样一个主意。

童阿姨把脑壳甩得像拿筷子箄鸡蛋一样："我们家五个没有哪一个会炒菜。"

两个女人都犯了难。宋文菊眼睛一亮，把手一拍，说："弄个饭菜有多难？学嘛！喊我家张师傅来教嘛，学点简单的。馆子也不用开多大，就卖点家常菜，先把日子混着走，谁知道厂子下一批招工还会等多久呢？你们也总不能一直这么等下去吧?"

"那怎么好意思麻烦你家张师傅嘛!"童阿姨一边说一边用手攥紧了宋文菊的衣角,她生怕宋文菊会反悔,这简直是递到眼前的一根救命稻草!

宋文菊拉过童阿姨的手:"大姐,这个事儿你也莫急,等张师傅回来了我和他商量商量。"

童阿姨一迭声的"要得要得",她说:"让我怎么感谢你们呢?让我怎么感谢你们呢?"

宋文菊安慰道:"莫说这些见外的话,我也是看着这几个丫头长大的,大丫头在车间里苦兮兮的,我看着都心疼,想帮又帮不了。二丫头的工作倒是顺利解决了,你又退下来,那点钱……唉,我也是担心你家三妹儿,这样下去真怕出事……"

童阿姨红了的眼圈开始渗出水来。

"哎呀,你看我怎么尽说这些没用的话?我这是乱说,你家三妹儿长得那么乖,追她的男娃儿多才是正常的。你们再一开馆子,手头活络了,三妹儿再一打扮,比《电影画报》上的明星还要好看,就怕那时走在街上我们叫她,她脑壳都不侧过来,电影明星哪里还会认我这个土兮兮的宋阿姨嘛。"

童阿姨故作生气地推搡了两下:"你这就是打胡乱说了,你哪是她的阿姨,你就是她的亲妈!她就是敢不认我这个妈,也不敢不认你这个妈!"

"我哪有这个福气哟,如果不是你家三丫头比我家军舰大了三岁,我还真是眼巴巴地想着当她的婆子妈哟。"

"你家军舰读书好,脾气又好,我们两家如果能结这个亲,我是巴不得哟。俗话说女大三抱金砖,耶,我这个丈母娘都不嫌,你这个当婆子妈的还敢嫌弃吗?"

两个女人笑得整个屋子都在颤,里面房间的宋军舰拿着笔半天也落不下一个字。

童阿姨又说:"你家老大和我家幺妹年龄差不多,也一直要得好,但你家那个性格温和,我家幺妹性子烈,只有她欺负别人的,没有被别人欺负的。唉，想到幺妹我就脑壳痛，今后幺妹可能比她三姐惹的麻烦还要多，一个女娃子，怎么就和你家二娃一样的脾性哟，也不晓得今后哪路神仙才能收得了她。"

宋文菊脸上的笑也瞬间就凝住了，她长长地叹了一口气："唉，儿女不争气，老人说话没底气，家家都有难念的经。我家二娃就是个棒老二（方言：杀人放火的强盗），不晓得好久才长得醒，除了体育和劳动课，考试没有哪一门及了格的。这不比前几年了，连招工进厂都要考文化，不好好读书以后怎么会有出路嘛，急死我了！他哪能和你家幺妹比？青青成绩那么好，以后能考上大学，她就是在天上飞的，我家那个学地上追的黄狗都不够格。"

张隐用橡皮擦擦作业本，故意做了一个大动作，手一挥，哗啦一声，将宋军舰的文具盒碰翻在地，外面屋子的谈话声也戛然而止了。

宋文菊的提议遭到了张昇的强烈反对："开餐馆哪有那么容易？！"

张昇摇头，说："你爹的厨艺有多好呢？我只说他的刀工，他拿一块白绸布铺在大腿上，一块里脊肉放上面，先切片后切丝，每一根肉丝用嘴一吹都可以飘起来。啧啧，你爹说过他不敢去开餐馆，开餐馆是众口难调，他只愿意和锅灶打交道，和人打交道麻烦得很……就凭她们？她们连菜刀都拿不动，还想开餐馆？"

张昇接着说："美食的灵魂是什么？味！五味的调和不是谁都能得做到的，你爹说过川帮菜大的味型就有二十四个，一菜一格，百菜百味，你这个亲女儿连七味八滋都没搞懂过。再看童家那一窝，她们煮饭净是清水煮白菜，缺油少盐的。"

宋文菊本还想再多劝说两句的，此时宋军舰站在旁边听了一会儿，耐不住好奇地问张昇："我以前只听说过五味，您刚刚又说了个七味是什么意思呢？八滋又是什么呢？"

"酸、甜、苦、辣、咸这五种味道再加上麻和香就构成了川帮菜所特有的七味，八滋就是八种不同的做菜方式，有干烧、干煸、麻辣、酸辣、鱼香、怪味、椒麻和红油。在这基础上又变化出了二十四种主要的味型，比如辣，就有麻辣、油辣、煳辣、酸辣等，这些都是你外公教给我的，他够厉害的吧？但他和我说，开馆子比做私厨难千倍，做私厨你只要有绝活，摸透了主人家的味，时不时在这个基础上整一点点花样。开馆子就不一样了，千人千味，众口难调，就是上菜的顺序，桌与桌之间的平衡都是一门大学问……你以为跑堂就简单了吗？腿勤眼精手紧加嘴巴'沁'，晓得啥子叫嘴巴沁？嘴巴要像吃了蜂糖一样甜得沁人！"

张昇看母子三人都围在身边听得认真，突然止住话瘾，眉头一皱，说："老大，你好好读你的书，莫来问这些没用的。"他又对张隐一瞪眼，"你一个搅屎棍，文又文不得，武又武不得，做个作业屁股上长了刺？读书不行，听这些杂七杂八的东西倒是瘾大得很。"

看张昇又准备动手，张隐既委屈害怕又还嘴硬，眼珠子都不转，脱口而出："我今天要写的作文就是《学做菜》，我这就是在做作业嘛。"

"张二娃，你还真是鸭子死了嘴壳子硬，我就没听说过哪个老师会让学生学做菜。你还写啥作文哟，你把你那些胡说八道的话随便写几句在纸上，都比你作文得的分要高一些！"

宋军舰帮忙说："他们老师真的布置了这个作文题目的。"

"哦？"张昇语气一下子就柔和了，又把眼睛瞪了瞪，扭头问张隐，"那你记住了多少？"

"麻……香……"张隐梗了好半天，他只记住了七味与五味相比多出来的这两种，可另五种没记住。

张隐把这两个字一吐完，身子往后一躲，脚下一滑，影子就往门外闪了，赶紧溜了。

张昇懒得再理他，对宋文菊说："这个行当真不是她们干得了的。"

宋文菊也叹了一口气，她觉得张昇说得有道理，只怪自己把开餐馆想得太简单了，她不怕张昇浇冷水，但怕浇熄童阿姨一家的希望。心里有话，嘴里就不由得轻轻叨念出来了："就算是你肯帮忙教，她们一时半会儿也学不会呀。不过我话都说出去了，这可怎么才能圆得回来？"

宋军舰扯扯她的袖子："妈，如果她们就用锅来煮麻和香的味道，是不是可以简单一些……"

张昇和宋文菊都愣了一下，煮？

这不是不可能的。

人类最早的烹饪方式是烧和烤，有了第一件石制炊具之后就开始了烹煮，而烹煮过程中也才渐渐产生了五味调和。煮是相对原始也相对简单的方式，将食物弄熟很容易，可要煮出美味，要能卖给食客，这可不是所想的那么简单。

厂里食堂的伙食和外面的餐馆还是有很大区别的。在食堂，红烧肉和回锅肉就算是高级菜了，称为甲菜，定价虽然高一点但也比其他乙菜先卖完。到了厂外就不一样了，饮食的选择特别丰富。

张昇想起了一个有关渝城餐饮的故事。渝城是一座建立在山上的城市，出门就是爬坡上坎，长江和嘉陵江两江环绕，这种地理特征容易积累水汽，水汽凝结就成了雾，这个雾让整座城市常年都湿漉漉的。这里的人饮食习惯受川帮菜的影响，却又比川帮菜更多了一些麻和辣——一方水土养一方人，麻和辣能祛风除湿。

渝城是一座因水而生的城市，曾经很多人都靠着这两条江讨生活，江上的船工有驾长、号工、撑杆、烧火、纤工等不同的工种和称谓，可在岸上的人看来，他们都被叫作"桡胡子"，桡是划船工具，胡子是对男性的称呼。岸上的人看每一个桡胡子都会觉得他们是好吃佬，会吃，也舍得吃，没钱也能吃出些名堂来。

挖窑和行船是最苦的两大行当，也是最危险的两大行当，前者叫"埋了还没死"，后者叫"死了还没埋"，都是吃了今天这顿不知道还能不能吃到明天那顿。所以吃对于活一天算一天的桡胡子来讲，就是最实际的事。航行到天黑尽时，有码头就靠码头，桡胡子们喝酒吃肉，庆祝自己又多活了一天，没有码头就找一片开阔的卵石滩，歇船后就开始做吃的了：把好吃的都拿出来凑一起，五花八门凑成一桌席。

卵石缝里夹着冲来的水湿柴，早已被风干、晒干，随便走一转儿就能捡回一大捧，再顺手搬几块大卵石垒起，架上一只铁鼎罐，把各自带来的食物不管生的熟的，和汤和水倒进去，滚烫的一大锅，麻辣、鲜香、咸甜，什么味儿都有了。在黑夜的火光闪烁中，大土碗装满高浓度的老白干，在围着鼎罐的桡胡子手里轮番转着，喝一口便传下去，再拿起筷子在鼎罐里捞一箸菜。

第二天又没靠到码头怎么办？好吃的昨天都已经下了锅。没关系，还是架上铁鼎罐，倒进上一顿的剩菜，再放些花椒、泡椒、老盐菜、豆瓣酱，熬一锅麻辣味儿的油汤，烫些白菜帮子、豆腐、洋芋，再喝碗老白干，这样心里才爽，躺下才睡得着。

由于有了麻和辣，夏天吃了大汗淋漓，舒畅、痛快，冬天吃了全身暖和，除湿又驱寒，很快就被江岸上讨生活的苦力和脚夫学去了。这种餐饮做法也没正经名字，取其就餐时大家围着锅边吃边闹腾，干脆就叫"连锅闹"。

虽是缘于民间百姓的日常生活，但官家的衣食住行往往有着强烈的示范效应，若得加持，这些餐饮习俗就会得以迅速推广，渗透到社会各个阶层的日常生活中。清朝乾隆年间，一位名叫王尔鉴的人任渝城知县，王知县是外乡人，到任后水土不服身体不适，但他聪明又喜察民情，见本地船工和挑夫经常吃连锅闹，这些穿行在江边浪花之间，蹒跚于群山雾瘴之中的人却少有疾患，王知县就命厨子遵循当地习俗，也给他整了一锅连锅闹。给知县当厨子必须得有几分眼色，当官的食材食器自然与贩夫走卒有不同，锅中不是牛下水等廉价食材，而是牛羊肉的精髓，佐料的选择自然也是精挑细选，只是食用方式还是借鉴连锅闹，即煮即食。哎呀，王知县吃得胃口大开，面红耳赤，大汗淋漓，痛快非常，寝食难安之症顿消。

王知县的这一声赞叹引得达官贵人们纷纷效仿，官府版的连锅闹也就成为了当时渝城一大餐饮名角，但连锅闹这个名字很容易让人想到叫花子唱的"莲花落"，乡绅商贾们嫌不雅，看众人围锅而食，锅下燃火，便用"火锅"为名，这种干脆和直接的命名方式虽谈不上多文雅，但也挺符合渝城人耿直的性格。

这些故事是张昇从宋师傅那里听来的，但从没见宋师傅做过，厂子的食堂哪会允许你弄这种东西。张昇也从没见过，在外面吃碗面要粮票，办婚宴酒席要肉票和酒票，没有票也能买，但得给高价，这种情况下又有哪家店会做火锅来卖呢？

夜深人静，厂区低鸣的机器声若隐若现，显得这个夜晚更寂静。张昇心里有些烦躁，想了半宿。童家的情况他看在眼里，也曾想过帮忙，苦于一直想不到办法。煮，是最简单的，不用刀工，不管火候，煮熟即可，至于味道嘛也简单，张昇觉得还是可以弄出个大概的，半锅水加多少盐，放多少辣椒多少花椒，可以写下来，就像抓中药一样，她们按照方子去加工就行了。

他看看身边熟睡的宋文菊，蹑手蹑脚地下床，很快，走廊上就传出起灶弄锅的声响。

第二天晚上，张昇值夜班，十一点过，已经过了夜班饭的饭点，今晚唐厂长又有接待，到此时酒席也散了。

张隐和宋军舰两兄弟打闹一番后都已睡着。张昇进了里屋，朝宋文菊努嘴，让她把两个儿子从床上叫起来悄悄带到食堂去，莫让邻居看到了。

听说父亲又悄悄整了伙食，宋军舰满心欢喜。张隐觉得瞌睡的诱惑比美食的诱惑更大，但不敢违拗，睡眼惺忪地跟在宋文菊身后，走向只留有一点微光的食堂。空荡荡的食堂里，一张桌子上摆着一个煤油炉，炉子上蹾着一口锑锅。炉子周围还摆着一些筲箕、盘子和碗，里面杂乱地堆放着不同的菜，豆干、土豆、藕片、腰花、猪肝，猪肝切片切得极薄，看刀工就知道这些菜是张昇亲自做出来的。

张昇指了指桌子，说："这就是火锅。"

煤油炉子燃着，锅里的水正在翻滚着，汤是白色的骨头汤，还有几根猪骨头在里面继续熬煮着。锅的周围放着几个碗，碗里放了一些干辣椒面，一点花椒面，还有一点蒜泥。张昇让大家动筷子，豆腐干是用卤水卤过的，张隐最喜欢吃的就是有卤味的菜，卤过的豆干再经过这骨头汤一烫，热络络，香喷喷，再蘸一点干辣椒面和花椒面，豆腐干的嫩滑和鲜香上又加了一件麻辣外衣，在舌尖上一裹，麻辣刺激着味蕾，味蕾一开，卤香味、蒜香味和豆腐干本身的嫩滑感瞬间就盈满了口腔。

宋军舰没有急着伸筷子，他思考了一会儿，很慎重地对张隐说："明天你就要上初中了，这肯定是爸爸专门给你做的哟，庆祝你终于长大了。"

换作以往，张隐最不喜欢哥哥的这种一本正经，早就"呸"过去了。但他今天没有理睬宋军舰，此时他的嘴里已经忙不过来了。宋军舰仪式感满满地说完了他想说的话，终于也受不了诱惑，赶紧用筷子在锅里追逐着一片藕片，戳着整个锅底转了一圈，最终是将筷子插进了藕片的洞里才将它挑了上来。张隐已经吃了几口，肚里有了点东西垫底，终于抽出空来嘲笑宋军舰，说这是"狗钻洞"。

宋军舰被弟弟的形容词逗笑了，一不小心被藕片烫了嘴。

张昇没有骂小儿子，喝了一口酒，脸上也有了些红润。足将进而趑趄，口将言而嗫嚅，好几次他的嘴唇翕动，似有话要说，最终却只是拿过酒瓶，对着瓶口喝一口酒，让话随着滚烫的酒咽下了喉咙。

宋文菊没有吃多少，她帮着两个儿子在锅中捞菜，将张隐和宋军舰碗里都堆得冒了尖才停下筷子。锅里的汤在翻滚，宋文菊调小了炉火，锅里仍然在翻滚，水汽氤氲，向着这个空荡荡的食堂上空飘散。

半夜，三个丫头也被童阿姨从床上叫了起来。丫头们都睡眼惺忪，但见到宋阿姨端来冒着热气的香喷喷的一大盆，也都去抓筷子。宋文菊眼里含着笑，她的目光始终跟着岚丫头在动，可童岚岚没察觉，她的眼睛像是掉进了盆里，和二姐童慧慧抢着菜。童家幺妹没参与和姐姐们的争抢，她咬着筷子若有所思，眼睛在发亮。

第二天就是开学的日子，张隐上初中了。初中是子弟小学的戴帽班，从小学升上初中对张隐而言不过是换了一个混日子的教室。

宋军舰考上了凤凰山中学的高中部，住读，每到星期天才会回来半天，拿两件换洗衣服。童青青也考上了凤凰山中学，但她没有去新学校报到。

半个月后，宿舍楼下的坝子里飘出一阵阵香味。

童青青不知从哪里弄到了三张没人要的八仙桌，摆在院坝中间，还将家里的碗柜也挪下了楼。童阿姨和宋文菊在搭手，机修车间的崔师傅也在帮忙。童青青请崔师傅将八仙桌中间抠出一个洞，她的脑门就像这张桌子一样透亮，她说炉子放在桌子上面，炉子上再放一口锅，人要夹菜就只有站起身子，如果抠个洞把炉子降下去，锅的高度也就降下去了，人就可以坐着吃。

崔师傅喃喃道："抠桌子还是应该让木匠来弄，桌子下面还要砌一个台子来放炉子，这个台子要请泥水匠弄，我只是钳工，你们不要把钳工当成万能的嘛，我弄不来这些。"

崔师傅是个老实人，他说这些话并非是推脱，反而是主动承担了统筹和调度的责任。他去厂里又叫了几个工人过来，大厂子有大厂子的好处，各种匠人都有，木匠、泥水匠、架子工、电工……小半天的时间，院坝的空地就被他们鼓捣成了一个小餐馆，还用石棉瓦盖了半间屋，也不用怕下雨了。

童青青在家是老幺，人却是最泼辣的，她不让大姐和二姐帮忙，因为厂里的活儿又磨人又累人，她让她们下班只管休息。她嫌童阿姨手脚慢，笨手笨脚，只分配童阿姨做些洗洗涮涮的事。

三姐童岚岚的待遇就不一样了，她被童青青盯得紧紧的。童青青骂三姐："吃了一年多的闲饭，正经钱一分都没挣到，工作不好好去找，人反倒打扮得越来越像妖精。"童岚岚被骂得团团转，还不敢回嘴。

开学那天童青青是和宋军舰一起去的新学校，走在路上远远地看见了童岚岚，见她正和几个男青年混在一起，嘴里叼着半根烟。童青青心里冒火，一声不吭地往另外的方向移动脚步。宋军舰竟然没有发现童青青落在了后面，还在继续往前走。童岚岚的眼神比宋军舰要尖，她认出了宋军舰，心里一激灵，知道宋军舰虽是个老实疙瘩，但上学放学都是和童青青在一起的，想到这里她转过身就溜，没溜几步就被人截住了去路，抬头一看，来人正是她想躲却躲不掉的妹妹童青青。

那些人一看到童岚岚被童青青截住也想溜。童青青扬了扬右手，吼了一声："哪个都不准跑，谁跑我就弄谁！看是你们跑得快还是我的砖头飞得快！"她的手里不知什么时候多了一块板砖。

此时没人敢动，童青青直端端地朝中间一个戴蛤蟆墨镜的人走去，用手一指站在不远处的宋军舰说："你们要弄哪个都可以，但是要给我记住，这个人是我的朋友，惹他就是惹我！"

童青青扔了砖头，拍拍手，转身的时候两眼狠狠地瞪了一下童岚岚。童岚岚一激灵，扔了烟头，乖乖地跟着妹妹往家走。

这几个人大多是厂里的职工子弟，都在厂里的子弟校混过，都认识童青青，虽然比童青青高几个年级，但有好几个都被童青青追打过，最终只能躲进男厕一直等到上课铃响才能解脱。只有这个蛤蟆眼镜不是厂里的子弟，童青青对他早有耳闻，这个家伙本来是在磁器口混的，也算不上是什么大角色，连小头目都算不上，就是一个喽啰，可能因父母亲戚大多在"衙门"上班，所以他在团伙中多少还有一点儿面子的，弄了一个三当家的虚衔。最近大当家和二当家在窝里斗，蛤蟆眼镜心想怎么站队都有风险，他当混混儿并没有多少雄心壮志，就是觉得一大群人在一起好玩，再有几个小兄弟跟在后面特别有面子。他揣摩了半天，想着干脆自己组一个队伍，他也很会选地方，厂区的孩子还是要单纯得多，就算偷鸡摸狗也是怯生生的，他把他在磁器口扮三当家时看到的学到的都用了出来，散兵游勇们就有了领头的。唯一不好的地方就是这里"油水"不多，但蛤蟆眼镜要的是面子，江湖儿女常说财聚人散、财散人聚，时不时地掏钱请客也就成了这个新队伍大当家的日常行为，特别是童岚岚在的时候，他更是显得豪爽，请兄弟们抽的都是最贵的大重九。但队员们不能只是白吃白喝，还得给大当家挣点面子，要拉拉威风。学校校门外就是他们选好的场子，前段时间是假期，没机会显摆，想着趁今天开学报到第一次练练队伍，结果开场才十多分钟，刚搜了两个书包就被童青青搅了局。

童岚岚挨了童阿姨一顿竹条子的狠打后交代道，蛤蟆眼镜名叫胡文鹏。

童岚岚和童青青虽是姐妹，但她们上辈子却一个是鼠一个是猫，此时的童岚岚穿着一件围裙，蹲在地上正拿着一根竹签子在穿豆筋，豆筋是早就用水发好了的，切成了一小坨一小坨的。童青青拿着菜刀在切香肠，她把香肠切得像纸一样薄，在切的时候还在左手大拇指上戴了个像顶针一样的铜筒，这样就不会切伤手指，她用一根竹签串了三片，扔给童岚岚让她照着样子穿。

三个锅里都在翻滚，和上次张昇煮的火锅所不同的是这些锅里的汤红艳艳的，辣椒面和花椒面全都熬在锅里。童阿姨拿筷子蘸了蘸红汤，稍微凉了凉用舌头舔一下，咂舌道："你个死女娃子，你张叔做的火锅用的是骨头汤，麻辣味是用蘸料来调的，你这一整，辣椒面和花椒面全放锅里煮，又麻又辣，怎么下得了嘴哟！"

锅里已经放了一把穿好了菜的竹签，童幺妹拿出几根，对着蘸料碗，用筷子顺着竹签一刷，菜都落在了碗里。碗里早就放了蒜、姜、芥末、麻酱、五香粉等，辛中带辣，辣中带香。

宋文菊蘸了点蘸料，小心翼翼地尝了一口，眼泪和汗水一起蹦了出来，又麻又辣又烫："哎呀，我们下江人吃不了这么辣的东西，太辣了。"

张昇悄无声息地出现在她们身后，他接过宋文菊的筷子，夹了一筷子菜尝了尝，说："麻辣味太过了，你们这弄的是'双椒汤'，要不得，你们在汤里再加点醪糟或冰糖，加点豆豉改改味，调和一下。汤料可以麻辣味重一些，但煮出来的菜还是应该保留一些甜鲜细腻的感觉，不然所有菜都是完全相同的麻辣味，要不得要不得。这个蘸料也可以加点芝麻油，菜在里面一滚，降温退火，不然烫熟的菜只是面上裹了一层调料粉，味道进不去也不好吃。"

说了没几句，张昇肚子里的火气又莫名其妙地上来了，他将筷子往桌子上一甩，啪的一声惊得童岚岚也抬起了头。

"你们整的不是火锅，要不得，要不得，没有像你们这样乱整的！你们这样还准备马上开店？"

宋文菊赶紧拉张昇的袖子，悄声说："人家又没说这是你教的，那天你做了一次，童三妹就说她在外面吃到过差不多的，她说一些小巷到了晚上就有这种摊儿摆出来，也就一两张桌子，摊主也不是什么馆子里的大厨，都是一些找不到工作的人。现在三妹儿四妹儿总要找点事做，四妹儿就出去看了一圈，回来让崔师傅他们帮忙整了这样一个摊儿……你看看人家崔师傅好热心嘛，再看看你，莫名其妙发啥脾气嘛，你又不教她们……"

"我哪里是不想教她们嘛？我最近还不是在使劲地想，就是还没想出个名堂来……"

张昇说的是心里话，只不过刚刚那一下子被"双椒汤"气迷了眼，火气憋不住。他哼哼两声，转身就走了。

剩下的人站在坝子里面面相觑。童岚岚低着头，一边继续穿串子一边嘟嘟囔囔："我也只是去吃过，又没弄过，是你要喊弄的，乱弄嘛。我在磁器口看到的都说给你听了，反正喊我做啥我就做啥，谁能干谁就自己来，莫想要我来背黑锅哟。"

童青青知道三姐是故意说给自己听的，心里也冒火，跨了两步，抬腿踢了童岚岚一脚，说："莫弄了莫弄了，你去把你那些狐朋狗友都喊过来！"

童岚岚愣了愣神。童幺妹又说："去噻，喊他们来，特别是那个蛤蟆眼镜。你刚刚一说磁器口，我就晓得是他把你裹去的，你把他们都喊来，让他们把这些菜都吃完——只准提意见不准说怪话——哪个敢说怪话我就把他脑壳按进锅里去。"

看童岚岚还在发愣，童青青又吼她："去啊！未必这三大锅留着我们娘三个吃完吗？快点去，给他们说不要钱，让他们白吃！"

童岚岚大喘一口气，撒腿就往外跑，跑到要拐角的地方又听童青青吼了一声："站到！"童岚岚赶紧停下，怯怯地回头看，只见童青青指了指她身上的围裙。

童岚岚很快就召集来了一大群年轻人，这些家伙到处吃过喝过，心里都在嘀咕说味道不好，但能被请来正大光明地吃免费伙食，这种情况还是头一遭，吃得还是很欢快。一欢快嘴里就放敞，慢慢地话就多起来了，有人说这些菜品不对，要有肉，有人说他吃过的火锅里面那些汤是油澄澄的，有人说菜不能穿在签子上，要装碗里，吃多少就称多少，马上就有人和他吵起来，说自己去吃的时候是抓了菜按份数算钱。

虽然没有收他们的钱，但也还是有人在帮童岚岚出主意："价钱莫贵了，我们这些人没多少钱，工作都没有，在妈老汉儿那里也讨不到多少钱。几个兄弟伙碰个头打打牙祭只能点几份豆芽。反正你们又不做我们的生意，做我们的生意包亏，有一次胡老大带几个兄弟去烫火锅，在包里装了一盒午餐肉，还有两斤血片（方言：鳝鱼片），烫完了老板都没发现，结账时还奇怪我们怎么三份豆芽一份莲白就烫了一晚……"

童青青远远地站着，今天的主角儿是三姐，她晓得如果自己往桌子前一站，恐怕这些人要跑掉一大半。三姐还是真有本事，明明上午还打了架的两伙人，竟然都能被她安排在一张桌子上，几双筷子还能在同一个锅里搅来搅去。

几个年轻人在嚷嚷没有酒。其实童青青并不是没有准备酒，只是免费提供酒的话就有些亏不起了。有人干脆说自己去买两瓶酒来，站起身没走几步就看到童青青瞪着眼，吓得他连忙缩回桌子前埋着脑袋继续吃菜。

胡文鹏接到童岚岚的邀请当然要来，他高兴得很，话还特别多，一点也不故作深沉了。他还是戴着那副辨识度极高的蛤蟆眼镜。他一边笑一边接过了其他人的话头："烫火锅最安逸的就是血片，把黄鳝剖成片，莫看它血咕咕的，在这火锅汤里一煮，吃起来是最鲜美的。你们莫看那个东西不值钱，那些火锅摊上卖得贵得很，嘿嘿，有一回我们几个兄弟伙去吃火锅，张三娃表哥是划黄鳝的，他先去要了两斤，然后把家里他妈妈打毛衣用的黑色皮包偷出来装血片，这样不漏水，外面也看不出来。到了摊上我们五个人点了三份豆芽一份莲白，趁老板没注意就把血片摸出来丢进锅里，安逸得很。"

"老板没发现？"童青青忍不住靠上去，手搭着他的肩问。此前胡文鹏的眼睛一直都是落在童岚岚身上的，现在才突然发现童青青，身子轻微一抖，蛤蟆眼镜差点从鼻梁上滑脱："姐儿，我是乱说的，我们今天没敢乱整，我们什么包都没有带……"

"姐儿？你乱喊什么？你也莫喊我妹儿，哪个是你的姐儿妹儿的？我是在问，你们带黄鳝去吃，那个老板就真的没看出来吗？"童青青一边说一边做了一个从包里摸东西的动作。

"没有，他就是觉得奇怪，我们几个怎么吃这么久。你想嘛，我们偷偷带进去的，未必还敢让他发现吗？豆芽一根一根夹了烫着吃，老板眼睛不瞥我们的时候才赶紧从下面薅几块血片。他来看锅，说我们只吃豆芽，汤都越来越寡了，还很不满地加了一坨牛油……"胡文鹏挤了挤笑容。

"牛油？"

"啊，就是那种黄色的坨坨。"

"还加了些什么？"

其他年轻人也都围过来七嘴八舌地补充，他们吃过很多家，各有各的做法。童青青将他们说的全都记在了心里：老板们加的东西各有不同，有的会中途加醪糟，有的加冰糖，有的加盐，当然也有加牛油的；而汤烧得有点干的时候这些老板加的也不一样，有加骨头汤的，有加白开水的，还有加老荫茶的；有的会来帮忙搅一下锅底，有的还会来尝尝味。当然，对于胡文鹏和张三娃这类的食客而言，最烦的就是来搅锅底和尝味的，这样就很容易暴露出他们潜伏进去的私货。

张隐趴在走廊上，看下面的热闹。

张隐最喜欢的本来是童阿姨家那个像女特务的二姐童慧慧。童慧慧上班后，厂里给她安排了集体宿舍，回家的时间就少了，见得少了印象就淡了，慢慢地张隐也觉得三姐比二姐还好看一些。

如果长开了，最好看的肯定是幺妹童青青，张隐在心里喜欢过她，因为喜欢她，张隐就更觉得哥哥宋军舰是世界上最讨厌的人。童青青和宋军舰一起上学和放学，他们两个在一起的时候没人理睬张隐。那天偷听到童阿姨说以后把三姐嫁给宋军舰，把童青青嫁给自己，张隐的心里还很是打了一阵鼓。

童青青太厉害了，张隐心里怕得很，平时想引起她的注意却又生怕她的眼睛会看向自己。这个时候趁她的注意力在蛤蟆眼镜的身上，张隐才敢在楼上用眼睛使劲地盯着她看。

张隐突然一个激灵，一种先天自带的警觉，他发现张昇的影子出现在楼道的阴影处。张昇也在偷听这群年轻人的谈话。

一周后的星期六晚上，整个宿舍楼特别热闹。童家邀请所有邻居一起来吃火锅，免费的。这次的菜品有十多种，最稀罕的是还有午餐肉，邻居们看着童青青把一个个长方形罐头打开，将一整块午餐肉切成片，几乎所有人都在咽唾沫。这些午餐肉是蛤蟆眼镜胡文鹏想办法搞来的，比定价高了三倍。

童青青也让妈妈上门去请张昇师傅，请了五六次，直到他点头答应。

宋军舰在学校排练节目还没有回来。张隐心里爽得很，他觉得只要宋军舰的眼睛看不到童青青飘来荡去的影子，自己心里就特别高兴，他觉得这个影子是应该被自己所独享的，他更高兴的是大家都在动筷子了，张昇都还没出现，张昇不在，自己的眼睛就更自由了。

可是张昇很快就出现了，而且偏偏往张隐旁边的位置一坐。张隐的鼻子很灵，很远就闻到了一股卤香味，这种卤味是张隐从小吃到大的，他顾不得对父亲的惧怕，眼巴巴地朝他包里望去。张昇将包递给宋文菊说："弄了一点肠结子，你喊童幺妹去切成小节，放一点在这个汤里烫来试试。"

"有没有狗肚子？"张隐小声地问。

"有个锤子！你以为狗肚子那么好弄？你连条狗都不如，狗还晓得看家，你晓得啥？成天脚不落屋！"

张昇还准备骂，宋文菊拉住他，接过了包，说："今天是童家请客，坐在这里的都是一栋楼的邻居，你悠着点，要骂回家去骂。不过这几天幺儿还是听话多了，也没出去飞。"

张昇卤的肥肠确实霸道，经过火锅红汤一烫煮，卤香加上麻辣，肠头里面的孔隙再藏上些许汤汁，混合牛油的腻口和芝麻油的爽滑，三口锅里最先被抢光的就是肠结子，其次才是午餐肉。

胡文鹏也在，他把午餐肉送过来后就一直舍不得离开。他没和邻居们挤坐在一起，而是和童岚岚一起东跑西奔地当起了伙计，一会儿拿筷子，一会儿端豆芽。

胡文鹏拿着一瓶渝城当地产的高档瓶装酒往张昇面前一放，嘴巴很甜："张叔叔，你带来的这个卤肠子真的安逸哟，能不能教会我这一招？"

张昇斜眼看了看他，说："你不是瞎子还戴个瞎子眼镜做什么呢？"

胡文鹏把手放在两边裤腿上擦了擦，小心翼翼地把眼镜取下来，轻轻放进上衣兜里。

张昇又看了看他，问："你是哪个厂的？你们厂发的这个劳动布裤子还有点好看。"

胡文鹏尴尬地笑着："这个是牛仔裤，是从穗城那边弄过来的。张叔叔，我有个想法，你看我们能不能谈一谈，合作一把，你弄卤肠子，我来帮你卖到那些火锅店里，肯定受欢迎哦。你莫担心，要弄新鲜肠子我也有办法，我三姨爹在肉联厂当厂长，这个包在我身上，供应和销售都算我的，你只管加工。"

张昇把酒瓶盖一拧开，头都懒得回："滚！毛都没长齐，还跟老子谈生意？"

这时童阿姨走过来敬酒，正好化解了这一尴尬。童阿姨端着一个杯子说："感谢各位邻居这么多年的照顾，今天借这个机会好好感谢大家。"她犹豫再三，又很不好意思地接着说："今天还有一个事就是要给大家打个商量，家里三妹儿四妹儿都没有工作，我自己的工作也被老二顶了，实在是没得路子了才想到这个法子，之前也不知道能不能成气，没和大家商量我家童幺妹就整了这么一个摊儿出来，想借这个院坝做点火锅生意，有点事做娃儿们也不会漫天飞，如果生意好也算是给几个丫头存一点嫁妆钱，我也算给她们老汉儿有个交代⋯⋯"

童阿姨是一边说，一边哗哗地流眼泪。左邻右舍都忙着劝，说："这是好事，大家都支持。"吃人嘴短，就算楼栋里有人心里不舒服，这时也不好出来说什么。

崔师傅是个老实人，做事一板一眼，他问童青青："幺妹，你们这个火锅店起名字没有？工商所同不同意哟？"

胡文鹏终于借此机会又挤了进来，说："我们去问过，工商所说不能给私人馆子批执照。又不给我们安排工作，又不准我们做生意，总要给我们一碗饭吃吧？我有几个哥们儿在穗城那边倒眼镜和裤子回来卖，被说投机倒把，去年被抓了好几次……不过今年就好多了，检查的人也是睁一只眼闭一只眼，悄悄塞点钱过去，很容易就过关了，只要舍得出钱，再难搞的东西都搞得到。这个午餐肉，你们看哪个商店买得到嘛，拿起外汇券都买不到……"

胡文鹏一个趔趄终止了炫耀，因为童青青在后面抓起他的衣服后襟一扯，骂："就你话多！"

童阿姨见了，也轻轻拉了一把童青青，她虽然不太喜欢胡文鹏，但毕竟来的都是客，他又帮了自己不少的忙。"小胡也是好心帮忙，你就莫狗咬吕洞宾了。崔叔叔刚刚在问你们究竟想好名字没有？不管工商所怎么说，名字还是要想一个吧？"

摘了蛤蟆眼镜的胡文鹏锲而不舍地又挤上前来，讨好地说："这个店是你们两姐妹搞的，那就叫姐妹火锅嘛。肖家湾有一家火锅很好吃，叫兄弟火锅，听说就是两兄弟一起搞的。"

"搞个鬼！"童青青转身对着胡文鹏吼，"我三姐还要等机会进厂！等她进了厂我还要回去读书！你以为我们会做一辈子吗？我给你说，我帮三姐开店就是不想看着她一天到晚跟着你们这些二流子混。我再警告你一次，你要来帮忙我不管，要是想打我三姐的主意，不要以为我不晓得你那些花花肠子，等哪一天真把我惹冒火了就撕了你！我再说一次，这个店跟我无关，但三姐的事跟我有关，店是我三姐的，就叫'三姐火锅'。你要是懂事，就帮着我姐把这个场子看好，你手下的那些人要来吃，欢迎，要是想来捣乱，都给我爬远一些！"

三　张家

> 如果自己的父亲曾经打过和骂过自己，或许这辈子心里就不会有这么深的想念。

宋军舰住读，很少回家，这是张隐最高兴的事情，他可以一个人睡整张床了，但他仍然只占一半的空间，另一半的空间即便是空着他也故意留着，但不是给宋军舰留着的。每天半夜，张隐会在黑夜中把空气幻化成的童青青拉过来，有时张隐会将被子裹叠成一个人的形状，没有脸没有头发，但他能分辨得出哪一块是鼓囊囊的胸，哪一块是鼓囊囊的屁股。

楼下的火锅摊开到很晚，半夜都还有人在吃吃喝喝。童青青在楼下，穿梭于三张桌子间，她调理的火锅味道让食客们大汗淋漓，从锅里飘浮而出的那股味道凝成了另一个童青青，飘进张隐的房间，让他在睡梦中也能酣畅淋漓地出一身大汗。

三姐火锅渐渐地火了起来。童家姐妹很会处事，说只要是这栋楼的邻居来吃，一律打八折，言语中还透露着对邻居们的感激之情，并送两份菜加一瓶啤酒，逢年过节还给每家邻居送水果。邻居虽对半夜三更还闹腾的食客颇多怨言，但拿人手短，也只能叹一口气，能忍则忍。但也有望人穷，看不得三姐火锅生意好起来的人，想着把这块地盘拿过来自己开火锅店，于是悄悄到厂里房管科告状。房管科和行政科的人来干涉过几次，每次只要童青青一使眼色，童岚岚就会借故悄悄溜出去搬救兵，很快童阿姨就会出现，她拉着厂里的来人感激涕零地说："感谢厂里还记得我们孤儿寡母，现在我退休了又有病，两个女儿也在厂里工作，还等着分房子结婚。厂里派你们来肯定就是来帮我们解决困难的，感谢厂领导……"说着说着就还拉着人家的衣襟往地下跪。

房管科和行政科的人当然是能溜多快就溜多快，他们在回去的路上，童岚岚和胡文鹏总会恰到好处地和他们擦肩而过，然后"哎呀"一声，胡文鹏就会拉住他们叔叔阿姨连声喊，说正好他的兄弟从穗城搞了一点好东西，现在手里有点紧，能不能请叔叔阿姨们帮个忙，换点现票子。这些张叔王姨一看东西确实是好的，但一问价格也是贵的。这时童岚岚就故意拉拉胡文鹏的袖子，说这是厂里的张叔王姨，经常帮助她们童家。胡文鹏就连声道感谢，好像自己就是童家的男主人一般，东西也硬往他们手里塞，一边说："嘿嘿，今后有机会就麻烦你们在她妈面前帮我说点好话。"

房管科的同志就再也没管过楼下院坝开店的事儿了，再有人告状，他们还会呛一句回去："你这个人，怎么总是盯着人家孤儿寡母欺负呢？"

最麻烦的还是工商所的人。渝棉四厂在土桥工商所的管辖范围，工商所的人来了几次，就把三姐火锅店的锅没收了几次。后来他们也不来了，据说是这一段时间工商所的人遇到了一点小麻烦，他们的子女在上学路上总是会被一些穿花衣服的人抢走书包，没书包怎么上学嘛，买新的第二天又会被抢，如果是大人送孩子上学，一个鬼影都看不到，但只要哪一天大人不去送，娃儿的书包绝对又会被抢，娃儿们哭得造孽得很。

工商所的人再也不来找三姐火锅店的麻烦，但也不发证。为保住三姐待业青年的身份为进厂作准备，童青青想用自己的名字去登记，但工商所说她年龄不够。胡文鹏隔三差五地出没在三姐火锅店，大大小小的忙帮了不少，童青青也不再厌烦他，但一提到去工商所帮忙找关系他就直摇脑袋，怎么说都不愿出面帮忙。童青青只能带着三姐去工商所，用童岚岚的名字登记办证。工商所的人这次又说没政策，要打报告，等领导批准。去了几趟之后童青青也懒得去了，店里生意越来越好，她才懒得花力气去对付这些不赚钱还受气的事。

一年的时间很快就过去了，童阿姨给邻居们说准备搞个周年庆，请大家再来吃一顿，闹热闹热。可大家盼着盼着，院坝中的三张火锅桌和棚子竟然一夜之间都消失了。

胡文鹏的二姑爷在江南区的二小区当工商所所长，二小区这个地名就说明了这块地是新开发不久的，规划中要新建一些工厂。地块是新的，机构也是新的，这里的人脑筋也是新的，因为是要搞大开发，对政策就更为关注，也更为敏感。

胡文鹏听二姑爷说国家目前面临太多的就业难题，提出了一个新的改革口号，要鼓励待业青年们自谋职业自主创业。二姑爷说这次提出的创业和农村合作化运动完全不同，这次提出的创业是针对城市的，是鼓励待业青年们办厂和做生意的。

童岚岚童青青两姊妹又去了一次土桥工商所，走到半途，她们就看到工商所的人正拖着一个进城农民背的背篓，背篓里面有两只鸡在扑腾，一些蛋液从背篓的缝隙间流了出来。

童青青拉起童岚岚转身就去找胡文鹏。胡文鹏正在那群混混中间，享受着来自小弟们的各种吹捧。童青青一点也不给他留面子，吼了几句，让他赶快带路去找他二姑爷。

不仅是人熟好办事，新机构确实也有了一些新气象。童青青当天就得到了明确答复：不仅欢迎她们来二小区，如果她们有钱，还可以特批100多平方米的地皮给她们开店。

家里究竟有多少钱，童青青心里并不清楚，没有真正盘过点，她回家后便开始清理这一年多的账，这一算账，童阿姨的眼泪又哗哗地淌出来。这些时间她们一共赚了九千多元，差一点点就成万元户了！大姐和二姐在厂里一个月才挣50多元。

"三姐，你还想不想进厂当工人？"童青青问。

"我脑壳进水了吗？你就是再凶我，我也要受着。他们就是再怎么来裹我，我都不出去了，我就把店守着。"童岚岚回道，说着说着就哽咽了，眼泪也哗哗地流，"幺妹，你呢？"

"我还是想回去读书。"童青青叹了一口气，眼睛盯着墙壁。墙壁那一面就是宋军舰的家，如果目光能穿过墙，她看到的会是宋军舰曾经做作业的那张桌子，现在张隐正坐在那里毛焦火辣地写着作业。

崔师傅又带着工友来帮忙。渝城是全国出了名的火炉城市，白天城市的道路上很少有人出来，夜晚也热得让人不敢进屋，人们只能借晚风缓解一下暑热。到了半夜，一张接一张的凉板凉席铺满了街沿，不管男女老少都排成一排睡在上面。崔师傅他们连更连夜地干活，砌墙、搭棚，还在地下涵洞里建起了操作间。

泥水师傅说："老崔，这个门口还是要挂一块招牌哟。"

崔师傅转头就问童青青："童幺妹，我去找木匠给你做一块新招牌嘛。但我找不到字写得好的人，你找人把'三姐火锅店'这几个字写一下嘛。"

童青青想了半天，把手一招，将胡文鹏叫到身边："胡蛤蟆，你二姑爷看起就像有文化的人，请他帮忙写几个字吧！就写'友友火锅店'。"

"友友火锅店？不是三姐火锅店？"

童青青白了他一眼，说："未必要我三姐一辈子都守着这几口锅吗？她哪天不想做了，要跟你去跑江湖，我们还把店关了吗？'友友'这个名字好听一些，意在感谢朋友的帮忙，没有'三姐'这么小家子气。"

这句话听得胡文鹏心花怒放，屁颠儿屁颠儿地跑去找他二姑爷了。

二姑爷挥毫泼墨："友友火锅店不仅是江南区，也是整个渝城的第一家个体火锅店。"

因为这个第一的名头，再加上童岚岚脸盘子漂亮，和童青青相比多了一些傻气天真，特别招人喜欢。热情的笑脸，周到的服务，引来八方食客，二十张桌子根本周转不过来，排队等座的人把街沿都坐满了，美丽能干的火锅姑娘童家姐妹很快就成了渝城人茶余饭后的谈资。

又是一年。

童岚岚成了中国待业青年自主创业和个体户的代表，也成了渝城火锅与美女的一张活名片。远近闻名的友友火锅让年轻的童岚岚成了全国名人，有一天她还接受了来自全国各地二十多名记者的采访。

童岚岚还被选为江南区个体劳动者协会主任和渝城市个协副主任。荣誉一项接一项地来，刚满二十岁的童岚岚又被推荐参加了全国发展民办集体和个体先进表彰大会。参会的人里童岚岚是年龄最小的，临行前夜她激动得一宿没睡，抱着童青青说："幺妹，这些都应该是你的，我去话都说不清，要出洋相的。"

"三姐，我对做生意没兴趣，还是想读书。你就好好地把这个火锅店守住，我看胡蛤蟆一天东蹦西跳，板眼儿多得很。有一句话你给我听好了……"她停了一下，压低声音说，"不管他怎么裹你，你们都要等扯了证才能睡到一起，不然，我就把他那个东西割了！"

童岚岚把妹妹的嘴一捂："你这个丫头，信不信我撕了你的嘴？"

旁边的童阿姨翻了一下身，好像多米诺骨牌一样，这个信号一发出，街沿上院坝里到处都响起了凉板叽叽嘎嘎的声音。

两姐妹安静了一会儿，童岚岚轻声说："幺妹，你要是去读书，不可能再和宋军舰当同学了。"

童青青闭上眼睛装作熟睡了，她的脸在昏黄的路灯下泛起了一圈红晕，这个红晕很快浸润到她的眼睑，很快起了露水，整条街道的露水都凝结到了她眼睑的缝隙中。

童岚岚的北京之行结束后，一系列的荣誉接踵而来，这让童岚岚从手足无措渐渐变得游刃有余。一首由著名音乐人作曲的《火锅姑娘》在大江南北唱响，并走进了春节联欢晚会：山城的妹子脾气倔，店子一开火气旺，鱼翅海参她不做，专门供应麻辣烫……电视镜头扫到童岚岚的脸，童岚岚的笑脸和脸上浅浅的酒窝也就灌醉了更多的人。

春节后，电影制片厂专门为火锅姑娘拍了一部纪录片。影片播出后，来寻找火锅姑娘的人就更多了。

夜深了，当人潮散去，友友火锅店关上了门，童家五口人坐在店里。

大姐童秀秀张了几次嘴，还是一个字没有吐出来。二姐童慧慧看了一圈，说："大姐现在每天干活要累死了，合格率低罚款也多，上个月只拿到三十多块钱……大姐想出来跟三妹儿四妹儿学着做火锅。"

童慧慧也很羡慕两个妹妹的风光，要名有名，要钱有钱，但这种羡慕淡薄得如初一的月光，毕竟童慧慧现在在厂里的工会办公室，马上就要转干了,从工人变成干部,这种身份的变化对童家所有人而言都是很大的诱惑。三妹现在名气虽大,但今天这样一家人坐在一起,隐约间仍然传递出一个信号,她童慧慧才是这个家真正的骄傲。

童岚岚虽然在外都可以脱稿作报告了,但她回到家里,说话之前还是要看看幺妹的脸色。童青青手里拿着一把算盘,右手的食指和拇指捏着一颗珠子反复地拨弄着,发出啪嗒啪嗒的声音。知道这是幺妹心里在想事情,童岚岚也就咬紧牙关把想说的话暂时先吞了下去。

童阿姨说:"这家店是三妹四妹两人一手一脚弄起来的,我只是帮个忙,当不了家,店里的事还是你们自己做主。你们两姐妹商量着办,也别怪秀秀,她不是眼红你们钱挣得多,要怪就怪你们那个老汉儿死得早,你们几姊妹都遭了罪,要不是秀秀懂事帮我搭手,你们几个小的我也带不大,也就追你们老汉儿的脚后跟了……"话虽没明说,但她帮着老大说话的意思是很明显的。

"好了,妈,你也莫说了,你想说啥我们都晓得了。"童青青把算盘轻轻一推,"我以前说过,这个店是三姐的。在渝棉四厂的时候我们的店就叫三姐火锅店,现在名字改成了友友火锅。那本个体工商执照上是三姐的名字,所有的奖也是发给她童岚岚的,我只是一个帮忙的丘二儿(方言:伙计)。大姐二姐要想做啥直接给三姐说,莫把妈放到中间来当磨心。"

对童阿姨而言,这个夜晚是最撕心裂肺的一个夜晚,比丈夫死的那晚还让她心痛。四个女儿现在的财产和未来,都将在这一晚进行决断。童阿姨知道这几个女儿争的并不是钱,但她们都长大了,都将各有各的家,分家是迟早的事,只是这事来得稍微早了点。经过这一夜,这一个家庭将分裂成五个独立的家庭。这种痛她知道迟早会来临,以前也设想过女儿们成家出嫁的样子,但那是四把刀一次接一次地割,而今天,四把刀猛地一下子都割了上来。

见幺妹把话头引到自己身上了,童岚岚虽然壮了壮胆子,但说出来的话还是怯怯的:"名字是我的,但你们都晓得这个店其实是幺妹弄起来的,今后要怎么弄我还是都听她的。"

这个滚烫的话头又回到了童青青这里,她扫视了大家一眼,见大家都不说话,便眉毛一挑,说:"我怎么说你都认账?那其他人呢?"

大家都点头。

"好!"童青青接着说,"胡文鹏对我们这个火锅店还是很上心的,东奔西跑帮了不少忙。他到市中区去探了探,前几天给我说只要我们想去开店,市中区也可以给特殊政策。我去看过了,在琵琶山公园后门有一块一百多平方米的地皮,我算了一下,在那里弄一个一整楼的门面可能要花十多万。如果搞得到这笔钱,我想弄一个新店。"

新店?十多万?童家四个女人都盯着幺妹。就算友友火锅店生意好得天天排队,要凑出这十万恐怕也要等到五年之后了。

"三姐,你喊胡文鹏去跑跑关系,把友友火锅店抵押给银行,想办法贷十万块钱出来。这家友友火锅店从今天开始就算是你们两个人的了,我算了一下,你们两个老老实实地做,最慢四年,快就三年,这十万块钱就赚回来了。这个店就是妈妈给你的嫁妆,如果他不想要那就算了,如果要,就喊他这几天想办法拿十万块来!"

"我们在市中区开的新火锅店上路后,大姐就来当老板,赚的钱都是大姐的,亏的钱算我的……莫在那里摆手,我都不慌你慌什么?我算过账,只要不乱来,肯定能赚钱。但我还有一个条件,就是这个店从开始赚钱的那一天起,前面三年所赚的钱都不是大姐的,要全部存起来到时给二姐当嫁妆,三年后连店带利润才都是大姐的。"

"幺妹,你自己呢?"童阿姨发现童青青帮每个姊妹都算了算账,却没有把她自己算进去。

"幺妹,你是真的还想去读书哇?"童岚岚和童青青在一起的时间最多,彼此的小心思都了解,于是她一下就问了出来。

刚刚说话像打机关枪的童青青瞬间就哑了。前几天因为张叔叔的事,她去了职工医院,见到了匆匆赶回来的宋军舰,这个曾经的同学又长高了一截,自己站在他面前就只能看到他的下巴了,一些胡楂在破土而出,他还是那么瘦。

今年就要高考了，上大学曾经是他们两个共同的梦想。童青青说自己想去北方，北方有雪，宋军舰说自己想去南方，南方有海。童青青把眼睛一瞪，宋军舰就低着头说他也去北方，不过下雪的地方很冷，他最怕冷了。童青青就笑，让他赶快吃成个胖子，成了胖子就不怕冷了。这是他们在初中毕业那天彼此交流的梦想，现在宋军舰的梦想就快实现了。童青青看着面前的宋军舰，或许是因为他个子比自己高的缘故，从小到大，面对宋军舰时一直都有的心理优势瞬间崩塌了，坍塌过后的废墟上只剩下一根小小的柱子还立着，那根柱子叫做卑微。

她收回了思绪，说："我要去南方。"

"我又不会做火锅！"大姐着急地伸手过来拉童青青，像是要留住她。

"你慌什么嘛，我又没有说我明天就不管了，等把新店弄好了我再走，再怎么也还要一两个月的时间，你也可以慢慢学，等你摸清了，我再去请张叔叔来帮忙。唉，不晓得他会不会来，他也是造了孽了，虽然请他来也上不了灶，打不了杂，店里还要多开一份工资，但这个忙我们还是要帮一把的。"

"他家老大要上大学，要花一笔钱，我想他应该会来的。"童阿姨说。

"也不需要张叔叔做啥，有他在这里用嘴巴指点一二，我们做起来心里也就更有底了。"童岚岚说。

随着这些年大批知识青年陆续返城，再加上新增的城市闲散人口，渝城的待业青年越来越多。火锅姑娘童岚岚给待业青年们作出了一个榜样，创业的人渐渐多了起来，但就业的压力仍是越来越大，街头巷尾闲逛的年轻人越来越多，与之相伴随的是社会治安也出现问题。特别是土桥地区，这里有好几家棉纺织厂，厂里有大量的女工，厂子周围也就聚集了各种各样的流氓。

下夜班后女工们都不敢再单独出厂，每天上班都会听到议论说昨天哪个厂哪个车间某某的手表和皮包被抢了，更过分的是流氓还扯破了她的衬衫。厂里专门组织了治安队护送女工们到公交车站，但全城都笼罩在这种阴霾中，有些女工在下了公交车之后仍然会遭到抢夺和侮辱。

三 张家

曾经和胡文鹏混在一起的小年轻们已经被抓了好几个，胡文鹏在土桥地区也曾冒充过几天"大哥"，当然也被弄了进去，幸好这两年他把主要精力都放在了童岚岚身上，多数时间都在友友火锅店忙里忙外，基本没开展过"业务"。由于有知名人物火锅姑娘童岚岚的作证，再加上没有确凿的犯罪证据，胡文鹏被拘了十多天后被放了出来，出来的时候他那副宝贝般的蛤蟆眼镜彻底失踪了，不仅如此，连脑袋都被剃成了白沙（方言：光头）。胡文鹏站在看守所的铁门外不停地念了九十九句阿弥陀佛后，才狂奔回了友友火锅店。从此以后他更是死心塌地地守在店里了，连他最擅长最喜欢的原材料采购工作都是能推则推，他宁愿守在店里洗碗刷锅。

这股"严打"风还是没能快速地把严峻的社会治安形式扭转过来，反而让一些人作困兽斗，鱼死网破，变得更为穷凶极恶。

张昇就被流氓割了一刀，这一刀彻底废了他的厨师手艺。

肖春是宋文菊的徒弟，刚进厂不久，提到上夜班就怕得很。她的父母都是大山沟里国防三线厂的工人，母亲因为一身病提前回了城，也因为这个原因肖春才被招工进了渝棉四厂。

肖春白班夜班深夜班三班倒，深夜班是通宵，夜班是晚上十点钟下班。每当下夜班的时候，宋文菊都会把肖春先带回家，再让张隐送她回自己家。渝城是座山城，坡坡坎坎多，自行车对于渝城人来说既是奢侈品又像是一个摆设。肖春进厂不久，她父亲硬是想办法去搞来一辆飞鸽牌女士自行车，这个自行车只能帮助她上班，下班反而成了累赘。从家到厂是个缓下坡，她骑着车捏着闸还算轻松，但回去就只能推着车走，要走半个多小时。

张隐是个夜游神，厂里下夜班的时候正是他眼睛瞪得像铜铃的时候，哪里会老老实实地上床睡觉嘛。宋文菊喊他护送肖春回家，张隐高兴得不得了。他特别喜欢那辆自行车，即便是上坡，他也愿意使劲地蹬着脚踏骑着走，他觉得推自行车太不像爷们儿干的事儿了。只要不是最陡的那两百米，他都会要求肖春坐在车后座，然后骑着车在马路上画大龙，左扭右扭地蹬着上去。自行车扭来扭去，不抓稳就很容易被甩下来，肖春就只得把他的腰搂得紧紧的。张隐心里美极了，蹬得就更起劲了，没过几天，他就把那半边床铺上的被子形象从童青青换做了肖春。

这天出门没多久，张隐就头上流着血，左脚踩右脚地摔着跟头跌进院坝，冲着楼上大喊："妈！老汉儿！有三个流氓把肖春裹起走了，在放牛巷那边……"

放牛巷是个黑咕隆咚的胡同，通向江边，白天都没有几个人走，巷子里几间废弃的民房就成了几拨流氓的据点。

听张隐在院坝里这样一喊，整个宿舍楼立刻沸腾了，二三十个男工人提着棍棒就冲下楼来。

当他们冲进放牛巷里，看到五六个影子正往江边的黑暗深处扑去，一大群人奋勇不舍地向前追去。张隐对肖春的声音比较熟悉，年轻人耳朵又特别敏锐，他隐约听到了肖春的哭声，似乎在不远处，隐隐约约的。他指了指方向，张昇二话不说就向儿子所指的黑暗处冲去，后面紧跟着宋文菊。张隐看着那群追黑影的大部队两头为难，最终还是跟着爸妈一起摸向巷道旁边的一间房屋。刚转过一个弯，张昇就看到房屋外的院墙边斜倚着一辆熟悉的飞鸽牌女士自行车，这更肯定了他的判断，便冲了进去。月光从残破的窗框照进来，肖春就缩在墙角，还没发育完全的乳房露在外面，裤子垮到了膝盖下，她用手蒙着眼啜泣，茫然得忘了把衣服裤子穿好。宋文菊赶紧上前搂住她，迅速帮她穿好衣服。

肖春见到师傅，这才回过魂来，她紧张地用手指向一扇门。那扇门通向另一个房间。

张昇出门的时候从家里顺手抓了一根擀面杖，他认为这世界最顺手的武器只能是擀面杖了，他拿着那根擀面杖率先冲了进去。这间屋子更黑，黑暗中还有三个没来得及跑掉的歹徒，他们听到声音知道闯进来的有三个人，见三个人中一个是女人，一个是干瘦小孩，还有一个是中年男人，于是便稳了心神，正寻思着是跳窗出去还是原路硬闯，此时张昇猛地闯了进来，手里握着根棒子，三个歹徒几乎是同一时间掏出了跳刀，拇指一摁，三道寒光顿时照亮了整个房间。

张昇见他们亮了刀，将擀面杖从右手交到了左手，他的左手是天天颠锅的手,那个力道自然惊人。一探、一引、一磕、一挥,张昇用他那擀面杖硬生生地敲晕了一个歹徒,力道确实大了些,擀面杖毕竟也不是实战武器,不易抓握,随着歹徒的倒下擀面杖也脱手而飞。这时两道寒光同时向他胸前刺来,他躲过一道,用右手条件反射地去抓另一道已闪到眼前的寒光,跳刀的刀刃从虎口划过,凶手将刀往回抽。张昇的空手哪能握得住这白刃,跳刀回撤,然后又刺了出来,他只来得及继续用手去挡,刀直接刺进了他的右手腕,卡住了。凶手抽刀抽不动,转身跳窗而逃。张昇脱了力,指着窗外对着张隐吼了一声:"追!"张隐腿直哆嗦,眼睁睁看着歹徒跑远。

"这边还有三个坏人,有两个往河边跑了,有刀!把他们逮到!"宋文菊一边追一边喊。

"严打"将这个流氓团伙端掉了,毙了,这是后话。

但张昇也差不多丢了半条命,到了医院后医生说他的手筋完全断了,治好了也是一个"爪爪"。这只手形在力不在,彻底废了。

张昇成了残疾人,右手是用来拿刀拿锅铲的,所以他的残疾是很严重的残疾,严重到不得不改变命运的程度,炒菜是炒不了了,就算是回到厂里当门卫,一个"爪爪"恐怕也是会让小贼笑掉大牙的。他其他技术一概不会,而且还没文化。

"你这是见义勇为,情况特殊,给你办个病退吧,工资还是发全额。"唐厂长来了一趟医院,他打心里还是很感激张昇这些年对自己的帮助的,况且让张昇提前退休也能显示出厂里的仁义。

张昇提了一个要求:让张隐顶替自己进厂。这个要求也不过分,唐厂长爽快地答应了。

可是张隐却不同意。

"为什么要我去厂里?宋军舰不也是你的儿子吗?让他进厂!我比他小,我初中都还没毕业!凭什么你们都欺负我?就因为我小?"

张隐并不反感进厂当工人,他对读书提不起兴趣,早就做好了初中毕业后就去技校混一混的准备。读技校最后的出路肯定也是到厂里当工人,但他一想到宋军舰，心里立刻就起了反应。

"让老大回来顶你的班吧，过几年幺儿再顶我的班，他现在还小。"宋文菊也说。

"妈说得对，我回来顶您的班。"宋军舰说。

"你们都已经当我是废人了？我说的每一句话都是废话了？！"张昇暴怒道。

等火气降下来，他对宋军舰说："老大，你如果读书不得行我也就不说了，你成绩这么好，不读就太可惜了，我不可能拿里脊肉来熬油渣吧？"

"好啦好啦，两个娃儿好心好意地来医院看你，你还发啥脾气嘛，见一个咬一个。你好好躺在床上，快中午了，我先带他们去吃饭，吃完了再给你带回来。"

"你带老大去，回来时给我和二娃带点饭。"张昇说，"我再给二娃说点事。"

张隐早就做好了往门外跑的准备，见父亲点名要他独自留下来，脸都吓白了，他的头上也贴了纱布，白色的纱布在头上，经过脸色一衬托，倒显得有点发黄，就像一块褪色的假黄金勋章。张昇气得要笑出声来，招手道："过来，我不打你，打你我是你生的！"

宋文菊对张隐说："那你就留下来陪一下你老汉儿。"她又对张昇说，"你们两爷子声音合适点，这是医院哟。"

病房里就只剩下张昇和张隐两父子。张昇又叹了一口气，举了举包缠着纱布的右手说："我这个样子未必还打得了你吗？你怕个啥呢？唉，感觉你就是打铁的墩子投的胎，从小到大都还算经得打，打了能好上两天，不打就飞上了天。算了算了，你现在也长大了，我也打不动了……今天我要给你说件事，你就给我听好！"

张隐怯怯地说："你要说遗嘱啊？"

张昇气笑了，咬牙切齿地骂："你个小狗×的，一天到晚巴不得我死？"

张隐念叨："书上说的，人之将死其言也善……"

张昇骂："该读的书不读，不该读的书你个龟儿子还记得清楚！你才真是一根茅厕里的棍子，文又文不得，武又武不得，见到坏人腿打颤，没出息！"

张昇要给儿子讲的其实是渝棉四厂的前世今生："这个厂是我的老汉儿，也就是你的爷爷建立起来的，现在唐厂长住的那个小院就是我小时候住过的。"

张隐第一次听说这个厂竟然和自己家有如此关系，强烈的好奇心战胜了对父亲的畏惧，他就一屁股在病床边坐了下来。

这些年张昇早就忘掉了自己的父亲，但在手术台上麻药一注入体内，他就突然间看见了自己的父亲，而且是父亲的笑脸，父亲和他说了很多的话，当他伸出小手想去牵住父亲的手，耳边却又有人在喊自己的名字，在拍打他的脸颊，手术结束了，麻醉医师正在唤醒他。这几天张昇躺在病床上使劲回想，却再也回想不起父亲的那张脸了，回忆不起任何一句话，他只能努力地从现实记忆中去搜寻，但他最早的记忆就只停留在父亲离开渝棉四厂澡堂的那一天，再也无法往前。这之后就是和师父，也就是和张隐的姥爷过着的漫长日子，直到师父死了，自己就一直在厂里的食堂工作和生活。

在这个厂里，所有人都议论说张昇有遗传病，会和他的父亲一样发疯的。张昇从小听到大，从不敢反驳，然后也就慢慢接受了，毕竟父亲发疯而去的背影是真实的，一直都留在自己的记忆里。张昇甚至就一直在等待着自己发疯的那一天，他设想过种种场景，这一刻会发生在食堂？澡堂？还是厂区里的任一地方？想得头痛，想得走神时险些被菜刀切断手指。张昇咬咬嘴唇心里暗说：不想这些了，随便吧。

后来的事情渐次展开，宋文菊投奔而来，生下宋军舰后张昇坚决地不让这个孩子姓张。宋文菊认定张昇嫌弃孩子不是他的骨肉，还在月子里就负气抱着宋军舰离家出走，走又不敢走远，就躲在宿舍楼不远处一个可以避风的暗角。在那里她能看见张昇发疯般地寻找他们。童秀秀在院坝里玩，跑来跑去发现了宋文菊，这才把童阿姨喊来。童阿姨的连哄带劝算是给了宋文菊一个回家的台阶："宋师傅只有你这一个女儿，把张师傅像亲儿子一样带大。张昇能收留你，看你大着肚子还匆忙和你结婚，这怎么会是嫌弃这个小家伙吗？这个道理应该能想得明白。张昇只是一个不会说话的人，我猜他可能是想让这个娃娃姓宋，这是给宋家留血脉继香火，这是好事。也得亏张昇自己的父母不在了，如果在的话，按渝城的规矩哪能做这种事呢？只怕都不会同意你们结婚……唉呀，你看看我一着急就打胡乱说了，你不要想太多了，后面的日子还长着咧……"

当得知宋文菊又怀孕之后，张昇心里就发慌，甚至对宋文菊也发起了脾气来。宋文菊反而百依百顺——除了打胎，其他事情全都能依着张昇。

张隐出生之后，张昇赌气般给他起了一个意在"应该消失"的名字。虽然如此，在张隐喊出了第一声"爸爸"时，张昇真的像是疯了一样，他激动、惊喜和感叹，只觉得浑身燥热。张昇兴奋得脱掉上衣，嘴里叨念着这个小狗×的，一边赤裸着上半身围着整个厂区跑了两大圈。

厂里的人都认为他在发疯，只有他自己心里清楚，这是在和自己的父亲宣告。他依稀记得父亲留给自己的最后一句话是"这是我们家的，你要把它守好！"，什么意思？守什么？怎么守？这些年他一直努力地去回忆自己的父亲，努力地去忘记曾经发生过的那一幕，包括这句话，但这句话始终是梗在了心里。这一刻他心里的疙瘩一下被解开了，他成了父亲，不管这句话弄没弄明白，但就像接力赛一样，自己这一棒终于可以交出去了。

交出去了，但张昇更不能释然。此刻，他更恐惧自己会有变疯的那一天，难道仍然要留一个光屁股影子给儿子？他骂他，他打他，张隐调皮捣蛋是一个原因，张昇不想给儿子留下一个美好的父亲形象才是真正的原因。如果自己的父亲曾经打过和骂过自己，或许这辈子心里就不会有这么深的想念，这么痛苦的回忆，就能忘记掉那光溜溜的背影。

但这一切又怎么可能告诉儿子呢？又该怎么告诉儿子呢？思考了好久，他才对儿子说道："这个厂以前叫裕昇棉纺厂，是你爷爷创办时取的名字，后来才改成了渝棉四厂，你要记住这个厂原来的名字。"

"喊！"张隐没想到父亲说的竟然只是这么一句话，这并不是他想听的故事，他看看父亲，好像也没有再多说一句的意思。

"你说完没有？那我走了哟！"张隐推开病房的门就往外走，门一推开他就看到了一个熟悉的背影，这个背影被自己的眼睛盯了上万次，这个背影让他浑身发热，嗓子发干，他这才想起已经有很久都没有见到童青青了。张隐的目光绕过这个背影又看到了宋军舰的半张脸，宋军舰哭兮兮的样子真难看，真像一个娘们儿，童青青还帮他擦眼泪，她才像一个爷们儿。

张隐突然想到童青青瞪自己的目光，身子不由得一颤，赶紧闭上眼，晃晃头。等他再睁开眼，宋军舰和童青青还是面对面地站在一起，张隐不屑地将目光投向更远方，那里也出现了一个熟悉的影子，肖春和肖妈妈提着五六个玻璃瓶装的水果罐头站在那里，宋文菊搂着肖春的肩膀和肖妈妈聊得亲热。相比于童青青，张隐对肖春的身子要更熟悉一些，肖春的身子是有味道的，像青草，又像牛奶一样，很好闻，每当她在自行车后座伸出手臂搂着自己的腰时，张隐的一个部位就会硬起来，他只有站起来使劲地蹬车。此刻张隐眼睛一花，像又一次看到了肖春的白屁股和半露出的乳房，他微微前倾身子，扭过头对着病房里面吼了一声："要得，我接你的班！"

张隐顶班成了渝棉四厂的工人。食堂可是一个肥得流油的部门，但他偏偏不愿意去食堂工作，这是他作为进厂顶班和父亲谈判的唯一条件，也是底线。他去了机修车间。渝棉四厂除了食堂男女混杂，生产车间里几乎都是女工，机修车间是例外，全是男工。钳工崔师傅成了张隐的师父，机修工是要经常到车间里去的，张隐经常往肖春的车档里跑，这些都被宋文菊看进了眼里。

再上中班，宋文菊就不让张隐送肖春回家了，她把肖春留在家里和自己睡。

趁肖春去外面上公厕的空当，宋文菊对着张隐说："我晓得你喜欢她，但是你们都还小，很多事情现在不能做，现在做了就是耍流氓！你晓得严打吧？那些对过路的女娃儿吹口哨的都被当成耍流氓敲了沙罐（方言：枪毙）。你当过英雄，英雄如果耍流氓也一样的会被枪毙，而且比流氓更坏，要被枪毙两次。"她探头朝外面看看，小声地说，"还多亏了你跑得快，回来喊人喊得及时，那些流氓还没有来得及，她还是个黄花闺女。你放心嘛，妈帮你把她看着的，没人抢得走，你们两个到了年龄就去扯证，妈会悄悄帮你的。"

四　记者

>　　有君子的儒雅之风，又有君临天下的霸气，这两个重叠的君字一下子就把我们渝城人的性格特点概括出来了。

　　宋军舰考上了大学，温校长亲自修改了他的高考志愿，他被穗城一所名牌大学录取。"穗城在南方，"校长说，"现在全国都是南风吹，中国未来最有希望的地方一定在南方。军舰，去做最优秀的人，给母校争光。"

　　张昇和宋文菊办了几桌，既是庆贺大儿子鲤鱼跳龙门，也是庆贺小儿子参加工作开始挣钱了。

　　对左邻右舍和学校老师的答谢宴就合在一起，办在童青青新开的火锅店里。这家火锅店刚刚装修完，还没正式开业，正好借这个喜事给新店烧烧锅底，讨个吉利。在这个地方办是童阿姨坚持的结果，这样能帮张家省点钱。

　　童岚岚和胡文鹏要看管友友火锅店的生意，就没来新店。童慧慧说厂里正在排练参加省纺织系统文艺展演的节目，忙得抽不开身，也没来。而一向风风火火事必躬亲的童青青则一直在后厨忙活，也不见她出来招呼这些邻居。童阿姨到后厨喊了她几次，她说如今这个店的老板是大姐，大姐应该学着当老板出来招呼客人，都是熟人就当练手，这还害怕出丑？可童秀秀人虽在店里却并不会招呼客人，手里拿着一张抹布东擦西擦。童阿姨骂大女儿是狗肉上不了席，骂了几句也没见什么改变，她只得自己招呼起客人来。

　　客人到得差不多了，几张桌子上熬煮的红汤在翻滚。童阿姨刚拙手拙脚地撬开几瓶啤酒，胡文鹏就带着一位中年男人闯了进来。中年男人个子很高，一米八几的样子，可能是个子太高的缘故，微含着胸导致整个身子微微前倾，像是随时都在认真倾听你的讲话，很能给人亲切感。张隐盯着这个人使劲看，他觉得这个人一定是很有个性的人。他的头发很长，长得不像一个规规矩矩的男人，和胡文鹏长出头皮没多久还泛青的短发形成了鲜明的对比，他时不时拿手在脸颊和额头处撩一下不安分的发丝，幸好他是用整个手掌在撩，如果是用小拇指去撩，张隐真会忍不住拿火把这个人的长头发燎了。

"我叫唐奕，是《渝城日报》的棒棒儿。"长发男人自我介绍道。"棒棒儿"是渝城街头新出现的一种职业，一些农村人跑到城里来打点临工做点零活儿，他们手里都会拿一根扁担或竹棒，竹棒上还会缠几股粗麻绳，方便肩挑背扛。渝城是座山城，有了这一群进城的农民后，城里人搬点东西还是省力多了。童青青她们开火锅店，买菜买煤都是一些下力的活，如果没有街头的那些棒棒儿，这几个女人是根本做不起来的。有人说渝城的发展是这群棒棒儿用肩膀扛出来的，这话说得在理。棒棒儿并不是贬义词，而是渝城市民用他们手里的工具来代指他们的职业。当然，唐奕自称棒棒儿却也是渝城人常用的一种自我戏谑的方式，意思是说自己没文化，靠下力气找饭吃的。

唐奕明显不是做体力劳动的，身子像干豇豆一样，看上去比宋军舰还要单薄。

胡文鹏带着略显骄傲的神情笑嘻嘻地向大家介绍，唐奕是他一个兄弟的表哥，是《渝城日报》鼎鼎有名的大记者。

今天唐奕和几个朋友在友友火锅店吃火锅，他耳朵尖，从胡文鹏和童岚岚的闲谈中听说火锅姑娘又开了一家新店，就缠着童岚岚问个不停。虽然童岚岚也曾经接受过包括中央电视台等各个媒体的采访，但现在的情况不一样，现在面对唐记者的各种问题她没有提前背发言稿，所以牙齿咬舌头，回答得乱七八糟。童岚岚还是聪明，眼看要露馅，就把胡文鹏推出来应付。胡文鹏也解释了半天，说新店是童岚岚的姐姐开的，还没正式开张，今天只是请一些街坊邻居来烧锅底。唐记者更是来了兴致，说："这是渝城火锅姐妹花，'你方娇艳我又发'，看嘛，标题我都想好了，独家新闻！"

胡文鹏实在推托不了，两个人就打了一辆出租车直奔新店来。

唐奕嘿嘿地笑，向大家拱拱手。

在座的这些工人平常把报纸都当圣物一样看，特别是《渝城日报》，一个车间才订一份，车间主任拿到报纸后都是一个字一个字地读，现在突然间听说大记者来了，慌得都站了起来。知道是贵客上门，童秀秀把抹布一扔就往后厨躲去，童阿姨也哆哆嗦嗦不晓得该怎么招呼。好在这时童青青走了出来，她才不会怵这种场合，她让温校长和宋军舰各往旁边挪挪位置，让出了主位安排唐记者就坐，然后又招呼大家都坐下。

唐奕在来的路上就从胡文鹏嘴里把今天的情况摸了个七七八八，他向宋军舰道了一声恭喜，又向坐在他另一边的温校长笑了笑："你们学校今年考得好哟，昨天我和你们区教育局的王局长一起吃饭，老王还在说完全没想到凤凰山中学今年真的出凤凰了。温校长是个能干人，才干两年高考升学率就翻了一番！"

温校长激动得站起来，他一站起来大家又都跟着站了起来。

唐奕也只能站起来，他把温校长的肩膀一按，说："坐，大家坐。今天的主角是我们的大学生，我就是一个来混吃混喝的人。"

气氛顿时就柔软下来。看温校长哆哆嗦嗦地给自己杯里倒啤酒，唐奕忙用手捂住杯口，对着胡文鹏喊："兄弟，你晓得我喜欢吹瓶瓶噻，有没有冰啤酒，先拖一件来！"

胡文鹏说："早就听我兄弟说起过你唐大记者的英名，别人喝三瓶就喊遭不住，你唐大记者喝六瓶才算是解个口渴，还说你喝得越多文章写得越好。你写的那篇《白水黑豆花》真是霸道，我们是边听边流口水，听说你写这篇文章的时候是一口气连喝了五瓶，然后五分钟就写出来的？"

唐奕笑道："莫信那些，那是鬼扯。"

温校长撬开一瓶冰啤酒递到唐奕面前，说："唐记者今天也露一手，让我们学习学习？"

唐奕也不客气，拿过瓶子，对着瓶口就吹，一口气灌下半瓶，颇为舒服。他微微一笑，脱口而出："琵琶山园子，又开新店子；一张方桌子，中间挖洞子；洞里生炉子，炉上安锅子；锅里熬汤子，食客动筷子；或烫肉片子，或烫菜叶子；吃上一肚子，香你一辈子。"

这个子子相连的段子一出口，大家都顿时鼓起掌来，就连一直拉着脸的张昇也忍不住用左手拍着大腿连连喊好。

唐奕扭头对着宋军舰的耳朵悄悄说："这是郭沫若写的，我偷梁换柱只改了开头两句。"

边吃边聊，大家其乐融融，只是童青青在上菜的时候总是要往宋军舰的肩膀上递，时不时用手肘撞一下他的背，或者故意不小心使劲踩他一脚。宋军舰老老实实地当她不小心，一句埋怨都不敢有，只是动着身子尽可能地躲避。旁边的唐奕却将童青青的小动作看得一清二楚。

"童幺妹，你们这个店还是叫友友火锅店吗？"唐奕问。

童青青说："友友火锅店是我三姐的，胡哥还在里边占了股，这家新店是我大姐的，还没想好名字。唐记者，要不你帮我们想一个店名？"

唐奕摆摆手。

"你要是能想出一个好听的名字，我就不收你的酒钱！"童青青说。

唐奕一大口啤酒刚刚灌进嘴里，差点就全部喷出来，他被呛了一下，咳了好半天，然后用食指对着童青青凌空点了点："我就晓得真正的火锅姑娘不可能是你三姐，你们可以骗得了全中国，但就是骗不了我。火锅姑娘，顾名思义，一定是又麻又辣，你说，你们家还有哪个比你辣？"

他又说："开店就像是自己生娃，你的娃儿还是要你自己取名字，你要晓得一个好的店名就能让生意成功一半，这么重要的事情未必也就只值几瓶啤酒钱？还是你自己想，大家倒是可以帮你参谋参谋。"

大家都觉得唐奕说得在理，也问童青青有没有想好名字。

童青青犹豫了片刻，说："叫君君火锅店。"

"军军？"胡文鹏强压住笑意问，"是军队的军，还是军舰的军？"

童青青柳眉倒竖，脸一红，朝他使劲一瞪眼："君子的君！君臣的君！"

唐奕用手指蘸了啤酒在桌子上写下一个君字，点点头，对邻座的温校长说："这个店名取得好哇，有君子的儒雅之风，又有君临天下的霸气，这两个重叠的君字一下子就把我们渝城人的性格特点概括出来了，而且和友友一样是叠音，和友友一脉相承，一看就是兄弟店，哦不，应该是姐妹店。

绝妙！绝妙！"

唐奕激动得连拍了好几下桌子："我今天就回去写一篇报道。太好了，这才是真正的火锅姑娘，他们那些记者都被你这几个小丫头骗了，我才捞到了真货！嘿嘿，明天我喊摄影记者来给你拍一张照片，发头版！"

童青青脸红了一大半："唐记者，你写我做啥哟，我给你说了的，这个店是我大姐的店，我是来帮忙的，等店正式开张了我就不管了。你不信？不信的话到时就看工商执照嘛。还有，那个火锅姑娘真的是我三姐，你莫乱写，乱写我要找你撕皮哟。"

"那你要去做啥呢？"唐奕很好奇，他觉得哪怕不写火锅姑娘的真相，也大有文章可写，这个妹子身上一定还有更多的新闻点可挖。

"我去读书。"童青青说。

大家都觉得奇怪，宋军舰终于憋不住了，问："青青妹儿，你还要读啥书？"

"我读社会大学！"童青青笑了笑。张隐觉得童青青笑起来真漂亮。

宋军舰哪里听得懂，一脸茫然，他盯着唐奕，希望能从他的脸上读到这个名词解释。

唐奕当然懂，问她要到哪里去读社会大学，他要问更多细节，这样写出来的新闻才更有冲击力。

"到南方去。"童青青犹豫了片刻，回答的声音有些轻微。

这轻微的声音被宋军舰捕捉到了，他有点高兴："你也要到南方去呀？去哪个城市呢？你如果路过穗城就来我们学校找我，我带你去看图书馆，我看了资料，说我们学校的图书馆是华南地区最大的图书馆，还是一个香港人捐献的。"

唐奕把手臂搭在宋军舰的肩膀上，使劲压了压，用这个动作打断了他的话，然后对着他的耳朵又说了一句悄悄话："你龟儿子是个宝器（方言：傻子）！"

唐奕还是写了文章，头版头条，标题果然用的是《渝城火锅姐妹花，你方娇艳我又发》。这篇文章见报之后不仅友友火锅店再一次迎来客流高潮，就连君君火锅店也有人天天敲门，询问开张时间。

可惜，这种火爆的好日子没有持续多久。

童青青都快愁死了。

当初刚起步在厂家属区开三姐火锅的时候，来捧场的有很多是胡文鹏带来的待业青年们，一是有了个他们可以聚集的固定地点，二是他们对食物的要求并不高，能吃到一份市场上稀缺的午餐肉就是可以炫耀好几天的幸福。开了友友火锅店，客户群体发生了很大的变化，很多人都是冲着火锅姑娘而来的。童家姐妹并不是专业做餐饮的，对味道没有多大讲究，偏偏她们的成功让更多待业青年受到了启发，支起几张桌子也开起了火锅摊。摊子多了，食客的选择也就多了，吃得多了自然就有了对比，友友火锅店在食客中的口碑急转直下，那些经常来吃火锅的客人渐渐都不再来了。

童岚岚是真着急了，她着起急来也不畏惧童青青了，追着童青青让她快想办法。大姐更是哭惨了，她的辞职手续还没办完，厂里就已经安排人把她的岗位顶替了，劳资科的催了她几次让她去拿档案，说是再不去把档案转到街道就按开除办理。童阿姨也生病了，心口痛加半边脑壳痛。

童青青的嘴角起了泡，鼻翼也冒出了好几颗痘。想来想去她突然想到了那个长头发的记者唐奕，他的一篇报道能让店红红火火，那如果再写一篇，不是就可以救活自己这两家店了吗？

但是不能就这样冒冒失失地去求他，让他帮忙想个名字都被刁难了半天。哼，看他那副打扮，去求他绝对会让他拿腔拿调，一定得换个花样。想到这里，童青青就故意把衣服弄得皱巴巴，看上去惨兮兮的，这才去报社找唐奕。

渝城日报社在老城的一个老院子里，《渝城日报》是省委机关报，不是谁都能随便进出的，童青青被武警挡在了门外。

"你找谁！"

"我找唐奕！"

"有什么事？"

"他妈死了!"

童青青心里冒火,她哪里想到报社的大门口会有武警执勤,一被盘问心里就发慌,想着怎么说既显得紧急又显得凄惨,脑子没想明白舌头倒是抢先一步,胡诌了这样一个理由,等她反应过来后悔已经晚了。

执勤的武警也是一愣,第一次听到这种来访理由,又问:"你是他什么人?"

童青青就只有接着胡编:"我是他妹妹。"

武警脑子不糊涂,更奇怪了,问道:"他妈不是你妈?"

童青青面不改色心不跳:"他的亲妈,我的后妈。"

武警好像明白了,心里一同情,也没让她登记,手一挥就给她放行了,还好意指点清楚了唐奕的办公室所在。

唐奕在办公室里正半边屁股坐在桌子上和其他人吹牛,他一撩头发,眉飞色舞地说到在采访过程中见到的各种各样的傻瓜:"我儿子才读小学就晓得裹长得乖的女娃儿,那天我采访火锅姑娘,有个大学生真是个憨憨……"

说到这里他一抬头,好巧不巧,就看到童青青正怒目圆瞪地站在办公室门外。他一哆嗦,差点就跌下桌子。

童青青最初还想装一装气势"威逼"一下唐奕,但"唐记者"三个字一出口,泪水珠子却是再也关不住了,一颗接一颗地往外滚。

听说友友火锅店现在门可罗雀,唐奕也是心里一惊,当他明白童青青是想请他再写一篇稿子来救活火锅店时,心里又是一阵苦笑,都以为记者是万能的,如果真是那么万能,他倒是愿意天天守在医院里拼命地写那些医学奇迹,这样世界上就再也没有死人的事了。硬汉子最怕软妹子磨,他看到面前这个泼辣的妹子强忍着泪水,倔强又楚楚可怜的样子,心里终究还是软了。

晚上,友友火锅店早早地关了门。唐奕、胡文鹏两个男人和童家四个女人围坐在一张桌子四周。

"还是给我来一瓶啤酒嘛!"唐奕只提了这样一个要求。胡文鹏殷勤地又拿来几个下酒菜,他一直没想明白小姨妹究竟有何能耐把这个大记者请了来，但他有直觉：火锅店应该有救了。

"你们开的是火锅店，说实话，你们弄的这个还真不叫火锅。"唐奕撩了撩他的长头发，接着说，"你们也莫指望我能妙笔生花妙手回春，实话告诉你们，我们当记者的真的就是个拿笔的棒棒儿，也是看哪个的脚跑得快，哪个手里的棒棒儿挑得多。要说不一样的地方也有，书读得多一些，走南闯北看到的西洋景更多一些。

"以前报社和电视台要宣传你们，还真不是你们有好不得了，那是我们需要一个宣传的典型。看嘛，现在没有工作的年轻人这么多，你们自谋职业，这是为国家分忧，当然要宣传了哟。女娃儿，特别是长得乖的女娃儿卖火锅，一说出来就能让人感到反差，懂不懂什么叫反差？这种反差很容易出画面感，所以你们就这样成了典型。不只是长得乖的，如果是个残疾人，身残志坚也是容易成为新闻的。

"所以你们弄的这个火锅真不是什么好不得了的东西，现在生意要垮了是好事，不要怕，来得及重新再来。不过想要重新来你们就要找到问题出在哪里，不然弄来弄去还是一盘回锅肉，还是要垮。我说说我作为一个食客的感受吧，我觉得问题可能还是出在味道上！

"中国人吃东西很讲究味道，不然怎么会有鲁川粤苏浙闽湘徽，南甜北咸八大菜系的提法呢？一方燕子衔一方泥，一方水土养一方人。我们渝城因为气候潮湿，人们饮食就喜嗜麻辣，但你们友友火锅店整的那个油汤汤也只吃得出花椒和辣椒的味道，这怎么行呢？大家来吃个稀奇还可以，现在开火锅店的越来越多，各种做法都有，只要一对比，你们这个，啧啧，就很难有回头客了。"

看大家心情越来越低落，唐奕又把头发一撩，手里的啤酒瓶往桌子上一墩："这个又不是造飞机大炮，有多难？既然不是高科技，那我们就有办法搞定它！我给你们说，火锅不是什么不得了的手艺，京城有涮羊肉，穗城有打边炉，黔省还有酸汤鱼，这些说来说去其实都是一种当地的火锅，火在锅下面烧，人在锅上面捞，这种边整边吃的烹调方式就叫火锅。"

"所以照这么算起来，从我们的老祖宗发明锅开始就诞生了火锅。老舍在《骆驼祥子》中就写过'先去扫扫雪，响午我请你吃火锅'，再早一点，《老残游记》里面也写到过'端上饭来，是一碗鱼，四个碟子，一个火锅，两壶酒'。"

唐奕确实是做了准备工作的，他从随身的黑皮包里掏出两本书，翻到折角处给大家看，相关语句还都用笔进行了勾画。他看看桌旁这几位茫然又聚精会神的眼睛，还是忍不住轻轻叹了一口气。

他继续说："你们也不需要懂这些道道，书上的都是哄鬼的，以前说的是'君子远庖厨'，我才不相信他们这些文人会做菜，包括苏东坡在内，他们怎么会下厨房嘛，最多就是记录一下场景以作佐证。其实我们可以看一看自己身边的生活，想一想，为什么打边炉和涮羊肉在我们渝城流行不起来，反而是你们乱弄的这种麻辣汤能哄得了我们的嘴呢？就是你们自己的嘴和胃告诉了你们答案。我们渝城的火锅就应该是这个样子，就是要麻和辣。老天爷，我也没有想到你们几个年轻妹儿虽然啥都不懂，却乱拳打死老师傅，这一乱整还整出个全国闻名来了，渝城的女娃儿真的不得了，实话实说，我佩服你们，你们是有本事的！手艺是本事，勇气也是本事，运气更是本事。我们夜编部的老吴编我那条稿子时就说你们是踩了狗屎运，她懂个狗屁！她根本就不晓得运气也是实力的一部分。换个人，能想得到？能大起胆子来开这个店吗？说这只是运气，哪有那么多运气？没得一点实力啥运气都会变成狗屁！"

"为了写火锅姑娘这篇文章，我还真是去查了很多资料，稿子里都没用得上，可惜可惜。"唐奕一边说一边转身又从黑皮包里拖出一本李劼人的《漫谈中国人之衣食住行》，同样是翻到折了角的一页。"清末川江航运繁荣，长江北岸的解放碑一带，有街头小贩，一头担着水牛内脏，一头担着煤炉，沿街现煮现卖，这一形式逐渐发展，开始落地生根，有了店铺。"他嘿嘿一笑，"看嘛，我们渝城在解放前就有了棒棒儿，这些棒棒儿才是最早开火锅店的。你们看这段，'当时的火锅店里有专人制作卤汁，管理炉火'。看嘛，火锅不只是麻辣水，还要卤水。你们莫这样看着我，你们笑啥呢？笑我？你们就笑嘛，我是孔夫子搬家，搬来搬去都是搬书，会说不会做，嘿嘿。"

那几个人的相视一笑并不是笑话唐奕，是当听到卤水两个字时，他们都想到了张昇。

张昇右手残疾后就病退在家，他在家时张隐就成天躲在外面。宋军舰也忙着参加各种同学聚会，很少在家。

推开门，胡文鹏拎着两瓶市面上不太好买的麦乳精和四罐专供出口的梅林午餐肉，还有两听墨绿色纸商标的军供红烧扣肉罐头，他怕张昇看到自己还没长长的头发又会骂人，就特地戴了一顶鸭舌帽，把小胡子剃得干干净净，换上一件白衬衣，还想方设法搞了一条真正的劳动布裤子，当然他的蛤蟆镜从他进看守所那一刻起就已经彻底失踪，他也没有想着再去搞一副。

听说要请自己去当大厨帮忙打理火锅店，张昇以为胡文鹏是故意想看自己出洋相，怒从心起，抬起左手就给了胡文鹏一记响亮的耳光。

童阿姨一直在隔墙偷听，听到了耳光声，她心疼这个还算有些能耐的准女婿，几步就窜进张家，挡在他们中间："大张，你莫误会，小胡是真心实意来请你帮忙的。你是英雄，是救人受的伤，我们整个厂的人都晓得。大张，张师傅，我们家现在也走到绝路上了，只有你才能救我们……"话还没说完她就咚的一声跪了下去。

她这一跪，胡文鹏眼珠子一转，也马上跪下，还磕了一个响头，嘴里喊了一声"干爹！"

这一声干爹把张昇喊得一愣，半天没说话。这声干爹让他想起了收养自己的宋师傅，当年自己也是在走投无路的时候被宋师傅收养，只是自己从来没有想过给宋师傅下跪磕头喊一声"干爹"。

张昇长叹了一口气，也没去拉跪在地上的两人，他的嘴角抽了抽，叹气道："我都成了一个废人了，哪里帮得了你们哟！"

"干爹，你只管动嘴说，我来动手做！"

"说？说啥吗？我又弄不来火锅。"

"嘿嘿，只要干爹肯带双眼睛带张嘴就行。"

有一段时间，在渝城街头巷尾大大小小的火锅店里，人们能见到三个男人在一家接一家地吃。这三个人是张昇、唐奕和胡文鹏。

坐下没吃几筷子，唐奕就会喝完一瓶啤酒，然后摇摇晃晃地装醉，往厕所摇去，胡文鹏也就殷勤地前去扶着他，一起磕磕碰碰地摇向厕所。这些小店受条件所限，卫生状况不佳，一些花椒、辣椒、葱、姜、蒜等也就见缝插针地堆在地上，上个厕所往往还得小心翼翼才不会被这些东西绊倒。厕所多是很小的单间，唐奕进去后胡文鹏就在门外候着，他也不胜酒力地往旁边一歪，其实他的手已悄悄伸向那些花椒和辣椒，然后装作整理衣服，将这些东西悄悄塞进兜里。

他们回到桌上简单吃几口就结账走人。走不多远，逃出了老板的视线之外后，唐奕就会从随身带的黑色皮包里拿出一叠信封，信封上还印有《渝城日报》的红色地址。他拿出一个空信封将"战利品"装进去，并在信封上标注店名。

唐奕又掏出一本采访本，张昇会咂着嘴，讲出这一家火锅的味道特点，好吃在哪里，不好吃又在哪里，唐奕赶紧一一记下。不仅是锅底味道和菜品特点，兴之所至，张昇连这家店的刀工水平都要说个一二三来。

"我们今天吃了六家，做得好的那几家店有一个共同的特点，就是用的豆瓣比较地道，肯定是正宗的郫县豆瓣。郫县豆瓣有一个特点，含淀粉质，依附性强，食材容易入味，还有独特的豆瓣风味，汤中还有冰糖和醪糟，这个醪糟我觉得肯定是大竹的醪糟，整个锅底尝起来就比较醇厚，还有一点回甜，麻辣味其实很淡，口味轻的人应该喜欢吃这种。今天去吃的第二家就没用豆瓣，用的是贵州的糍粑辣椒，将新鲜辣椒去了蒂，加了仔姜和蒜瓣然后打碎，雨天吃的话人会很舒服，今天这么燥热的话就不安逸了，过两天下雨的时候我们再来，你们就会觉得吃着安逸了。我们可以试一试，将这两种锅底结合一下，整成兼顾大麻大辣又有浓厚鲜香的基础味型，根据每桌客人的口味再进行微调。"

"刚刚吃的这一家你们尝出来没有?有点特色哟,是川菜中比较有特点的煳香,就像宫保鸡丁,是将辣椒段和花椒炒到快焦时才会散发出来的一种味道,非常考验火候,能整出这个锅底的师傅以前肯定是个川菜大师傅,有点本事!"

"既然能整出煳香味,我们还不是可以整点泡椒味。川菜的二十四种味型我们都弄得出来。这一家的煳香给了我很大的启发,但有点可惜,汤有点发苦,我搅了一下锅底,原因在于花椒没弄好,有杂质,里面的黑籽没有去干净,这样熬出来的汤肯定会发苦。但他们的辣椒搭配得不错。胡蛤蟆,你把信封打开我再看看,看嘛,这里有好几种,这一种辣椒是主辣的,这一种是提香的,还有这一种是增色的。你们莫小看辣椒,品种不一样,搭配不一样,弄出来的味道就完全不一样,这家的弄法给我启发很大,你们信不信我们马上回去也整一锅出来,我可以让满锅看起来都是辣椒,但吃到嘴里只是微微辣,吃到肚子里是又暖又熨帖,而且吃了第二天不会闹肚子。"

唐奕在采访本上飞快地记录。

"这个锅底的选料我们摸得差不多了,毕竟火锅是一种融合的味道,找到了合适的佐料,没找到各自最合适的比例还是整不出好味道来。我觉得我们回去后还要多试几次,不同的辣椒按不同的比例来搭配,要有辣味,又要有香味,还要有色泽。另外味道还与火候有关,这个在他们店里是看不到的,我们只能回去反复试了。"

"还有几样东西,那个锅里的牛油每家加的都不一样。你们记得不,昨天吃的第四家,那个膻味重得闻着犯恶心,而刚刚这一家吃起只是糊嘴,没牛油的香味。我有些搞不懂了,我们再去吃的时候还要重点看看这个东西。胡蛤蟆,明天我们再去这家吃一次,不管你想啥办法,你都要摸进他们的后厨找一找,搞清楚他们用的什么油,你给我抓一坨出来。"

"还要去吃呀?"胡文鹏和唐奕默默对视了一眼,都觉得一阵反胃。

张昇不管不顾地说:"莫光研究好的,不好的也要研究,今后进食材才不会上当!"

就这样连续吃了一个多月，吃了两百多家。现在不仅胡文鹏见到火锅就腿发软，唐奕见到火锅两个字也想吐，不过他心里也暗暗佩服，张昇虽没文化也不识几个字，但对于这些菜品和味道的描述却是万语千言，各种细微差异他都能看得出、尝得出和形容得出，而自己最多就是用麻辣咸鲜香脆这几个干巴巴的字来把火锅概括了，这也算是术业有专攻。

最郁闷的还是胡文鹏，当初软磨硬缠，又是叩头又是下跪的，还挨了一耳光，这才把张昇请了出来做技术指导，结果这两位都是爷，他们一商量就想出了这一招，胡文鹏的任务就是陪着他们吃、结账和当"偷儿"。

有时候两位大爷还会斗嘴，胡文鹏两边都不敢得罪，他两边都得哄着，都得好好伺候着。相对而言，唐大记者还是要好相处一些，除了经常嘴里跑跑火车，爱显摆，没其他毛病。吃了这么多家火锅，唐奕和胡文鹏不知不觉竟成了同盟。张昇的瘾头是越来越大，他兴致勃勃要继续吃，但另一边的两人就唉呀连天喊着打道回府。唐奕对张昇说话越来越随便："你这个'爪爪客'还真是奇葩！"

张昇根本就不看他们的脸色，继续说："还有食材，你喊三妹儿这几天到处去找找，找一些新鲜的、质量好的食材，不要怕贵，东西好不好一进嘴里就分辨得出来。我们这几天吃起下来有几样东西我觉得一定要用最好的，这几样是烫火锅最安逸的菜，就是毛肚、鸭肠、黄喉和血旺，还有豆芽！"

唐奕一边撇嘴，一边比出一个大拇指："老张，张师傅，你确实霸道。你说的这几样菜放到解放前都是烫火锅必备的菜，你不会是看了我找的那些资料？不对，你又不识字。哦，这一个多月你就吃出这些经验来了？那我问你，这些食材啥叫好啥叫不好呢？标准是啥呢？"

胡文鹏顿时头就大了，这个大记者说话经常夹枪带棒，挖苦张昇是一套接一套的。好在张昇没听出他话中的讥讽之意，还颇为得意，指了指自己的嘴说："从古至今最识货的不是你认得的那些字，是舌头！你那些书早就该丢进江里了！"

友友火锅店的生意再次火爆起来，胡文鹏天天都拿着大勺子炒料。张昇站在旁边盯着锅里，时不时将左手伸到锅上，一上一下地感受着锅里的温度，看到胡文鹏翻炒不及时，或没按自己的指令弄错了下料顺序，他抬腿就往他屁股上踢。童阿姨看着心疼，却也不好说什么。

唐奕又写了一篇新闻《美丽姑娘吃遍渝城，麻辣火锅香飘全国》，在保证基本事实的基础上，他在真实性上大打擦边球。春秋笔法的应用使得这篇文章更打动读者，也规避了潜在风险——三个大老爷们去了两百多家火锅店偷师，那些偷偷摸摸的伎俩他们都不好意思给童青青和童岚岚说，如果如实写下来，不被读者笑，也会被那些火锅店的老板找上门来。

这篇新闻是这么写的：火锅姑娘童岚岚载誉归来，她并未躺在过去的成绩上，而是和未婚夫一起走遍渝城的大街小巷，向其他创业的年轻人学习，交流经验，鼓励了很多待业青年，也将自己的火锅技艺提升到了更高的水平。火锅姑娘赢得了事业也收获了爱情，在未婚夫的支持下，他们的第二家店即将开业。不久的将来，她还会把渝城的火锅店开遍全中国，把火锅做成一张渝城的城市名片。

胡文鹏把报纸精心装裱进镜框中，挂在店里最醒目的位置。

童阿姨头不痛了，心窝子也舒坦了，虾米般地躬身向唐奕道谢。唐奕看了看童青青，装作生气地说："童阿姨，能不能麻烦你家四姑娘去我们报社走一趟？帮我辟个谣？要不然过几天我妈到单位来找我，我怕她会把站门岗的武警同志吓死！"

童阿姨问清了前因后果，举起手作势要打童青青，骂道："你这个死女娃子，嘴巴这么讨嫌，看你以后怎么嫁得出去？"

唐奕笑道："阿姨放心，她是我妹妹，这个我不认也认了，以后要是她嫁不出去我就在报纸上给她打广告，谁敢娶这个恶媳妇儿，童阿姨就送他一家火锅店。"

在欢声笑语中君君火锅店也开业了。张昇和胡文鹏两边跑，忙得要死，也快乐得要死。张昇不回家，张隐也快乐得要死，如果不是宋文菊将肖春盯得死死的，张隐一定会觉得这就是神仙日子。宋文菊再怎么盯，总有疏漏的时刻。张隐就会故意去拉拉肖春的手，扯扯肖春的长头发。肖春也很乐意。

不快乐的是童青青。

每天的忙碌是日复一日的复制粘贴，等粘贴完了三百六十五张日历，两家店的经营也终于重新走上了正轨。童青青觉得自己的青春在这连续的粘贴中逐渐变薄，她对唐奕说："两个姐姐一个是木头，另一个做事不靠谱，以后有什么事还得麻烦干哥哥帮忙照应，欢迎你和嫂子随时来这两家店，就当到了干妹妹的家里，火锅免费吃，啤酒免费喝。"

唐奕问她是不是要去穗城，要去穗城为什么不等那个憨憨开学返校的时候一起去呢？

童青青嘴上犟道："我童青青认识的人中怎么可能会有憨憨嘛。"瞬间她就明白过来，脸一红，喃喃道："也是，就算考上了大学他也还是一个憨憨。"

宋军舰寒假回家时她是见到过的。张昇说大儿子放假回家后就成天关着门看书，要让他出门来换换眼睛，他把他拖来店里吃过一次火锅。童青青故意不搭理宋军舰，眼睛都不往他身上搁一秒钟，嘴里只顾甜甜地问张昇："怎么没看到张二娃？好久没见到二娃了，肯定又长高了，二娃是我们那栋宿舍楼最有出息的……"

童青青对唐奕说："穗城有什么了不起？不就是一个大城市吗？有所不得了的大学吗？我想去比穗城更远的琼岛省，现在有很多的年轻人都在往那里跑，那才是全中国经济最火热的地方，我想去做比开火锅店更伟大的事。"

民以食为天，还有什么事是比照顾人的嘴更伟大的？只有一种可能，那就是爱情！唐奕也不点破她的小心思，笑着说："年轻就是好哇，有太多机会等着你们。"

五　闯祸

　　你这个崽儿做事情倒是勤快，但要成气候，还得学会受气，要忍得。

　　童青青说走就走，正如她的性格。

　　直到半年后张隐才知道童青青已经离开了渝城，这半年里他和肖春裹得越来越紧，惹得一向好脾气的崔师傅都有点生气了，说这个徒弟不成器，成天心不在焉，手艺不好好学，转个身就看不到人影了，学徒期满他出不了师，自己怎么给他父母交代哟。

　　宋文菊不敢把张隐吊儿郎当的事情讲给张昇听，她现在不是怕张昇动手打儿子，而是看着儿子蹭地长大长壮，张昇又有残疾，真要动手的话她怕张隐会还手。现在老子还真不一定打得赢儿子了，她宁愿再瞒一段时间。

　　解铃还须系铃人，她知道问题的根本还在自己徒弟身上，可这个大姑娘又没有犯错，之前又还摊上那么一件难言的事儿。唉，不争气的是自己的儿子，这可怎么办？又不能把两个年轻人就这么放任着，那不是彻底毁了吗？

　　宋文菊想了想，她要去肖春家里和她妈妈聊聊。肖春的妈妈身体不是很好，在家休养，屋子里有浓浓的中药味儿。肖妈妈看女儿的师傅来了，挺着个大肚子殷勤地用开水烫烫杯子，倒了一杯水，水里还加了一小勺白糖。

　　宋文菊和肖妈妈聊了点家长里短，肖妈妈一个劲地说自己命苦，孩子命苦，感谢宋师傅一家，宋师傅救了肖春也就是救了他们肖家。

　　肖妈妈还说不知道该如何报答宋师傅一家，闺女人长得漂漂亮亮，还清清白白，又勤快，就是家庭条件差了一点。她说自己觉得宋师傅的儿子人不错，长得很精神，也是一个厂子的，女儿也有点喜欢他的意思，两个人能处对象的话自己心里高兴得很，就怕宋师傅嫌弃他们家。

宋文菊心里是很喜欢这个徒弟的，她并不反对两个年轻人的眉来眼去，只是觉得他们年龄还小，怕整出啥事对徒弟这辈子不好，她更担心张隐被扣上流氓的帽子。宋文菊不敢多想，一想心里就直打鼓。

肖妈妈现在把心思全都放在还没出生的儿子身上了，这么多年她一直都想再生一个儿子，身体不好的她怎么折腾都怀不上。现在回了城，她和老公一个月才聚一次，没想到老蚌生珠反而怀上了，治病的药都被她换成了保胎的药。女儿已经工作了，迟早都是会嫁人的，早点嫁出去自己少操一点心，她看张隐经常送女儿回来，对张隐的长相和个子也都比较满意。自从上次在放牛巷出了事，虽说有惊无险，但谁敢保证今后再不会有这种担惊受怕的事呢？把女儿嫁给张家，绝对是件划算的事。肖妈妈的心里早就打烂了几把铁算盘。

既然肖妈妈都是这样想的，宋文菊也就干脆睁一只眼闭一只眼，看见儿子和肖春搂搂抱抱也只装作没看见，不过她也好好地跟儿子谈了一次话，要他长进一点，跟着崔师傅把钳工技术学好，这样才转得了正评得了级，以后也才能分得到房子，有了房子他才能搬出去住，有了自己的房子再干些什么乱七八糟的事，当妈的也才不会眼睛痛。

对妈妈管制尺度的放松张隐还是心知肚明的，妈妈说的话也就能听得进去几句，但听多了他也烦，他说钳工的活儿很简单，没意思，再就是他不想一辈子就在厂里当工人，这个世界大得很，他早就想出去了，就像童青青一样出去做一番大事业。他现在没有走是因为肖春不让他走，肖春的理由是下夜班害怕一个人回家，张隐能给她安全感。

崔师傅终于高兴了一段时间，他看见张隐这小子成天蹲在车间敲敲打打，一会儿绞尽脑汁，一会儿满头大汗，而且问题特别多，给崔师傅献尽了殷勤。但过了大半个月，崔师傅看到这小子捣鼓出来的东西有些生气，手指都在发抖，指着他做的玩意儿半天说不出话来。

敲打焊接十八般技艺全用上了，张隐用钢管角铁螺栓和螺帽整了一个龙头造型的东西，还上了油漆。

崔师傅教的是技术，张隐做出了一件艺术品。

崔师傅这个脾气极好的糯米老头儿憋了半天，好不容易才从嗓子里憋出一句话来："二娃，不能这样糟蹋厂里的东西呀……"张隐脖子一梗："师父，这厂子原来都是我们张家的。"

要不然厂子里的工人怎么都会把崔师傅喊成糯米老头呢？因为他确实懦！他被徒弟怼了一嗓子，反而没有生气了，他拿着那个龙头摩挲了半天，还点了点头，对徒弟的技术他是很满意的，别看这个徒弟成天吊儿郎当的，只要用了心学啥都快，做啥成啥。崔师傅摸着龙头终于舒了一口气，自己努力了一辈子也只考到了七级，看来要实现八级钳工的梦得靠这个徒弟了，七级靠努力，八级是要靠努力加天分的，这个徒弟收收心，这辈子是一定能达到这个高度的。

张隐做的龙头被装在了一辆摩托车的正前方，摩托车是向胡文鹏借的，张隐对他不是喊哥，而是一口一声姐夫，喊得胡文鹏心花怒放。借来的摩托被装上一个大大的龙头后，张隐带着肖春在马路上飞驰，回头率能保证百分之百。

胡文鹏看到这个龙头摩托车哭笑不得，他现在已经有点小老板的样子了，成天被张昇盯着，手把手地炒底料。他搞到了一副一模一样的蛤蟆镜但不敢戴，花衬衣和牛仔裤也不敢穿了，好歹还有一辆摩托，这辆摩托是他在友友火锅店挣了一点钱后，求着父亲找了各种关系才买回来的，车牌都没去上，他也只是偶尔三更半夜才到南山的盘山公路上去飙一飙，也算不辜负自己的青春。但他后悔了，没想到被几声姐夫一叫，就鬼迷心窍地将摩托借给了张隐这个小舅子，再还回来时竟然成了这个怪模样。胡文鹏是哑巴吃黄连有苦说不出，如果声张出去，不仅是张隐会被骂惨，而且自己也肯定会被张昇一顿臭骂，算了，忍了。

胡文鹏仔细看了看，龙头还是焊在车扶手上面的，这小子电焊的技术还真不错，反正轻易弄不下来，如果硬要弄下来，留下的伤疤也会让摩托丑得哭。咬咬牙，只能将摩托送给这个小舅子了。

张隐心血来潮，按自己的审美加上技术给摩托做点美妆，没想到最后喜从天降，白得了一辆车，况且又是自己的心血之作，心里便美极了。有了龙头摩托,张隐突然觉得自己的世界是如此残缺,他看过很多画报,那些骑摩托的人还有皮衣、皮靴,甚至头盔。

皮衣很难搞,头盔更是没见过,唯有皮靴可以想办法搞来过过瘾。但搞一双皮靴也很难,这不仅仅是钱的问题。

虽然张隐嘴里没说,但肖春是懂的,她想尽办法帮他搞来一双。严格意义上说这并不是真正的皮靴,只是一双高帮的劳动靴,鞋帮高齐小腿肚,是肖春父亲的劳保用品。肖春回了一趟大山沟,老爸见到女儿乐滋滋的,急慌慌地去周围农家买了一块腊肉,再回家时女儿已经悄悄溜走了,还顺走了他那双劳动靴。

肖春看着张隐将空荡荡的大裤腿一把掖进重得夸张的劳动靴里,一迈步,鞋和人都变得沉重,这沉重感一步又一步地敲击着少女的心房,张隐身上荡漾开的这股匪气让少女的心开始膨胀。

这双靴子现在成了张隐最值钱的私人财产。

半夜,张隐骑着龙头摩托将肖春送回家后兴致不减,把车开上了南山的盘山路,也想潇洒一番。骑了两个来回,摩托车的轰鸣声炸响着宁静的山野,张隐沉醉其中。

南山不是张隐私有的,这条山路上也不止张隐一辆摩托车在"炸街"。五六辆摩托迎面驰来,大家似乎都被张隐摩托上夸张的龙头所吸引。张隐从后视镜中看到车队驶过后仍有人回头看了几眼,他来劲了,调转车头,手将油门使劲一拧,龙头摩托加速向车队追去,发动机的轰鸣声离车队越来越近。车队的人从后视镜中见到大龙头向他们追来,虽搞不清什么情况,却也是渐渐加大了油门提高了车速。

张隐见他们加快了车速,好胜心更甚,继续拧油门,如果不是金属龙头增加了重量压住了前轮,此时摩托车应该就要腾离地面了。终于逼近了前方的摩托车队,就在要超越他们的时候,张隐错误地估计了自己这个加装龙头的宽度,再加上速度的影响,一下就勾挂住了一位骑手的手臂,一瞬间两辆摩托车均失去了控制,倒向两侧。其余车手纷纷闪避,开出很远后才停下车,调转车头赶了回来。

五 闯祸

张隐动作还是非常敏捷的,在摩托车倒地的瞬间他侧身一滚,摔在了路边的干草堆上,很快就爬起身来。而和他发生擦挂的车手就没这么幸运了,他摔倒在柏油路面上,半天没动弹。

张隐知道自己闯了祸,也来不及多想,扶起龙头摩托跃身而上,然后手一拧,将油门一轰往山下逃去。后面的车手有反应快的立即追了上来,但都顾忌夜间的山路,不敢把车速放得太快。而张隐不一样,他亡命而逃,弯道也未见减速,没一会儿就将另外几辆摩托甩没影了。

张隐回到家还迷迷糊糊的,宋文菊看他浑身是泥,慌忙追问,他只说自己摔了车。宋文菊见他擦破了裤子,膝盖有点擦伤但不算严重,就只埋怨了几句。

歇了一会儿,张隐这才回过神来,他想起躺倒在公路上的那位骑手,心里越发忐忑,这时厂医院的一辆救护车回来了,他将警报器的声音听作了警车的警笛声,吓得脸上顿时就没了血色。

张隐趁宋文菊不备又溜出门去,走到友友火锅店时已是半夜,他摸进后厨,只见张昇不声不响闷着头,左手沾了几滴水洒向油锅,锅里顿时噼噼啪啪溅起了油花。"油温稍微高了一点,把火关小一点,下料!"他指挥着胡文鹏。

炒完这锅料已是凌晨两点多了,送走师父正准备关店门的胡文鹏发现黑漆漆的店堂里有一双发光的眼睛,他吓了一跳,重新拉亮电灯。

听张隐讲完经过,胡文鹏也判断不了事情的严重性,还在庆幸自己没来得及给摩托车上牌,但他后背突然激起了一片寒意,他想起了张隐加装的龙头,这可是比车牌还要显眼的标识。如果真是出了人命,张隐肯定会被抓,而自己作为车主也是逃不了干系,现在还在严打,如果又被当作流氓抓进去,二进宫可就不简单了。想到这里,胡文鹏的脸色比张隐更苍白。

胡文鹏告诫张隐不要声张,留在店里等消息,然后急匆匆出门招了一辆出租车去张隐出事的那个路段去跑了一个来回,什么都没看到,他怕出租车司机生疑,又不敢下车。应该没事,如果死了人,这里应该会有公安出现场的,他安慰自己。

回到店里天已蒙蒙亮了。即便没死人，但伤了人，公安肯定还是会找上门来的，退一万步，即便对方没有报警，那也是惹了惹不起的人，这些半夜出来骑摩托的又有几个会是安分人呢？胡文鹏和张隐心惊胆战地讨论了半天，越说越害怕。

胡文鹏说："二娃，等一会儿我去帮你把摩托车处理了，你恐怕还得想办法躲一阵了。"

"那你帮我给妈说一声哟，还有……你给肖春也说一声，等风平浪静了我就回来，你让她上下班的时候注意一点，下中班就别回去了，就住我家……还有……姐夫你能不能借我点钱……"

胡文鹏将店里和身上所有的现金都搜罗给了张隐，也没问他准备躲哪里，问也是白问，张隐现在肯定还没想好。胡文鹏关好店门后两人就各走各的了，他得赶去渝棉四厂的宿舍，赶紧把摩托车处理了。摸着那焊制的龙头，胡文鹏一脸苦笑，这个张二娃心眼活，手也巧，做的东西焊得特别牢，动静小了是弄不下来的，只有先找个地方把这辆车藏好。

张隐能想到的地方只能是穗城，哥哥宋军舰在那里读书。

站在人潮汹涌的穗城火车站广场上，他一眼就看见候车大楼两侧的八字标语——统一祖国，振兴中华。张隐心里也不由得一阵激动，他的激动没超过五分钟，兜头一盆冷水就向他浇来，他发现自己的行李不在了，贴身揣的信封也被人摸走了，里面装的是胡文鹏给他的钱。现在全身上下唯一值钱的就只有那双靴子了。

他足足走了两个多小时才走到穗州大学，宋军舰还在上课没回寝室，宿舍楼的管理员问了几次他和宋军舰是什么关系，哥哥两个字在他嘴边缠绕了半天却始终没有说出来，管理员看他不愿登记，又拿不出身份证明，就准备打保卫科的电话，张隐眼看管理员的眼神不善，一边拨电话一边偷偷盯着自己，转身就溜了。

张隐在校园里又闲逛了大半个小时。两兄弟见面的时候，宋军舰的脸上又是惊讶又是喜悦，而张隐只觉得眼里包了很久的泪水即将破闸而出，只能强忍着。宋军舰拉着他到寝室,路过宿管值班室时,张隐恶狠狠地瞪了宿管员一眼,这时由于他眼睛的形态发生了改变,那两泡泪水再也关不住了,只是宋军舰没有注意到,张隐赶紧用袖子擦了擦。

简单洗漱之后宋军舰带他到食堂就餐。张隐敲敲饭盅,说了见面之后的第一句话:"还没有汤团做的菜好吃!"说完两兄弟都笑了。汤团是渝棉四厂职工食堂手艺最差的厨师,"汤团做的菜"是职工们所公认的难吃代名词。穗州的口味以咸鲜为主,吃惯了麻辣口味的张隐突然就想家了。

这句话也提醒了宋军舰,他问:"你怎么到穗城来了?出差?你的行李呢?"

张隐不回答他,而是说:"宋军舰,借一百块钱给我,下个月还你!"

宋军舰一愣,也没多说,摸摸裤兜,只摸出了二十多元零钞,不过食堂里面熟人多,他放下饭盅在旁边几张桌子转了一圈,回来时手里就拿着借来的十多张"大团结"(第三套人民币十元钞票)。

他本想和张隐再多说两句话的,但张隐几口刨光了自己的饭,将饭盅往他面前一推,抓过钱转身就走了。

晚上住他寝室,和弟弟在一张床上挤一挤,聊一聊家里的事,宋军舰是这样想的,但张隐早跑没影了。

到穗城的第一夜,张隐人生之中第一次露宿街头。穗城气候湿热,很晚了都还是灯火通明人流如织,张隐穿着那双劳保大靴越走越热,脚步越来越沉。路边的花台边已经有人躺直了身体,只要不阻挡行人的脚步,不被人踩着,就能当一个床位,讲究一点的还会买一叠报纸,一张一张铺开来假装成一张大床单,穗城街头的流浪汉和大地的关系一个接一个地从垂直变成了平行。

张隐在一堵墙边靠着坐下,这种姿势就像很久以前宋军舰从被他尿湿的被窝里爬起来坐在黑夜中等天明一样。到了下半夜,张隐实在难敌困意,终于将身子也放倒在地面上,那双劳保靴子被他脱下来当成了枕头。

穗城的天亮得特别早,张隐被清洁工的扫帚头敲醒了。

附近三三两两都是和张隐差不多的人,刚到穗城还没找到工作,多是成群结队，像张隐这种放单的很少。张隐问了好几拨，都是寻好了地方，等天亮透了就要换车去到打工的工厂，他问能不能多带一个人去，他们都摇头。有好心人给他指路，让他去职业介绍所看看，那里是专门负责帮工厂招工的。

职介所不难找，附近的桂花路上就能看到五六家，张隐被一家叫广汇的职介所吸引。其他职介所的招牌多是手写的，这家是做成的灯箱，在夜里经过时张隐就看见过，只是当时没有想到过这是做什么的，职业介绍四个字并不像广汇那么大、那么醒目。天越来越亮，灯箱的灯还一直开着，张隐就在灯箱下守着，渐渐地他的身后就排起了一列队伍。

来开门的人看上去年龄比张隐大不了多少，但在装扮上却比较老成，像是中年人的打扮，戴着眼镜，穿一件条纹衬衫。张隐估摸了一下，这种款式就是所谓的香港货吧，他在渝棉四厂长大，对服装材质的认知可是童子功，这个料子看上去就很高级，还有这印染这做工。

"你会做什么的啦？有没带证书来啦？"

张隐不懂什么叫证书，但前半句能听懂，他说："我是钳工，我师傅是渝棉四厂最霸道的机修师傅，什么机器都会修。"

"你的证书呢？几级呀？"

张隐摇头，他还在学徒期，便说："钳工的活儿我都会干的。"

后面有人起哄："不用看证了，他这个样子一看就知道是二级钳工。""二级钳工"是对小偷的隐晦叫法，全国通用。

条纹衬衫也笑了笑，问张隐："你想找个什么样的工作啦？"

张隐想着只要有活干就行，干什么都可以，现在最重要的是要解决吃饭和睡觉的问题，便说："能包吃包住就行。"

"我问你想干什么活儿的啦？"条纹衬衫有点不耐烦。后面排队的人顺势就往前挤，张隐回过头，肩膀一摆，说："干啥？还是讲个先来后到嘛！"

条纹衬衫拍拍手："大家不要乱，排好队排好队。今天我这里只有二十七个用工需求，介绍完了就没有了，后面的就不用排队啦！"

顿时人更是往前拥挤而来，条纹衬衫对张隐说："你先交介绍费一百元，我给你写个地址，你按着地址去厂里。我告诉你啊，要不要是人家厂里说了算的啦，不要你的话我们是不退介绍费的，但是可以再给你介绍，我们收一次费最多给你三次介绍机会。"

张隐本想讲讲价，但后面的人还在往前挤。条纹衬衫未等他回答就已经在向他后面的人招手了："莫挤莫挤，一个一个来。"张隐数出十张"大团结"交到条纹衬衫手里，换回了一张字条，他心里咯噔一下，条纹衬衫那声"莫挤"的发音好像是渝城的乡音。

字条上的地址很远，要转三趟车，路上花了三个小时，又用了八元钱车费，张隐有些心痛，但更让他心痛的是厂里的门岗看了看他手里的字条，告诉他厂里确实是在招杂工，但张隐来晚了，半个小时前就已经有人来应聘，让他再等等，如果应聘的人老板看不上，他就有机会替补进去。这一等就又等了两三个小时，直到门岗说莫等了，那个人进厂的手续都已经办好了。

张隐回到桂花路已经是夕阳西下，广汇职介所早已关门，灯箱又亮了。

夜有点凉，空气中还真有一点桂花的香味。张隐躺在广汇职介所的门前，这样他就能保证排在第一个位置，但灯箱太亮，这一整晚他都没有睡踏实。

当队伍又排成了长龙，条纹衬衫又才打开门。他换了一件衬衫，颜色和款型有差异，但质量仍然是顶好的。他看到张隐站在第一的位置，并不吃惊，拍拍手让大家把队排好："今天有三十五个岗位，排前面的如果不想去就赶紧让开位置，莫占了名额，耽误后面的兄弟找工作啦！"

队伍仍然是往前挤着，张隐强堆出笑脸，问："大哥，你是不是也是渝城人哟……"条纹衬衫没有接他的话，公事公办又拿出一张字条，对着张隐说："昨天厂子里给我打电话说怎么没人去，我就奇怪了，明明第一个介绍的岗位就是他们厂子的，我想你是不是不想去了，就让后面没排上名额的人赶过去，结果人家比你还先到。啧啧，你看你看，可惜了机会，今天再给你介绍一家好的厂子，你赶紧去！"

张隐给条纹衬衫鞠了一躬，拿过字条转身就跑，条纹衬衫在后面大声招呼："赶紧去呀，打个Taxi啦，再去晚了就别怪我啦！我们这家广汇职介所是最讲诚信的啦，没找到满意的工作我保证给你免费再找！"后半句显然是说给还在排队的人听的。

张隐哪有打TAXI的钱嘛，这次介绍的地方更远，花了十一元车费，转了五次车，等他再回到桂花路时路灯全都亮了，广汇职介所门前的台阶上已经排着队睡了三个人。

天又亮了，人潮往前。张隐没有去排队，他静静地等待着，数着人数。中午时分，队伍终于被灯箱下的门洞吞噬完时，张隐出现在条纹衬衫的面前。

条纹衬衫仍然是一副云淡风轻的表情，没有因为张隐的出现而表现出任何吃惊和意外："兄弟，你今天来得太晚了，不过运气好，刚刚接到一个厂子的电话，这个名额本来是明天才放出来的，既然你今天来了就先给你，明天你一早就赶过去，这次厂子开的工资比较高啦，算你这小子运气好！"

张隐笑着身子往前凑，条纹衬衫皱了皱眉。张隐几天没洗澡，身上有一股馊味。

"老板，我的明天的活儿没成，你的是不是就不再管了的干活？"张隐想模仿条纹衬衫的语调，却硬生生挤出了电影里日本鬼子的腔调。

"明天怎么会不成功呢？一定会成功的。"条纹衬衫说。

"我再回来是不是又要交钱啊？"

"那是当然的啦，我开店也是有成本的，包括今天这次给你特别介绍的机会，三次机会都给你了还没找到满意的，那就肯定不是我们的问题啦。这天底下也没有包娶媳妇包生儿的媒婆吧？不可能一辈子都给你找吧？机会是要留给有用的人啦！"

"哥子，早上我听你说今天有三十一个岗位，你一共给出了八十四张字条，收了五十九个人的钱。那二十五个是昨天或前天也来过的吧？我不知道今天交钱的人明天后天还会不会来，但你这三十一个岗位也不够他们分吧？哥子，老乡整老乡，不是这么个玩法吧？"

前面几次交流条纹衬衫的港式腔调听上去还像模像样，很像张隐在录像厅里听到的港片发音，但这几天到了穗城听多了当地人的交谈，张隐就发现了条纹衬衫的港式普通话竟然还有一些渝城的口音和方言夹杂其中。

条纹衬衫脸色一变："你这个小崽儿（方言：小伙子）不要这样瞎说八道的啦，你这样是故意来砸我场子？老乡，谁是你的老乡啦？我告诉你，你这样的人在穗城是找不到工作的！"

张隐继续把身子凑上前，他的味道让条纹衬衫不得不将身子一再后倾。张隐说："哥子，我也不想天天来找你，实话说我现在最怕报社的记者了，我是偷跑出来的，身上最后的一点钱都在这两天当路费花光了，今天如果找不到工作没吃没喝，我就只好又借你的台阶睡几天，等我饿昏了就会有报社来采访。怎么办嘛？我所有的钱都给了你这家介绍所，工作没找到，饭钱也没有了。还有，我的舅舅在渝城也是记者，他叫唐奕，《渝城日报》最有名的记者，听说过吧？他在穗城也有很多的朋友，他可能正在喊朋友帮忙到处找我，我可不想就这样被他带回老家哟。"

睡了两天的大街，张隐像是突然开了窍一般，突然就想明白了一句话：江湖事江湖了。"你会做初一我就会做十五，你会骗我我就会诈你。"他也不着急，在外面守了半天，将条纹衬衫的伎俩看了个透，最后才凑上去说了这一番虚虚实实的话。

条纹衬衫瞪着眼睛看着他，嘴角一抽似冷笑，打开抽屉抽出一张崭新的百元钞票扔给张隐。

张隐没接，任由蓝色的钞票飘落到地上，就像任由一张废纸飘落。张隐拿身子往条纹衬衫身上凑，说："哥子，我只想要一份工作，一份真正的工作。没有工作我就天天躺在你这个介绍所门口。"

条纹衬衫无语地看了他片刻，无可奈何地打开抽屉，拿出一个本子翻了翻，在一张白纸条上写下一个地址，说："你去这里试试，找一个叫杨国辉的工头，你就直接说是我老谭的老乡，他会给你安排的。这里是包吃住的，还可以洗澡。"

张隐接过字条，可怜兮兮地摊开手："谭大哥，我没有坐车的钱了，走路去的话我倒不是怕辛苦，就怕去晚了又要回来找你……"

条纹衬衫皱皱眉，像送瘟神一样又拿出十元钱。

"我一天没吃饭了，饿，走不动了……"

条纹衬衫叹气加摇头，又拿出十元钱。

张隐弯腰从地上捡起那张百元大钞，刚刚他没伸手去接，可心里早就痒痒了，他只是听说过，但还从未亲手触摸过这种大钞，虽然表面上他装作不认识这钞票，却悄悄用脚踩住了，以免被其他过路人捡走。

条纹衬衫说："嘿，这张应该还给我吧。"

张隐也学他刚才的样子，嘴角一抽似冷笑，说道："地上的，谁捡到就归谁。"

条纹衬衫心里一阵哀叹，天天打猎，今天却被小雀啄了眼。

张隐故作沉稳地迈着步子离开，走出十几步后就突然像要飞起来一样：爽！胡姐夫说得真有道理，傻的怕精的，精的怕愣的，愣的怕不要命的，混江湖必须得比对手更狠才行！

又是大半天的时间，张隐走到了海边，这里有一个建筑工地，看着框架都浇筑完了，像快完工的样子，他顺利地找到了工头杨国辉，接了一个当泥水小工的活儿。

杨国辉身体很壮实，左手手背纹着一个青色的"忍"字，张隐觉得这个字写得很难看，歪歪扭扭的。杨国辉右手小臂也有纹身，张隐仔细看了看，是一个"爱"字，还有一朵红色的花。杨国辉看张隐的目光停在自己的手臂处，下意识地就用左手把右手臂捂住，任由那个"忍"字摆在张隐的目光下。这个字真丑，逼得张隐将目光转向杨国辉的其他地方，他的脸黑得发亮，三角眼，嘴唇特别厚，厚得有些外翻，险些露出牙龈来。

杨国辉也有一些渝城的口音，他老家凌江县距渝城只有七十多公里，和张隐算半个老乡。张隐见到老乡还是有些高兴，话多了，可杨国辉并不愿讲太多话，只是将这个工地的布局简单指点了一下："老老实实干活儿，别偷奸耍滑，眼里要会看事儿，话不要太多！听懂没？"

张隐没做过体力活儿，好在他有一副好的身体架子，工地上肩挑背扛的活儿很少，太重的物件有吊机上上下下，他就是帮忙送送灰桶，挪挪砖，还算吃得消。能吃三顿饱饭对张隐来说就是一种前所未有的幸福，穗城的湿热让他皮肤发痒，冲冲凉水澡又是一种幸福，睡在工棚的窄床上与前几天睡在大马路上相比，这种幸福更是给张隐的心里增添了一种喜悦。

工棚里并不宁静，有好几个人在摆龙门阵，拿自己家里的婆娘和莞镇上的妹儿作比较。工地上像张隐这种厂里长大的人很少，他们大多是农村出来的，结婚结得早，挣几个钱就想赶紧寄回家，平常要抠几个钱出来买份肉菜都舍不得，可是到莞镇上找妹儿倒还成了固定安排。

张隐和肖春有过搂搂抱抱的经验，抱着肖春糯米一样软的身体，他那个部位也会变得难受。张隐知道这些工友每天晚上摆的这些龙门阵最多就是嘴上说说，过过干瘾。这些工友早就习惯了这种生活，摆一阵龙门阵后就会磨牙放屁地打呼睡过去，张隐却要起床去冲凉水，冲过凉水躺一会儿，一想到肖春，就又要起床去冲凉水。

连着几天熬下来，虽然比在大街沿上睡得舒服，但张隐还是欠下了很大一笔瞌睡债，干起活儿来就经常接不上趟。

和张隐搭档的大工叫老沙，谢顶得厉害，像电视《西游记》里面的沙和尚。老沙没有沙和尚那么魁梧，他个子小，动作特别麻利。其他工人每天大概砌一千块砖，抹灰二十多个平方，但老沙能砌一千五百块砖，抹灰三十多个平方，一个人当一个半人在用。大工是按工作量拿钱，小工按天数算工钱，所以先来的那些小工都耍滑头，欺负张隐是新来的，他一来就将张隐推给了老沙。

张隐是新手，本来手脚就慢，第一天砌墙只砌了七百多块，第二天抹水泥砂浆墙面只抹了十六个平方。老沙算了一下这两天挣的钱比以往少了一半，心里火冒。

砖又没了，一看到张隐站在那里目光涣散，老沙就吼了起来，这一吼让张隐回过魂来。回过魂的同时他就见老沙的砖刀向他迎面飞来，人年轻反应快，他侧身一闪躲，砖刀擦着肩膀飞过去。老沙心里也是憋屈到了极点，余火还没熄灭，紧接着又将旁边半块残砖向张隐扔过来，这次力度明显小一些，还没到张隐身前就落了地，但惯性还在，蹦了两下正好砸在张隐脚上。

张隐虽然躲开了砖刀,但对接着飞来的砖块还是来不及反应,也许是大意了,砖块砸到脚背上让他吃痛得直跳。幸好他穿的是肖春偷来的那双劳保皮靴,承受住了大多力道,不然肯定骨折。

老沙只看到砖块落地,没看到最终的落点,心火还没消完,嘴里仍然在骂。张隐起初心里也是怯怯的,被砸了一砖,脚痛得厉害,看老沙还在不依不饶地乱骂,顿时也起了心火,他随手就捡起一块砖,一瘸一拐地走到老沙面前,举起手里的板砖就向他头顶劈去。

老沙比他矮半个头。就在那块砖快要砸到头顶时,张隐的胳膊被人一推,力道和速度虽未减却偏了方向,向老沙的肩膀斜前方劈下去。几双手伸过来将张隐拉开并按住他。张隐一个劲儿地挣扎,嘴里吼道:"他妈的,算你捡了一条命!"

刚刚出手推他肩膀的杨国辉冷哼一声:"小崽儿,冷静点!你娃才是刚刚捡回了一条命!你这一砖头下去,肯定得坐牢!"

半夜,张隐才回想起来,越想越后怕,他翻身下床来到杨国辉的床铺前把他喊醒,咚的一声跪了下去,又砰砰砰地磕了三个响头,感谢救命之恩。

"人在江湖,能少惹事就少惹事,你这个青勾子娃儿(方言:不懂事的小孩)今后做事莫这么冲动,看你这个样儿就是在家里闯了祸出来躲的。在外面也耍了这么几天了,打个电话回去嘛,没事了就早点回去,如果有事也回去把事情了了,莫让家里的人来帮你担。"

听杨国辉这样一说,张隐心里确实是动了一下,自己是躲了出来,万一真惹下了大事,人家还是会找到家里来的。张隐动了回渝城的念头,但这个念头很快就被打消了,他还是害怕回去,能多躲几天就躲几天。

三个月后,工地的泥水活儿也全部干完了,张隐算了一下,前前后后能拿到千多块钱。

杨国辉对张隐说:"还是那句话,你该回去得了,你这个崽儿做事情倒是勤快,但要成气候,还得学会受气,要忍得。"

六　穗城

> 她喜欢的从抽象到具体，从灵魂到身体，都不是眼前这个人，这是一种内心本能的拒绝。

离开工地，张隐去了一趟穗州大学。

他是去还钱的，工钱拿到手了，借的钱是一定要还的，越是亲兄弟越要明算账。张隐心里想过无数次，借钱是迫于无奈，现在他有钱了，还钱的时候就还十倍，而且全是专门去银行换来的崭新的大票子，还要在那个食堂当着宋军舰同学的面拿出那一小叠钱来，啪的一声往桌子上一放。

宋军舰一见到张隐就紧紧抓住他的手臂，说要马上打电话给家里。张隐从渝城失踪之后宋文菊差点急疯，嚷嚷着要去公安局报案，这个时候胡文鹏才知道遮掩不住，将前因后果说了一遍，当然，他又挨了张昇的两记耳光。

家里都猜测张隐最有可能就是跑到穗城去了，给宋军舰打电话才知道他确实是到了穗城，但又刚刚借了钱离开了。穗城这么大，要找一个人何其困难，家里三天两头打长途电话来问，宋军舰心里也急，但也想不出任何办法来。

看到弟弟终于出现，还能不紧紧抓住他？还不立马给家里打个电话回去？

张隐在工地打了三个多月的工，身体壮实了不少，力气也大了不少，见宋军舰有通风报信的打算，手臂一甩，逃之夭夭。

现在更不可能回渝城了，回去岂不是要让宋军舰嘲笑一辈子呀！张隐在穗城的街道上闲逛了半天，肚子饿了，抬头一看，正好看到味苑酒楼的招牌，新崭崭的，是一家刚刚开业的店。既然是新店开张，应该会招人手帮忙哟，张隐在味苑酒楼门前徘徊了许久，终于看到店内出现了一个穿西装打领带的员工，其他员工都是系的领结，张隐追过去："老板，我想在你这里找一份工作，我什么活儿都可以干的。"

严经理将张隐上下打量了一番，见他有点眼色，一眼就能看出经理和员工的区别，又见他微弓着身子，脖子却硬梗着，是那种既想求人又不情不愿的姿态。严经理一下就动了心，本来店里也缺一名杂工：前三个月试用，只包吃住没工资，三个月后再根据情况安排岗位，工资是和岗位挂钩的，不过这是一家新店，工资不能和其他店比。

张隐不再考虑什么，只要能包吃住，今天吃饭和睡觉的问题就解决了。杂工干的就是淘淘洗洗的活儿。严经理来看过几次，就见他一个人在那里老老实实地干活儿。餐厅规模很大，但由于是新开的，酒席少零餐也不多，生意并不是很好，大家都不忙。张隐低着头做自己的事，他心里也在打算盘，等把三个月时间混完，看看究竟能给自己开多少钱：钱多就继续干，钱少就走人。餐厅和工地不一样，位置在城里，这段时间他对穗城的情况也多了一些了解，甚至还知道了穗城的摩配一条街，那里有几十家卖汽车和摩托车配件的，张隐想干脆去那里找一份工，毕竟自己学过一点钳工技术，相比后厨的这些汤汤水水的工作，他还是更喜欢和那些零配件打交道。

三个月的时间过得很快，餐厅的生意也红火起来了，酒席越来越多，但张隐并没感觉到多大压力，随着工作量的加大，店里又陆陆续续来了几个杂工，他手里的事反而少了些。这个小细节让他对严经理产生了佩服之意，每次加人的时机都掌握得恰到好处，既不会拖着让老员工忙不过来，又不会加了人之后让人有机会偷懒耍滑头。严经理还说，到合适的时候就调张隐去前厅。

张隐对餐厅的整个运行流程也有了一点思路，餐厅的工作和工地上的完全不同，一到饭点，人乌泱泱地涌进来，一个比一个着急，恨不得屁股一沾板凳做好的菜就能端上桌。二十几个厨师在厨房忙，经理就要在外面调度服务员，严经理总是能安排得忙而不乱。

后厨里除张隐外，其他几个杂工都是大婶，爱打堆议论，他有意无意就听到了一些东西。后厨应该是由张厨师长来负责，但严经理和张厨师长就采购问题发生过冲突，采购和库管都是严经理安排的人，张厨师长的油水没了心里不爽,他就只管灶上的东西,其他工作就故意撂给了严经理。严经理也不忕这事儿,安排得倒也井井有条。

"我给你们讲啊,这种情况我见得多了,肯定要出事儿。"说话的是张老猫儿,张老猫儿并不老,她一个眼珠子有问题,像波斯猫的眼珠子,大家就这样叫她。虽然都是杂工,但张老猫儿却又有相对独立的岗位,她主要负责洗碗,一天要洗上千个碗盘,好在有洗碗机,但搬进搬出还是要一些体力。张隐估算了一下,如果没有机器帮忙,光洗碗就要三个杂工才忙得过来。张老猫儿的嘴比她的脚还要忙,没有闲下来的时候。

"要出事儿你还来?"

"水越浑越好……"张老猫儿双手做了个摸鱼的动作。

正说着,严经理转悠进来,他显然是听到了张老猫儿的后半句,皱眉道:"张姐,你洗个碗怎么这么大的损耗?这一个星期报损了八十多个盘子,再这样下去就要扣你的工资了!"

"严经理,这可不能怪我,使用这个机器洗碗磕磕碰碰是难免的,损耗本来就大,我是提过建议的,还是人工来洗要合算一些,要不你再招几个洗碗工吧,我可以帮忙推荐几个,不要介绍费……"

严经理没有理她,临走时把张隐喊了出来。

到了一个没人处,严经理说:"我们餐饮行业就是一个勤行,眼勤嘴勤、手勤腿勤还有脑子要勤,像你这样肯老老实实做杂工的年轻人我还真没见着几个,我早就想重新给你安排岗位的,不过我马上要离职了,就暂时没有变动你的岗位。明天公司会安排新的经理过来接替,你的表现我会给他作一些交代的。在我们这一行只要是靠自己努力都能出人头地的,你还年轻,机会多,学会抓住机会。"

张隐举起手揉揉眼角,刚刚他在剥蒜,没有洗手,手指残留的蒜汁将更多的眼泪引了出来。张隐突然想起一句"士为知己者死",挺挺胸,说:"老大,你不要怕那个张大厨,你要是想弄他,我帮你!"

严经理一愣,拍拍张隐的肩膀笑道:"小张,不要听她们胡说八道,别像那帮人那样混日子。张大厨技术好,人品也不错,和我在工作上有一些不同的看法是很正常的。任何人任何事都没有绝对一致的，博弈和合作并存。我也观察了你一段时间，做事认真，这是你的优点，如果再多用点心，多学新东西，对你今后会有帮助的，我看得出来张大厨也比较喜欢你这种做事认真的娃娃，有机会你和他多亲近亲近。你现在才二十岁不到嘛，年轻要多学多做，不要等以后机会到你面前了，你抓不住，那时后悔就晚了。"

"严经理，你要到哪里去呢？能不能带我一起？我就跟着你学嘛。"

严经理笑着说："你不知道我也是当过厨师的吧？我还凭手艺出国挣过外汇的。这几年其实我也是在学手艺，餐饮管理可是一门大学问，厨师手艺好学，餐饮管理难学，很多做餐饮的做倒闭了，并不是厨师的问题，而是管理出了问题。这几年我也积累了一些经验，回老家也准备开家店。以后如果有机会，到我的店里来，看我给你露两手，你想吃什么我都做得出来，鱼香肉丝？回锅肉？这些都是你的家乡菜吧？你可以看看我做的是不是你们地地道道的渝城口味。"

这两个菜名勾起了张隐的思绪，他突然想起了童家姐妹开的火锅店，问："那你会做火锅吗？"

"火锅？"严经理摇摇头，很好奇地问，"怎么做的？你会做吗？"

张隐以前觉得做火锅是最简单的事，一口锅儿熬汤煮菜好简单嘛。但此时被严经理一问，他一句话都回答不了，突然间就觉得那一口锅真是太玄妙了，火锅并不是大杂烩，看似简单实际上万千变化。他第一次因自己对火锅的一无所知而觉得难堪。

第二天晨会，严经理和新来的经理办理交接。张隐他们后厨的杂工站在最后一排，张老猫儿轻声嘀咕道："这个新来的经理还是一个女娃娃？这么年轻，不晓得是靠啥本事当上经理的，啧啧。"

张老猫儿的唠叨声张隐一个字都没听进去，他的眼睛一直死死地盯着新来的经理，这竟然是他昨天还想起过的童青青。

童青青嘴上说是要去琼岛省这个改革开放的最前沿，但她却买了一张去穗城的火车票。同样是坐火车到穗城，张隐是像难民般狼狈不堪地踏上穗城的土地，而童青青就滋润得多，她坐的是软卧，买软卧要单位开介绍信，还必须是一定级别的干部，但童青青开火锅店挣了钱，有些时候用钱就能将看着不可能的事变成可能。

童青青把穗城的景点玩了个遍，玩到最后她兴致索然，她不知道自己究竟是在躲避还是在追随。

童青青住的招待所就在穗州大学旁边，她从招待所的房间窗户向外看，能看到大学的足球场。在大半个月的时间里童青青虽未踏进校园半步，但她每天晚上都会倚在窗边看，深夜空荡荡的校园让人泪流满面。

童青青退了房，但她没有离开穗城，穗城是一根鱼刺，让人痛楚，但越是痛的地方越是难以忘记，总是会引诱人一遍又一遍地去舔舐伤口。实在是舍不得呀，留在穗城就会和心里那个人呼吸同样的空气，她给自己寻找了这样一个留下来的理由。

童青青见过了太多大场面，她找工作自然不会像张隐那么狼狈。穗城的经济正在发展，工作也还好找，特别是餐饮业，一家接一家的酒楼在开业，若要应聘服务员的工作，胆子小的就在门前畏畏缩缩，胆子大有经验的就只管看哪家装修豪华，然后推门而入。

童青青并不愁钱，也不怕吃苦，自己开店时上上下下、里里外外什么事都要打理，对餐饮经营也摸到了门路，她看到校园附近有一家味苑酒楼生意较为冷清，冷清的生意自然就不会缺人手，但她还是推门而入。店经理留用童青青的理由也很简单，她不要工资，只要一个住处，住的宿舍要人越多越好。经理心想竟然有这等好事。

渝城妹子的漂亮是全国闻名的，童青青就是渝城美女的典型代表，经理认为最适合童青青的岗位就是迎宾，穿着旗袍站在店门外迎接宾客："先生，您好。请问有没有预定？请问你们几位？"

第一天上班，童青青还是有生以来第一次穿旗袍，旗袍的金丝绒质料和窗帘布是一样的，一上身不仅淹没了她本身的灵秀，还泛滥出一些从未有过的俗媚。童青青心里忐忑至极，她最怕那个人路过时看到自己这副模样。

可一上岗，人来人往，她很快就忘了这茬。晚上打烊，员工宿舍里姐妹们聊家长里短，童青青却心不在焉，她的脑子里就像在打麻将一般，进进出出的客人就是麻将牌，她将这些牌码好，自然而然地就将这些客人分了类，然后像抓牌一般，将他们进行了重新组合。

整整一个星期，童青青都如此神神叨叨。汪经理听到小姐妹们的议论和反映，专门找了时间要和童青青聊聊。这时童青青正坐在大堂一角揉搓自己的小腿肚子，她对这种站门迎宾的工作心生厌烦，当年自己做火锅店时风风火火，里里外外掺茶倒水、点菜添饭什么都干，偏偏就没干过这种迎宾的活儿。渝城人的性格比较豪爽，对饮食重味而不重形，讲实惠而少排场。不过这一周的站岗也有好处，童青青也琢磨开了，虽然觉得这些排场看似多余，但也并非没有可取之处。正在胡思乱想的时候汪经理找上了她，童青青讲了自己对来店客人的观察，她说："我们酒店来的客人也无外乎三大类，机关单位的消费、商务宴请和家庭消费。像我这样的打工妹是不可能来这种酒楼吃饭的。"哗的一声，她抓过一大把筷子，呼啦啦地分成了相对均匀的三堆，她指指这些筷子说："我们的客人就像这些筷子，看起来差不多，但是如果这几根是镶金镶银的，你就要把它们盯得死死的。我来了一个多星期，发现这三类客人数量上差不多，但来的时间和消费的多少还是有很大差别的。早上多是附近的居民来吃早茶，中午来的大多是旁边市场做生意的，到了晚上三种消费都有。机关单位看似金娃娃，其实这个生意不好做，吃了一千发票还要我们开五千，拿走四千的烟和酒，看似酒楼赚了钱，但这种生意不是我们酒楼该拓展的。那些做生意的就要实在得多，我们赚的钱也是实实在在的，虽然单看他们每一桌的消费不高，如果把数量再整上去，那就好了。"

她把一堆筷子划向了另一堆，接着说："我看他们那些谈生意的，吃了饭又要换地方找茶楼坐坐，喝喝功夫茶，我们就在包房里给他们准备一点茶具，尽管我们赚不了多少茶钱，但喜欢来这里谈生意的客人就会多起来，我们的生意就会更好一些。"

汪经理把那些筷子一划拉，说："餐饮生意哪是你想的那么简单？我们都想多翻台，但翻台的前提是后厨要跟得上，换句话说，别说师傅炒菜来不来得及，就是洗碗洗不出来都会影响到整个经营。"

汪经理虽然表面上显示出了不愉快，让童青青很是忐忑了一番，但一个月之后酒楼就进行了扩展，楼上闲置的一层被装修出来专门做成了茶楼，生意挺好。菜单也进行了修改，几个高档菜品的名字被改成了"八方来财""黄金万两""富可敌国"，如此一来，这几个菜的点单率就蹭蹭往上涨。所有菜品的价格也全部涨了20%，不过结账时都会给客人打折，毕竟客人要的不是便宜，但谁都想占点便宜。打折不是直接少收钱，而是给客人办一张卡，折扣的金额就存在卡中，欢迎下次再来消费，这样就锁定了顾客。

童青青也被提拔成了领班，她上任后第一件事就是拿自己升职前的迎宾岗位开刀，要求迎宾岗位不能只是鞠躬说"欢迎光临"，而是要记住常客的姓名，远远地就要称呼，还要负责引领他们到包房。她还把姑娘们身上的旗袍换掉了，从小在棉纺织厂长大，对料子品质的认知早就嵌入了她的基因中，劣质的布料让她烦闷。

只要是有利于酒楼生意的建议都能迅速被采纳。汪经理说："好好干，你现在是领班，可做的事情很多，争取再拿一些成绩出来。目前的餐饮行业几乎都是粗放式管理，国外的餐饮行业已经做得非常精细化标准化了，你看看麦当劳，就靠标准化做了上万家店，我们做中餐也是可以借鉴和学习的。"

经理又很遗憾地摇摇头，说："你很聪明，可惜就是没有读过大学。如果你读了大学的话，前途不可限量哟。不过这也没什么大不了的，摸爬滚打也是一门学问。"

童青青望着窗外又发起呆来，马路对面就是穗州大学的围墙，围墙内外是两个不同的世界。

时间过得飞快，童青青在味苑酒楼干了一年多，凭着自己的能力和汪经理的赏识，已经成为副经理。当旗下另一家味苑酒楼的严经理提出辞职后，汪经理推荐了童青青去接任。童青青在这一年多的时间里跟着汪经理学到了很多东西，明白了要做好一个酒楼不是只把菜做好这么简单，是需要专业的餐饮经营和管理的。这是一门学问，书上不会教，只靠摸爬滚打也学不完，她有些忐忑。

汪经理一边向老板极力推荐，一边对童青青施以激将法："你不是渝城女娃吗？你们渝城不都是女的当家，男人躲在后面吗？"

渝城确实有很多女子做事泼辣，风风火火，而很多渝城男人也忍得让得，甘于做她们的垫脚石，这在餐饮行业里尤为突出，颇有点"正见当垆女，红妆二八年"的卓文君当垆卖酒的遗风和传承，不管这是不是一种刻板印象，至少渝城人自己觉得很正常。

童青青接受了这一新的挑战，思来想去她觉得应该好好感谢一下汪经理。

请吃饭？自己就是开餐馆的，请吃饭最体现不出诚意。这时电视里的广告发挥作用了："金利来，男人的世界。"童青青家里没有男人，所以她从来没关注过男人衣着方面的事情，这个广告在电视上翻来覆去播了很久，童青青觉得这一根布条没什么值得买的。现在她再看电视，哟，广告里的那人系上领带确实挺帅的。

她用了半天休息时间去了百货商场，找到这家专门卖领带的专柜，在这个专柜来来往往的人不少，但看的多买的少，一百八一条的价格和大家的收入一比，还是显得太贵——买这根布条的钱去旁边柜台买一套衣服都还有剩的。

说到感谢，童青青想不能只感谢汪经理一个人，对自己帮助最大的还有唐奕，也给他买一条吧，回渝城的时候也算带了一份有面子的礼物。

想到了唐奕的帮助，自然而然就会想到张昇叔叔，不过张昇是不可能系领带的，想到张昇她的心里又被触动了，她相信自己和宋军舰总会有见面的那一天，即便在围墙外的店里再等几年，他不出来找她，难道她就不能进去找他？找他时就带这一份礼物去。

童青青一下就买了三条金利来领带，花色品种太多，她嫌烦，三条选的都是一模一样的。营业员很少见到这样的顾客，不过还是善意提醒道：

"您选的这种不太适合商务人士哟，这种款型比较青春，又很文气，适合知识分子。"童青青脸上微微一红，在选领带时，她心里就只有一个模特儿。

童青青买领带是兴之所至，她哪里知道穗城人的规矩，在这里领带可不是随随便便送人的，一般是老婆送给老公，而且还是在有重大庆祝时送，比如婚礼前，或者老公要当爸爸了。童青青送领带给汪经理，把汪经理吓了一跳。当搞清楚送领带还有这么多讲究时，童青青自己也感觉到脸上有些发烫。

童青青到了新店，在她和严经理讲着客套话时，一下就认出了站在后排的张隐，这让她稍微分了神。老板让童青青给员工们讲几句，一向伶牙俐齿的童青青竟然磕巴了。

不过她很快就调整了状态，先讲了几句愿景，又说了几句自己的想法，说得所有员工都热血沸腾起来。只有张隐有着完全不同的感受，山不转水转可以理解，可千算万算都没算到与童青青见面时，自己只是一个洗碗削土豆皮的杂工。他心里很清楚，在童青青眼里自己一直都只是哥哥的陪衬，现在她更会瞧不起自己。

可能是严经理忘了给童青青交代张隐的事情，又或者是童青青存心要收拾张隐，童青青来店以后，张隐的工作仍然是削土豆皮。张隐心里还是暗暗地憋了一口气，他既不想让童青青注意到自己，又特别想让童青青注意到自己。怎么才能做到两全其美？

毕竟是搞过一段时间的机修工作，研究鼓捣一点小玩意儿对张隐而言就是吃饭时多吧唧两下嘴的事儿，他找来几块铁皮，一弯两折，就改造出了一把削土豆皮的刀具，别人削一个他能削三个，而且还不用担心伤着手，效率大大提高，看得张老猫儿啧啧称奇。张隐把自己份内的事情做完后就在后厨四处晃荡，他想让童青青来批评自己，然后自己就可以把工作结果摆到台面上，反将她一军。

但这只是张隐的一厢情愿，童青青才没功夫来找他麻烦，她既有忙其他事情的原因，也有故意回避张隐的意思，她不想和张隐单独见面，以免尴尬。

童青青一直回避着张隐，一个多月里她都没到杂工区来过。任何工作都是这样，只要老板或经理没有去盯，时间一长一定会出问题，果不其然，童青青被逼不得不"御驾亲征"，到了张隐所在的杂工区。

洗碗真成了一个大问题。

童青青觉得头痛，照理说每天要洗一千多个碗碟看似工作量大，但有三个洗碗机同时在使用，这工作量就算不上什么，但损耗太大也受不了，平均一天要破损二十多个碗碟。

张老猫儿喜欢偷懒，图快和省事，但也有个优点，就是干活儿不惜力，碗碟往机器里送的时候她不是一个一个放，而是一叠一叠地往里放，这一放，多多少少会让碗碟和机器产生磕碰，机器一运转一加热，她拿出来的时候也是使劲搁，很多碗碟就是这样碎掉的。碎在她手里还好，有几次张大厨他们拿着干净盘子盛好了菜，盘子却裂了，这才是麻烦事，张大厨直嚷嚷着要求童青青换人。童青青喊停了张老猫儿，询问她有关洗碗的工作流程，张老猫儿回答得倒也耿直："盘子碎了是质量问题，要问就去问采购，盘子没洗干净是机器问题，要问也去问采购。"总之一句话，所有的问题都与她没有关系。

童青青进杂工间的时候张隐没来得及躲掉，埋着头在角落默默削土豆，却把她们的对话听得一清二楚，听到童青青被张老猫儿怼，心里一爽，忍不住就笑出声来。

如果是其他人也还好，偏偏是张隐。面对张隐，又在气头上，童青青忘了现在两者的不同身份，仍然像在渝棉四厂的宿舍楼里一样，冲着张隐就吼："张二娃，从现在开始，你来给我洗碗，一周之内不把这个问题解决好，你就给我滚回家去！"

她又转头对张老猫儿说："你，去扫地！"

张老猫儿看看童青青和张隐，知道眼前是说得多就错得多，只有赶紧离开才能保住这份工作，虽说闷闷不乐，但也暗暗摸了摸胸口，溜了。

约莫半个小时后，张老猫儿拿着拖布就闪身到杂工间，见张隐正对着洗碗机东扳西敲，就说："嘿，张老弟，我看到童经理出去了，不在店里，你就歇一下吧，在这里挣表现她又看不到。"

见池子里堆满了脏碗碟，张老猫儿竟一下就紧张起来，说："你没有洗吗？堆了这么多了！赶紧哟，不然晚上不够用你就惹上大麻烦了！"她只说话不帮忙，把下巴放在拖布杆的端头，又补上一句，"最倒霉的肯定还是我，反正那个童经理和你是老熟人，你整不利索最后还不是喊我来洗。"

张隐只感觉脸上的温度有所上升："哪个和她是熟人哟？"

"啧啧，'张二娃'……"张老猫儿拖长声调怪声怪气地说。

张隐没办法辩驳，对于张老猫儿一遍又一遍的追问，他选择的是沉默。

"你莫装哑巴，你们两个越是这样装着互不认识，越是说明你们两个有事，是不是要过朋友？看她对你说话那个火气，莫非你把她……"张老猫儿扔下拖布，双手合拢放在头的一侧，偏头做了一个睡觉的姿势。

张隐脸上的温度继续上升，还蒸发出一些水滴，说："张大姐，你莫胡说嘛，我无所谓，反正随便你怎么说我都是占便宜的，就怕等一会儿童经理听见了……"说话间张隐突然刹住话头，做了一个比较明显的立正动作，嘴里补充半句，"童经理，我马上就把机器修好了！"

张老猫儿吓了一跳，她的第一个动作就是俯身去拾地上的拖布，腰未敢伸直，就已经用余光先将四周扫瞄了一遍，这才明白上了张隐的当。她也不恼，伸手就往张隐的屁股上拍去："你个小东西，还敢逗你大姐玩儿！喂，说句实在的，既然你们是老熟人，大姐就多嘴说一句，既然被人管，就得学得软，管她怎么说，你就多说几句软话，女人的心硬起来比我手里的这根棒棒还硬，软起来比拖布头上的布还软。不管你以前和她怎么样，你几句好话一磨，好男怕缠，好女怕磨，她心一软，我们的日子就好过了。"

临走她又对张隐眨眨眼，说："大姐再送你一句话，男人心软一生穷，女人心软裤带松。小伙子，你也是一表人才，那个女子配得上你，你才莫管她是不是经理，衣服裤子一脱，啥经理主管哟，就变成了老婆。你莫一天到晚窝在这里，抓住机会把她搞定，带回家去。"

洗碗机的设计是没有问题的，有问题的还是人。张隐揣摩了两天，发现这个德国机器设计得真好，但德国人的个子普遍比中国人高，至少比张老猫儿高一些吧，别看这只是一个身高的差距，但是和身高相对应的还有手臂长度，张老猫儿的手短，往机器里放碗盘必然要先蹲一下，这一蹲就出问题了，机器没受影响，但碗盘就很容易出现裂纹。

找得到问题就能想办法解决问题——加缓冲垫。张隐找了一块橡胶垫剪出形状，放在洗碗机内的底部，这样在蹲的时候就有了缓冲，可以保护碗碟。他做了一次测试，这一测试就闯出祸事来了，放碗碟进去和机器清洗的时候都没异常，但有一个烘干环节，温度一高橡胶垫就受热融化，融在洗碗机内，还冒出浓烟来。张隐急忙拉电闸，泼水，很快就控制住了，等消防车赶到时他们已经把现场清理干净了。

店内损失不大，但打点各路神仙的花销却不小，花钱不要紧，关键是要对各个部门的小喽啰点头弯腰，有些神仙来了还必须得老板亲自出面才显得出尊重，搞得老板心里非常烦。

张老猫儿跳出来说："这可不关我的事，我现在的岗位是做清洁。你看，我手里一直拿着拖布的，你问我怎么会去操作间的，我去做清洁呀，就看到失火了，我就马上去拉的电闸。"

见张老猫儿躲得一干二净，张隐不得不站出来将事情经过详细地讲了一遍，讲述中他将张老猫儿摘除得干干净净。

一台洗碗机要一千多元钱，张隐是拿不出这笔钱的。童青青没有丝毫的犹豫，她对老板说："这个人我认识，我们两家是邻居，先把公账了了，机器钱就由我来赔。"

新机器没买回来之前只得让张老猫儿重新回到洗碗槽前，加上张隐和临时来增援的刘阿姨，三个人才忙得过来。张老猫儿一边洗一边对张隐叨叨："你们之前还互不承认，明明都很熟悉还对外遮遮掩掩，肯定有事情。"见刘阿姨瞪大眼竖起耳，张老猫儿摆出"洗碗项目组"负责人的架势，催促她："听龙门阵可以，手上的活儿不要停，不然厨房那边又要骂人了！"

张老猫儿转头又对张隐说："童经理帮你出了赔偿金，这叫什么？叫拿私房钱出来倒贴，哈哈哈。看不出来你小子还能勾搭上经理，不得了哟！我想看看你到底是哪里让童经理看上了！"她和刘阿姨交换了一下眼神，突然将湿漉漉的手抓向张隐的下身。张隐一惊伸手一挡，啪，屁股上却中了刘阿姨一巴掌，两位老大姐就这样不停地拿他打趣。

张隐在两位老大姐面前连招架的份儿都没有，此时童青青也在担心洗碗效率低会影响到整个厨房的正常运转，特意过来检查进度，恰恰听到了这些话，又见他们胡闹成一团，进也不是退也不是，拉黑了脸，但脸上那种羞色却是遮掩不住的。张隐不停躲避，埋着头往外冲，差点就撞到她怀里。童青青的脸上更是红成一大片，愤然骂道："你看看你那个样儿，成天就和一帮老孃孃混，没有出息！还赶不上你哥哥的一个指甲盖，你和你哥哥真不是一个种！"

这一句话狠狠地刺痛了张隐，张隐挑衅似的用眼瞪童青青，脸贴脸对视着，他想冒火却又在看到她面庞的瞬间泄了气，他内心还想挣扎，企图扳回一局找回一点颜面。张隐压着嗓子说："我赶不上我哥一个指甲盖，又怎么嘛？我早就晓得你喜欢他，你一直都瞧不起我，又怎么吗？未必我哥就会喜欢你？你还不是没有读大学，和我一样都在馆子里打工！"说到这里，张隐似乎胆儿又大了些，这时有点像在吼了，在宣泄压抑了很多年的积郁，"童幺妹，我哥现在就在穗城，我晓得他在哪里，我带你去看他，我就想看看你当着他的面要说些啥，会说些啥。喊，你还不是不敢！"

张隐这句话还真是戳到了童青青的心窝子。说真心话，童青青是既想去又不敢去，不然她怎么会在穗州大学的围墙外徘徊一年多都没进去过。

张老猫儿和刘阿姨躲在张隐身后窸窸窣窣的。童青青不用听就知道她们在叽咕什么，她挺了挺胸，说："不敢？我童青青有什么不敢的？什么时候去？现在？"

"现在就现在！"张隐被将了一军，立马反将，不知从何而来的勇气让他敢和童青青对嘴，也不知自己哪里来的胆子，他伸手抓住了童青青的手腕，几个快步就将她拖出了店，招手喊停了一辆出租车，拉着她一起坐上了后座。

如果说童青青是完全被动地被拉上了车，那是不可能的，她只要有任何一点不愿意，都能抽出手来给张隐一耳光，但她被拉上了出租车后座，她是在主动配合，她心里的花蕊渴望着盛开。

随着车轮的转动，张隐的手在发抖，他悄悄地松了手，就在他松手的一瞬间，童青青却突然抓住了他的手臂，他能感觉到童青青的身体在微微颤动，这种颤动是通过手臂的接触传递过来的，和车辆行驶的颠簸是完全不同的。

童青青脑子里充满着后悔，不过不是后悔上了出租车，她心里想的是：糟了，领带忘了拿，我买的领带忘了拿！

这天，很晚的时候两人才慢慢走回了酒楼，好在酒楼的管理有条不紊，经理和一个洗碗小工不在岗一会儿也不影响业务，也幸亏有张老猫儿在，她阻止了店员们报警的冲动。

童青青和张隐之间有私情或没有私情都无关紧要了，张老猫儿嘴里早就给他俩编派了无数个故事，喜剧悲剧都有。她给酒楼的所有员工都上了一堂文学戏剧课，她嘴特别贱，心却特别好，酒楼打烊了还守在门口，见他们两人回来她才终于松了一口气，她不敢去看童青青的脸，只凑近了张隐悄声说："你们吃饭没有？我给你们留了饭的，在那边桌子上。"

童青青对张老猫儿视若无物，撞撞张隐的胳膊说："拿几瓶啤酒到我的宿舍来，陪我喝一点。"

张老猫儿吐了一下舌头，两肩一耸，身子微微一屈，消失了。

童青青做过几年的火锅店老板，少不了迎来送往，但却很少喝酒，即便有人来闹酒也有胡文鹏帮着挡掉。今天她是真的想喝酒，喝了酒就是给胡说八道留的最好理由，喝了酒胡作非为也就有了借口！到穗城这么长的时间，我这样做有什么意思呢？我为什么偏偏要到穗城来呢？

童青青和张隐在校门口下了车，一个要往里走，一个停住脚步，过了片刻又反了过来，以前想往里走的这时要往外走，以前驻步不前的却迈步向前，拉拉扯扯，和校园内的人十分相似，似闹了别扭的小情侣。也正是他们的拉拉扯扯，还有他们的年龄，使得校园门卫选择性地忽视了他们怪异的着装，甚至没想多看他们一眼。

张隐是来过的，找得到宋军舰的宿舍楼。他们找了一个看得见宿舍楼大门却又有一定距离的地方坐着，看来来往往的人。

过路的大学生偶尔也会瞧上他们几眼，因为他们的装束有些奇怪，张隐是一身酒楼的杂工工装，童青青却是一身职业西装。

"你很喜欢我哥，对吧？"张隐问。童青青没理他。

"你喜欢他什么呢？那就是一个傻子！"张隐又说。

这次童青青就毫不客气地怼回去："傻子能考上大学？就你聪明是吧？你的聪明都用在洗碗和削土豆上了？"

"我又不会洗一辈子的碗。"

"他也不会傻一辈子！他会当工程师，你呢？和你爸一样当一辈子厨子？哦，你还可以学崔师傅修理机器，你个半挂子，把我的洗碗机都烧了，你真有出息！"

"你一个开火锅店的还不是厨子？你当经理了也还不过是厨子。大厨子！你一辈子都是厨子！你看不起我修机器，难道工程师会看得起你这个厨子？"

童青青没理他这话茬儿，望着远处的学生宿舍有点走神，但很快收回了魂，推推张隐，问："你说我和肖春比起来哪个更漂亮？"

张隐心里很清楚，童青青的确是要比肖春漂亮一两分，但他怎么可能这么回答嘛。他嗤了一声："还用问吗？她是天上的天鹅飞飞飞，你是地上的黄狗追追追！"

"你给我爬哟，你才是黄狗！"童青青捶了他一拳，接着又问，"你们亲过嘴没有？"

张隐红了脖子。童青青鄙夷地瞥了他一眼，吐出两个字："流氓！"

安静了很久，张隐才想出报复的词，他问童青青："你和我哥亲过嘴没有?"

童青青没有反应,她出神地看着远方,远方有一对男女正站在宿舍门前,男的看上去有些腼腆,女的鸡啄米般在那男的脸上啄了一下,然后两人挥手告别。

张隐顺着她的目光也看见了这一幕,他跳起身来挡在童青青面前,恰好挡住她的视线。张隐故意打岔说:"我上次见到宋军舰,他长好高了哟,还长胖了,变白了,像头猪一样。这一阵没见到他,不晓得又长成啥样子了,他就是走到我们面前,我们可能都不会认出他来。算了,我们改天再来,你看我这身衣服,臊皮(方言:丢人)得很。"

童青青起身拍拍屁股上的灰,转身就往校门外走去。两个人一路无言,没人说打车,也没人在公交站前停步,只是往前一路数着人行道上的地砖走着。

两瓶啤酒一喝,童青青感觉还过魂来了,嘴里的话冲破了闸,他对张隐说:"我不敢肯定,那个人是你家大傻子对不?二傻子!"

"喂,你这个四傻子,你要相信我的眼睛嘛,那个人绝对不是宋军舰,宋军舰是我哥,我还没有你认得清楚吗?你才打了他几年的望嘛,我和他在一个床上睡了十多年,就是闻尿味我都闻得出来那个人肯定不是他。"

"你以为我们不知道?你家就你是尿床大王!每次尿了床,你还欺负他,我们都听得到他在哭。"

"绝对是他在尿床!"

"那你说,张叔叔弄回来的狗肚子是给哪个吃了?"

张隐一口气喝了半瓶啤酒才掩饰住自己的尴尬。童青青打开抽屉,拿出一个精美的盒子在张隐的面前比画:"你猜猜这是什么?"

童青青一下撕开了包装,拿出领带来晃荡着,说:"金利来,男人的世界!"她模仿电视里的腔调,将领带往张隐脖子上一套,嘿嘿地笑了两声:"你自己系哈,我系不来你们男人的这种玩意儿,送给你了,算是谢谢你今天陪我喝酒。"

张隐把领带小心翼翼地从脖子上摘下来，领带是真丝的，手感真是好，电视里天天放的广告他当然也知道，这个牌子是很贵的，对于领带，他知道的还真是比童青青知道的更多。他问："你送领带给我做啥呢？女人只能送领带给自己的老公。"接着他又嘟囔着："不过看你这个样子这么凶，你这辈子也是嫁不出去了。这根领带你真是白买了，浪费。算了，我帮你克服这个困难嘛。"

童青青没有因他的玩笑话而生气，她望着张隐，这个面孔和宋军舰还是有两三分的相似。她突然说："我好想吃张叔叔卤的狗肚子哟，好香。我们从来都没有吃过，全被你吃了，这个世界一点都不公平。"

张隐犹豫了一会儿，喃喃道："过几天我们一起回渝城嘛，我让我爸给你弄一个。"

童青青低喃道："我现在就想吃……"话还没说完，张隐的头转了过来，她的嘴唇就碰上了张隐的嘴唇。这是炸药包的雷管，嗤嗤的火光将要引爆全世界，肌肤相亲的感觉本是一张无色的纸，张隐只犹豫了零点一秒的时间，这张纸就晕染出了霞光。他条件反射地将童青青环抱住了，生涩得不管力度，松了怕这具美妙的身体会瞬间消散，紧了又担心会将其勒成两段，他浑身的汗正是因了这左右不是的窘迫。童青青虽是少女心，但三姐和胡文鹏眉来眼去时也无意间完成了对她的启蒙。天赋一般，如婴儿吸吮乳汁一般，她的舌头在两人的唇间挑动。张隐受到了启发，他的舌头也受了催眠般应和着。但此时始作俑者的童青青突然感觉到胃里一阵翻滚，她心里清楚得很，这不是她想要的，哪怕前一秒身体在喊渴，但此时内心仍在拒绝。人毕竟是高级动物，高级动物是能控制自己的冲动的，一定是她还没说服自己，她喜欢的从抽象到具体，从灵魂到身体，都不是眼前这个人，这是一种内心本能的拒绝。

她推开了张隐，心怀愧疚。

七　创业

> 功夫不在于断，而在于不断，其实准确的说法应该是在断与不断之间。

酒醒之后童青青一直在纠结，这时候大姐童秀秀打来了电话，带来了一个不好的消息。此时此刻的童青青听到这个消息后反而平静了，再坏的消息都得勇敢地去面对，逃避不了，但这个消息能让她下定决心逃离穗城，逃离张隐，逃离宋军舰所在的城市，这又何尝不是一个最好的时机。

张隐是从张老猫儿那里听到童青青辞职的消息的。张老猫儿用暧昧的语气问他："你们那个晚上喝了多少酒？不至于搞出这么大的事情吧？还搞得她要离开酒楼回渝城？啧啧。"

张隐只是认为自己那一瞬间的唐突让童青青害怕了，受到伤害了，逃跑了，但那个唐突可以用喝了酒来掩饰，童青青的一推让他迅速从微醺中清醒过来，他逃出童青青的房间后没敢回自己的宿舍，而是在穗城的大街上转了大半宿，这个时候他想念起了肖春。张隐觉得刚刚那一吻是一把钥匙，让他突然打开了成长的大门，在那不由自主的拥抱时，他心里想的竟然是身材娇小的肖春。心里的和身边的并不是一个人，这让他忽然之间感到羞愧，他觉得自己伤害了童青青。也是这一推，让他和脑海中曾经憧憬的童青青进行了彻底的告别。他明白了在童青青的心里，自己和宋军舰相比起来永远是输家。

如果不想再见面了，那也应该是我走。她应该留下来，留在穗城就还有希望，张隐心想。他还想再去一趟穗州大学，将宋军舰狠狠地教训一顿。

思前想后，张隐终于鼓足勇气，敲响了童青青办公室的门。张大厨从他身后经过，说童经理一早就离开酒楼了，在新的经理没到岗前工作由他代管。张大厨说童经理走之前还交代了一件事，说张隐很聪明，当个杂工太浪费了，特别拜托他收下这样一个徒弟，教他一些真本事。张大厨本来就很喜欢这个既聪明又本分的小伙子，便满口答应了。

张隐还没有听完张大厨想收他当徒弟的唠叨，便拔腿往火车站跑，这里离火车站并不远，但他不知道童青青离去的方向是相反的。此时童青青坐着出租车向机场方向驶去，她让司机绕个道，途经了穗州大学的大门，她在车上望着校门渐渐消失在了后方。

童阿姨生病有很长一段时间了，童秀秀也是迫不得已才打了这个电话，她想卖掉君君火锅店，既然要卖店，那么很多手续绕不过童青青，想先斩后奏都不行。

生意总是时好时坏，君君火锅店的经营没有以前那么红火了，但仍然在赚钱。

当初为了盘下这个新店花了十万，而且还是让胡文鹏拿友友火锅店向银行抵押贷的款，产权归属也说得很清楚，贷款由胡文鹏还，友友火锅店就归了他和三姐童岚岚。君君火锅店没有债务，前三年赚的钱归二姐童慧慧，三年后赚的钱包括整个店都是大姐童秀秀的。童妈妈心疼幺女儿，知道她要去南方闯荡，坚持要把这几年友友火锅店所赚的几万块钱取出来给了童青青，这样也公平合理，大家都没意见，并且大家也都商量好了，妈妈的生活费以及未来产生的医药费就由大姐和三姐分摊，她们的店开着能挣钱。

童慧慧的工作在四姊妹中是最好的，端的是公家碗，就唱唱跳跳，搞搞工会活动，惹人羡慕。尽管有两个女儿开火锅店赚钱，当有人问起童阿姨女儿的工作时，她都会忽略掉那三个，颇为自豪地说："在渝棉四厂！工会！"后来童慧慧从厂里调到轻纺局去工作后，童阿姨更是主动找人唠嗑，有意无意就要提及她的这个二女儿。

童慧慧男朋友谈了好几个，但都是没多久就分了。童阿姨心里着急，不过她也看出来了，每谈一次慧慧的工作岗位就会发生一点变化，当然是越来越好，越来越轻松。闲言碎语传到自己耳朵里是有些难听，但童阿姨装作听不见。

童慧慧开口向妈妈要钱,她说也不多要,就要五万,如果现在拿到这五万,君君火锅店前三年赚的钱自己一分都不要了。说着她拿出了照片,上面是一个挺帅的小伙子,童慧慧说他姓刁,是工业局办公室的干部,名牌大学中文系毕业的,写材料那是一把好手,他还经常总结和创造出一些新词,现在市政府办公室想借调他,局里还不愿意放。"嗐,不放人不就是还差点润滑吗?"她将右手的三个手指搓了搓,说,"妈,现在拿五万给我比以后给五十万还要管用,今天你把这个钱给我,明天我就去扯证,我扯了证你不就放宽心了嘛。"

童阿姨相信二女儿的话,就去找老大童秀秀借钱。童秀秀不太会说话,用渝城话形容就是一个"闷墩儿",半天放不出一个屁来。闷了好半天她才说:"妈,我们的店没有赚到钱。"

君君火锅店并不是没赚钱,是童老大比较实诚,童阿姨的医药费都是她在付,而且也没给童慧慧说,没要三妹分摊。渝棉四厂现在效益差得很,理论上医药费是可以报销,但得自己先垫钱,报个账还要慢慢排队,厂里有一点钱就给报一点钱。童阿姨见到这种情况虽然腰痛,但她怕麻烦,就一忍再忍。

童秀秀看到妈妈成天捶腰,就把童阿姨带到渝城最大的医院去做检查。这一检查就查出肾上有大毛病。这个童秀秀看上去脑子不灵光,心里却清醒得很,连给医生塞红包都搞得懂。这一治疗,钱就哗啦啦地往外流,童秀秀一个人把医药费全部承担了,没给三个妹妹说过,她还骗二妹和三妹说妈妈得了肾炎,也就是尿路感染。渝棉四厂女工多,没有哪个女工没憋过尿,几乎人人都得过尿路感染,大家也就觉得这个病没啥严重的。童秀秀转头又给童阿姨说,她要给童阿姨用最高级的治疗机器,让童阿姨每个星期去洗一次血,这样不仅可以治疗肾炎,还能预防很多病,她骗妈妈说这些钱厂里报销。

一听童秀秀喊火锅店没赚到钱,童阿姨有些生气,她说:"你看上去老老实实的,一说到钱就不顾姐妹情了?二妹儿有难处,你这个当姐姐的就不能体谅一下?当年我们家那么困难,几个月都看不到肉星星,隔壁宋阿姨给二妹儿嘴里塞了一块肥肉，她都舍不得吞下去，含在嘴里跑回来，非要我把那块肉扔在饭锅里，这样大家都能吃到一点儿油水。这些你都记不得了？"这些话把童秀秀说得眼泪吧嗒吧嗒地掉。

童秀秀走出透析病房，病房外有一个年轻人等在那里。他见童秀秀出来，也顾不上手里拎着的袋子，往旁边一放就冲上来握住童秀秀的手。童秀秀摇了摇头，还是勉强挤出了一点微笑。

这个年轻人叫龙林，是童秀秀处的对象，家是农村的，算是到渝城来的第一批农民工，刚进城的时候就是当棒棒帮人挑东西，时间长了也就成了劳力街胚布商铺的固定伙计。

渝城这几年变化很大，改革必然带来阵痛，像渝棉四厂这样的国营大厂垮了不少，但厂垮了工人总要想尽办法活下去，街边做生意的小摊小贩就多了起来。

渝城有一条劳力街，叫这个名字也是有道理的，这里有轮船码头和汽车客运站，交通方便，街道两边原来是国有的棉纺织品仓库，有仓库就必然有搬运工，渝城人把搬运叫作下劳力，久而久之这条街就被叫作了劳力街。渝城经济的活跃最早就体现在劳力街上，有些脑子灵光的人承包了这些仓库，改造成一个又一个的小商铺，商铺虽小，买卖不小，借着这里的交通之便，很快就形成了一个在全国都有影响力的纺织品批发市场。

童青青撂挑子跑去了穗城，童秀秀就不得不接过君君火锅店老板的位置，她和渝棉四厂原来车间里的那些小姐妹常有来往，半年前厂里突然发不出工资，只给职工们发了一些库存积压的坯布抵一部分工资，让她们去卖也好用也好，自己想办法救个急。有小姐妹就找到火锅老板童秀秀，说反正现在厂里机器又不开，钱也发不出来，想在君君火锅店里来打个零工挣点活命钱。童秀秀也犯了难，火锅店就是一个小摊，哪里需要请这么多人？但直接回绝的事她又做不出来。童秀秀就说："要不你们把坯布给我，我有个亲戚要，我帮他买下来。"这也算是一个解决办法，小姐妹们也很感激。

可童秀秀哪有什么做坏布生意的亲戚，那些话是说给小姐妹们宽心的。坏布从小姐妹们的手里转到了童秀秀的手里，仍然是个麻烦，她倒不是心疼那些钱，而是没有多的地方来存放。她想到了劳力街的那些批发商铺，他们要批发出去，肯定也要进货回去，亏一点钱给他们总是可以的。

就这样一来二去，她和龙林就认识了。两个话不多的人在一起却像是有谈不完的话，这就叫情投意合吧。得知童阿姨的病情后童秀秀有点着急了，她想让妈妈看到自己结婚，也不想自己出嫁的那一天娘家一个长辈都没有。今天把龙林叫到医院来，本来是想给妈妈说自己的婚姻大事，没想到妈妈一个劲地念叨二妹儿的事，自己的事就没机会开口。

童秀秀心里的苦说不出来，她实在是不知道该怎么办了，龙林更是手足无措。童秀秀突然想起了幺妹，就给童青青打了电话，她说了三分钟的话，哭了两分钟，还被童青青骂了。童幺妹是天王老子都敢骂的人，三个姐姐挨幺妹的骂都已经习惯了。听到幺妹的骂声，童秀秀反而放下心来，知道这个难事儿有幺妹来解决了，她甚至觉得只要幺妹回了渝城，妈妈的病也会得到彻底解决。

过了一个小时她再打电话过去，接电话的换了人，说童经理已经辞了职，现在好像是赶去机场了。

童青青心急火燎地下了飞机，打了车就往医院赶。当天晚上，童家四姐妹聚齐在君君火锅店里。

童岚岚晓得幺妹回来了，又高兴又忐忑，她对胡文鹏说："我们友友火锅店干脆就歇业一天，你陪我去。"胡文鹏有点怵这个小姨妹，童岚岚的话他又不敢不听，当童家四姐妹围着一张桌子坐的时候，他坐在离得最远的另一张桌子旁，远远地看着，紧张得很，生怕这几个姐妹会打起来。

童青青先骂童秀秀："大姐，妈生病的事你是怎么想的？你就从来没给她们两个说过？难道我妈就只生了你一个？我们这三个都是捡回来的？"

童青青又骂童岚岚："老三，你钱迷心窍了吗？妈的事儿你一点都不管？胡文鹏，你给我过来，你躲啥躲？三姐虽然和你在一起裹了一些社会习气，但她绝对不是一个不孝的人，是不是你在后面下烂药？"

童青青骂了大姐和三姐，顺便把胡文鹏也骂了一顿，然后两个眼珠子使劲地盯着二姐："童慧慧，我们辛辛苦苦地开这两个店，你扪心自问出过啥力？你连碗都没有洗过！妈得了病也没见你关心过一下，一天到晚又唱又跳的，还让妈去逼大姐卖店，拿钱出来给你贴小白脸！你羞不羞？"

"贴小白脸"把童慧慧戳痛了，她双手在桌子上一拍，站起身来："姓童的，你别血口喷人！谁贴小白脸了？你不把这句话收回去我今天就和你没完！"

童青青也把双手往桌子上一拍，也站起身来："姓童的？这句话你也喊得出口？你不姓童？！"

眼看火药桶马上要炸，胡文鹏赶紧上来打圆场："你们都姓童，只有我不姓童。好啦，好啦，幺妹你在穗城待久了，那里天气燥得很，我听说那里的人每天都要喝凉茶，我们渝城没有凉茶，喝啥凉茶哟，再热的天都要吃火锅，越吃火锅才越败火，比凉茶管用多了，要不我马上整一锅？我们一家人吃一顿，也算是给幺妹接风洗尘？"

老大和老三也各自拉一个，四姐妹总算是又坐了下来。

童秀秀说："卖店不是二妹的主意，是我自己想的，我反正也做不好火锅店，现在二妹要用钱，我也想拿点现金，所以就想到卖店这个主意。"

童秀秀又说："我准备结婚了！"还没等大家反应过来，她又接着说，"他是一个下劳力的，也做不来火锅，就懂得做一点坯布生意。我也懂坯布，所以决定还是改行算了。听说劳力街马上要扩几个市场出来，我想把这个火锅店卖了，手里就有现金去租一个摊位，卖店的这个事和二妹一点关系都没有。"

童家三个妹妹都还没回过神来，童秀秀对店外喊了一声："龙哥！"

龙林的身子就出现在了大家眼前，他比童秀秀还要腼腆，面对三个姨妹不知该继续站着还是该找个板凳坐下，两个大拇指不停地绕搓。还是胡文鹏反应快，几步就迎上去，喊了声姐夫，也没等龙林接话，他把龙林的肩膀一拍，说："走，姐夫！我们出去抽根烟！"

出了门，胡文鹏拉拉龙林的衣服，两人就都蹲了下来，他说："老哥哥，我们两个听着点动静就是，千万别进去！这里不是我们说话的地方，说一句错一句。"

里面安静了很久，童岚岚憨憨地第一个开口发言："大姐准备哪一天办呢？"

童青青啪的一声拍了下桌子，说："今天我们就莫扯大姐的事了。童慧慧，我只想给你说一句，你要贴小白脸就自己挣钱去贴，我们姐妹几个挣点钱不容易，我还给你多说一句，我是答应过把这个店前三年的利润送给你当嫁妆的，但是你要贴小白脸不行！历史经验告诉我们，贴小白脸的都没有好结果，钱我们给你留在一边，等你哪天被他甩了哭着回来的时候，这个钱还可以帮你重新安个家。"

童慧慧身子前倾跨过桌子，用食指指着童青青的鼻子，骂道："童青青，你先把你的那对二筒（方言：眼珠）给我收回去。我是你姐！长幼有序，还轮不着你来教训我！我给你说，我还就不稀罕这些钱，一分钱都不要，但今后你们无论哪个也都不要想来找我借钱！还有，你说倒贴小白脸，你好意思说这句话吗？到底是哪个在贴？还追到穗城去贴？谁不要脸？我晓得的是他们张家两个都跑到穗城去了，我不晓得你是去贴哪一个？还是两个都贴？你才是最不要脸的人！今天你慌慌张张地跑回来，说是看妈，我怀疑你是大起肚子才不得不跑回来的……"

这时屋外胡文鹏突然大吼一声："大河向东流呀，天上的星星参北斗哇……"这是当下最热的电视剧主题曲。胡文鹏用手肘将龙林一撞，示意他也跟着唱。

这突如其来的歌声将即将引爆的导火索又掐熄了，童岚岚劝说："二姐，你可不能乱说话哟！"

"我乱说？我有没有乱说有的人心里自然清楚！"

童青青扭身站了起来，她深吸一口气，说："你们都是我的姐姐，我可以对你们发誓，我和他们张家的两兄弟毫无瓜葛！"

"你说得轻巧！是，这次去穗城是没发生啥事，你明天又去呢？你发誓还不如放个屁！"童慧慧火上浇油。

"我发誓过去没有！今后也永远不会和他们有任何瓜葛！"童青青满脸通红地说。

"你拿什么发誓？"童慧慧穷追不舍。

童青青犹豫了。童慧慧乘胜追击道："你未必敢拿妈的病来发誓呀?!"

屋内一片安静，这个屋里只有童秀秀和童青青知道童阿姨的真实病情。童慧慧的无心之说触及了童青青心里的痛，泪珠一下就从童青青的眼角滚落下来。

"呸，呸！二妹，你看看你在这里打胡乱说些啥哟！"童秀秀也着急了，她拿出手绢想递给童青青，结果自己的眼泪也落了下来。

童青青将君君火锅店接了过来，向银行贷了十万元，分给大姐童秀秀和二姐童慧慧，支持她们去做各自的事情。好在把话说明了，童岚岚也毫不犹豫地承担起了童阿姨的治疗费用，这也使得君君火锅店的经营缓过一口气来。

童青青接手君君火锅店后，首先就是重新整理。店不大，六七张桌子，竟然请了五个大姐来帮工，这怎么行呢？童青青对童秀秀说："对不起，我知道这些人是你以前车间的工友，她们有难处，可我们也有难处，不节约成本这个店就要亏了，现在还贷了款，亏不起呀。"

童秀秀红着眼圈，还是点了点头，对童青青说："能不能把晞姐留在店里？其他人都还可以想办法，晞姐……她家里太难了。"

晞姐是童秀秀的师父，在厂里时给了童秀秀很多照顾。

童青青没有立刻应承，她说先看看吧。这一看就看出问题来了，晞姐以前在厂里是劳模、岗位标兵，在车间里干活儿是风风火火的，手脚麻利得很。但她在店里就完全不同了，没有了车间里眼观六路耳听八方的精气神，看不懂顾客脸色，不知道顾客想要什么，明明要醋她拿去的却是盐。童青青摇摇头，这个晞姐已经成了典型的车间"动物"，就是流水线上的一颗螺丝钉，换了一个位置，优势就变成了劣势。

童秀秀说:"厂里发的那点钱连吃饭都不够,她又是个寡妇,娃儿马上要读高中了,她拿不出钱来供娃儿上学,准备送娃儿去读技校。"

童秀秀虽没明着说,但童青青知道这是大姐在求她。童青青想了想说:"大姐,要不让晞姐去给你们当帮工?她懂你们那一行,原来还是劳模,我们请唐大记者来写一篇怎么样?你们的布匹生意说不定就会火起来哟。"

"我们做棉纺产品的说什么都可以,就是不能说火,亏你还是咱们四厂出来的人!"童秀秀嗔怪妹妹道,"我们那是一个小摊,龙林说我们开店连棒棒都不要请,他自己可以帮客人扛货,可以省一些力钱……"

童青青直接打断姐姐的话,说:"这样吧,听我的,晞姐还是去你们那边帮工,不要说我们的火锅店不要她,你就说你那边需要她这种专家,还有她的劳模证书,把她的劳模证书和奖章都做一个复制品挂在你们的店门口……还有,她的工资还是由我开。你给姐夫把话说明白,你们两口子一分钱不花就多用一个帮工,这么好的事他还不同意?"

童秀秀喃喃道:"这怎么可以呢?"

童青青把她往店门外推:"你莫管了,现在这个店的事是我说了算。"

君君火锅店在童青青的打理下,生意又慢慢好了起来,但还没有到火爆的程度,每个月把贷款一还剩不了多少。好在童岚岚的友友火锅店生意还好,童阿姨的透析费用全都由他们承担下来,也算是给童青青缓解了一点压力。

唐奕一迈进君君火锅店就大着嗓门吼道:"好你个童幺妹,你回来大半年了都不和我见个面,不是听胡文鹏说起我都不知道你早就回渝城了。说嘛,你童青青又有啥事?反正你这个童幺妹是有了麻烦事才会想到我,没事时我到你这家店来连瓶啤酒都不请我喝。"

童青青也知道唐奕说的是玩笑话,拉着唐奕的膀子连喊了十多声唐大哥,说:"这一屋子的啤酒你随便喝,今后你来也永远免费哈。"

童青青又拿出一个精美礼盒道:"唐大哥,我从穗城回来给谁都没带礼物,就只给你买了这个。"唐奕接过来打开一看,嚯,"男人的世界",这个是好东西，电视里一天到晚都在打广告。唐奕拿出来在胸口比画了一番，摇摇头说："东西是好东西，就是不是很适合我嘛。你看我平常穿的衣服就像油渣一样，这个领带一系，就像一个吊颈绳索一样。"说着他还翻白眼吐舌头，做了一个上吊动作。

唐奕故意歪着脑袋把童青青上下打量了一番，说："幺妹，这个领带确实好看，大老粗系上也会显得文质彬彬的，但我觉得还是最适合宋教授……你在穗城见到宋教授没有？"

"宋教授？"童青青没明白。

唐奕点破道："张家那个老大，大学生，今后不就是教授吗？喂，你到穗城不是去找他的吗？你们两个现在发展到哪一步了？"

童青青只觉得她看着唐奕整个人一下子就模糊了，店里所有的景致也都模糊了。

她蹲下身打火，拿过几瓶啤酒说："唐大哥，其他话就莫说了，今天小妹只做一件事，就是请你吃火锅。"

很快，锅里的红汤就沸腾起来，水汽蒸腾，两人也都没有多说话，不停地吃菜和举杯。以前童青青半瓶啤酒就醉，但那一夜之后她的酒量好像被钥匙开启，现在喝三四瓶也只是微醺。酒逢知己是最惬意的事，唐奕也喝了四瓶下去，终于坐不住了，说："幺妹，我喝通了，要去嘘嘘一下。"童青青眼疾手快一把拉住他："不得行哟，唐大哥，俗话说这个世界上免费的东西才是最贵的，你喝了我免费提供的啤酒，你不帮我想出一个把这家店生意做起来的办法我就不放你走，尿裤裆也是你出丑，我不管。"

唐奕被尿憋得脸红筋涨的，跳脚求饶道："我上个厕所回来就想。姑奶奶，我憋起想不出来，快点放手嘛。"

"不行！"

唐奕憋慌了，指了指锅里说："你这个味道有问题。"

"狗屁，我这个底料和友友是一样的，都是胡哥炒的料，他们的生意就要好得多。你要说服务，我这儿也整改了，别的不比，但肯定比友友做得好，可生意还是不行。你莫为了去屙尿给我扯这些把戏。"

"我是说大家味道都一样，在哪里吃不是一样呢？你要弄出更好的味道，晓得不？好吃佬才不会管你服务态度好不好，只要味道好吃，刮风下雨，排队排三四个小时都要赶去吃。你这里现在也就周围的住家户偶尔来吃一吃，还有没有从很远的地方赶过来吃的吗？没有成群结队的好吃佬，你说好吃？"唐奕终于摆脱了童青青的抓拿，连蹦带跳地往厕所跑。

从厕所出来的唐奕一身轻松，现在轮到他收拾童青青了。他说："童幺妹，我一点都没有说错，你真是'有事钟无艳，无事夏迎春'，你这回来了这么久了，就没有找你真正的师父讨教一二？"见她没回过神，他又点拨道，"就是那个张炊棒！未必他不是你的师父吗？"

唐奕叹了口气："他们张家现在也是恼火，老大在读书，二娃又惹了事跑了，跑哪里去了都不晓得，这一跑厂里的工作也差不多也没了……再说张炊棒那个人，人残废了，脾气还一点都不收敛，胡文鹏恭恭敬敬地喊他师父，他还大句二句地骂人，有些话说得过重，你三姐有些心疼就帮了腔，嘿，他转身就走，说不想受这两个人的气，一生气连店里都不去了，成天就在他那个破厂子里转圈圈。"

唐奕又说："我想到一个主意，你看你遇到的麻烦其他火锅店不也会遇到吗？你们还好一点，没有炒料师傅，底料还可以从友友那边拿。但其他人要开一家火锅店怎么办？好的炒料师傅请得起呀？自己整又哪有那么简单？弄出来难吃得要命，鬼大爷才会去吃第二回！我给你出个主意，你比你三姐要机灵一些，知道怎么去把张炊棒哄高兴，把他再请出来。将他再次请出山后，你们也不只是要给自己店炒底料，可以多炒一点，然后卖给其他店，这不仅可以赚一笔钱，还能救活很多像你这样的小店。"

唐奕嘴快腿也快，说走就要走。尽管童青青一想到要进张家的门她腿肚子抽筋，但敌不过唐奕的蛮力。唐奕将童青青连拖带推，也不管外面天已黑尽，直接打了一辆出租车就去了渝棉四厂的宿舍。

见到童青青和唐奕，张昇的脸上也难得地堆上了几分笑意。听了唐奕带着酒意的主意，他伸出左手不断地摇，说："不行不行！早几天那么说我可能就答应了，现在不得行，二娃也准备开个火锅店，我得帮他，怕是忙不过来。"

唐奕问:"张二娃回来了?什么时候的事?"

童青青离开穗城后,张隐也从削土豆洗碗的杂工晋级成了墩子,给张大厨当上了徒弟。墩子就是切菜的岗位,练的是刀工,张大厨说先练习半年,半年之后再说上灶的事。为了给张隐一点鼓励,张大厨特意露了一手:他先将左脚踩在矮凳上,使得左腿和腰齐平,撸起裤腿后又拿了一块白绸布放在大腿上,然后让张隐去拿来一块五花肉,还有自己的专用厨刀。他将五花肉放在白绸上,一刀一刀地切,速度不慢,一半肥一半瘦的大刀肉片薄得透亮,一片一片并无粘连,最后一抖搂绸布也丝毫无损。张大厨这一手绝活自然是赢得了满堂喝彩,张老猫儿也挤到前面看得目不转睛。张大厨兴起,又喊人拿来一根萝卜,用手掂掂,姿势不变,然后用菜刀切得唰唰的,萝卜丝又白又细,一根接一根地头尾相连。张大厨说:"你们把这个拿去量一量,如果短于一百米,我是你们儿子。"

张隐练了一个多月的刀工,切了一个多月的菜。切菜有一个好处,就是可以练习屏息静气,他的心也稍稍安静了一些。但肖春突然出现在他眼前时,他心里一下就又起了波涛,菜刀差点落到脚背上。

那晚和童青青的一吻,张隐就突然特别想念肖春了。张隐喜欢看她吃饭的样子,其他人吃饭都是张开嘴直接往里塞,肖春不一样,她张开嘴舌头还要前伸些许去接触到食物后再往嘴里送。嗯,就像猫一样,女人像猫,就能缠死男人的心。

张隐给肖春写了一封信,信中无非就是说了几句想念她的话。只不过他还不知道渝棉四厂已经停产几个月了,肖春在家里待得心发慌,收到信后脸上立刻映满了红霞。她好想马上就能看到张隐身穿白色厨师服,头戴高高的厨师帽的样子。

肖春从她妈妈那里死乞白赖地要了一点路费。肖春妈妈的精力全都放在了奶娃娃的身上,也就由着她了。

肖春留在酒楼当服务员。新来的经理看在张大厨的面子上,说:"面子可以给，但规矩不能乱，酒楼员工之间不允许耍朋友，但你们既然已经耍了好几年，要把你们分开也是不现实的，可你们的行为处事不能超过男女朋友的底线，不然这个酒楼不能留你们。"

张隐答应得很爽快，肖春也羞红了脸做了保证，两个人吃员工餐的时候也规规矩矩，各坐各的桌子。但所谓的底线就是让人冲破的，不被冲破，怎么能称之为底线呢？然而，青春的火焰是会燃烧的，张隐他们自认为是神不知鬼不觉，但张老猫儿是比神还神，比鬼还鬼的人，她知晓了就相当于大家都知晓了。这让经理很冒火，张大厨帮着说情也没有用。

反正要滚蛋，不如就一起滚回渝城。两个人就像真正的小夫妻一样，高高兴兴地还乡了。一回到家，可把宋文菊乐坏了，张昇也很久没见到儿子，看到儿子高了、壮了，听说他在学厨师手艺，又特意看了看他的刀工。张隐虽然只练了两个多月，但比有些练了一年多的人还强。张昇的嘴角不由自主地有些上翘。

张隐和肖春在火车上就商量好了，他看童青青开过火锅店，好像也没什么困难，况且童青青开火锅店还有自己父亲帮忙，他就觉得开火锅店是最好的选择。不过他还是有些担心，如果父亲不愿意帮自己，那这个计划就彻底黄了，因为自己还从没学习过灶上的功夫。

平常不管说个什么事，张昇给人的感觉就是难以沟通，这一次却是出乎意料地通情达理，他愿意帮张隐和肖春来撑这个场子。

唐奕一进门就喊他张炊棒，张昇心里不痛快，说："你要乱喊的话，我也就乱喊了哟！"他本想把唐奕喊作唐老鸭的，话到了嘴边却实在是不好意思将这么幼稚的名字吐出口，便临时拐弯喊成了"唐老头儿"。唐奕一点都不生气，哈哈大笑，说："我还是第一次听人喊我唐老头儿，听起来还比较顺耳，比喊唐记者好听。童幺妹，你以后也不要喊我大哥了，也喊我唐老头儿——你喊我老头儿，他也喊我老头儿，你们两个的辈分也就扯平了，宋军舰和张隐这两个小子今后见到你就要喊你姑妈了。"童青青和张昇都哭笑不得，无法接话。

疯了一阵又聊正事。虽然张昇拒绝了到童青青店里帮忙的邀请，但他觉得唐奕所说的专门炒火锅底料来卖倒是个好主意，之前儿子也想到过，这样做既帮到了儿子，又帮到了童青青，还可以帮到更多的人。不过他说要和张隐商量之后才定得下来，他要交权了，该张隐来当家了。

"张二娃呢？"唐奕听说张隐也回到渝城，又没见到人，就问道。

肖春爹妈给她添了一个弟弟，刚刚学会走路和说话，正是好玩儿的时候。张隐也特别喜欢这个小舅子，回到渝城之后三天的时间就有两天会赖在肖家。

得知张隐不在家，童青青才终于把悬着的心放下了，她怕见到他，怕两人再见面时想起那晚的尴尬。整个晚上基本上都是张昇和唐奕在说话，偶尔宋文菊会插上一两句话。童青青默默无语，她的目光一直在墙上的大相框上逡巡。相框里有十多张大小不一的照片，都是张隐他们一家的，这些照片里的兄弟两人都还很小，而这段时光童青青是和他们一起经历的，她能记得住的就是和他们的打闹。她看到相框上多了一张新照片，是一个年轻人站在穗州大学校门前的留影，她将目光迅速划过，又划回去。

张隐的火锅店开了起来，他连店名都懒得去想。肖春也想不出更好的，说："就叫'四厂火锅'如何？"

张隐皱眉，怎么现在大家取个名字都是两个字两个字的哟，什么"友友""君君"，不如取一个"四四火锅"。

肖春赌气说："要简单还不容易？也不要两个字，就一个字，叫'四火锅'。"

过了一会儿她又扯着张隐说："四火锅这个名字好不好哟？别人会不会认为是童四妹儿开的？"

张隐心里咯噔一下，回渝城之后他刻意不去见，不去想，不愿谈论童青青，听到妈妈说童青青和唐奕还一起到过家里来，他的心还怦怦跳了大半宿。她要说什么，她要干什么，自己又要怎么去应对，要怎么向肖春解释……他想了无数种可能和无数个应对方案，想到天亮。

现在听肖春在叨叨，他心烦意乱有点冒火，说："这么大个渝城，是不是所有人都必须认得她童四妹嘛？未必只有她们童家才能开火锅店？莫说了，就这样定了，就叫四火锅！"

张昇请了两个人来帮忙专门炒火锅底料，他在旁边只动嘴指挥。这些底料不仅供给四火锅用，还卖给君君和其他一些火锅店。卖底料本就是张隐想出来的一门生意经，有赚头，卖给其他店他毫无意见，但要卖给君君火锅店他心里是有疙瘩的，因为底料味道一样，经常吃火锅的人说不定真会觉得四火锅就是童青青新开的一家分店。但这笔买卖张隐没有发言权，甚至连定价权都没有，张昇说过不赚她一分钱。此时张昇虽说让儿子当家，但张隐最怕的是父亲此时撂挑子，他哪敢说半个不字？

亲生儿子张隐不敢说半个不字，干儿子胡文鹏却出言语了。

胡文鹏既是张昇的徒弟也是干儿子，张昇就不把他当外人，经常骂他。胡文鹏明白张昇每一次的骂都是骂到了点子上，偶尔关键步骤出了错还要挨上一下，他是聪明人，学得快，很快就能独当一面，在炒火锅底料这个单项工作中也算是出了师。张昇因童岚岚帮腔而怄气撂了挑子回了家，童岚岚登门道歉将工资送到他家里他都不开门。胡文鹏就单独去，背着干儿子的名头隔三差五地去登门问候，找点问题问，给张昇一个骂他的理由，他还给张昇封了一个"技术顾问"的名头，将原定的工资变成顾问费一分不少照样发，张昇这才勉强收下。

现在张昇又招了两个工人来炒料，他对火候的把握哪是胡文鹏能比的，最终上桌呈现出来的味道自然就有所差异。"赋闲"一段时间的张昇天天在老厂子里打转，他的脑子也一样不歇气地转。老厂子令人感怀，感怀什么呢？感怀时间。张昇从未忘记过火锅，底料是炒出来了，然后上桌之后再加水熬，这些时间并不足以激发出底料的香气，真正的香不应该是飘在鼻子边上的香，而是唇齿留香。张昇的拿手好菜是卤狗肚子，其诀窍有两点，一是用老卤，二是加了豆豉，而这就是时间所蕴藏着秘密。

张昇做试验，将炒好的底料静置，有的放一天，有的放十天，有的密封，有的敞口，结果差异很大，有些底料经发酵之后竟然发霉、发酸。张昇早就想着要试验新的方法，但在胡文鹏店里看着他炒料时心里是放不开的，任何一锅的失败不仅是经济上的损失，更是对自己厨艺和经验的一次抹黑，张昇才不会去做这种事。而现在他做的是自己家的，浪费了也是自己家的，做坏了也不用担心留下话柄被人嘲笑，他没有了心理负担，如果一天炒了五锅料，只有三锅是供应给店里，另外两锅就是他的不同试验。

  胡文鹏是看不到那一盆又一盆倒掉的火锅底料的，他只知道师父炒出来的底料是越来越好，好在哪里他说不出来，但他能感觉到君君火锅店的回头客越来越多，生意越来越好。以前他也经常去君君火锅店看一看或者帮一帮忙，生意不好他也着急，但现在君君火锅店的生意好起来了，他心里反而不舒服了。

  胡文鹏的那帮兄弟伙现在也各自找了发财的门路，但他们还是喜欢将友友火锅店当成据点，时不时地聚一聚。胡文鹏心情不好，喝了酒就打胡乱说，他说自己这辈子结识这帮兄弟是对了的，没有这帮兄弟帮他撑腰，他追不到童岚岚，没有兄弟们撑腰，也撑不起这个火锅店的生意。但是他胡某人也干了件蠢事，认了一个师父，又挨打又挨骂，那个爪起一只手的残废啥事不做，店里都不来看一下，自己还巴心巴肝地每个月给他上供，结果那个老东西拿着他孝敬的钱又去开了一家火锅店，来撬他这个徒弟的生意。这也就算了嘛，干儿子不能和亲儿子比，但是自己的这个店和君君火锅店是两姐妹开的店，但那个老东西竟只帮小姨妹的店而不帮童岚岚的店。这个老狗东西！哪有这样对徒弟的！要对他"留一手"，啬，难怪老天爷要废了他一只手哟！再也不认这个"爪爪客"当师父了！

  这时童岚岚恰好回到店里，店里的丘二忙拉着她说胡老板喝醉了，正在打胡乱说，他们都听不下去了，这下老板娘回来了就好了，赶紧把他劝住！

  友友火锅店的这几个丘二是开业时就招进来的，那时的老板还是童青青，他们当然知道童家幺妹的厉害。胡老板在他的兄弟伙面前说酒话，得罪了那个怪老头儿倒没啥，但是如果被童家幺妹晓得了，那还不得过来砸了这家店呀，童家幺妹最讨厌有人说她们姐妹之间的是非，挑拨姐妹之间的感情。

童岚岚又怎么劝得住，胡文鹏在兄弟伙面前的这番话一半是借酒浇愁，一半是借酒装疯。这些兄弟们还真是讲义气，被童岚岚半哄半推地逐出店门后竟然还吼着要为他们大哥出口气。他们一摇三晃地摇了大半个城，摇到了张隐新开的四火锅门口。难怪人们会说喝麻了的人是酒疯子而不说是酒傻子，他们谁都不傻，沿途还路过了君君火锅店，不仅没停留，说话的声音都收了几个刻度，只有傻子才敢去惹童幺妹。他们只把张隐当成一只软柿子，对他的印象还停留在几年前那个怯怯地躲闪着父亲巴掌的小孩。

当这群酒疯子闹上门来对张昇出言不逊，张昇的怒火还没达到燃点，张隐就先被点爆了，他拿着菜刀就冲了出去。在穗城的那段时间，张隐的菜刀还真没白玩儿，虽然远没达到张大厨的境界，但他也悟出了一些道理，功夫不在于断，而在于不断，其实准确的说法应该是在断与不断之间，再换句更通俗易懂的话就是心里有把握，想砍好深就能砍好深，能划多浅就能划多浅，随心所欲就是最高境界，这样才能够被封为厨神。

张隐轻轻松松地就在一个酒疯子的手臂上留下了血印子。那个人伸长着手臂指着店里骂，不砍他砍谁？张隐还是晓得轻重的，更晓得位置，如果划到脸上，那就和这些酒疯子结了一辈子的仇，他张隐不可能又跑出去躲一辈子吧，而给这个酒疯子的手臂上留个刀疤，那就是这个崽儿以后炫耀的资本，吃饭的招牌，这几刀划出去只伤皮毛不伤筋骨，不但不得罪他们，说不定还能结交朋友。

张昇担心儿子吃亏，用左手抓过一把铁勺也跟着冲了出去，勺子里还有半勺翻滚着的热油，他冲进人群中，和儿子背靠背站在一起。那些家伙不怕菜刀，菜刀的威慑作用远大于实战功能，而那把铁勺看似无毒无害，挥舞中那飞溅而出的点点滴滴则是伤人于无形的暗器。酒疯子们瞬时就醒了酒，一哄而散。

打虎亲兄弟，上阵父子兵，经过此役，张昇对儿子的态度又有了更大的变化，两个人情感上的裂缝又多了一些弥合，具体表现就在于张昇又甩甩手回家，去转他的老厂区去了，他把店的经营和炒料工作一股脑全扔给了张隐："你个小狗×的现在行势（方言：厉害）得很了耶，不再是爬起来就跑的屄货了，有种！这个店里你自己也能盯得住了！"

张隐从名义上的老板摇身一变成了真正的掌柜。当然，宋文菊还在店里盯着他。他这个掌柜当得挺有意思的，童青青的君君火锅店目前是他最大的客户，但是两个老板从不见面，包括对账这类须要当面沟通的事都是由肖春出面。肖春也想过他们两个直接对话不是更简单些吗？或者一个电话就能说得清楚的事，偏偏要自己去当个二传手。只不过肖春习惯了听张隐的，反正自己说什么张隐都听不进去，时不时还要拧着来，她觉得和童青青说话反而很轻松，还没把想表达的意思说完，童青青就懂了，而且马上就做了，一点也不麻烦，还可以唠唠嗑，像闺蜜一样。

肖春给童青青送去了结婚请柬。结婚的事还是拜托胡文鹏去找人帮忙才搞定的，拿了证他们就急不可耐地筹备起婚礼来。童家是二十多年的老邻居，自然是在邀请之列，送请柬一般都是小两口一起登门才符合礼节，但唯独给童青青送请柬，张隐就是不愿出面。

童青青说了几句恭喜的话。肖春害羞了，无话找话地问："青青姐，你又准备什么时候结婚呢？"

这句话问得童青青泪水珠子扑簌簌往下掉。在肖春的印象中，青青姐是有着女子外表、汉子内心的人，她连安慰的话都不敢说，把包里的喜糖掏出来放在桌子上就赶紧溜了。

八　痛殴

  肖春笑出了眼泪，笑弯了腰，等她直起腰时却看见童青青已是泪流满面，哭花了妆容。

  在婚礼的前一周肖春又来了，满脸的焦急、郁闷，还有难为情，眼圈也是红肿着的。

  她来告诉童青青，婚礼要暂时延后。童青青还没来得及问原因，肖春就贴近她的耳朵说："我那个没有来，好像是怀上了娃娃，婚礼再往后延期那我可能就要大着肚子当新娘了，羞死人了！"

  童青青知道这是一个严重的问题，她也清楚这后面还有更严重的事，不然张隐会把婚礼搞得这样随性吗？宋阿姨肯定不会允许的！一定是发生了什么事才导致婚礼延后。她先不管肖春肚子的事，而是直接问关键问题："你师父知道吗？你们婚礼为什么会延期呢？"

  "师父他们去穗城了。"肖春回答。

  果然有事。童青青的心里咯噔一下。

  宋军舰就快毕业了，张昇说老大学习是在最关键的时候，老二结婚就不要喊他回来了。宋文菊说还是给老大打个电话吧，如果学习真的很忙，那就听你的，我也会劝他不要回来，如果不给他说这事，今后两兄弟说不定都会怪他们的。

  安装一部电话贵得很，只有楼下的罗大爷家安了一部，罗大爷将家里改成了一个小卖部，卖一点油盐酱醋，电话打出去一分钟收五毛钱，接一次也收五毛钱，比电信局贵，但是很方便。他们还没有拿起电话机，罗大爷就说："好不容易才看到你们哟，这两天都找不到你们人，我这个摊摊也离不得人，我又不能到你们的火锅店去找你们。这个事着急得很哟！"他一边说一边翻出一个记事本，翻开一页指着说，"你们老大学校的老师打来的电话，说娃娃进了医院，喊你们家属尽快和他们联系。喏，这是他们留的电话号码，我都给你们记下来了。"

宋文菊拨电话的手是抖的，张昇的手又不方便，两个人磨了好一阵，还是罗大爷帮忙才拨通了电话。电话通了，三只耳朵同时挂在听筒边。挂了电话的罗大爷看着两口子的腿都在筛糠，他自己也揉了揉眼睛说道："怎么搞起的哟，这么乖的一个娃娃，我看着他光着屁股长大的，都是大学生了，好像今年就要毕业了？眼看你们家就要享福了，怎么他就得了怪病嘛，还进了抢救室。老天爷，我们那个厂长把厂都搞垮了，你怎么不把他收了嘛，要来祸害这个娃娃……"

两口子在那里抖了好半天才稍微缓过来，就想到去找老二一起商量一下。现在张隐无疑成了他们的主心骨。

张隐和宋军舰两兄弟一直是势如水火。肖春也问过张隐，结婚要不要请这个大伯子，张隐说请他做啥？看到他娘兮兮的就烦！我们未必还图他给点礼钱吗？肖春被张隐一吼，就再也不敢提这个事。

张昇和宋文菊到了店里，哆哆嗦嗦地把事情说了一遍。张隐转过头就冲站在旁边的肖春吼："你还站到起做啥呢？快点去银行取点钱，给妈老汉儿买票！"

"哦……"肖春嘴上答应了但人未动。张隐冒火推了她一把，肖春倒是躲得快，让张隐推了个空。她又问："你倒是说买几张啊？"

"买几张？你个傻婆娘，这个还要教？买三张！"

"哦！"肖春答应了一声，从抽屉里拿出存折就急匆匆要出门。张隐又喊："买飞机票，买最快的那一班飞机！"

"买飞机票要介绍信，我们到哪里去找单位开介绍信嘛？"

众人都被这个问题难住了。张昇突然开口道："找唐老头儿，找唐老头儿帮忙，他道法多！"

"对头，"张隐对肖春又补充了一句，"多取点钱，把存折上的钱都取出来。"

肖春犹豫了，她眼睛只敢看着师父，低声说："下周办酒席还要钱……"

宋文菊对张隐和肖春说:"你们两个就在渝城准备下周的婚礼。我和你们老汉儿去看看你哥,他应该没事的,你们结婚前我们肯定要赶回来,这样两不耽误。"

"这个婚我不结了,你们不让我去我就自己去!"张隐把身上的围裙一解,狠狠一扔便冲出门外。出了门,他才把刚刚使劲憋住的眼泪释放出来。

这个时候宋文菊担心起她的这个徒弟来了。婚礼对女人可是天大的事,儿子的这个暴脾气是很伤人的,肖春却憋住委屈转而宽慰两位老人,说:"大哥的病情现在还不清楚,我们确实也没有心情办这个事了,喜事就是要喜气洋洋才能办,我们往后延一延,反正扯了证了,大不了今后一起办就是。"一边说一边不由自主地摸向自己的小腹,现在她的小腹平平的。宋文菊捕捉和解读到了她的动作,内心波澜起伏。

听到肖春说的话,童青青的内心也是惊涛骇浪,她稳住神,安慰肖春道:"别着急,吉人自有天相。那个人从小就是病恹恹的,经常吓他妈老汉儿,但往往蔫个几天就又好了,我们都习惯了。你们的婚礼应该耽搁不了多少时间的。"

两个人又说了几句闲话,童青青问肖春火锅店的生意如何,肖春说:"唉呀,你不说这个我就差点忘了还有一件正事。他们都走了,哪些底料是能用的,哪些是还在发酵的都没跟我交代。我又不会炒底料,这怎么办呢?明天店里就没有底料了,不仅是我们那个店,你和那些在我们那里拿底料的店可能都断供了,急死我了!"

童青青也觉得头疼,她从来没担心过底料断供的事儿,不过事到如今也不能去责怪张隐他们,怪也没用,谁让自己也是会吃不会做。这么多年,君君火锅店不是从友友那里拿底料就是从四火锅那里拿,反正自己没操过心,竟然也就忘了火锅的核心就是底料。

想到曾经从友友火锅店拿过底料,童青青松了一口气,说:"这个你就别管了,我来想办法,我喊胡文鹏今晚加班把我们这些店需要的量先补上。味道这些就暂时管不了那么多了,这只是暂时的,说不定明天或者后天他们就回来了呢?"

"胡文鹏会同意吗?"肖春很担心,前不久胡文鹏才和他们父子俩闹了那么一场,还不恩断义绝呀?

"他?他敢不听三姐的?三姐又敢不听我的?这个你就放心吧,不过你家那两位爷也是惹不得的怪脾气,这次找胡文鹏帮忙的事你就千万千万别告诉他们,问起来就说是找我来帮忙炒料的,信不信是他们的事,只要不再打起来就阿弥陀佛了。"

童青青又说:"看这个样子渝棉四厂破产倒闭是迟早的事,你嫁到他们家了,你就是四火锅的老板娘,这个店是你们一家几口今后的饭碗,四火锅要做好也要靠你。"

这一下把肖春说得又害羞了,她说:"青青姐,我啥都不会,要不我拜你为师,你多教教我嘛。"

童青青说:"要说做火锅,从技术方面讲你家算得上是渝城数一数二的,但做餐饮只懂技术是不行的,要懂经营管理,你看我们渝棉四厂,这些机器是最好的,工人也是最好的,全国劳模都有几十个,然后呢?现在还不是要倒闭了。你们的店也是一样的,你看你今天还来找我说底料的事,你们本就是供应底料的,结果还要来找我。这个店是张二娃在管理?他是一个只看得到今天不晓得看明天的人,性子又还没定,是个屁股上长了针的人。你莫太迁就他了,有些事情你还是该凶一点,把他吼到。"

"青青姐,你说的都很有道理,但你也晓得张隐是个犟拐拐(方言:倔强的人),我说啥他都不会听,我也没有你这么会说,要不你多教教我嘛,我看他好像很怕你,都不敢和你见面,你是用什么招数降服他的呢?"

童青青笑笑,说:"你说啥他都不听?果然是我认识的张二娃!别说你,其他人给他说话讲道理,他明明晓得别人是对的,但他也还是要反着来,他就是这种讨打的人。来,我教你一个收拾他的办法——他如果不听你的,你就去给你师父说,你师父听你的,张隐也只听得进他妈妈的话,这不就行了?"

肖春说:"谢谢青青姐,你这个办法好,你真是诸葛亮,啥都晓得!"

童青青又笑了，说："这算啥哟，我们一起长大的，他尿了多少次床我都知道。我们两家墙壁薄，不隔音，他每次尿了床就欺负他哥哥，要和他哥哥换位置，他哥哥就咿呀咿呀地哭，哭得我们心烦。然后张叔叔每次都要修理他，张二娃就哭得哇啦哇啦的。我们就会在这边笑，我还会在墙上给他画一道线。有空我带你到我们厂里的宿舍去，好好数一数那些线。"

肖春笑出了眼泪，笑弯了腰，等她直起腰时却看见童青青已是泪流满面，哭花了妆容。

宋军舰没有哭，他挤出了笑容来面对三位亲人。

对于毕业的去向，学校给了他两个选择：一个是去北城部委，一个是回渝城政府部门，都是很好的选择。宋军舰问学校能不能将他和许贞分配到一个单位，实在不行的话分配在一个城市也行。许贞是他一个年级的同学，是他的女友。商议的结果是进北城肯定不行，要去渝城是可以的，但是许贞不愿意去渝城，她宁愿回老家，一个常年刮着海风的小县城，那儿的海风不像穗城这样暖洋洋的，而是像刀子刮脸一般。宋军舰选择了和她一起去。

他答应了，许贞却不愿意了。宋军舰感觉自己的心第一次被掏空了，空荡荡的胸腔里装不下一滴水，却装满了全世界所有的感伤，他在床上躺了整整两天，辅导员也知道了此事，又多方做工作，终于把回渝城的机会又重新留给他。等辅导员拿着新消息来宿舍找他时，发现宋军舰已经陷入了昏迷。

抢救也只是暂时拖住了宋军舰生命下滑的速度。许贞从此再也不见。

在见到宋军舰之前，医生就给家属们交代了病情，他说得很客观："宋军舰并非服毒自杀，而是突发一种疾病，而这种疾病非常罕见，诱因不明，起病突然，病程急，预后……"医生吞吞吐吐的，张隐急了，用手捏着医生的肩膀，如果力道再多那么一点，恐怕会捏断医生的锁骨。医生受痛，忙退身摇摇头说："我们推断这种病是遗传性的，目前医学文献记载的患者最大年龄也没超过三十岁。"

三十岁？张隐一直以为自己和哥哥还会缠斗几十年，今后他就算是当了教授，长出了长长的白胡子，自己也还是要去薅上一把的，那时的宋军舰成了老头儿更跑不动了，更好欺负了。

　　张昇的左手扶着一把椅子，长长地叹了一口气，低语道："没想到又是遗传病，我一直以为只有我们张家才是遭了天谴，得了遗传病，还成了厂医院的活教材。谁会想到老大也会得这种怪病？不对呀，他怎么会遗传到我们张家的遗传病嘛？医生是不是搞错了哟？"

　　三人进了病房，看到宋军舰并没医生说的那么严重，似乎病情还有所缓解。宋军舰见有人走入病房，他视线很模糊，还未认清来人就挤出了笑容来，可待看清了，他的笑容又僵住了，眼眶立刻就湿润了。

　　宋文菊拉着大儿子的手，哭了又笑，笑了又哭。

　　张昇一进病房就上上下下把宋军舰打量了一遍，然后退了半步，眼睛就一直盯着输液瓶，数着一滴一滴的液体，没有说一句话。

　　张隐看着哥哥，说不出话，也挤不出笑容。

　　还是宋军舰先收拾好了情绪，对张隐说："你看嘛，皇帝爱长子，百姓疼幺儿，这句话一点都没说错，你小时候尿个床妈老汉就忙慌慌地给你弄狗肚子吃，我生病了你们来看我都没想到给我也整一个。"他想用开玩笑来缓和家人的情绪，但他从小到大都是一个不善言辞的人，现在就算是想开开玩笑，但嘴里说出的却不像玩笑话。他仍然是以往那种一本正经的模样。

　　张昇听后脸涨得通红。确实也是，他这个大儿子从小到大凡事都不争不抢，虽然有些事当父母的并非偏心，但也总会忽略一些东西。卤狗肚子每次都被张隐吃得渣都不剩，宋军舰从来就没说过想吃的话，连眼巴巴的眼神都没流露过，他总是躲得远远的。父母都认为大儿子不喜欢这种食物，没感觉到他心里也一直在馋这个。

　　张隐知道哥哥是玩笑话，但这几句玩笑话却也是够让人伤感的。张隐说："想吃就弄，好简单的事嘛，我把老汉儿都喊到穗城来了，带来这么大一个厨师，还怕你点菜哇？"

　　宋军舰有些疲惫，但他还是用笑容来回应弟弟。

张隐说:"我自己在穗城的酒楼干过一段时间,还拜了张大厨当师父,张大厨应该还在那家酒楼,可以借他的厨房来弄卤狗肚子。天上飞的、地上跑的、水里游的,千奇百怪的东西在穗城都可以拿来当菜,狗肚子这种原材料应该也能买得到。等一会儿喊老汉儿亲自下厨去给你整一个。不,整五个,让你吃个安逸。"

宋军舰摇摇头,用眼神示意张隐看父亲残疾的右手,说:"不用,我看到你们来就很高兴了,看到你们就想起了家里,想起以前的那些事。我只是随口说说。"

张隐这才想起父亲残疾之后就再也没有亲自上灶做菜了,即便是炒底料,也是他动嘴,其他人动手。

"妈妈可以去帮忙打个下手。"张隐说。他知道父亲肯定会去做卤狗肚子的,但让外人帮忙恐怕又有太多弯儿绕,让妈妈去打下手应该是最为妥当的。

这是最好的安排,病房里只剩下兄弟两人。

"哥,你莫着急,慢慢治病,医生说这个病还是好治。你也莫担心钱,我们家里现在也开了火锅店,生意好得很,很赚钱,你治病的钱一点都不要担心。"

"哥,我马上就要结婚了。肖春,你认识的,就是妈妈的那个徒弟。"

听张隐说他快结婚的事,宋军舰眼睛一亮又一暗,叹了一口气:"唉,我这个样子去参加你们的婚礼,好燥你们的皮哟……"

"两兄弟,你还说这些?"

宋军舰的眼神再次被点亮,他把右手从被子里伸出来,抓住张隐的手说:"是的,我们是两兄弟,我们是一起长大的。你太调皮了,挨了老汉儿好多打哟……没想到一转眼你就要结婚了,成大人了……今后妈老汉儿都要靠你了,你今后还是要多孝顺他们一点。"

张隐说:"你给我爬哟,妈老汉儿又不是我一个人的,你还不是有份?你马上就要毕业工作了,当干部好行势嘛。妈老汉儿高兴得很,他们逢人就说你这个大学生怎样怎样,感觉就只有你这一个儿子,要孝顺还是等你自己去孝顺哈。"

宋军舰知道这是弟弟在宽慰自己，笑了笑，说："你晓不晓得，我看你小时候挨老汉儿那么多打，其实心里羡慕得很，亲生的就是不一样……"

张隐把手抽出来，眼睛一瞪，提高嗓门："宋军舰，你娃读书读多了，读到牛屁眼头去了！哪个说你不是我们老汉儿亲生的？"

宋军舰等张隐的火气消了才又说："我晓得妈老汉儿都偏心向我，我不是不晓得原因。每次看你挨打我比你还难过，你晓得不？我想和你一起挨打，如果妈老汉儿打你一巴掌，也打我一巴掌，我才是高兴得要命，那才是亲的。但老汉儿从来都不打我骂我，这不公平，这是在可怜我没有亲生老汉儿。"

张隐心里一顿，转瞬就又装作气鼓鼓地说："宋军舰，你不要以为躺在病床上就可以装疯打胡乱说，我们两个是亲兄弟，你这些话幸好没被妈老汉儿听到，但我记着的，等你病好了看我不捶你一顿！"

说话间张隐也忍不住红了眼眶，突然想起了医生的话，他紧握住宋军舰的手说："医生说了，你这个病是遗传病……你老……他可能也是突然得了病，不是不要妈了，那时候的医疗条件好差嘛，他可能没有联系得上妈。妈不是还去找过吗……唉呀，我也不是医生，这是乱说的，也可能他根本就没发病，或者发了病很快就好了，但因为其他原因躲起来了。你也晓得那年头社会乱得很……"

张隐的手上感觉到一股力道，宋军舰反过手握住了张隐，然后他用了用力，人就往下滑，他用另一只手将被子往上掸，将脸蒙在了被子里，然后哭声闷闷地从被子里传了出来。

张隐心里很清楚，对于宋军舰的生父，张家的四个人一般都不会提及，却也从没否认过他的存在。大家都知道这个人，就像自己家本来就有五个人，只是这个人常年出差在外，只有到了逢年过节家里要祭先人时，张昇总会让宋文菊多摆一副碗筷，请那个人也来团个年，喝一杯。

宋军舰的骨灰被张隐抱回了渝城。四火锅的店堂里坐满了渝棉四厂同一栋楼的邻居，张昇说大儿子走了，都还没工作挣钱，没有给这些叔叔阿姨买糖果瓜子吃，叔叔阿姨都是看着两个娃长大的，就让张隐请他们来吃一顿饭，代他哥哥向大家道个别。

本来张隐是请了他们来吃喜宴的，喜宴推迟了，也是要去给这些叔叔阿姨说一声的，这下两件事就一并说了。叔叔阿姨们唏嘘不已，却也不便多问。

童家来的是老大和老三，童岚岚说："妈妈这几天病情越来越糟糕，两条腿都肿了，在医院里离不了人。幺妹在医院陪着的。"童慧慧托大姐带话说是要出差，人来不了，让大姐帮忙垫一下礼金。

胡文鹏来得比较晚，一是炒料不敢断火，这段时间他把张隐他们的炒料工作也承担了起来，工作量大了不止一倍，忙得焦头烂额的，二是他想等人来得差不多了，酒过三巡，大家话多的时候自己再悄悄地进来找一个偏位置坐下，最好是不让张家两父子看见，他想表示一下心意就开溜。

胡文鹏还没走进店门口就感觉气氛不对，他虽然不是工厂子弟，但在追童岚岚的这几年里他也对这群工人比较熟。这些工人在日常生活中看着很舍得，但在吃的方面却十分舍不得，吃是填肚子的，又不是给外人看的，能省则省。可一旦遇上吃酒席，那就不一样了，他们在任何地方都能客气和谦让，但在吃酒席方面是不会客气和谦让的。这些厂里的叔叔阿姨大多成了下岗工人，手里没了钱，肚里自然更是没了油水。这样一个可以随意吃的火锅，用童阿姨经常骂童秀秀的话来说，还不得是"吃个人进去，屙个鬼出来"啊？

可是店里安静得要命，能听到每张桌子上咕嘟咕嘟的沸腾声，大家动筷子都很斯文。

胡文鹏一进去，所有人的目光就不自觉地转向了他。童岚岚早就到了，在身边给胡文鹏留了一个位置，便赶紧把他拉过来。

有些人知道前不久张昇父子和街头小混混恶战的事，自然也晓得缘由，于是交头接耳给旁边不知道的人摆这个龙门阵。窸窸窣窣的声音像细针在刺胡文鹏的背脊。胡文鹏脸红脖子粗，这能怪谁呢？虽说是他的那帮曾经的兄弟瞎搞出来的事,但源头不还是自己喝多了胡说八道惹出来的?

虽说是主人家,张昇却也不去招呼客人,自斟自饮喝得有点高了。胡文鹏屁股刚一挨板凳,就见张昇左手拿着筷子,朝他点了点,一见这个动作,胡文鹏觉得自己的眼泪马上就会掉进锅里了。这是师父喊他喝酒的习惯动作,以前师父教他炒料,结束后就会熬上一锅,再烫两个小菜,这个动作就是喊胡文鹏拿酒杯出来,"两爷子"要一起喝上两口。

胡文鹏后脚赶前脚地换了桌子,也不敢坐下,弓着身子先给师父的杯子满上,然后给自己也斟满。他们碰了个高低杯,然后将酒一饮而尽。

张昇稍微挪了挪屁股,又空出半个位置,胡文鹏懂事地伸腿一迈,挨着师父坐了下去。他这一坐,童家的两姐妹心里的石头算是落了地。四邻八舍的声音才渐渐盖过锅里的咕嘟声,慢慢地填满了整个店堂。

今天用的火锅锅底恰好是胡文鹏炒的,两人的谈话就只围绕着这口锅里的味道展开。张昇对胡文鹏的手艺不满意,胡文鹏委屈巴拉的,说这都是按师父教的做的,一分一毫都不敢有偏差。张昇骂:"你个龟儿子的,不晓得自己动脑筋呀?啥东西是一成不变的?按你这样说,我们现在还是和原始人一样,把东西丢火堆里烧熰了吃吗?现在为什么会有炸、爆、烧、炒、溜这些伙房二十八法?不要以为火锅简简单单,我给你说,十多年前火锅还只是一道菜,现在火锅从一道菜变化成一桌菜,这不是变是啥?当然,我给你说要求变,这个变不是乱整,煳锅了当煎?芡大了当汤?按你那么弄,还是一锅连锅闹,上不了台面的,我敢拿这样一道菜来请客吗?羞!"

他又说:"单从熬底料这一个熬字而言,里面就包含了炸、爆、烧、炒、煮、汆、煨、酱、拌、炝、腌、糟这十多种技法。然后再看食材,你以为只考刀工?炸的酥肉、卤的肥肠、腌的五花肉、熏的腊肉……一样要遵循生葱熟蒜、老鱼嫩猪、猛镬阴油的规矩。你莫把一个火锅看简单了,我家二娃入行比你晚,但他成天都在想这些,比你有出息!"

这一顿教训把胡文鹏说得一点脾气都不敢有,反而心里喜滋滋的。

但胡文鹏还是有一个老毛病改不了,酒喝多了话就多,话一多又要闯祸。"干爹，你莫怄气了，干儿也是儿，军舰弟弟不在了，我胡文鹏还在这里的，以后我和张隐弟弟负责给你们两位老人送终尽孝……"

这话一说，喧嚣的店堂又变得只听得见锅里的沸腾声。

胡文鹏还在滔滔不绝地说："莫说你们两位伤心，我那个丈母娘也伤心得很，这几天如果不是脚肿得穿不了鞋，她也要来。唉，按我那个丈母娘的想法，他宋军舰就应该是童家的幺女婿，如果他命长，真成了童家的幺女婿，那我这个三女婿在家就只有蹲在灶屋刷锅洗碗的份儿了……"

话没说完，就有人在他后面抓住他衣领往后一拖，胡文鹏就四仰八叉地摔坐在了地上，险些踢翻桌子。就在他刚刚感觉到屁股和背接触到地面的同时，那个人就已经骑坐在了他身上，几拳不分青红皂白地捶向他的胸部和腹部。还好，还遵守了打人不打脸的江湖规矩。

唐奕不请自来。这已是三天之后的事了。

两兄弟打架，又是在自家店里，众人拉得快，又没有受什么不得了的伤，官不举民不究的事本就化了，但第二天有好事的街坊将此事报料给了《渝城日报》，连标题都帮着想好了——《四火锅和友友火锅两老板喋血恩仇，渝城火锅江湖将掀起腥风血雨》。对于这样的人，热线部记者见得太多了，本想一笑了之，但职业素养让他发现了友友火锅这个新闻看点：这不是几年前在渝城声名赫赫的火锅店吗？老板可是全国闻名的火锅姑娘，这个新闻有爆点！

这条线索很快就转到了唐奕手里。

唐奕见这两个店名就大致知道了七八分，他先去了君君火锅店。童青青在医院陪护，大姐童秀秀就临时回店里帮忙。她人老实，老实人有一股轴劲儿，除了没能把胡文鹏的醉态和张隐的狠劲模仿出来，胡文鹏所说的话她几乎一字不差地复述了出来。

这几个年轻人心里乱成一团的毛线只有唐奕心里清楚，理清了线头，那就慢慢去解。

四火锅还是关着门，店堂早就收拾好了，但张隐说没心情，不想开门做生意，给几个丘二放了假。肖春留在店里陪着张隐，他赌气，早饭不吃，中午饭也不吃，她也陪着他饿肚子。

唐奕使劲敲了店门。见是唐奕，张隐赶忙起身，问他喝什么茶。唐奕说："喝啥茶哟，又不解渴，来两瓶啤酒！"

肖春拿来两个杯子两瓶啤酒，说店里没开门，啥吃的都没准备，自己马上出去买点卤菜，然后伸出手向张隐要钱。

唐奕哈哈大笑道："你是我见过的第一个不管钱的渝城女娃儿。"

张隐摸出钱后也自嘲道："都是些零钱，放我这儿只是过干瘾，我当个保管员而已，就放了点买菜的钱，大票子都被她收走了，存折也都在她那里。"

"耶，张二娃，我看你在外面成天冲壳子凶得很嘛，怎么你跟我唐老头儿一样，也是一个炝耳朵（方言：妻管严）哟？"

"渝城男人哪个不是炝耳朵吗？"张隐回道。

唐奕说："确实，渝城的男人在家里面都是炝耳朵，在外面都雄得起，但这个雄得起也不是动不动就喊打喊杀。俗话说袍哥人家说话做事从不拉稀摆带（方言：拖泥带水），张二娃我问你，你们去穗城这大半个月，店里的底料是哪个帮你炒的？"

张隐知道唐奕是想来缓和自己和胡文鹏打架一事的，他心里有些戾，但嘴上不戾，借喝一口啤酒的时间脑子就转了两圈，说："唐大哥，你还莫来帮他求情，你一说我心里就还有火，那个家伙在外面喊我老汉'留一手'，还喊一些痞子打上门来，这些我都忍了，没有打回去，够意思了噻？前段时间我去穗城看我哥，嘿，他把我的那些客户都撬走了！不弄他我还是人吗？"

"我求个屁的情！你打胡乱说！话分两头，他不尊师，是他的错，我早就理麻（方言：批评）过他了。不过我们也都晓得，胡文鹏这个家伙绝对是喝多了打胡乱说，在心里和行动上，他对师父还是毕恭毕敬的。你老汉儿不是已经原谅他了吗？他们师徒两个的事情他们自己了了，你瞎扯这些有意思吗？我们再说后一件事，是他撬了你的客户吗？你娃真是狗咬吕洞宾！其他事情我不说，胡文鹏这段时间是够对得起你们的，他帮你们炒料，要是他不帮，你们的店还有君君火锅店都没有底料可用，都要关门，你那些客户也都被得罪完了！你说人家撬你的客户？人家去收钱没有嘛？还不是让他们和原来一样，和你们结算，然后你们再去和友友结算。你又不管结账的事，吃包谷打哈欠——开黄腔嘛，乱扯把子（方言：打胡乱说）！"

唐奕瞧瞧门外，看肖春还没回来，正了正脸色说："张二娃，你心里想的啥以为我不知道？你跟我扯这些？马上要结婚的人了，心里不要再东想西想，锅里的东西多得很，但你的命就是端了这个碗，你要把眼珠子收回来，好好盯着自己的碗！"

他喝了一口，又说："郎骑竹马来，绕床弄青梅，多美好的事！但谁说青梅竹马就一定得耳鬓厮磨？结局是美好还是痛苦不在于人家怎么做，而在于你怎么想。看得开海阔天空，看不开只有憋死。人家无意说一句话你就炸了？那我今天说这些话，你不是要拿刀把我杀了？"

张隐被揭穿了心事，端起杯子想用喝酒来掩饰。

唐奕故意装作火气上涌，一拍桌子，说："还有一句话我要给你点醒，很多心里曾经装过的事该倒出来就倒出来，不要始终装在里面。你如果实在是舍不得，一定要装，就藏深点，你要保证跟你媳妇儿睡觉时说梦话都不要说出来！"

唐奕终于也弃了瓶子，拿过杯子自己倒了满满一杯，一饮而尽后又说："你晓不晓得现在心里最痛的人是谁？童青青的妈妈病重，你哥又是她最好的朋友，她心里痛不痛？痛！然后你们又闹这么一出戏，你让她心里怎么想？"

张隐还是不说话，也拿起酒瓶直接对着吹，喝得太急呛住了，猛地咳了几声，咳出了眼泪也不擦，又端着瓶子继续灌。肖春买了卤菜回来，见两人谈话谈得深沉，将卤菜装盘放在桌上就匆匆躲到后厨去了，临走时还轻轻碰了张隐的肩膀，说："少喝点儿，喝慢点儿，多吃菜。"

毕竟隔墙有耳，这两个男人也不再说话，闷着喝酒，如果不是传呼响起让唐奕回报社开会，两人会一直喝下去。

唐奕临走时指了指墙角停着的摩托车，这辆摩托车前面焊了一个夸张的龙头，张隐有好久都没骑了。肖春说趁布置新房将家里好好打扫一下，摩托车就被临时挪到了这里。唐奕问："这个车以前是胡文鹏的吧？"

唐奕摸了摸龙头，夸道："你的钳工手艺还真的可以哟。"

这一打岔，唐奕出门时就忘了给肖春打招呼。等肖春听到屋外摩托车发动机被点燃的轰鸣声，才匆匆赶了出来，只见张隐正骑在摩托车上。

"你要做啥？"

"我去友友那边走一趟。"

"你去做啥？"

"给他道歉！"张隐说，"犯错要改正，挨打要立正。我去给鹏哥道个歉。"

"你这是发啥神经哟？你喝了这么多酒了还要骑摩托呀？"

"唉呀，你又不是不晓得我的技术，没问题的！"

肖春拦在车前，说："这么晚了，明天再去嘛。你如果实在是现在要去，那就打个出租车去嘛！"

"唉呀，你这个婆娘，还没嫁过来就啰里啰嗦的，烦不烦嘛？"

"你嫌烦？你就是不听我的，你不听我的，今后的日子才是够得你烦！"肖春也不因他的话而恼怒。她说着话，一只手抓着摩托车的龙头，一只手摸向了自己的肚子，脸上又起了红晕。

"怎么？肚子痛？"张隐问道。

"你才肚子痛！就快当老汉儿了还是没长醒，我跟到你才倒霉哟！"说完，肖春的脸更红了。

张隐愣了好半天才明白过来："真的假的？"

肖春羞涩地点点头。

"我妈晓不晓得？你妈老汉儿晓不晓得？"

肖春摇摇头说："我只给青青姐讲过。"

张隐没有多想，拍拍摩托车的后座道："来，上来。我们回四厂去，把这个消息告诉妈老汉儿。"

肖春不愿上摩托，张隐就偏身下车抱起肖春放在摩托车后座上，说："我慢慢骑，你就放心嘛。"

肖春拗不过，也就只能遂了他的意。刚刚上路的时候张隐确实开得慢，肖春搂着他的腰，脸贴在他的背上说："你是快当老汉儿的人了，今后做事要收收脾气，莫那么冲动。"

"你说啥？"张隐没听清，扭头侧耳问。肖春抬头对着他的耳朵又重复了一遍，张隐点点头。

"我们今后做事，都要想着孩子。"

"说啥？"

等张隐将头扭回前方时，一道炫目的光直射过来，他立即扭动车把进行避让。好险，一辆大排量摩托飞速擦身而过，张隐刚想破口大骂，前面又出现了一个大坑。他减速、绕坑，没想到刚刚绕过一个坑，他握着摩托车把手的手心就传来一种顿挫的感觉，紧接着摩托车失去了控制，他将刹车捏得死死的，凄厉的刹车声划破了夜空。

九　殒命

　　悲欢并不相通，喜怒哀乐的节奏自然也就不一致，磨难是任何一个家庭都避免不了的。

　　半年后。

　　张隐抱着个空啤酒箱刚走出君君火锅店的门，就远远看见一家三口从街对面路过，他立刻闪躲进店内。

　　君君火锅店与琵琶山公园相邻，公园里有一处儿童乐园，儿童乐园对孩童们来说是难以抵挡的诱惑。女人紧跟在幼童的后面，手里紧紧拽住两根绳子以防孩子摔倒，就像在表演提线木偶。男人在后方背着包，嘴里喊："你把肖敛抱起来走嘛，到了平地再让他下来自己走，不然你这样走好累哟。"

　　路过君君火锅店时，男人眼光往这边扫了一眼，略带一丝恨意。他们是肖春的父母和弟弟。半年前，张隐就跪在他们面前，被岳父——不对，他已经拒绝了张隐再叫他岳父——肖春爸爸狠狠地扇了几个耳光。那时肖敛才半岁多，已经会认人了，张隐和肖春之前经常逗弄他，他记得张隐，咿咿呀呀地伸手想让张隐抱，正是肖敛的这个动作才稍微平息了肖春父亲的愤怒，停下了巴掌。

　　有些人的时间过得很慢，有些人的时间却过得很快。同样是半年多的时间，肖敛已经会走路了，而张隐的头发剃光了。在渝城，只有一些好勇斗狠的崽儿才会剃这种叫"白沙"或"青皮"的光头，他们用这种"发型"来彰显自己所谓的监狱"背景"，有些崽儿的白沙是仿制品，而张隐的白沙却是正宗货——他进拘留所时被剃过一次，半年的拘役刑期满了又被剃了一次。

　　张隐躲在店里。店里的伙计们都已经习惯了这个代理老板的怪异行为，做餐饮的哪有见不得血的，但这个老板就怪得很，手上只要摸过血旺或鲜肉，只要手上沾了血，他就会在水龙头下洗半天。

这些伙计们不计较张隐是刚刚从牢里出来的。有啥关系呢？如果没有他来代为打理，君君火锅店肯定只有关门了。唉，谁会想到原来的老板童青青会被抓进看守所嘛。

摩托车在飞驰，肖春趴着张隐的背上。张隐想笑，心里美美的，他想着今后娃娃和舅舅在一起玩，舅舅只大了一岁，两个小家伙肯定会打成一团，肖春那时会是一个护崽的妈妈，还是一个袒护弟弟的姐姐呢？

从城里回渝棉四厂有一段长长的缓下坡，这几年厂子不景气停了产，这条路就少了车水马龙，路面破损了也没有人来管理，越不管就越容易坏，这条路就一个坑接一个坑，这些坑逼得张隐左扭右扭，很像当年蹬自行车划大龙。

虽说这条路少了车水马龙，但那只是相对于从前厂子而言的，路上的摩托车并不少。厂子里的人进进出出懒得走路爬坡，就会叫辆摩托车，给一两块钱搭上一段，有些下岗工人干脆买了二手摩托跑起了"摩的"。这条路上的摩的多，一般都是小排量，从声音上就很容易辨别出来，如果听到爆燃的轰鸣声，那肯定是大排量的摩托车。有些人故意把消声器卸掉，要的就是那个范儿，在路上能吸引目光。

大排量的摩托不是用来跑摩的而是用来跑山路的，当年张隐也干过这种事，就是开着龙头摩托一路拉风。只不过当年是真正的跑山，会去市郊的南山，现在这些不应该叫跑山了，应该叫炸街，他们专门找这种城里人车不多、路况不好的地段来竞技，还会下点赌注。

交警也是两难，不管不行，想管也不行。这几年渝城的轻纺工厂倒了一大批，但摩托车厂家倒是起来了好几家，渝城已经成为了全国最大的摩托车生产基地，这种情况下如果要渝城禁摩那就是一个笑话。交警也想了办法，拿出一些数据来警醒骑手们，这篇稿件恰好是唐奕采写的，他写：汽车是铁包肉，摩托车是肉包铁。据交警部门提供的数据，渝城第一批拿到摩托车驾照的一共二十个人，这二十个人在两年内全部死于车祸。对的，全部！

骇人听闻？这就对了，要的就是警醒人的效果。但跑山路和炸街的又岂会怕你这些警示？

张隐开着摩托在走下坡路，尽管要绕坑，但速度不知不觉也就提上来了。突然一阵轰鸣，一辆大排量摩托迎面冲来，灯光特别晃眼，张隐眼前顿时就成了白茫茫一大片，他立刻减速、绕坑，但速度不是一下就能降下来的。张隐刚刚绕过一个坑，握着摩托车把手的手心就传来一种顿挫的感觉，这种感觉很不好，他知道这是挂住东西了，还来不及看清挂住了什么，摩托车就已经失控，他将前轮刹车捏得死死的，车尾就快速上翘，坐在后座的肖春越过张隐的头顶摔向了前方。

摩托车如果没有安装那多余的龙头装饰，或许可以避免这一场车祸。张隐避让开了迎面呼啸而来的摩托，又避让开了一个大坑，而这一次避让后摩托车已经拐到了马路路沿。这是一条坏了路灯没人维修的街道，这是只能凭借半弦月光照明的夜晚，龙头角挂着了一位穿黑衣的行人。张隐拼命地捏住刹车，没想到后座的肖春却由于惯性飞了出去，然后躺倒在前方五六米远的地面上，而黑衣行人此时浑身瘫软，他的胸肋骨和龙头的金属角完成了一次共谋，他被挂立在道路上，采用了半跪的姿势，和摩托车嵌合在了一起。

张隐将龙头摩托放倒，黑衣人也随之倒在了地面上。张隐两步就窜到了肖春身边。肖春似乎刚从走神的状态中醒来，见到张隐，问："我刚才说到哪里了？"还没等张隐回答，她已回到现实，彻底清醒过来后问："我们是不是撞到人了？"

张隐回头看，从身形上看这个被撞到的人有些眼熟。肖春先认出了他，说这个人看上去好像是张隐的师父。

果然是修理车间的崔师傅，他家住厂里宿舍，今天去医院探望了童阿姨后往回走，他可舍不得多花两元钱坐个摩的。崔师傅看着摩托轰鸣着从身后飞驰而过，又一辆摩托却向自己迎面冲来，他完全来不及躲避，一个锐物就刺进了他的胸腔，那是钢制的龙头金属角，刺得很深。

张隐将崔师傅的身体往外拉的时候，血就像一股小喷泉一样喷射而出，他不敢再动。肖春说:"你把那个铁东西下下来。"她提醒张隐,崔师傅是钳工,身上或许有扳手起子等工具。可什么都没有,张隐从崔师傅的裤兜里只摸出了公交月票卡和七角钱的零票。

远处又有灯光,是一辆出租车。肖春从地上挣扎着爬起来,站到马路中间将车拦了下来,她也说不出更多的话,只用手指指摩托车和摩托车旁的两个人。司机下车一看就明白了,赶紧从车里找出工具,终于把龙头从摩托车把手上卸了下来,他和张隐一个人抬脚,一个人抬头,肖春则帮忙稳住那个胸前的龙头,他们小心翼翼地将崔师父平放在了车后座上。张隐跳上副驾座,冲着司机喊:"快往城里开,到急救中心。"司机问:"附近有没有医院?""有!"张隐说,"厂里有职工医院,不过医生都走得差不多了,救不了。麻烦你开快点,到急救中心去。"

司机指了指肖春,说:"还有一个人哟,怎么办?坐不下哟!"

肖春正站在街沿,扶着一棵行道树呕吐,她吐得又凶又急,像喷枪一样。

"她怀孕了,可能闻不得这个血腥气。"张隐说。

"肖春,我把崔师傅送到医院就回来,你就在这里等我。"张隐又说。

肖春吐得有气无力,只能点点头。

到了医院又是一阵忙乱。司机很热心,跑上跑下地帮忙,还提醒张隐打电话报警。等警察来又耽搁了一些时间,张隐是被警车拉回到现场的。摩托车还摆放在出事的位置,地上有血迹。肖春坐在一棵行道树边,身子靠着树,一动不动。

警察说:"可能是颅内出血。"

张昇把火锅店卖了,把家里一切值钱的东西都卖了,还拉下脸向胡文鹏借了一大笔钱,付了崔师傅的医药费和营养费。张隐跪在肖春父母面前磕了一个又一个头,承受着一个又一个耳光。最终得到他们的同意,他将肖春以妻子的名义进行了安葬。

死者家属和伤者均出具了谅解函,张隐被处半年的拘役。

唐奕在看守所外看到张隐是又喜又叹，说："幸好只关了你半年哟，你这个时候出来还真是赶上了趟，不然我还不晓得怎么办了。你们两家呀，唉……"

然后一路无言。出租车一直开到了君君火锅店的门口，唐奕付了车费先下了车，拉开车门催张隐下车。张隐下了车，唐奕却没带他进店，而是指指前面的公园，说："我们去走走？"

张隐说："唐大哥，你有什么话就直说吧。"也不等唐奕回答，他推开店门就走了进去。

店里冷冷清清的，几个伙计闲得无聊正在打扑克，打输了的就用白纸条贴在嘴唇上当作胡子以作惩罚。见有人进来，齐刷刷地站起来。这几个伙计都是大婶，贴上或多或少的白色纸胡子显得格外好笑。

她们并不认识张隐，但对他后面搓着手紧跟进来的唐奕却是非常熟悉，向唐奕打了招呼后又都坐下来继续牌局。钟大婶一边出牌一边说："唐老师，都是自家人，我就不招呼你了哈。要喝茶你们自己倒，要喝啤酒自己拿就是。"邹大婶曾是渝棉四厂的职工，和张隐家住得近，她小声地给那三个人讲："他就是张二娃，他媳妇儿就是宋师傅的徒弟，叫肖春。那个小妹儿，死了，出车祸死的，本来快结婚了，唉呀，她就是坐的张二娃开的摩托。还有一个受了重伤的你们猜是哪个？是机修车间的崔师傅，他还是张二娃的师父。唉呀，崔师傅才是一个好人哟，怎么一辈子这么造孽，没享到一点福。他张二娃还好意思来这里，来做啥？唐老师对他还亲热得很咧……"

声音虽小，但张隐和唐奕都听得真切，两人都不说话，面对面坐着。张隐的目光如泥浆，唐奕的目光则如烛火般跳动。唐奕拿根筷子敲敲啤酒瓶，说："邹大姐，你还是拿个开瓶器给我嘛！"

邹大婶扔了扑克，扯了"胡子"挥挥手，意思是散了，然后拿来开瓶器递到他面前，说："耶，唐老师真是贵人多忘事，你怎么会不晓得我们的开瓶器放在哪里的嘛。"趁说话的机会，她的目光将张隐上上下下扫描了好几遍，最后盯着张隐的手。张隐像是被她的目光灼烧了，悄悄将手收到了桌下。

"张二娃，你这次还像个男人！"唐奕故意大声地说。

张隐抬眼看他，虽然目光里写满了疑问，但那种呆滞却开始消散和流动起来。

"你比上次好，上次闯了祸你就跑穗城去了，这次你闯了祸，还知道把店卖了救人……"

"大哥，你就莫说了。这半年我在里面天天做噩梦。"

"好，我就不说这个了，你该承担的责任也承担了。那我问你，今后有什么打算？"

一杯啤酒下肚，张隐说："挣钱！我还欠了很大一笔账啊！医药费付了，崔师傅的康复治疗还要花不少钱，反正他今后的生活我要负责。还有肖春他们一家……唐大哥，就算你不问我，我都要开这个口，你认识的人多，麻烦你帮我介绍个工作。"

"工作？嘿嘿，看来我们两个想到一起了，这就叫不谋而合。来，先喝一杯，我再慢慢说。"

唐奕先喝完，敲敲桌子，说："你来当这个店的老板！"

张隐酒喝了半杯，险些没喷出来，强行咽下时又呛进了气管，咳了好半天，直摆手道："唐大哥，你随便怎么嘲笑我都可以，就是莫开玩笑。你让我来这家店打个工，我觉得你在帮我想办法，但你让我来当老板？那就是在戏耍我了！"

唐奕哈哈一笑说："怕啦？没胆子啦？自己都敢开店当老板，现在给你一个现成的店你还不敢接手了？"

"这个店不是童青青的吗？她不做了？又要去穗城？"

唐奕收起了笑容，说："她是前脚进去，你是后脚出来。来接你之前我还去了一趟看守所。唉，童幺妹被抓进去了，和你张二娃一样！你们两个的命是不是还真有什么瓜葛？她也是半年！童幺妹也是一个犟拐拐，她只要说一句话，我打点一下关系，这事就算了了，怎么还会硬生生地进去蹲半年嘛。"

九　殒命

　　虽然张家和童家是多年的邻居，但悲欢并不相通，喜怒哀乐的节奏自然也就不一致。磨难是任何一个家庭都避免不了的，这一点上他们两家是相同的。

　　宋军舰病故，张隐入狱，而童家却在这时喜事连连。童阿姨等来了肾源，手术成功了，这是第一喜；劳力街扩容，童秀秀和龙林手气好中了签，盘了一个摊位，两个老实人熬了这么久终于熬出头了，于是高高兴兴地去把结婚证办了，这是第二喜；第三喜是童岚岚和胡文鹏见大姐终于结婚了，也松了一口气，此前他们见大姐二姐都没动静所以不敢超车，现在看到大姐扯证了，他俩也赶紧去民政局补了证。

　　童岚岚拿到结婚证后激动得全身发抖，这个本子不仅是合法婚姻的证明，更是护身符、救命符。童岚岚已经怀上了，现在有了结婚证，她就可以理直气壮地去办准生证了。

　　童阿姨问两个女儿准备怎么办酒席。老大实在，说不能在城里办，又不是入赘，她要和龙林回农村老家去办，农村对这个看得很重。童阿姨就笑笑，又问老三："岚岚，你们家文鹏家里当官儿的亲戚多，婚宴总不能就在你们火锅店里摆吧？可能还是要选个高档一点的酒店哟！"

　　胡文鹏说："现在渝城的火锅店越开越多，店面也越整越大，一个火锅店上百张桌子的大场面都已经整出来了，但确实还没有看到有人在火锅店办喜宴的。"渝城有句俗话叫"狗肉上不了席"，意思是说不管你怎么喜欢吃狗肉，厨师把狗肉做得多么好吃，但正式的宴席上是绝对不会有狗肉的，言下之意是狗肉不够有档次。火锅现在和狗肉一样，做得再好，渝城人还是会认为不够正式，不上档次。胡文鹏又说："我还真有这种想法，在渝城做第一个火锅喜宴，再请唐大记者来写一篇，又可以让我家火锅姑娘上一次报纸，说不定还能再上一次新闻联播哟！"

　　童阿姨说："不行，就算我答应了，你妈老汉儿也不可能答应。"

　　胡文鹏说："所以我就不准备给我家那两位领导添麻烦了。我和岚岚商量了，我们准备出去旅游结婚。"

童青青在旁边给妈妈削苹果，赞同道："旅游结婚多时尚啊，比办酒席好。办酒席就像表演，看着都累。"

童阿姨却掩饰不住失望的神情，自己一个人把四个闺女拉扯大了，她们要出嫁了，她就想在四厂同事面前风光风光。喜宴既是对同事们的答谢，也是对她们死去的爹的一种告慰。但两个女儿结婚都不办喜宴，她觉得那些苦就像是白吃了，那些眼泪也像是白流了。

不过她很快就收敛了这种情绪，还好，还有两个女儿。二女儿一定能攀上高枝，到时肯定会办得风风光光的。只是眼前这个幺妹，她看了看童青青，唉，想到她的婚姻大事就头痛。

童青青怎么会不知道妈在想什么，但她肯定不会主动将战火引到自己身上来，就问三姐："那你们的店怎么办？"

胡文鹏说："我已经把干爹两口子都请了回来，也不要他们做啥，只要他们坐在店里帮忙盯着，这样店里的丘二儿就不敢乱来。"胡文鹏又说，"张二娃这次闯祸闯大了，没得法。他们急慌慌地把火锅店卖了付医药费，店卖了钱还是凑不够，就把家底也掏空了。唉，说来说去我也有一些责任，当年就不应该把摩托车送给他。"

童岚岚对张隐殴打胡文鹏的事仍耿耿于怀，说："哪里是你送给他的？是张二娃自己偷了去的，还整一个龙脑壳在上面。又不是第一次出事了，他娃自己不长记性！我们这样做也算是仁至义尽了，请他们二老来店里，还不是变相地在帮忙？"

宋军舰死了，张隐又进看守所了，店卖了，所有积蓄都拿出来赔了。从某种意义上说，张家也算家破人亡了。大家一阵默然。三姐的这番话不由得让童青青想起了宋军舰，也想起了在穗城和张隐的那一吻，她脸上泛起羞涩，眼角却湿润了。

童阿姨问："你们准备去哪里旅游呢？"

"去少林寺！"胡文鹏说，"你们不晓得，电影《少林寺》上映时那个票好难买哟。为了买票我把亲戚朋友都求遍了，搞得他们见到我就躲。我现在都还记得我陪岚岚一共看了十六遍。她说这辈子就想去一次少林寺，看看觉远和尚他们挑水的那条河,还要看看那河边究竟有没有小羊。"

说到这里胡文鹏兴致又起,哼唱起了《牧羊曲》:"日出嵩山坳,晨钟惊飞鸟,林间小溪水潺潺,坡上青青草。野果香山花俏,狗儿跳羊儿跑……"他还是有一点歌唱天赋的,比童慧慧更适合搞工会工作,简直就是被火锅生意耽搁了的歌唱家。

童岚岚也和上旋律,一起轻轻地唱:"举起鞭儿轻轻摇,小曲满山飘,满山飘。莫道女儿娇,无暇有奇巧,冬去春来十六载,黄花正年少,腰身壮胆气豪,常练武勤操劳,耕田放牧打豺狼,风雨一肩挑,一肩挑,风雨一肩挑,一肩挑,一肩挑。"

等这小两口唱完,童青青对胡文鹏说:"三姐现在是有身孕的人了,你们出去恐怕不太方便哟,要不等以后生了娃儿后再出去旅游,三姐就在家里老老实实养胎。"

胡文鹏嘿嘿一笑,说:"娃儿是什么?是拖油瓶!等有了娃儿了恐怕以后就更没机会出去了。唉,我们两个接了你整出来的友友火锅店,赚钱是赚钱,但是累得很。我们还在想,今后娃儿出来了,我们恐怕都没时间带哦。"

童青青看了她妈妈一眼,说:"这个你们莫担心,妈想帮你们带得很哟。妈从医院出来后就喜欢到幼儿园外面去转,但别人家的娃儿哪有自己家的看着舒服嘛。妈,你说是不是?"

童阿姨笑嘻嘻地说:"那些娃儿看起好乖嘛,闹起来叽叽喳喳的,听着心里舒服了,病就好得快了。"

童岚岚对妈妈说:"那你以前怎么那么嫌弃我们?"

童阿姨说:"那个时候不一样嘛,我都差点上吊了,又要上班,又要拖你们四个,你们老汉儿死得早,他才是会享福哟,只有我命不好,造孽呀。现在计划生育多好,只准生一个。你看看你们几个,一个比一个烦。三妹儿不好好读书,多早就耍朋友。你这个幺妹恰恰相反,大姐三姐都结婚了,二姐嘛虽然还没结婚,但朋友也都耍过好几个了。你呢?准备当老姑子?算了,不说你了,你这种性格,这么泼辣,以后就算是找得到婆家也要遭收拾的。"

童青青眼睛一翻:"哪个敢收拾我?看我不把他家锅儿拿来戳个洞洞!"

童阿姨笑道:"你就只有嘴巴厉害。"她又转头对童岚岚说:"三妹儿,人家说怀孕的时候看啥娃儿生下来就像啥。你们去买本挂历嘛,多看看那些明星,生的娃儿才乖。去少林寺?看那些和尚?你们今后那不是也要生一个小和尚出来?"

胡文鹏也笑道:"生小和尚不好吗?妈,你就说你是想要外孙还是外孙女?"

"哼,我都想要。只可惜现在的政策只允许生一个,不过我有四个女儿,各生一个,我就有两个外孙两个外孙女了。"她故意看了看童青青。童青青装作没看见没听见。

少林寺已经成为了全国的热门景点。童岚岚和胡文鹏一路舟车劳顿,但卿卿我我的也不感觉辛苦,他们遇殿即进,遇佛则拜,功德随喜。童岚岚念叨的是保佑肚子里的孩子这辈子平平安安,胡文鹏嘲笑她说:"拜佛莫太贪心,给点小钱就想要大回报?先求平平安安生下来,母子平安了我们再来还愿,再来求菩萨保佑娃儿健康长大。"

童岚岚并没找到白无瑕和觉远相遇的那条小溪,略有些遗憾。胡文鹏说:"电影又不完全是真的,那条溪沟在哪里都可以取景,说不定就在香港拍的,哪有拍电影一定要到这里来拍嘛。"

童岚岚说:"那我们就去香港耍一趟嘛!反正我想找到电影里的那条溪沟。"

胡文鹏装作痛苦万状,将前额一拍说:"你怎么就非得去找那条溪沟呢?你要想去香港找溪沟,还不如叫我把友友火锅店开到香港去。"

童岚岚说:"到香港开火锅店又不是不可能,回归的日子都定好了,等到那一天我们就把火锅店开过去,让香港人都吃上我们的友友火锅。"

胡文鹏用手贴着她的额头,开玩笑说:"你没有发烧嘛,那是在做梦?我们那个火锅怎么可能开到香港去嘛,你还不如说把火锅店开到少林寺里来!"

童岚岚说:"有啥不可能的,莫说香港,今后我们的火锅开到全世界去都有可能。"她又说,"如果不是因为和尚只吃素,说不定少林寺里也真的可以开一家火锅店哟。"

胡文鹏嘿嘿地笑:"哪个说和尚不吃肉?你看电影里那个觉远和尚,不就是把白无瑕的狗偷来吃了吗?欸,我听你们说过好多次,我干爹弄的那个卤狗肚子真的有那么好吃?你们每次说得我都直流口水,你还记得电影里面他们吃狗肉吗?啧啧,感觉好香,我每次看到那里也要吞口水。"

童岚岚笑道:"我只晓得那个坏人将白无瑕吊起来,把她裤子撕下一块的时候,你才是在拼命吞口水。流氓!"

胡文鹏嘿嘿地笑,故意夸张地吞了一口唾沫,色眯眯地说:"你不觉得你长得就像白无瑕吗?"

开开心心地游玩了几天。即将返程时,童岚岚看地图,指着附近的少康县说:"我们去这里再耍两天嘛。"

"这里有啥好耍的嘛?"胡文鹏并不操心家里火锅店的生意,他是心疼童岚岚。

童岚岚说:"我妈经常说我读书不用心,我看你才是。你晓不晓得,杜康又名少康。杜康是谁?被尊为酿酒鼻祖!你看,这里写了,少康县是当年少康酿酒之地,盛产杜康酒,杜康酒曾有'进贡仙酒'之称。我们去那里给你干爹买几瓶好酒回去。"

胡文鹏瘪瘪嘴,说:"这些酒都没得我们渝城的酒好喝,干爹才不会喜欢这些酒。我看他最喜欢喝的是隆林火烧坊的酒,作坊不大,但酒确实霸道。"

"你懂啥,让你买酒就只是买酒吗?那是一片孝心!你回了渝城就算是买了五粮液和茅台,都没有买这几瓶杜康酒好。"童岚岚又说,"我爸很早就死了,张叔叔住在我们隔壁,他看起来很凶,喜欢骂人,经常揍他家张二娃,但他特别喜欢我们几姊妹,就像我们还有爹一样。你说,我们结婚该不该给他送一瓶酒？该不该真心实意地给他带一瓶酒回去？"

"当然应该！"胡文鹏再无二话，只说那就少走点路，不坐长途车了，包个出租车去。

司机叫李炼，大炼钢铁那一年生的。胡文鹏喊他炼哥："路上开慢点，反正是旅游，不用着急。"

炼哥说："你们可以不着急，俺还得赶回来吃午饭。"

胡文鹏说："你是当地人，知不知道哪里有好吃的？有特色一点的那种？我们请你！"

炼哥舔了一下嘴唇，说："那你们就问对了人了。好吃的当然有哇，俺们要经过一个叫皇砂镇的地方，那里的皇砂羊肉汤从选材到熬汤都有严格的程序，口感醇厚、味道独特。"

于是车就拐进了皇砂镇，直接停到一家餐馆门口。餐馆在镇政府旁边，没有招牌，但生意挺好。餐馆的另一侧就是一座水库，风景也挺好。

皇砂羊肉汤果真名不虚传，就在他们三人吃得半饱时，镇政府里走出一老一少两个男人，年轻的手里拿着一叠宣传单，也找了一张桌子坐下，叫了两碗汤，要了一瓶酒，又点了三个菜。

老者说："廖狗娃，你家也是俺村的，就不能松松手？俺们村计划生育工作一直都抓得紧，现在怀孕的妇女手续都是齐全的，俺们咋个整吗？"

年轻人说："老叔，你村里的工作不好干，未必俺这个工作又好干呀？你看看，这个标语所有的村子都要刷上去。"一边说一边就将宣传单塞给了老者。

老者将宣传单往桌子上一拍，说："不中！廖狗娃，你说你们干的这叫啥缺德事？'一人超生，全村结扎'？早二三十年咋不给你娘结扎了！"

"老叔，你咋骂起俺娘来了呢？你以为俺想干这事儿？"

老者叹了一口气，说："俺喊你廖叔？廖爷爷？廖祖宗中不中？俺村里真的没有大肚子的了。刚才开会你还非要给俺村摊两个指标，俺又不能马上去帮你变两个出来。"

年轻人喝了一杯酒，又喝了半碗羊肉汤说："老叔啊，你看隔壁宜羊村，他们的小煤矿上外地来打工的人多，他们就悄悄地抓了两个顶替，这不就完事了吗？俺们只对数，又不查户口。"

老者又摇头："小煤矿里不都是男的吗？"

"嗨，那些挖煤的还不是有带着家属的。俺的老孔叔，宜羊村超额完成了任务，俺把他们村超的那一个名额悄悄记在了俺们村，俺们村只要再完成一个就中。"

老者沉思了片刻说："不中！俺村又没有小煤矿，都是乡里乡亲的。"

胡文鹏和童岚岚听得认真，他们这桌已经吃了一会儿了，羊肉汤有些冷了。羊肉汤一冷，鲜味就变成了膻味。孕妇对味道特别敏感，童岚岚喝了一口，顿时就觉得有些反胃，忍不住就想吐。老板见他们两个是外地人，本来就不客气，见童岚岚在店里想吐，火气就上来了，骂他们是成心来捣乱的，从来没有人说过她的羊肉汤不好喝！

胡文鹏赔笑着脸说："好喝好喝，只是我媳妇怀孕了，怀孕的人反应大。"

老板还是不满意，说："想吐去后面厕所吐，在店里这样干呕还让不让俺做生意了？"

胡文鹏在渝城混过社会，开店时也没有怕过地痞流氓，但在这里，他知道少林寺方圆一百公里的地儿都好武。俗话说强龙不压地头蛇，何况还有娇妻在旁，当忍则忍，于是他又赔笑脸。

等他们从厕所回来正准备结账时，就见之前坐在旁边桌的年轻人从店外走了进来，还带来六七个年轻人，应该都是他们村的。

乡卫生院离餐馆不远，大半个小时后童岚岚蹒跚着从里面出来。司机炼哥脸上被打了两拳，车灯被砸了一个。胡文鹏已经吼哑了嗓子，一句话也说不出来，他被人反绑在了路旁的电线杆上。童岚岚走近胡文鹏，轻轻地摸了摸他的脸，问了句："菩萨为啥不能保佑我们？"然后转身跳进了旁边的水库。胡文鹏肝胆俱裂，嘴大张大合，背缚在电线杆后的手指拼命抓挠，鲜血淋漓，却喊不出声。

几天后胡文鹏抱着骨灰盒登上了回渝城的火车，还是司机炼哥送他到的火车站。炼哥没有收一分钱车费，还给胡文鹏买了一大兜水果和馍，他说："哥，俺这里不全是坏人。有坏人不按规矩办事，总有一天这些丧天良的畜生会遭到报应。你节哀，好好把俺姐带回家。"

唐奕告诉张隐，回到渝城后胡文鹏就遣散了员工关了店，而且还对师父恶语相向。童青青心里难过，但还是去劝胡文鹏："三姐夫，我们知道你心里难过，不过张叔叔又没做啥对不起你的事，你又是何必呢？"

胡文鹏沙哑着嗓子吼道："如果岚岚不是非要去那里给他买两瓶杜康酒，她……这个'留一手'，和他沾亲带故的就没一个有好下场。他爹疯了，他大儿子死了，他小儿子又进了监狱，最冤的是他儿媳妇，还没过门就横尸街头……岚岚也就心疼了他，说要买两瓶酒孝敬他……这个人还活在这个世间做啥？还要害多少人吗？！"

童青青劝不住，就去找唐奕。唐奕也只能长叹一口气："算了，不要去劝了，过一段时间他就会缓过来的。"唐奕心里有些担心张昇，这些疯话传到他耳朵里那还得了？要说悲伤，谁又不悲伤呢？唐奕专程去了一趟厂里，想看望看望这个老兄弟。厂里很清楚张家的情况，还是给他安排了一点活儿，能领点钱维持生活。唐奕就是在那条张隐出车祸的街道边见到他们的，宋文菊拿着竹条编的大扫帚清扫人行道，张昇右手揣在裤兜里，用他的左手拿着一只长铁钎子，往地上戳，戳一下就将一张落叶串到铁钎子上，慢慢地铁钎子变胖了，变黄了。

"张大哥，你莫往心里去，那个胡文鹏受了刺激……"

唐奕话没说完，张昇就摇头不让他继续说下去。张昇将铁钎子拿到竹筐边，用脚贴着铁钎子一踩，将串起的落叶全部归置到了筐里。铁钎子就又变瘦了，变黑了。

捡完了一百多米的落叶后，见唐奕还站在那里，张昇说："唐老头儿，我让你帮忙写的东西你就拿给他。日子难过也还得过，把火锅店重新开起来，人忙起来，他的心就没有那么多空闲来痛了。"

唐奕向张隐解释说，他父亲说的"东西"就是他们三个人在一家家火锅店边吃边偷师所写的记录。后来张昇又将很多的技法和想法都口述出来，他说自己没有文化，写不出来，只会说，就让唐奕提笔记录。唐奕曾说："这可是渝城的厨林至宝，谁得到它谁就是厨神，谁照着这些方法去做火锅，绝对能做出渝城最好吃的火锅。"张昇让唐奕将这本记录交给胡文鹏。

唐奕再次回到友友火锅店，火锅店仍然关着门，但里面灯火通明，听声音人还不少。他敲了好半天，门开了，确实是一大群人在里面，胡文鹏也在。店里的桌子上地上到处都是空酒瓶。这帮人是胡文鹏以前的狐朋狗友，也不讲究，下酒菜就是瓜子花生、午餐肉罐头，反正是怎么方便怎么来，喝着喝着没菜了就让清醒一点的人去再买一些回来。

唐奕将记录本交给胡文鹏。胡文鹏看了一眼，往旁边的桌子上一扔。

没过几天友友火锅店就挂出了转让的牌子，有人给《渝城日报》新闻热线报了料。友友火锅店以前可是渝城新闻曝光量最多的火锅店，这条新闻线索热线部当然不会放过，第一时间就转给了唐奕，唐奕没做任何报道。第二天，渝城其他媒体都在显著位置进行了报道。在《渝城日报》的编前会上，因为漏发了这条重要新闻的唐奕遭到了批评，这是唐奕从业以来第一次因为漏掉新闻而挨批。

童岚岚的去世对童家是种巨大的刺激，童阿姨的病情突然加重，医生说是出现了排异反应。她腿肿了，脸也大了一圈，连帽子都戴不上去了。

童阿姨很快就病逝了。安葬了妈妈后，最泼辣最坚强的童幺妹竟像变了一个人，母亲病重的时候她把悲伤压抑在心里，现在两种哀痛同时在她心里交织，已经到了崩溃的边缘。她在店里颠三倒四，把糖和盐搞错还是小事儿，有次竟然将碱面当作盐放进了炒料锅里。童秀秀和龙林商量后，回到店里把她强行换下，让她好好休息几天。

日子难过也还得过。火锅店开起来，人忙起来，心就没有那么多空闲来痛了。唐奕后悔没有将这个意思带给胡文鹏，更后悔没有带给童青青，否则就不会发生后面的悲剧了。

童青青被强制"下岗"后也没其他去处，不知不觉就走到了友友火锅店。这个店还是她帮童岚岚开起来的，童岚岚也因为这个店上了报纸上了电视，还去了北京开大会领奖状。现在人也不在了，店也关了卖了。

童青青越想越气，胡文鹏凭什么把这个店卖掉？她怒气冲冲地跑到胡文鹏和童岚岚准备结婚的新房里，还没吵几句，就被冲进来的警察按住了。

被捕后胡文鹏对警察说这些东西是童青青带来的，他是第一次吸。

童青青不辩解不指认，一言不发。

虽然童青青的尿检血检都证明了她没有吸毒，但根据胡文鹏的指认，童青青有贩毒的嫌疑，可又缺乏有效证据。她就这么说不清道不明地被判了半年。

张隐在看守所关了半年，他出来的这一天是童青青进看守所的第七天。

十　远方

渝城是被两条江围绕着，一条长江、一条嘉陵江，一条清、一条浊、一条宽、一条窄，一条深、一条浅，一条是父亲河、一条是母亲河。

君君火锅店的生意在张隐的打理下又渐渐红火起来。张隐将底料加工和销售也当作一项重要业务来抓，以前向四火锅采购底料的那些小店又全都成为了君君火锅店的客户。

半年后童青青从看守所出来了，但她没来店里看一眼，只和唐奕见了一面，委托唐大哥帮忙把店卖掉。她告诉唐奕自己需要钱，拿到钱后就徒步去西藏，去走那一条可以净化心灵和身体的天路，去走一条可以让她彻底忘记痛苦的路，她要和过去的一切进行切割。

唐奕知道劝不住，他转头劝说张隐把店买下来，说服童青青只先收一半的钱，这样既帮了张隐二次创业，同时未付的钱也算是给童青青留了一条退路，最重要的是还能保下君君火锅店。这家店对于唐奕来说也是一种情感寄托。

可车祸已经让张隐掏空了家底，还欠下了不少的债务，一时之间怎么可能凑得出这一笔钱来。这三全其美的想法终究成了空想。童青青说："卖！半个月的时间，不管钱多钱少都要卖掉。"

君君火锅店要转让的消息传得比风还快，这是一只下金蛋的鸡。无数老板抱着现金上门，但他们都没见到童青青，看到的只是张隐在忙里忙外地招呼着生意。这些天桌桌爆满，这些老板们占了桌，一边吃一边等着童青青现身，生怕错失了机会。

童青青虽答应了唐奕，但她心里却极不情愿将君君火锅店交给张隐。店在他手里，自己又怎么能彻底斩断这份牵绊呢？她甚至想过，如果张隐愿意丢掉在渝城的一切，和自己一起去徒步，那才是上天对自己的垂怜和恩赐。不，那个时候她也不一定非得去高原了，跟着他走就行，他去哪儿她就去哪儿。

她又想，把店卖给张隐也好，算是次优选项吧，不过他不一定筹得到这些钱。算了，不管他报价多少都行，自己总不会出去漂泊一辈子，或许倦了，或许心情平复了，还是要回来的，还能和张隐一起做这家店……

童青青比店里等待她现身的那些老板更焦急，但一直没等到其中任何一个结果。她在心里赌气，这个张二娃就算出天价，她都不会卖给他了！

童青青来到店里，一众老板立刻围到她身边，争着抢着向童青青出价，彼此之间互相诋毁，闹得乌烟瘴气。这时她听到一个熟悉的声音在嚷嚷："大家散开散开，各自找板凳坐好，先听我说几句行不行？"

说话的正是张隐，他左右肩扭动，两手前分，颇有在人潮中游泳的姿态。他分开了众人，挤到了童青青面前，也不和童青青搭话，高举双手示意大家后退。

张隐等众人安静下来，未和童青青商量，就拿出一个本子一五一十地照着念。这本子上都是一些数据，包括银行对这家店固定资产的评估价，每个月的流水和人工成本等等，最后张隐报出了一个62.5万元的参考价格。他还说，根据测算，如果用这个价格收购，按店里目前的经营情况，四年就能回本。

这个价格一出，有一大半的人就打了退堂鼓，毕竟这些人多是想捡便宜的，其中有几个在半年前童青青出事时就在打主意了，谋划着趁乱捡落地桃子。只不过张隐在唐奕的安排下迅速接手经营，这半年来生意也越做越好，他们心里本已失去了希望，但现在突然听说童青青仍要卖店，他们心里的小算盘就像纺车上的线轴一样转得飞快了。张隐的这个报价让他们心里极度不爽，认为张隐这是故意虚抬价格，语带讥讽："你把这个店说得这么值钱，你怎么不自己买下来呢？"

张隐倒很坦然："我如果有这么多现金，肯定是毫不犹豫就买了，只可惜我没钱。"

这一瞬间，童青青头脑眩晕心里一软，差点就要脱口而出：张二娃，你只要开口，就算只出一百块钱，我都可以把店卖给你！

这一闪而过的念头由不得她行动，就已经有人迫不及待地应了这个价，话音刚落，又有人加价。毕竟这不是正规拍卖，也没有主持人和拍卖师，加价是非常自由的，有加一万元的，也有只加五十元的：不管加多少，反正多一块钱也是多，就是要拍！

有真心想买店的，也有不服气故意抬杠的，七嘴八舌，谁也分不清谁喊出的价格更高，乱了一阵子，最后的喊价停留在了九十九万，差点就突破一百万大关了。所有人的关注点都变了，都屏声静气期待着哪位竞争者加足这一万元。这将是一个创纪录的价格。

"如果你能留下来继续当店长，我就再加一万……"这句话从人群后方传来，大家不约而同地长舒一口气，想到自己成了这一刻的亲历者和见证者，已经值得摆很久的龙门阵了。

喊价的是个打扮得雍容华贵的女人，说话带有渝城附近凌江县的口音。她环顾四周，当然明白大家心里所想，此时的她就是这个场子里的女王。她停顿片刻，再次开口："我给你的工资也再加一倍！"

周围一片欢呼。女王很享受这潮涌般的赞叹，用胜利者的目光扫视着全场。

童青青向前迈了半步，这半步是平地移动，却像是让她登上了高高的舞台。在此刻，她童青青才是真正的女王，王者气息如磁场般吸引着所有人的目光，封禁着所有人的声音！

"张二娃，如果是你买，我只要她出的一半的价钱——五十万！"

所有人都被童青青的这句话整蒙了。有人脑筋转得快，说这个张二娃赚惨了，只要他开口应承一句，一手买一手卖，就能赚个五十万，这家伙狗屎运来了。至于为什么会有这种狗屎运，这两个女人杠上了呗！

张隐摇头，说："不买，我没有这么多钱。"

他的话刚说出口，童青青就像早已预知到了，立刻接上一句："你和他们任何人合作都可以。"大家都听得出她的话外之意，这个"任何人"是排除了刚才那位财大气粗的"女王"的。

"张老板，我出二十五万，占四成的股！"生意人对金钱特别敏感，前一秒还在嘲讽张隐不懂得左手倒右手，空手套白狼，下一秒就把算盘打得啪啪响，算出了自己的利益，要寻找自己的机会。

"我也出三十万，还是只要四成的股！张老板，我相信你，这个店我只投资不过问经营，怎么样？"

所有人的目光都聚集在了张隐的脸上，童青青的目光最为灼热。

张隐双手抱拳说："谢谢大家对君君火锅店的支持。我读书不多，也不晓得怎么说话，但我晓得的是在我最困难的时候这家店帮我重新站了起来。青青姐，这家店也可以帮你走过最困难的时期，你如果不卖这家店，不离开渝城，我给你当一辈子的丘二儿！"

张隐最后这句隔空喊话声嘶力竭，谁都听得懂。有人还拍了几下巴掌，见其他人没应和，掌声又尴尬地停住了。

童青青回避了张隐的目光，朝着之前那位"女王"走了过去。她们彼此握了握手，这意味着生意成交。当然，此时响起了热烈的掌声，因为大家都如愿见证到了这一历史时刻。"火锅姑娘"的谢幕只是童青青一个人的悲情时刻，对其他人而言只是谈资。

店堂的角落，唐奕远远地站在那里，轻轻摇头，叹了一口气。

唐奕拎着几瓶啤酒，买了一包卤菜，闯进了张隐家。

"何老板买了君君火锅店，给你加薪请你继续在店里干，你怎么想的呢？"唐奕问张隐。

张隐指了指心窝子，说："我这里堵得很。"

唐奕轻轻叹了一口气，拍了拍张隐的肩膀，说理解他的心情。他又说："你已经闲了两个多月了，总要挣钱吃饭吧？这样吧，我再给你介绍一份工作。你听说过邓红芸这个名字吧？对，就是那个做辣子田螺这种地摊小吃起家的女人，现在渝城餐饮界响当当的幸福楼就是她的企业。"

幸福楼是渝城一家很有名的中餐酒楼，现在准备到黔省去开一家分店。唐奕说可以推荐张隐去当新店的经理。

两个月没有收入，这种日子还是很煎熬的。张隐立刻就答应下来，他很坦然地承认，一是生活所迫，做餐饮自己是有一点手艺傍身的，换个行当不一定上得了手，能有机会继续干餐饮是求之不得的；二是离开渝城能换个环境，挺好的。

"一个二个都想离开渝城，是渝城得罪了你们吗？走一个我还好理解，这下子两个都走，还让我莫名其妙有点内疚了，感觉是我欠了你们两个的。"唐奕直嘀咕。他还是很心疼这两个年轻朋友的。

唐奕劝说张昇也一起去，当当技术指导可以多拿一份工资，新店开张也能帮张隐的忙。张昇白了他一眼，他心里有气，转头对着张隐吼："我和你妈有点喝稀饭的钱就够了，不去！"

唐奕继续劝说："你这辈子就守在这条大马路上？你是手艺人啊。我给你说，你让我写的东西我是交给那个人了，但你不要抱啥希望，那个家伙这辈子可能就这样了……算了，你还是另外收一个徒弟嘛，你这身手艺传给你家张二娃不好吗？"

"不去，不去！老子就要守在这条马路上，哪里都不去！"

"张炊棒，你才真是一个油盐不进的四季豆耶。你守在这马路上除了吃灰，还能做啥？捡钱包？"

张昇吃了几块猪耳朵，很嫌弃地放下筷子，说："换个时间我说不定也就听你的了。现在不行，我要在这里把厂子守着，我就要看看他们几爷子是怎么把这个厂整垮的，败家子些！我晓得，不用你给我上课，这不是我张家的厂，但这是我们上千个工人辛辛苦苦工作了一辈子的厂，这个你不能说我说错了吧？流血流汗的人没有饭吃，没有衣穿，整垮厂子的人反而升官发财。你这个记者，一天到晚在报纸上歌功颂德，还好意思说啥铁剑蛋道理，庙壁写文章（铁肩担道义，妙笔写文章），你怎么不写写这些蛀虫和败家子些？"

"嘿，没想到你还将起我的军来了？厉害！"唐奕也不恼，他说："张炊棒，你说的这个事既有道理也没道理。怎么说呢，我们人人都想公平，但是改革绝对不会是公平的。公平？有些地方吃面，有些地方吃米，这公平吗？我们在渝城，城市进行了工商业改造，特别是民族资本的赎买，这是不是有一定的历史背景和局限性？这是不是就伤害了一些人的利益？"唐奕指了指渝棉四厂的方向，又指了指张昇，补充说，"张老板，张老爷，你莫不是还在想这个厂子是你家的哟？"

张昇瞪了他一眼："扯这些做啥，老子就是一个炊棒，弄饭的，你说的这些听不懂！"

唐奕嘿嘿地笑，故意不理张昇，转头对张隐说："我专门做了一些历史考证和研究，我们刚才所说的公私合营，那个时候渝城的餐饮业受到的冲击和保护都是最大的，做餐饮的绝大多数都是个体从业人员，稍微做得好的，又跑不掉剥削的嫌疑，合也得合，不合也得合……怎么说呢，这样一搞很多以前的名小吃、名菜和知名餐馆的招牌恰好又得以保存下来。善莫大焉，阿弥陀佛。勿怪从前，一切向前看。

"其实不管怎么折腾，如果你多看几本书，多看几个朝代的历史，你就会明白历史不是那些做官的写的，历史是老百姓写的。我们怎么去写历史？我们用自己的生活去写！生活总是会慢慢变得更好的。

"你以前开火锅店，火锅是不是我们渝城人的生活？肯定是！那我们就来摆摆火锅的龙门阵。你老汉儿也搞了很多的研究，我不想表扬他这个老古板，但我这个人也从不说假话，不得不承认张炊棒绝对是我们渝城的餐饮大师。技术细节我在他面前一个字都不敢讲，只有他说我记的份儿。但是要说火锅的渊源，火锅的历史，火锅的文化，嘿嘿，我一张嘴你老汉儿就得乖乖把嘴闭上。有一次他还和我说渝城火锅起源是姑姑宴，还有啥水八块哟。我觉得这些都是鬼扯，要扯起源，我们那些拿树叶遮羞的祖先除了整烧烤，就是煮火锅，你说是不是嘛，烹煮就是火锅的起源……"

张隐想笑，他觉得唐奕这些话才是真正的鬼扯。

唐奕站起身来，转了转腰身，活动活动了筋骨，居高临下地对着张昇继续说："你还说过连锅闹是火锅的简装版。嘿嘿，张大师，我问你，十多年前你吃过火锅没有？没有！所以说，你所说的那些火锅在十多二十年前都消失了，没有了。现在这些火锅和以前本子上写的，嘴巴里吹的，根本就不是一个妈老汉儿生的。要我说，现在的火锅是你张炊棒发明的……"

听得此言，张昇的眼睛瞪大了，嘴也微微张开。再看张隐，父子俩完全一样的表情，惊了，惊呆了。

唐奕很为自己刚才的演出效果沾沾自喜，紧接着他又指了指厂子方向，把话补充完整："火锅是你们这些下了岗的工人，是你们这些为谋生活的待业青年们共同发明的！是你这种老的餐饮人和你这种年轻人共同将渝城的火锅从无到有，从历史闲谈到大街小巷恢复起来的。你们看，现在满城火锅飘香，我敢打赌，要不了几年，渝城将成为火锅之城。你们每个人是不是都是历史的书写者？"

张隐还是没明白过来。唐奕说得兴起，滔滔不绝，左手叉腰，颇有指点江山激扬文字的豪情："我们谁能想到渝棉四厂的童岚岚，这样一个待业女青年会因为做火锅受到如此多赞誉，咳……童岚岚的事，历史也会给予记载和交代的。"

一提到童岚岚，几个人的心情顿时就沉重了。唐奕也没了继续讲下去的激情。宋文菊在旁边一边织毛衣一边听他们讲话，此时，她也背过身用手背悄悄抹了抹眼泪。

唐奕和张隐埋着脑袋走路回城，沉默保持得并不长久。张隐忍不住问道："那个邓老板是卖辣炒田螺的？田螺有啥吃头？她怎么就做了这么大的酒楼出来，还要去黔省开分店？一个女人怎么这么厉害？"

唐奕拍拍他的肩膀："你瞧不起我们渝城的女人？呵呵，这可不止一个女人这么厉害，咱们渝城做餐饮的女人都很厉害，早就顶了大半边天了，厉害得咱们这些老爷们儿还真是没脸面。张二娃，你看，咱们渝城是被两条江围绕着，一条长江、一条嘉陵江，一条清、一条浑，一条宽、一条窄，一条深、一条浅，一条是父亲河、一条是母亲河……以后说不定一口火锅都要整两种味道出来，一种辣的、一种不辣的，两口子坐在一口锅前面，男人吃红汤，女人吃清汤……不对，我感觉咱们渝城的女娃儿要比男娃儿爷们儿得多。嘿嘿，那就当家的吃红汤，粑耳朵们吃清汤……"

张隐向唐奕翻了一个白眼，说："那这口锅儿是不是还要起一个恩恩爱爱的名字嘛？叫男女火锅？阴阳火锅？怎么总觉得听起来怪怪的呢？"

唐奕噗的一下笑出声来："张二娃，你就是吃了没文化的亏。还男女阴阳，未必不能更雅致一点？嗯，叫鸳鸯火锅不是更好听？"

又走了一段路，唐奕停住步子说："张二娃，我就实话实说，不是我推荐你去给邓老板当经理的，其实是邓老板托我来请你出山的。她早就盯着你了，开四火锅的时候她就来吃了好几次，后来你出事了，她也知道，还观察了你出来后这半年在君君火锅店当代理老板的情况。现在她要你去帮她做黔省的新店，绝不是心血来潮，应该是看中了你的人品和能力。虽然你老汉儿不去黔省帮你，你也应该对自己有信心。这个女人不是一个简单的人，我觉得她肯定还有很多想法，黔省可能是她起飞的第一步，也是你的一个新的人生机会。我对邓老板是比较了解的，她对餐饮有一种真心的热爱，辣子田螺这道菜就是在这种热爱中诞生和做大的。其实你和童幺妹都有天赋，但还是少了一些热爱，你们做这一行有些被迫的成分。你老汉儿弄的火锅为什么就是比其他人弄的火锅好吃？你看他炒料的时候，感觉他是把命都投到锅里去了。其实童幺妹有个很突出的优点，就是她和邓老板一样，做事的时候有着一股狠劲。如果君君火锅店不转让，她继续做下去，说不定今后渝城的火锅领军人物还会是她，可惜可惜。张二娃，我希望你这次到黔省去不仅仅只是当做打一份工，而要把骨子里的热爱也放进锅中，你今后在这个行当里才能走得更远。"

这一番推心置腹的话让张隐很受感动，他们又默默地往前走。张隐突然停下脚步，稍微犹豫了一下，最终还是开口问道："唐大哥，青青姐现在怎么样了？"

唐奕笑道："我就知道你会问，不问一定会憋死你！不问，你就算是人到了黔省心里也会养着一只猫。她好着哟，每到一个地方她都会给我打电话聊一聊，以前她会理我？现在隔三差五给我打电话是真的想和我聊天？她还不是和你一样，嘴里不说，但我唐老头儿也是过来人，会懂不起？她给我打电话还不是想听到一个人的消息？昨天我就给她说了，有人可能要去黔省工作了。童幺妹竟然问我从雅安到黔省的路好不好走。哦，半个月前她已经走到雅安了,她说走到拉萨不是她的目的,能不能走到拉萨并不重要,她要一路走一路看,要慢慢走。她准备在雅安再住几天,因为过了雅安就算真正走入了藏区,要走就要走到底了。对了,她给我留了旅馆的电话,你要不要给她打过去?你可以把她喊回来。"

张隐沉默很久,最终摇了摇头。

唐奕也叹了一口气。

雅安因雨日多、雨时长、雨量大被称为雨城。童青青已在旅馆里停留多日,停留是因为雨一直不停。天已放晴,童青青再也找不到驻留的理由了,她收拾好背包准备继续前行。最后要放进背包的是一本《唐诗三百首》,这是离开渝城时唐奕送给她的。

唐奕最初送给她的并不是这一本,而是一本渝城著名作家宋尾写的长篇小说《相遇》。唐奕说:"这本小说的名字取得挺好,你要是出门游荡就带在身边,算是讨个好彩头,但愿你能遇见想见的人。"这几句话说得童青青心里发酸,但还是打趣说:"什么作家哟,没听说过,肯定是卖不出去他才到处送人。看嘛,还是他签了名的,你再转送给我,你也太会做顺水人情了吧?不行,我要自己选一本。"说罢,她就在书架上拿了这一本。唐奕笑道:"好嘛,送给你,脚在路上,心也应该在路上,别太拖泥带水的——每个人的目的地都应该是家乡,每天读一首,读到你想家的时候,那个时候不管你走到哪里,那时就是你该回家的时候了。"

童青青坐在床沿,翻开一页,折了角,是昨晚看后特意做的记号。这一页是李白的《闻王昌龄左迁龙标遥有此寄》,她念出了声音:"我寄愁心与明月,随君直到夜郎西。"

再出发时,童青青已经剪短了头发,重新背上了背包。《唐诗三百首》从背包里滑了出来,掉到床下,童青青没有发现。

以辣炒田螺为主打菜的幸福楼在黔省开张后火过一阵子,但很快就归于平静,接着就是漫长的煎熬,一眨眼,春夏秋冬就走过了一轮。黔省的生意不好做，这是张隐的感觉，其实也不是黔省的生意不好做，对于餐饮行业来说永远都有需求，但餐饮行业也有一个特殊性：所谓一方水土养一方人，每个地方有不同的气候、历史文化、风土人情，长期以来人们就形成了独有的口味和烹饪方式。虽然说各个地方之间的风味有互相渗透，但也就是吃个新鲜，回过头来大家喜欢吃的还是从童年时期就已经习惯了的地方本味。

　　生意不好，但张隐当着员工们的面，脸上还得装出信心百倍的样子。他常在心里暗叹，要是把这个店用来经营火锅该多好呀，张隐觉得火锅才是自己最擅长的。当然，他很清楚邓老板在黔省开这家店的目的。老板有老板的战略发展规划，即便亏钱也是一种试错。张隐可不敢把这些想法给邓老板提出来，他因此特别沮丧，心里不服气呀，心想：算了，不给她打工了哟，干脆回到渝城重新做火锅生意，还不只开一家，一定要多开几家，相信自己能做一家红火一家。

　　张隐动了回渝城继续做火锅的心思，一夜辗转难眠，他十分忐忑地给邓红芸打去电话，吞吞吐吐地表达了自己想辞职回渝城的想法。邓老板在电话那端有着短暂的沉默，然后说："我想一想，下周再说这件事。"

　　过了几天，邓红芸主动打来电话，很坦诚地说自己对这个市场过于乐观，责任在自己，她决定将黔省的幸福楼关掉。邓红芸又说，张隐在黔省这一年多的工作充分展示出了他的能力和人品，欢迎他回渝城后继续在幸福楼工作。

　　张隐在电话中听到这个消息后既高兴又难过，高兴的是在这种困局中他还是得到了老板的高度评价，难过的是身上又会贴上一张失败的标签。

　　当张隐一众人在黔城火车站广场上晃晃荡荡前行时，又一趟列车到站了，乌泱泱的人群涌出了站口。童青青大着肚子被人潮裹挟着向前缓行，吴青云肩扛背驮着一大堆行李挤在前面，时不时地催促着身后的童青青。

　　吴青云是黔省人，几年前跟着自家三叔一起到了拉萨，在八廓街开了一家川菜馆。吴青云人很勤快，吴三叔握着锅把子不撒手，也不教他厨艺，时间一长叔侄俩多少就会有点摩擦。这一天店里生意清淡，叔侄俩又在拌嘴。童青青在八廊街逛了一阵恰好来到他们店里，一边吃饭一边饶有兴致地看热闹。

说是两叔侄吵嘴，其实几乎只听得见三叔的骂声。吴青云虽然也在吵，但他毕竟身在屋檐下，最多就是嘴上嘟囔。争吵明显呈现一边倒的阵势。童青青放大了声音打抱不平说："你这个师傅怎么扭到费（方言：纠缠不停）哟，这个小哥一句话都没有说了，你还在吵他，不对哟。"

"关你啥事呢？你这个小妹儿多管闲事。"

"怎么不关我的事呢？路见不平，我就偏要管一管！"

童青青沿着川藏线半徒步半搭乘顺风车，一路慢慢进了西藏，对高原环境也有足够的适应时间，但毕竟不是长期生活在高原地区，日常说话和行走还比较正常，可这一激动，加之长期积累下来的劳累，她几句话一吼出来，就觉得头晕眼前发黑，人一站起来身子就开始打晃。吴青云眼见不对，赶忙过来搀扶她坐下，转眼间他又兑了一碗温热的糖水递到童青青手里。

三叔笑嘻嘻地将锅从炉灶上端开，关了火，坐在童青青面前来看热闹，说道："小妹儿，先管好自己再去管别人的闲事。我们叔侄俩在这里说几句，你来打帮腔，为个啥呢？你又不是他婆娘？就算是，那你也是我的侄儿媳妇，也不能和我这个老辈子瞪眼睛吧？"

这几句话让童青青因缺氧而发白的脸重新涂上了淡淡的红晕。

一来二去间就熟悉了，童青青在拉萨逛了好几天，每顿饭都到吴家三叔的店里来解决。八廊街很繁华，藏式餐饮、广东菜、北方菜、湖南菜都有，但最多的还是川菜。童青青有几次脚都迈进了其他店的门槛里，但又退了出来，还是回到三叔的店里。实话实说，与周围的餐馆相比，这家店的生意是比较差的，三叔的厨艺并不高明。童青青为什么偏偏就成了这家店唯一的回头客？或许是这家店人少清静，又或许是他们叔侄俩的口音让自己感到亲切——渝城和黔省的口音有很多相似之处。童青青每一次走进店里都能看到叔侄俩拌嘴，她也不帮腔，就是看，看得自己热泪盈眶。她想起了以前一家五口挤住在厂里宿舍时，几姊妹也是天天吵，越吵越亲热。那个时候童青青还会跨出门去吵隔壁的两个男娃，吵宋军舰根本不需要任何理由，就是想欺负他，想看他被欺负之后还是那么温吞的笑脸。张隐这小子就烦人得很，经常搞些恶作剧，她的脚还没踢出去，他就已经跑得飞快，那就只有狠狠地骂。

童青青翻开包找纸巾的时候，吴青云已经拿了一包纸巾放在了她面前，嘴里无声，只用嘴型说了三个字：送你的。转过头吴青云就会放出声音对炒菜炒得热火朝天的三叔说："三叔，少放点辣椒嘛，又不是所有人都能吃这么辣，把客人的眼泪都辣出来了。"

"不辣还叫川菜吗？"

童青青本来不想多费力气，但看到吴青云挨骂，她就忍不住想到了宋军舰挨骂时的眼神，忍不住帮腔道："吴师傅，你这就说得不对了哟。川菜虽然以善用麻辣调味著称，但并不是越辣越正宗。川菜口味多变，包含鱼香、家常、麻辣、红油、蒜泥、姜汁、陈皮、芥末、纯甜、怪味等二十四种口味，代表菜品有鱼香肉丝、宫保鸡丁、水煮肉片、夫妻肺片、麻婆豆腐、回锅肉、泡椒凤爪、灯影牛肉、口水鸡、香辣虾、尖椒炒牛肉、板栗烧鸡、辣子鸡……"

"小妹儿，你是说相声的吗？板眼儿多得很！你会不会做吗？只晓得说，背书个嘛，谁还不会？我要是认得的字多一点儿，我比你还会背。"

童青青笑了笑说："老辈子，你就莫欺负我哈，说不定我还真就比你做得好吃，我在这里吃了好几天，不管点啥菜，你炒出来都是一个味——辣味。我不是班门弄斧哈，五味调和里蕴涵有此消彼长的关系，某种调味品过量就会掩盖其他调味品的风味，造成喧宾夺主。实不相瞒，我以前就是开火锅店的，对于不懂的人来说火锅锅底就是麻辣二字，真正懂的人才能明白咸鲜才是主味，还有甜味，甜味是衬托主味的，使锅底滋味醇厚绵长。"

"你会做火锅？不辣还叫火锅？"三叔十万个不相信。

"要不你让我来试试？我将就这里的条件炒一点底料出来，然后熬一锅烫一点菜试试味道？"一说到火锅，童青青的唾液腺就自动打开了，她也是很久没吃火锅了，想得很。

说干就干。店里的锅灶只能算是将就着用，好在牛油是常备的，有好牛油，炒火锅底料就算成功了一半。吴三叔开的是川菜馆，自然不缺花椒和辣椒，但童青青还是皱了皱眉，有点后悔自己说了大话，对于炒料她只能算半挂子，见得多做得少，她对温度的把控不算太好，但对花椒辣椒这些原材料的好孬还是心里有数的——店里的这些等级也太差了！这些原料遭到了她的嫌弃，只能是凑合着用了。随着油温的升高，辣椒、花椒、八角等逐渐下锅，童青青拿着炒勺慢慢地翻炒，香味也就逐渐从锅里飘了出来，稍微有点呛鼻却勾人脚步，引得好几个游客在店门外驻足。

"老辈子，你找一个小锅出来，把你熬的骨头汤弄一点来，把底料放进去再熬煮一会儿。我们弄点肉片、土豆、藕片，就可以试吃一下了。"童青青转头对着门外的游客也喊，"来来来，想吃火锅的都可以来尝一尝！这就是正宗的渝城火锅哟，不仅开胃，还能预防高原反应哟。"

童青青熬煮的这一锅虽只达到及格线，却让三叔伸出了大拇指，过路的一些游客品尝之后虽然对麻辣口味不太适应，但舌头上留下的醇厚和刺激却让他们回味无穷，也一边哈气一边忍不住伸出筷子。不仅是八廊街，整个拉萨都没有一家做渝城火锅的餐馆，三叔脑筋一转，脸上堆满了笑，对童青青说："妹崽，你愿不愿意来我这个店里当厨师吗？工资肯定让你满意。"

童青青摇头。三叔反复纠缠游说："要不我们合伙？你不出钱，我也不给你开工钱，我们赚的钱对半分！"

童青青还是无动于衷，这时吴青云又悄无声息地站到她身边，给童青青的杯子里续上半杯茶，三叔的杯子是空着的，他却没理。三叔瞪了侄儿一眼，童青青也看向吴青云。此时的吴青云不言不语，挑起眼角也在看着童青青。

这种眼神让童青青有一种似曾相识的感觉。她知道这个世界上永远都不会有完全相同的眼睛,但她却宁愿骗过自己。

童青青答应留下来当合伙人。童青青是不缺钱的,所以她提了一大堆合作条件,例如自己不会守在店里,炒好的底料够几天的用量了,她就会去周边玩几天;她要吴青云来给自己打下手,让他学会做火锅,等他学会了自己就会离开拉萨回渝城去;她不要工钱也不参与这个店的分红,三叔之前说的分一半的利润就算到吴青云头上……

这种条件哪能不同意呢?这明明就是财神爷派了个散财童子来帮自己的呀,就算是将利润分一半给吴青云,那是自己的亲侄儿,肉烂了也是在锅里,再怎么也比分给童青青这个外人好一百倍呀。三叔高兴得不得了,吴青云心里也很高兴,但他木讷地站着什么话都不会说。三叔在侄儿背上拍了一巴掌:"快点拜师!磕头!磕头!"

吴青云闹了个大红脸,童青青的脸也红了。

童青青心里想的是教给这个小伙子一点手艺,免得三叔整天都骂他,她看吴青云被骂得可怜兮兮的样子,心里就隐隐作痛。

只用了半个多月的时间,吴青云就将童青青的那点火锅手艺学了个七七八八。可人算不如天算,三叔突然接到电报,吴三婶突发重病,三叔不得不赶回黔省去。他想将店转让出去,但时间仓促,很难在几天之内就出手,而且别人肯定会借机压价,太吃亏了。他想了一个办法,就是把店转让给吴青云,让吴青云写个欠条,从跑堂的小伙计直接晋升为老板,等过几天他老婆的病好些了,就回来接过摊子继续干,即便不回来了,是赚是亏,欠条在手,侄儿欠的钱肯定是一分都少不了的。

前提是童青青得继续帮下去才行。

本来是顺手帮忙,童青青觉得自己已经"功德圆满",正准备过几天就回渝城。但这一变化让她不得不留下来——她看不得别人有难处,本来是吴家叔侄欠她的人情,现在她反倒觉得是自己欠了他们人情,这时候走她会觉得心里过意不去。

这一留一帮,相处的时间一长,两人情愫暗生,又都是在异乡,撑着同一个店，颇有生死与共的感觉了，水到渠成时两人也就融入到了一起。

这段时间童青青并不是没有想起过张隐。

张隐还在读小学的时候，那时候童青青和宋军舰刚刚升入初中，有一天张隐拿着一本科普课外书来显摆，问童青青："在太阳系有两个行星非常独特，就是水星和金星。请问它们有什么共同特点？"

童青青哪里答得上来，她看向宋军舰，宋军舰也不知道答案。

张隐得意洋洋地说："水星和金星都没有卫星。"

宋军舰想了想，摇头否定弟弟的这个答案："金星是逆行自转的……"

童青青没有去搭理他们两兄弟的话，只是那一刻她在心里默默地感叹了一声：没有卫星，那这两颗星星都是孤独的。

此时，她依靠在吴青云的身边，又想起了这两个星球的故事：张隐就是这个宇宙中的水星，我就是那颗逆转的金星，而吴青云，就是我的地球。

吴青云问她在想什么，她回答说："我想自己是一颗金星，你就是地球。"吴青云不懂这些话的缘由，但他很高兴，说："好啊，那你什么时候能给我生一个小月亮出来呢？"

说到生儿育女，童青青心里很清楚这是人生必经的一步，也是一个家庭幸福的根基。但三姐童岚岚的结局已成了童青青心里最深的伤痕，这个痛是痛彻心扉的，也因为这个痛她选择了原谅胡文鹏，哪怕自己因他而遭遇牢狱之灾，但自己还能从看守所里走出来，这是幸运的，可胡文鹏却将他的一辈子陷入到了悲伤和疯魔中。

她对吴青云说："明天我们一起去大昭寺磕长头吧，为我们未来的小月亮祈福，不求大富大贵，只求菩萨能保佑孩子一辈子平平安安就行了。"

"你还信这些？"

"以前我什么都不信，但现在经历了一些事之后，多多少少都会信一点。"

第二天天还未亮，童青青已经在人潮中虔诚地跪拜和磕头了，她一次次地跪拜、俯身贴地，心里祈愿着宋军舰能在另一个世界过着有阳光的日子，祈愿着张隐这辈子少闯点祸，安安分分地过日子。

至此，童青青将自己的人生进行了一次整整齐齐的切割。

她再一次俯身贴地，心里祈愿着未来的孩子一生平平安安。

童青青并没直接回店里，而是去了发廊，烫了一头的大刨花。等她回到店里，看见吴青云正一个人手忙脚乱地打理着店铺，童青青笑了，笑得眼角也湿润了，新的日子就这样开始了。

十一　红娘

> 如果生活真如醪糟，醪糟做得好就甜，或成酒，更香醇，做得不好就酸，或成醋。

毕竟不同于长期生活在高原的人，童青青怀孕后扛不住两个生命的需氧量，妊娠反应特别厉害。夫妇俩商量了一下，决定离开拉萨。

回渝城还是去黔省？童青青的真实想法当然是回渝城，但她现在已为人妻，从此渝城只是自己的娘家了。她把这个想法埋在了心底。

一路辗转，当他们走出黔城火车站时，童青青突然听到熟悉的渝城乡音。黔省和渝城口音相近，外地人听可能难以分辨，但本地人却能分辨得很清楚。这声音不是透过耳膜传进身体的，而是漫过了童青青浑身的每一个毛孔，从毛孔沁润进她的身体里的。

童青青转头望去，见到一个参差不齐拉拉垮垮的队伍正在进站，那个队伍中有一个身影她非常熟悉，她停下脚步呆呆地望向队伍。那个人在说话，在大声喊叫招呼队伍尾巴上的人。童青青赶忙转过头去，急匆匆往前几步赶上了吴青云的脚步。

张隐哪里会想到就在他离开黔省的这一时刻会和童青青擦肩而过。此时的他虽对黔省有所不舍，但更多的却是归心似箭。

回到渝城。渝城正进入一个快速生长期，城市的楼房如雨后春笋般蹭蹭往上长，硬生生地将平面的城市拉伸成了一个立体的城市。

父母又老了一些，但精神尚好。张昇和宋文菊还是每天坚持着扫大马路。

江湖传言唐奕将是段总编的接班人。唐奕心里很清楚自己并不是当官儿的料，与其在报社内部钩心斗角想方设法往上爬，他更愿意把精力投入到另一个江湖中，在渝城的餐饮江湖中他已经有了一定的地位，餐饮行业的从业者们虽然文化不多，但却是非常尊重文化和文化人的。当然，唐奕和这些餐饮界的人在一起相处也从不端着，他心里明白得很，自己的江湖地位其实是一个气球，全靠吹出来的，他说自己只是沾了媒体平台的光，自己哪有啥厨艺哟？只不过和另一个大神张昇走了相反的两条路，张昇是会做不会说，自己是会说不会做。在满桌子的奉承话中他时不时会摆谈起当年和张昇、胡文鹏一起去各火锅摊偷学手艺的事。

张隐和唐奕的相见是在匆匆忙忙之中。唐奕正在忙着筹备美食文化研究会，得知小兄弟回渝城了，觉得瞌睡遇上了枕头，心里一下就轻松了，迫不及待地要给张隐接风洗尘，他心里也早就把算盘珠子拨得溜溜转了。

报社位于老城区，围墙外就是有一条巷子，不宽不窄，很多年以前可是柳浪莺花之地，故名花街子。花街子还没有受到旧城改造的波及，很多本就狭小阴暗的房屋还被改造成了两元钱就可住一晚的"棒棒旅馆"，于是花街子里也自发形成了一个劳动力市场，人一多，就鱼龙混杂了。

社会新闻部陈主任在一次编前会上说："旁边这个花街子已经成了渝城'粉粉儿客'的聚集地了。"渝城人所说的粉粉儿客就是吸毒人员。陈主任说："政府在想尽办法打击贩毒吸毒，报社要对打击贩毒行动的成果大报特报，要对那些吸毒导致家破人亡的悲剧浓墨重彩地报，形成一种强大的舆论氛围。"他也告诫各位记者编辑，"要对自身的安全负责，平常尽量不要到花街子去。"

唐奕不听，因为花街子的另一端有家卖蹄花汤的餐馆，做得很有特色，蹄花又软又糯，再加上半碗炖得化沙的豌豆，奶白奶白的汤，安逸极了。张隐和童青青相继离开渝城后，唐奕也没了吃火锅的兴趣，于是把这家餐馆当成了自己的定点食堂，常常穿街而过去饱口福。

唐奕和张隐约在报社旁的一家火锅店边吃边聊。

唐奕先吹了一瓶冰啤酒下肚，这才动筷子去搛蹄花，他问张隐："你回来后有什么打算？"

张隐对着唐奕也无遮掩，说："唐大哥，说句老实话，这次回来我觉得还是有点委屈，我还是觉得自己适合开火锅店。如果邓老板在黔省开的是火锅店，说不定我早就帮她做起来了。"

唐奕拍拍小兄弟的肩膀，说："你也莫想得太简单了，火锅也是一种地域性很强的餐饮，在外地开火锅店，能做得起来的恐怕也只有童……"说到这里，唐奕硬生生地把后面的话咽了回去。童青青将自己的情况通过信件都和这个大哥讲过了，她有了自己的生活，唐奕又能说什么呢？现在何必在另一个人的胸口上再划开一个口子呢？唐奕赶紧用喝酒来掩饰。

"唐大哥，你有青青姐的消息？"张隐敏锐地抓住了唐奕说话时无意漏出的这一个字，问道。

唐奕在心里翻腾：张二娃呀张二娃，人家都已经嫁人了怀了娃了，你这才想起来问我，这一年多的时间你倒是稳得住？

唐奕收到过童青青的来信，知道她会在这几天回黔省婆家。唉，张隐从黔省回来了，你又偏偏这个时候跑到黔省去安家落户，老天爷这究竟是在捉弄你们，还是在体谅你们？看来你们两个真的是有缘无分啦！

如果按他以往的性格，他多半会打趣张隐说是不是想她了，想她就去追啊。而现在，唐奕自然不敢再开这种玩笑，还必须得撒谎，他将空啤酒瓶往桌上一搁，故意装作漠不关心地说："那个童幺妹儿，你又不是不晓得，她要心大得很，无牵无挂的，现在是全国各地到处耍，也不给家里人说一声去哪里，偶尔就给我来张明信片报个平安。我前几天刚刚收到一张，好像她现在跑去大兴安岭去了。"说者无心听者有意，"无牵无挂"这四个字，惹得张隐在此后的大半个月时间里都闷闷不乐。

不过才一年多的时间，整个渝城却像换了一个天。下岗潮已稳住，开火锅店的下岗工人和待业青年们有的发财，也有的亏本，发了财的都想做更大的生意，亏不起本钱的也就关了店。火锅店的数量并没有减少，反而越来越多，这已经是一门生意了，更有眼光者将其当作了一门新产业，大资金开始进入，这样一来店面就越整越大，越整越高档，以前吃火锅点菜是用秤现称，按重量卖，现在一眨眼都改成了按份数卖，就连自助式的火锅也出现了。

张隐辞了邓红芸那里的工作，办完手续走出酒楼，竟然就碰到了熟人，那是张隐在穗城当泥水小工时的工头杨国辉,当年要不是他拦着,张隐险些就将老沙的脑袋开了瓢,他的人生也将彻底改变。

杨国辉回到渝城的时间也不长。渝城现在在大搞城市开发建设,做建筑还是很红火的,但杨国辉不想再做老行当了,他改做酒水生意,这个酒水生意和商场里卖的高档酒水不一样,他做的是啤酒饮料的批发生意,给一些餐饮店送货,多多少少能赚一点搬运钱。

张隐说自己本来想再开一家火锅店,这几天去问了一下,盘一个店就要好几万,他哪里拿得出来这些本钱,于是想拉杨国辉入伙。杨国辉反而劝说张隐,现在他的酒水生意摊子一下铺得太大,有些忙不过来,如果张隐缺本钱暂时开不了店,又不嫌这个下苦力的生意,他可以把张隐拉进来搭伙做一阵子,先让出几十个餐饮店的酒水生意,也算支持张隐再创业,不要他投本钱,但做大做小就看张隐自己的本事了。

两人喝了一场大酒,第二天酒醒了张隐心里又纠结起来,觉得自己离重开火锅店的距离越来越远。他在街上闲逛了大半天,看到的都是大大小小不同的火锅店面,他不知不觉就走到了琵琶山公园附近,原来的君君火锅店就在这里。此时张隐心里五味杂陈,既希望那个出高价的买家能将君君火锅做得红红火火,同时心里又有个略带点邪恶的念头——他实实在在地希望这家店已经做垮了。离店还有十几步的距离,张隐驻足,看到店没有做垮,但招牌早就不是君君火锅店的招牌了,从店面残存的已不太规整的装饰来看,这个店应该已经转手了好几次,全然看不出一点以往的影子。当走到那里的时候,他发现店老板正焦急地寻找接手的人,店老板见到张隐喜出望外,忙不迭地将店拱手转让,出的价又刚好是张隐能承受的。

琵琶山公园里的儿童乐园生意还是火热的,不时就能看到有人牵着或抱着小孩子前往公园,张隐看到有人牵着一个小孩从街对面走过去了,只留下了背影,他还是认出了那是肖春父亲的背影,只不过比上次所见的更佝偻了。张隐从黔省回来后,宋文菊才告诉他肖妈妈已经去世了。想到肖爸爸独自一人带着幼子,张隐的眼眶越来越湿润。

既然一定要回忆过去的时光,那就再干脆一点,张隐转身就往劳力街走去。劳力街在码头边，人特别多，现在的劳力街越来越繁荣，已经成为全国知名的百货集散市场了。童秀秀的布匹生意批发比重远远高于零售，来的几乎都是熟客，这几年的商海历练已经让童秀秀大变样了。张隐还没走近摊位，童秀秀一眼就瞧见了他，一激动，也不顾地上堆放的货物挡住了进出通道，她手往摊子上一撑，身子就翻出了摊位。童秀秀的嗓音也变大了，大声道："张二娃，你这几年跑哪里去了哟？看，胡子楂楂都长起来了，越来越像张叔叔了！"

龙林也抬头看了半天，想了想，站起身来堆满笑容："二兄弟回来了？来，来，进来坐。"他知道童家和张家的关系，从一开始认识他就把张隐当成小舅子在对待，恭恭敬敬的。

客套了一番后，张隐终于把自己想问的问题吐了出来："四姐现在在哪里呢？"

龙林殷勤地抢答："她在黔省。"

黔省？张隐心里哚的一声又掉进了一块石头。

龙林又说："幺妹夫也是黔省人，他们现在在黔省安了家。我和你大姐还说等把手上这些生意忙过了抽个空过去看看他们。"

刚刚才掉进心里的那块石头突然之间就将张隐的心堵得牢牢实实的。他极力控制住自己的面部表情，强堆出笑容："啊？四姐结婚了呀？恭喜恭喜。你们什么时候去？去之前说一声哟，我也和你们一起去看看。"

和龙林不同，童秀秀毕竟是看着张隐长大的，她哪会不明白这个小弟娃的心思，她扯了扯老公的袖子让他闭嘴。张隐的面部肌肉不自主地抽搐，说话的声音都是颤颤的，他的笑容真是比哭还难看。童秀秀心有不忍，但有些话就是应该早点说开，她提高了一点音调说："要得，过几个月嘛，等四妹生了之后。你这个当舅舅的确实也应该去抱一抱外甥。"

张隐虽然很想重操旧业再开一个火锅店，但缺资金，又没看到合适的场地，时间一晃又是大半个月过去了。还是唐奕懂这个小兄弟的心思，说："你是手里还有一点点钱，没到饿饭的时候。其实餐饮行业产业链很长，范围也越来越宽广，酒水供应、原材料供应，甚至包括餐具这些今后都会越来越专业化，都将成为一门大生意。大哥想劝你一句，现在这种情况下你死守着一条路，不如换一换，先做起来再说。"

唐奕知道他是个犟拐拐，当然也知道童青青的婚讯对他来说是一个不小的打击，有点心疼这个小兄弟，虽嘴上骂他，心里还是疼他。唐奕脑子里转了几个弯，突然有了主意，俗话说玉不琢不成器，张隐这几年也在慢慢成长，但打磨得还是不够，他想到了何震玲和她的旺兴酒店，如果将张隐送到那里去再打磨一番，或许张隐会成长得更快。

唐奕故弄玄虚地说："张二娃，我可以介绍你去另一家更有实力的餐饮企业，他们的发展模式、经营规模和邓老板相比有明显不同，说不定你在那里能找到感觉，只是不晓得你吃不吃得下来苦？"

说到吃苦，张隐当然不肯认输，当即就应承下来，而且他听说这一家的实力比邓红芸还强三分，心里又隐隐腾起了天高任鸟飞、海阔凭鱼跃的豪情。

见张隐上了钩，唐奕才说："你记不记得你们卖君君火锅店的时候那个买家……"

张隐怎么可能忘得掉那一幕呢？他脱口而出："就是出价最高的那个女人？"

"对。当时所有围观的人都在起哄，让她凑个一百万的整数。她是不是提了个条件？就是让你继续在那家店当店长，而且给你的工资翻番？"唐奕说。

张隐怀疑地问道："你说她实力比邓老板还强，那怎么君君火锅店没有继续做了呢？"

"实力强不是说什么都强。当时她为什么愿意给你工资翻倍？因为她缺人。现在想起来，如果你还在那里继续做，说不定君君火锅店会成为她公司最赚钱的一个店。她是做传统餐饮的，并不懂火锅经营，做了半年多见亏钱了就立马转让出去了。我还是挺佩服这个女人的，她是真正的女企业家，少亏当赢，当断则断。如果说邓老板是长跑型选手，何老板就更像短跑型选手，没有谁对谁错的，胜者为王。我猜想，今后在渝城餐饮界她们俩可能会有一场巅峰对决。"唐奕对未来的大战充满想象。

张隐的兴趣点和唐奕不一样，继续问："她在君君火锅店上亏了多少？"

唐奕皱了皱眉道："张二娃，你还是舍不得君君火锅店吗？心里还在牵牵念念？好嘛，我干脆就把你想问的都告诉你，也把何老板的情况给你作介绍，省得你一直挂在心里。"

"那个君君火锅店被何老板收购后并不由她直接打理。她的高价收购策略在渝城餐饮江湖上引起了强烈反响，很多人来她这里求职，她半个月换一个店长。对于她这一招快棋下法我也很好奇，和她熟悉后我问过她，她说这个店在经营上亏了不到十万，转让又亏了三十多万，但她赚的远不是这四五十万能比的。

"何震玲原是凌江县税务所的一个职员，八面玲珑，可她没有守在体制内，而是辞职开了一家餐馆，名字就叫旺兴酒店。她只用了一年多的时间竟然就把整个县城机关单位的接待工作全部承包了下来。旺兴酒店在凌江县做得顺风顺水，时来运转，凌江县的县委书记调到渝城来，紧跟着那个小县城里的一大帮官吏也就陆陆续续升迁到了渝城。渝城有一家老字号叫凌汤圆，因他们这一帮都是从凌江县过来的，有人就干脆借其中的'凌'字将他们称作'汤圆帮'。何震玲看着渝城这么大的一个餐饮市场，又有那么多的老客户打底，也就动了进军渝城餐饮的心。

"毕竟人生地不熟，初来乍到，何震玲对君君火锅店的收购一下就打响了她的个人品牌，让她赢得了一些江湖地位，至少让人感觉她是财大气粗的过江龙。君君火锅店就是拿来当试验田的，通过这个店的经营，她选拔出来了一些餐饮管理的人才，为她顺利进军渝城餐饮当了开路先锋。旺兴酒店在渝城开业之后，还是凌江县的那种经营模式，靠着汤圆帮撑起了业务。但总是这样运营毕竟不是长久之计，人无远虑必有近忧，何况官场上风云多变，说不定哪天汤圆帮也会遭到团灭。何老板有了新的打算，想进行经营转向，再开一家规模超大的旗舰店，主打婚宴市场。"

何老板本就拜托唐奕帮忙推荐合适的人，而且她之前就赏识张隐，当即拍板给了他一个企划部经理的头衔。但张隐的工作职责并不仅限于策划，而是各项筹备事务都要参与。张隐累得够呛，但也接触了很多以前没接触过的东西。当然，这也是唐奕用心良苦之处。

尽管大家都知道旺兴酒店何老板的背后有汤圆帮撑腰，但渝城毕竟不同于凌江县，不是所有部门都买汤圆帮的账，张隐遇到了很多刁难。张隐在黔省开过店，各方面的打点也曾让他伤透了脑筋，就连环卫部门都能用"门前三包"不合格的名义罚他一大笔款，甚至让他关门。张隐对唐奕感慨道："我就想不明白，当初我们经营君君火锅和四火锅的时候怎么就风平浪静的，没见这些部门来找麻烦？"唐奕笑眯眯地回他："你不想想，还不是胡文鹏那个打滚匠和他的那些狐朋狗友帮你把这些牛鬼蛇神挡了，这个江湖上也真是蛇有蛇道、鼠有鼠道。"

在渝城新开的这家旺兴酒店分了不少干股给汤圆帮，这就给张隐这位企划部经理带来了难题，开业庆典太伤脑筋了，这些都是在位领导，为一家酒店的开业抛头露面来"站台"不太妥当。张隐做了很多方案，琢磨了又琢磨，终于有了几个满意的，但被何老板否了，为什么否？何震玲也说不出道理，这就更让张隐伤神了。

张隐被逼得没办法，找到唐奕，哀求道："你还是救救我这个小兄弟吧！是你把我推到这个泥坑里的，你不负责谁负责？"

看着张隐耍无赖，唐奕又好气又好笑。

"尊老爱幼是咱中华民族的传统美德，马上就要到重阳节了，借这个由头把开业仪式和这个概念嫁接一下，策划一个活动，既方便媒体报道，又方便领导出席。更何况弄一大帮白头发的爷爷奶奶出来，今后你们这家店想主打婚宴的话，'白头偕老'就是很好的营销噱头嚰。"唐奕也是绞尽脑汁想了一招。

张隐对唐奕的这个策划佩服得五体投地，但他还是担心在何总那里通不过，他总是觉得何总没有邓老板那么好沟通。"怎么说呢，邓老板就像火锅，烫什么菜都可以，但各种菜进去之后都还各有各的味，而何总像包饺子的肉馅，那个包在里面的东西稀碎得你不知道有几分肥几分瘦。"

唐奕哈哈一笑，说："张二娃，你的这个形容还真妥帖，这个何总确实是看不透也猜不透的。你说她没有邓红芸大器，这可能和她从小县城出来闯渝城这个大码头有关系。人的性格都是离不开自己的生活环境的，但你也别小瞧了这个何震玲，她们两个做生意的模式是不一样的。你要说邓老板大器，嘿嘿，她何震玲能眼睛都不眨地给干股出去，谁有她大器？这两个女人都不简单，今后渝城的餐饮江湖可能就看她们两'雌'争霸哟。"

唐奕对自己想出来的这个策划方案很有信心，他说："何震玲为什么只想听别人叫她何总而不是何老板呢？因为她想把自己包装得有文化，就是越缺啥越装啥，她心里狠着咧、大着咧。唉，渝城的女人像她那样的很少，都是直来直去的，喜怒哀乐都写在脸上，柔的时候柔得如水，强的时候强得如钢……你看那个童幺妹，做起事来就是辣得不得了，风风火火，唯一不好的就是她把自己的日子过得柔肠百结，该硬的时候不硬，该软的时候不软，优柔寡断，硬是把自己的婚姻整成了一锅醪糟。"说着说着唐奕不自觉地就把童青青扯了出来。

张隐听了没有追问，这段时间他也学会了一些新的东西，比如放下。如果生活真如醪糟，醪糟做得好就甜，或成酒，更香醇，做得不好就酸，或成醋。张隐自己觉得如饮了醋，却希望她的日子能过得甜如米酒。

时间转瞬即逝，旺兴酒店旗舰店开业，媒体大篇幅报道。此时的唐奕却正和童秀秀两口子一起坐火车往黔省赶。童青青生了一个闺女，黔省的风俗是很尊重舅舅的，结婚时他们没有办酒席，娘家人没有现身还勉强说得过去，但生了娃，娘家人一定得露个面。

唐奕接到了童秀秀的报喜电话，口头恭喜了一番，本想让秀秀帮忙带个人情，他知道旺兴酒店旗舰店开业在即，但他听说童青青生的是一个闺女，立刻就改变了主意，说自己这个当舅舅的必须亲自去一趟。他虽不清楚吴家的具体情况，但他担心吴家重男轻女，童青青会受气，自己必须去给这个幺妹撑场子！童家四个女人，没有男丁，唐奕这个干舅舅比亲舅舅还像亲舅舅，"美美"这个乳名也是他这个舅舅帮忙取的，这绝不是敷衍，唐奕这个大才子绞尽脑汁搜肠刮肚也没找出更好的字眼。

旺兴酒店旗舰店开业后生意火爆，开业的那一波宣传搞得整个渝城人人皆知，低调发财了两年多的"旺兴"名号一下就变得家喻户晓，各种婚宴寿宴还要预交全款才有资格排期，而酒楼里的二十多个包房也是每天都无空余。

开业过后，张隐也从策划经理转岗成了这家店的副总经理，总经理是何震玲，不过她长期不在渝城守店，一周来看一次，在一个隐秘的包房请人喝一两顿酒。现在旺兴酒店大大小小的事儿几乎都交由张隐打理。

只有采购一事张隐是不能插手的，采购经理叫谭咏旗，年龄比何老板小，但辈分高，是何老板的远房亲戚。何震玲也并不掩饰这个秘密，当着所有员工的面也都会喊他一声"表叔"。但谭咏旗懂事，对何震玲人前人后都还是尊称"何总"。

第一次见面张隐就认出了谭咏旗，此人正是当年在穗城广汇职介所遇到的穿条纹衬衫的人。他的样子变化不大，口音变化却相当大，以前的谭咏旗是港普里面夹杂一点渝城乡音，而现在的谭咏旗是渝城方言中偶尔会夹带一点港味。谭咏旗没能将眼前的张隐和几年前穗城街头的那个张隐画上等号。虽说是老板的亲戚，但理论上张隐仍然算是自己的顶头上司，他还是有分寸，说话做事都是规规矩矩恭恭敬敬。

唐奕看过了童幺妹，抱过了外甥女吴美美，便返程了。有天唐奕和段总编参加一个宴会，段总编趁中途的空当拜托唐奕帮忙给侄女介绍一份工作。唐奕把胸脯子一拍，说："这个好说，这么多餐饮企业哪家不缺服务员嘛。当然咯，你段总的侄女哪能是去干服务员的嘛，如果能写，就介绍到大一点的餐饮公司当个办公室文员，如果会算，最孬也要安排个前台收银的岗位。"

段总编嘿嘿一笑，笑得有点尴尬，说："她倒是又能写又能算。"

"哦，能写会算，那就更好办了！"唐奕看段总编的神情，还以为是他侄女眼高手低，自己找不到工作又瞧不起这基层岗位，这也能理解，毕竟老大给下属拜托这样一件私事，如果人家自己去应聘都能搞定，又何必拜托你？唐奕脑子转得快，马上应承："她哪天有空？想去哪家餐饮店？我直接带她去见老板，想做啥能做啥就当面谈。她高中毕业了？人还长得周正？"

"她读的是渝城大学财会系！"这一说，轮到唐奕尴尬了，渝城大学是全国重点大学，而财会系又是其中王牌专业，那个专业的毕业生不是进财税部门就是到大型国企，没听说找不到工作的。唐奕有着记者先天的敏感：事出反常必有妖。他心里咯噔一下，不接段总编的话。

段总编的侄女叫段红霞，是他哥哥家的独生女，从小品学兼优，顺顺利利地就考上大学，又是王牌专业，再加上有段总编这个二叔的社会关系，毕业进个好单位根本就不用愁。但谁能料到，大四的时候她陷入到一段"不太光彩"的感情中。那个人是学校一位中年教师，成熟、风趣，但有家庭，不知情的段红霞被迫成了"小三"。当然，具体过程段总编不愿多讲。总之在段红霞"迷途知返"的时候，那位教师偏偏不放手了，说自己已净身出户了，现在一无所有，而这一切都是段红霞造成的，他拿着一把水果刀要表演割脉，以此来继续牵绊。但他表演的地方在图书馆门口，周围很快就围观起了一大群人。段红霞又羞又气又急，在两人的抓扯争执中，水果刀并没有完成既定的割腕表演任务，而是直接戳进了男教师的肚皮，众目睽睽之下，戳进去的时候刀柄又恰好握在了段红霞的手中。最终，虽然那把刀连中年男人的脂肪层都没穿透，他被送进医院缝了几针，但这事儿毕竟闹得太不像话，处分决定出来得很快：开除。

虽然段总编费了九牛二虎之力让段红霞拿到了毕业证，但她的人生已经彻底被改变。档案上记载的这一笔让她和机关事业单位无缘了，就连应聘到报社来当临时工都不行，再怎么说也得等这个风头过了来。

唐奕心里盘算了一番，餐饮行业人员流动性大，不怎么看重学历而是看重能力，像张隐这种曾经的小混混经过几番打磨都已经成长起来，段红霞这样高素质的人才如果肯吃苦，在这个行业里应该比其他人更有成长的空间和机会。

旺兴酒店刚开业不久，本来人员就不太稳定，此时进出个把人都是很正常的。只要不是关键岗位，甚至都不用给何震玲说，这事给张隐打声招呼就能搞定。

虽是受段总编之托,但唐奕心里却也打起了小算盘:童幺妹儿都当妈了,这个张二娃还是单身,也该成个家了。唐奕心想:老子给你暗暗拉个红线,送个美女到你身边,还是名牌大学的大学生。嘿嘿,就看你张二娃有没有这个福气了。

十二 风波

但他没看到的是段红霞满脸的羞涩，她的转身和逃走是一种遮掩。

听到唐奕在电话中说有重要的事情要见面商量，张隐哪敢怠慢，把店里的事情各自交代妥当之后，急匆匆地赶到了花街子的蹄花店。唐奕拱手作揖说要拜托张老弟帮忙安排一个人到店里打工。张隐没有多想，姓名性别都没问，直接就拍胸脯子说："唐大哥发了话，你就是让我把我这个位置让出来都可以。"

"张二娃，有长进哟，你现在也会说一些漂漂亮亮的场面话了？先莫说让不让位置的事，我给你说，现在还真有一个位置等着你去。"

唐奕最近在筹备渝城美食文化研究会的事，民政局的批复文件刚刚下来，而他在报社的岗位也发生了变动，成了部门主任，这样一来他的精力就不够了，渝城美食文化研究会的具体事务就要另外找人来打理。

唐奕说："本来我是计划出任秘书长一职的，但我把这个位置给你，满意不？"

没等张隐拒绝，唐奕就将他的计划和盘托出。前期筹备的时候唐奕是拟任秘书长，退休的赖副市长任会长，渝城一些知名的餐饮老板任副会长或者常务理事。现在唐奕因报社工作繁忙，就不可能再去担任协会秘书长一职了，只能挂个副会长。对于真正掌握协会运作的秘书长一职，他极力推荐张隐去担任，这既是对张隐的锻炼，可以极大地拓展他的人脉，同时也是自己有效把控整个协会的方法。这个方案他已经说服了上级主管部门，开成立大会的时候只要走个选举流程即可。这事唐奕事先没和张隐商量过，现在他当着张隐的面说："你张二娃干也得干，不干也得干！"

还有一件烫手的事唐奕没有说，前几天赖副市长被查出得了肺癌晚期，这对于协会而言筹备工作就又增添了一些麻烦，要重新安排会长人选。按渝城目前的餐饮企业情况，只有邓红芸和何震玲有坐这个位置的实力。如果两个人都任副会长，屁事没有；但要二选一，这个麻烦可就大了。

可能是应了渝城的那句俗话：一山不容二虎，除非一公一母。幸福楼的邓红芸和旺兴酒店的何震玲在渝城餐饮界就像一座山里同时存在的两只母老虎，自然互相看不顺眼。

"我觉得邓总当这个会长可能更合适一些，她处事大气，做事也更公正。"张隐说。

唐奕点头说："我也是这样想的，所以安排你来做秘书长也有这个用意。你现在是何震玲公司的人，如果任了秘书长，何震玲虽没当成会长但也算扳回了一局，面子上不会太难看。还有一个好处，即便你现在在何震玲公司任职，你任这个秘书长，邓红芸这个会长和你之间也不会有什么隔阂，这个协会就能运转得起来。"张隐对唐奕竖了大拇指，也算是接受了这个秘书长的岗位安排，心里还有点激动。

正说得热闹，段总编从门外踱步进来了，身后两步的距离不紧不慢地跟着一个年轻姑娘。唐奕和张隐正说到兴头上，谁也没注意门外。段总编先打招呼，身后的姑娘也微微一笑。不用介绍唐奕就知道这就是段总编的侄女段红霞了，这也就难怪段总编会指定时间、指定地点让唐奕将"店里管事的人"约来见个面。唐奕本想着段总编可能是想请大家吃个饭沟通沟通，没想到这么直接，看来这是要直接办交接呀。

等两人一坐下，唐奕和张隐二人不由得对视了一眼。只看脸盘子，这个姑娘长得和肖春竟有八九分相似，但肖春个子矮一点，瘦小一些，头发也因为进纺织厂而剪了短发。这个姑娘要高一点，丰腴一些，披肩长发，书卷气也更浓，怎么说呢？如果肖春营养能跟得上，再多活几年，长高一点，多读几年书，那就会是眼前这个模样呀。

张隐的目光盯着段红霞。除了身高和头发，她们两人最大的差异还在眉眼，一寸秋波，千斛明珠觉未多。张隐有一种恍惚感和眩晕感，尽管肖春已逝去很长一段时间，家里甚至没留下她的照片，但他还清清楚楚地记得她的眉眼。肖春的眉眼间距稍远，有一种出尘的、难以捕捉的美感，看久了往往就有种迷离感。而眼前这位姑娘的眉眼间距要近一些，就有一种拉扯感，妩媚而尖锐，女人味足却又有着较强的攻击性，是一种深邃的美感。

张隐还在愣神的时候，唐奕心里就又转了十七八个弯。说实在的，唐奕不得不相信"冥冥之中"四个字。这个女子和张隐今天的相遇是一门玄学，但今后如何发展也是一门玄学。

段红霞今天出门的时候就将毕业证等材料准备妥当，一坐下就像是面对招聘的人力资源经理一般，将材料双手递上。她或许认为有二叔的引荐，也就是多一个应聘的机会而已，自己该做的准备还是得认认真真做好，能不能应聘成功她心里也没底。她也独自去应聘过很多单位，名校名专业的毕业生竟然委曲求全来应聘，一些单位的人力资源经理难免会好奇多问几句。段红霞也是实在人，错了就认，没有遮遮掩掩。但真实情况一说出来，人力资源经理们皆报以同情，可也将她拒之门外。

那本红色的毕业证在张隐面前却是毫无意义，他根本就衡量不了这本证书的价值。张隐赶紧收回心思，心里盘算了一下，上午刚刚走了一个库管员，谭咏旗就火急火燎地在吼着要赶紧招人。现在好了，瞌睡遇上了枕头。张隐指指桌上的证书等物件，说："你明天直接来上班就是，这些东西用不着。"

段红霞在店里的工作也不显山不露水的，平常就把脑袋埋在库房里，几天的适应期一过，还是显示出来她这个大学生的不一样。没有人安排，她就把库存理得清清楚楚，根据历史数据建立了安全库存模型，既保证了各种原辅材料不会缺货断货，也不会造成库存积压以及原材料的过期，整个库房看上去也变得清清爽爽的。

张隐每天在店里转来转去，却很少去库房转，他心里是很想看到段红霞的，但又不愿看到段红霞。有些想法是控制不住的，他不自觉地就将肖春和眼前这个人对比。怎么形容呢？段红霞说话走路和做事都显得比较干脆，这和童青青的麻辣劲又还不一样，怎么三个女人会有三种如此不同的感觉呢？想着想着，张隐一拍脑袋，自己瞎想些啥呢？童家四个姐妹不就是四种完全不同的性格嘛。

渝城美食文化研究会顺利成立了，日常工作也全按照唐奕的筹划按部就班地推进。张隐挂着秘书长的头衔，但真正要做的事情并不多。

谭咏旗闯进张隐的副总经理办公室，直截了当地说："张秘书长，我觉得你们那个研究会还是可以为我们会员单位多谋点福利嘛。"

张隐不清楚谭咏旗是真没认出自己还是装不认识，他也不点破，也装作以前没见过他似的，但心里始终有些硌硬和厌烦。现在是上下级关系，他也不用假装客气，甚至没有请谭咏旗坐下。

谭咏旗自认为自己身份特殊，并不把张隐放在眼里，只不过这事要通过美食文化研究会才能运作，他不得不来找张隐这个秘书长，只不过言语中就少了一些恭敬的遮掩，说话像拿着棒子在敲："我们在凌江就有固定的酒水供货商，现在在渝城来开店，原来凌江县的酒水供货商蒋瞟眼儿也愿意来渝城发展。当然，只给我们一家供货肯定不划算，如果能把我们这些会员单位的酒水供应统一组织起来，规模上去了，价格自然就会下来。"他手指搓了搓，接着说："成本。我们做餐饮的只要把成本控制好了，利润就出来了。不仅仅是酒水，我把你当兄弟也就多摆句老实龙门阵哈，其他好处也多得很哟。"

这个想法不是谭咏旗今天才提出来，研究会成立的时候会长邓红芸就在致辞中提过，研究会很重要的一项工作就是要整合供货渠道，降低大家的采购成本。这个工作早就开展起来了，各会员单位最近都在将各自的供货渠道进行整理，陆陆续续就会汇总到他这个秘书长手中。

张隐笑笑，说："多谢谭经理的建议，这个工作我们研究会正在开展。"

谭咏旗靠上去，将张隐的肩膀一拍，说："我给何总汇报过了，她说没必要整那么多的事，就用这一家就行了，蒋瞟眼儿和我们合作了这么多年还有什么不放心的？你用其他人推荐的供应商就放心吗？你虽然是秘书长，但也是我们旺兴酒店的副总经理，你应该晓得该听哪个的。"

张隐听懂了谭咏旗的真正意思，但他还搞不懂这究竟是不是何震玲的意思，扯虎皮当大旗的事谭咏旗可是干过不少。不管这么多，这个事涉及几十家会员单位，不管怎么着都应该弄一个大家都信服的结果出来。张隐决定装傻。

说到算账张隐就有点头疼，不仅品种多，就算是相同的品种又还涉及各家供货商的报价对比，根据供货量的梯度报价，梯度返利，甚至还有供货商提出特别诱人的方案。杨国辉为了吞下这个市场，承诺只要渝城美食文化研究会能统一签订合同，他们甚至可以做到出厂价和批发价零价差供货给各会员单位。这些方案各有利弊，只有把账算清楚了才能搞清楚哪种方案更有利于大家。

看到各家递交的商务方案，张隐头都要炸开了，这个时候他突然想到了段红霞，确切地说是想到了曾经摆在桌子上的那本红色毕业证。到下班时间，张隐叫住段红霞，人都站在面前了，张隐却突然一句话都说不出来。段红霞看着他手里的一大叠资料，主动开口问："张总这是要做商务报价方案的对比分析吗？我今天正好没有事，可以让我来试试吗？"

这可帮了张隐的大忙。开常务理事会，张隐将做好的方案摆在各位老板的桌前。邓红芸翻了翻，她根本就没想到张隐会拿出这样一份纸质文件来，按她的理解，张隐可能就是口头汇报一下概况，然后各位老板在会上各说各的意见，该争的争，要吵的就吵，最后自己作为会长说几句话把场子摆平，事情就放到会后来慢慢地磨慢慢地推，一家一家做工作，她甚至没想过集中采购的事会有结果。现在通过这样的形式，协会对供应商们施加一点心理压力，让他们主动降低供货价，给会员单位节约一点成本，这可能就是协会能发挥出的最大作用。这份文件完全颠覆了邓红芸对张隐的认识，她一页一页地翻看，越看越惊喜，最后合上文件，说："张秘书长，士别三日当真是要刮目相看咧。我就是搞财务出身的，你要说做菜开店我们这里面的高手多得很，但要说做这些财务报表，我要称第二就没有哪位老板会站起来称第一，没想到你还真敢打我的脸耶！"

话听上去非常不客气，但她却是笑眯眯地在说。大家都知道邓红芸和张隐的关系，知道这虽是玩笑话，但也是态度鲜明地在给张隐撑腰。

何震玲变了脸，她听出来邓红芸这番话是正话反说。你邓红芸是搞财务出身的，难道我何震玲不是吗？我是从税务所出来的，不比你更有资格？你敢称第二没人敢称第一？哼，也太小瞧我了！心里憋着一股气，再一翻资料，何震玲的脸色变得更难看了，她让谭咏旗推荐的蒋瞟眼儿连备选名单都没有进。

接下来的讨论并无悬念。杨国辉公司拿出的出厂和批发零差价的方案具有绝对优势。只有何震玲投了反对票，理由是做法不合逻辑，零价差？那运输费人工费一算不是亏吗？她说这家公司要么在服务上偷奸耍滑，要么在供货质量上缺斤少两，这是典型的扰乱市场。她的话得到了部分人的赞同，当然也有人直接怼她说："我就没想明白，自己辛辛苦苦开店，拿出很大一部分干股给闲杂人等，还有这样做生意的？这是不是也叫扰乱市场呢？"

邓红芸不得不出面来压场子，制止了几方的争吵。会议不欢而散，麻烦就留给了会后，留给了秘书长张隐。

对于酒水供应商统一更换成杨国辉，这是对各个餐饮企业都有利的，美食文化研究会也出台了文件，但具体落实的时候偏偏旺兴酒店硬顶着。谭咏旗说："何总打了招呼的，我们的酒水供应商不能换。"张隐虽然名义上是旺兴酒店的副总经理，但也无可奈何。

张隐只能又请教唐奕。唐奕说："少了你们旺兴酒店一家参与对整个活动影响不大，你和供应商沟通一下，彼此理解嘛。只不过这个协会的事你摆得平，店里的事你就难以摆平。我看你可能要提前做做打算，考虑一下下一步要做什么了哟。"

话虽没说透，但张隐心里明白，何总对自己的态度已经有了非常大的变化。

此处不留爷自有留爷处。张隐虽还没想好干啥，但还是主动向何震玲提出了辞职。何震玲也没挽留。

张隐将段红霞请到了自己的办公室，笑着说："小段，你做的资料非常好，得到了美食文化研究会绝大多数人的称赞。不过不好意思，我冒领了你的功。"

段红霞也只是笑了笑。

张隐又说:"天下无不散的宴席,现在我先走一步。你也是一个有真本事的人,所以我并不担心今后他们会刁难你,想难也难不住你的。"

段红霞对张隐的离职一点也不吃惊,虽然接触餐饮行业不久,但她掌握信息的能力特别强,外面的风声雨声,店内的窃窃私语声全都入了耳进了心,很多事情她比张隐还看得明白。与其关心今后旺兴酒店要从哪家供应商手里拿货,她对眼前这个男人今后要干什么更感兴趣。

"你不是要跳槽吧?"段红霞问。

张隐摇头,说:"渝城目前最好的两家餐饮企业我都待过了,又能往哪里跳呢?"

"需不需要合伙人?"段红霞又问。

她的这个提问有点出乎张隐的意料。"我?今天吃了饭连碗都不敢洗——明天没有饭吃的时候还可以舔一舔。"张隐笑着打趣自己。

段红霞也是一个典型的渝城妹子性格,心里不会藏话,说道:"我是你招进来的,你这一走,不是我想不想走的问题,是他们肯定不会让我继续留在这里的。你要不要合伙人?你想做什么我都可以和你一起干!直觉告诉我你是一个能干成大事的人。"

张隐挠挠头,两手一摊,说:"干大事?我现在还没想过。但要说干点可以填饱肚子的事,那可就多了,不过嘛,没钱的话说来说去都等于个圈圈。"

段红霞又笑了,带着点嘲讽说:"这个世界上什么都缺,但最不缺的就是钱。"见张隐反应不过来,她接着说,"钱不过就是一种商品交换的产物,一个符号而已,你银行存折上有一个零和十个零其实都差不多,没意义。什么时候有意义呢?你要用它办事的时候,少一个零就可能办不成,但用一个零就能办的事,你要用十个零去办,就没有人会说你有钱了,反而会说你是憨憨。"

张隐还是听不懂,但他觉得这个姑娘说的好像又有那么一些道理。大学生果然是大学生，比自己强多了。

"现在我是一个零都没有，怎么办？"张隐故意出题来难为段红霞。

段红霞不急不恼，说："张大哥，还是那句话，世界上不缺钱，缺的是好项目，有了好的项目钱自然会滚起来的。你听说过借贷没有？还有不要本钱的贷款，叫信用贷款，还可以拿着项目去找天使投资、风险投资……"

段红霞的话一下就点醒了张隐，自己一直想着再开一家火锅店，愁的就是没有资金，按这个小姑娘所说，凭借自己过去的经验和品牌，完全可以借钱来开店嘛，找邓红芸借点钱来启动完全是有可能的。

段红霞见张隐的眼睛里闪出了光芒，便问："想到项目了？那还要不要我给你当合伙人呢？"

"要！当然要了！"张隐一阵激动，自己和唐奕商讨过这么多次，还没段红霞这个刚毕业的大学生想得好，她一句话就将自己点燃了。张隐一激动，本想说自己负责全力开发业务，请段红霞帮忙做好管理，脱口而出的却是："好，我们合伙来干，你做我的内当家。"

话一说出口，张隐立刻发觉这句话有歧义，正要道歉，而段红霞当即转身就走出门去了。张隐看着她的背影，心里暗骂自己不会说话，胡乱用词。但他没看到的是段红霞满脸的羞涩，她的转身和逃走是一种遮掩。

还是在花街子的蹄花店，久等也没等来唐奕。

不等了，张隐心里如同火烧老房顶，他让老板赶快上菜，等菜一上桌，张隐端起啤酒杯，说："小段，你是一语惊醒梦中人。这一杯酒我是感谢你的。"

段红霞不喝酒，只能端起茶杯，杯里是淡淡的老荫茶。

张隐说出了自己准备重开火锅店的打算，也想到了资金筹措的办法，他说准备回到渝棉四厂去，那里还住了一些老工人老邻居，可以挨家找他们借一点钱。这些老工人家里真的很困难，张隐说自己缺的真不是这一点钱，而是段红霞的话启发了自己。他说自己也可以去向银行借钱，借了不是要还利息嘛，那不如把这些利息给老邻居们，自己给他们的利息介于银行的存贷款利息之间，老邻居可以多得一点利息，对自己而言也算是捡了个便宜。

段红霞的眼珠子瞪得像青杏，说道："大哥，你是想和银行抢生意？你晓不晓得这样是违法的？"她知道生意场上耍这种小聪明的人还真不少，市场竞争嘛，但我们的环境并不是完全的市场竞争，特别是金融领域，是高度国家垄断和控制。

一下也说不明白，她在心里叹了一口气，端起杯子喝了一口茶。段红霞并不习惯老荫茶的味道，浅尝一口，皱了皱眉问："这是什么水哟？"

段红霞对金融是行家，对吃的喝的，张隐就是行家了。他连看都不用看，说："老荫茶，我们开餐馆的都用这个。你看啊，这个名字虽然叫茶，实际上并不是茶叶，比茶叶便宜得多。当然我们开餐馆的用老荫茶并不只是图它便宜，对做餐饮的来说，老荫茶可是比你花高价买的那些绿茶花茶还要安逸。你看，老荫茶的茶汤呈琥珀色，看着好看，用叶少出汁多。茶水在夏季还有隔夜不馊的妙处，它还是天然解暑饮品，可生津止渴、去腻减肥，吃这个肥蹄花喝喝老荫茶安逸得很。还有啊，你晓不晓得我们做火锅的，要让火锅好吃有一个绝招，是我老汉儿和唐老头儿他们几个一起琢磨出来的，外面的很多人熬火锅说是用高汤来熬，错了，要用老荫茶水来熬才安逸……"

一聊到火锅，张隐的话匣子一打开就像变了一个人，他神采飞扬，滔滔不绝。段红霞想插话都插不进去。等他说累了，端着啤酒杯准备润嗓子时，段红霞才提出了她的问题："这杯老荫茶的成本是多少？"

"可能两三分钱。"

"你那瓶啤酒呢？"

"啤酒？餐馆里不就一块五一瓶嘛，我们批发价拿过来就八毛钱，厂里的成本多少我还真不知道。"

段红霞用手捻动杯子，说："这个老荫茶成本翻个十倍也不会超过两毛钱，卖啤酒价格的一半，按四毛钱算，这个利润是多少？"

张隐一时反应不过来，算不出来，只不过直觉告诉他，肯定是赚钱的，而且赚头非常大。

"什么生意有这么高的利润？你开火锅店有这么高吗？餐饮行业的利润率算是高的了，也不过百分之四十。不同的是做餐饮本钱要得不多，只要做出了流水就能赚钱。而做饮料前期投入大，可是利润高，哪怕有竞争把利润杀下来，但规模一起来，这个钱还是好赚的。前几天你不是让我做了一些酒水供货商的报价统计分析吗？他们名义上可以做到零差价，但做生意哪有不要利润的？……"

张隐还是有疑问，打断道："就算是装到瓶里，谁会花钱来买这个老荫茶喝呀？"

段红霞也只是会算账而已，对真正的商业实践也是一窍不通，面对张隐提出的这个问题，她也哑了。

这时唐奕终于火急火燎地闯了进来，还没坐下就冲张隐喊："钱，有钱没有？"

张隐以为唐奕是问自己的启动资金，就说有一点，不多，又指了指段红霞说："有这个高级参谋，这些都不成问题。"

唐奕这次没有要啤酒，而是倒了一大杯老荫茶一饮而尽，喘匀了气又说："我是问你现在身上有没有钱，借一下，有人在医院等着拿钱去救命！"

"哪个哟？怎么了？"张隐问。

唐奕正准备回答，他突然站起来拍了张隐后脑勺一下，喊道："怎么这么多废话哟？耿直点，有就说有，没有就说没有，你这里没有我就去另外的地方借。"

张隐见唐奕如此着急，慌忙从兜里抓出几张钞票，没数就交给了他。唐奕转身又向段红霞摊开一个手掌："你身上带钱没有？借一点，过几天就还给你。"

段红霞摇头，说："唐叔叔，我出门就带了一点零钱，这里不是离报社很近吗？要不我去二叔那里帮你借一点？"

唐奕一拍自己的脑袋："嗐，还用你去借吗？我自己去！刚刚心里一着急，接到电话就跑出去了，本就想着回报社借钱，路过这里才又想起和你们约了饭局，赶紧进来看看你们还在不在，好给你们说一声。嘿，结果一见到你们就只想到借钱的事儿了，也好，我歇两分钟，喝口水，今天上午可跑死我了。"

放下茶杯唐奕转身准备往外跑，又停了脚步，问他们两人："你们刚刚在说什么？"

张隐很少见到唐奕这样慌乱，知道他一定是遇上了大事，可见到他还是在关心自己的事，心里不由得有点感动，于是言简意赅，说自己本想做火锅店，但现在发现做饮料可能更赚钱，资金问题由段红霞想办法，这个行业肯定有赚头。老杨他们有现成的餐饮销售渠道了，现在的问题是具体做什么产品。目前两人讨论了一下，老荫茶是个好东西，但把老荫茶装在瓶子里也卖不起价钱呀，渝城人把这个当成免费的饮品都有上百年的历史了。

唐奕几句话就听明白了张隐的意思，他反问一句："你到穗城去过的吧？在那里喝过凉茶没有？那里的凉茶是不是能卖钱？"

张隐和段红霞还在思考这句话的时候，唐奕已经往报社跑去。一边跑他的脑袋也在转悠，用手将自己额头重重一拍，长长地叹口气："冤孽！这两个真是冤孽！有缘无分啊！老天爷作弄人啊！唉呀，我怎么就这么多嘴呢？幸好这次嘴巴紧，话都到了牙齿缝缝了我都把它咬住了嚼碎了……但老子还是多说了一句，唉呀，唐老头儿，你这不是在帮他们，你这是在惹事，在造孽！"

他接到的电话是童青青打过来的。如果不是特别紧急，童青青是不会去打扰他的，但她也确实没有办法了，找唐大哥真是迫不得已。

女儿吴小美出生后，童青青幸福得觉得走路都是踩着云朵，但孩子刚过半岁去做儿保的时候就发现了问题。儿保医生说这个娃娃发育不良，还有一些黄疸，到了医院做进一步检查，医生判断说娃娃的发育不良和黄疸都是因为溶血性贫血，这个可是大毛病。从医疗技术力量考虑，医生建议她把娃娃送到渝城儿童医院做进一步检查。

童青青没想到第一次抱着孩子回渝城竟然是直奔医院。上火车之前也没给大姐说，原计划是到了渝城就直接去大姐家休整一下，第二天再去医院挂号看病，没想到在火车上孩子突发呕吐，她和丈夫下了火车就心急火燎地直奔儿童医院。医生一检查，说呕吐是因轮状病毒感染导致的消化道症状，这个不打紧，但医生看了血象化验单惊得从椅子上站了起来：这个娃娃的血色素太低了。医生不敢大意，立即就让他们办住院，同时还开了一张病危通知书让夫妻俩签字。

吴青云慌得抓不住笔。还是童青青利索，手虽是抖的，但还是把字签了，拿着住院证抱着小美拖着丈夫去办入院。

住院是要预交一笔钱的，他们身上带的现金不够，姐姐家里又没安装电话，无奈之下童青青只能给唐大哥打电话求援。就因这个突发情况，唐奕才误了和张隐他们的饭局之约。到了医院，唐奕凭着报社和医院良好的关系，拜托宣教科科长签字担保把小美的住院手续办了，安排了病床。但账上没钱，检查单开不出来，药也拿不回来，唐奕这才又风风火火地赶回报社借钱应急。

在陪着童青青两口子找医院领导的时候，唐奕想安抚安抚他们过度紧张的神经，就问童青青最近生意做得如何。童青青心里虽然着急，说起话来却有条有理，她说和丈夫回到黔省后也没做啥事，就忙着生孩子了，在坐月子的时候自己也想过将来的事，想来想去只熟悉餐饮行业，但她不想再开餐饮店了，一开店就要从早忙到晚，没办法照顾孩子，所以决定要做事就做时间相对规律的事。

想了很久，童青青想到了做饮料，这种饮料要带有一些特殊的功能，黔省的牛瘪有一定药用功能，这给了她很大的启发。但她很快就否定了这个方向，操作难度太大，受众太窄，再有就是特色产品的市场承受力也有限，不过天天抱着娃的她有的是时间，左思右想她想到了穗城的凉茶。童青青说："唐大哥，我是做火锅的，当年做火锅的时候我就在想火锅好吃是好吃，但它也燥辣，你们喝啤酒不就说是为了冲淡一下这个燥辣劲儿吗？那女顾客呢？很多不喝啤酒的人呢？有这样一款饮料喝，解解燥辣就好了。只可惜那个时候眼界窄了，没敢放开胆子想，后来去穗城喝到了凉茶，但我又没有做火锅,也就没继续多想。再后来的事情你也知道,乱七八糟地整了一堆,我也就没有再想这些事儿的心思了。没想到这就像在看电视连续剧一样,前面几集已经演完了,在抱着小美的时候这个剧又开始演下去。那我就继续想吧,如果能把穗城的凉茶弄过来,专门卖给吃火锅的人,那这个生意绝对赚钱。"

唐奕跑了这么多年的新闻,见过的餐饮界专家和老板不少,但初见"火锅姑娘"童青青时,她就给他留下特别深的印象。凭她干事的风格,还有她的这些想法,如果她一直坚持在渝城做火锅,那现在渝城餐饮界前几把交椅必然会有她的一把。

童青青和唐奕说话是毫无保留的,她知道商业秘密的重要性,特别是产品还只停留在构思阶段,任何消息的泄露都可能被竞争对手抢先,反而给自己造成困局,所以这些商业设想她未对任何人吐露过,连吴青云都没说。一般人认为女人唠叨,喜欢传闲话,其实男人的嘴才是最危险的,如果哪天他在外面吹闲牛时就无意说出去了呢?她对唐奕说:"虽然还有很多细节没想好,但我已经想好了这个饮料的名字。不管是在黔省卖还是渝城卖,如果说叫凉茶,肯定是卖不动的,这边没有凉茶的消费习惯。我准备只针对餐饮市场,而且只放在火锅店卖。我想的新名字叫'火锅爽',你觉得怎么样?"

"好哇。"唐奕心里突然就有了马上再写一篇报道的冲动。

童青青又说:"唐大哥,我还跑工商局去进行了商标注册。"

十三　阳谋

> 他在揭下童青青的大幅照片时停了很久,然后轻轻用指腹抚摸了一下照片上那人的嘴唇。

开饮料厂说难很难,说容易也很容易,段红霞通过她的同学资源很快就找到了一家食品饮料厂,生产设备和资质都是现成的,他们只管注册公司和商标,然后委托厂里生产就行。办公司和商标注册都不复杂,就连最困难的销售渠道都提前准备好了——杨国辉答应全力支持张隐的生意。

段红霞从工商局回来,有些闷闷不乐,她对张隐说:"我们商量好的'火锅爽'商标已经被人注册了。"

这个商标的缘起还是他们受到电视广告中一种儿童饮品的启发,爽字非常具有情感冲击力,而火锅二字不用多说,紧靠核心市场。张隐毕竟在餐饮行业摸爬滚打了几年,实战经验要比段红霞丰富,他倒不怕商标有人抢先注册,任何市场都有竞争,这个"重名"只能说有人的思路是和自己一致的,也盯紧了这个市场,英雄所见略同,英雄惜英雄,虽然有了一点危机感,却也让那种一直包裹着他的孤独感突然间消散了。

段红霞做事也有自己的风格,不是简单问个有无,而是刨根问底。她打听到这个商标是在黔省被人抢先注册的。黔省?听说不是渝城人注册的,张隐紧绷的神经就松弛了一半。黔省并不是火锅的主力消费市场,最大的市场还是在渝城,即便竞争对手要来抢夺渝城的市场,那也还要一些时间,张隐他们胜算更大。

但他心里也隐隐有种感觉,这种感觉牵扯着他不由自主地往童青青身上联想。

张隐他们的产品"火锅伴侣"很快就推向了市场。唐奕嘲笑道:"火锅伴侣?你这个张二娃真是吃了没文化的亏,怎么会取这样一个俗气的名字呢？你不知道这里有个高手吗？"他指了指自己，得意洋洋。

段红霞说："唐叔叔，如果请您来帮忙，您会取个什么名字呢？"

事发突然，唐奕一下子卡壳（方言：愣住）了，犹犹豫豫地说："'火锅爽'怎么样？这个名字好吧？"

"哈哈，"段红霞举起双手和张隐来了一个击掌，她兴高采烈地对唐奕说，"我们之前就想到过这个名字，不过……"她一下又沮丧万分，说："这个商标被别人注册了。我们在市场上没看到这种商标的产品，这种只注册商标，等着今后来卖商标赚钱的人才真是可恶哇。"

唐奕心里十分清楚，但他有话说不出，表情有些怪异。

唐奕对段红霞说："段小妹儿，我刚刚出来的时候看到你二叔在办公室里的，今天好像还很空闲，你有多久没见到他了？还是应该去汇报汇报你最近的情况嘛，不要总让我来当二传手。"

段红霞明知他俩有事要谈，想故意支开自己，也不扭捏，笑嘻嘻地出了店门。唐奕咕噜咕噜灌下半瓶啤酒，眼睛盯着张隐，问："你们这些启动资金哪里来的呢？最近也说不清是什么原因，银行的钱紧得不得了，很多国有企业都贷不出款来。相反，市场上民间借贷又特别活跃，游资在四处寻找出路，但这个民间借贷利息特别高，风险大，已经出现了好几起纠纷，报社就写过好几篇内参，相关部门很快就会采取行动了。"他很担心张隐也陷了进去。

"哦，这个还忘了向我们副会长报告了。"张隐嬉皮笑脸地说，"我向邓红芸借了一笔钱，然后找原来渝棉四厂那些老邻居筹措了一些资金，另外杨国辉那里也保证第一时间回款，资金不成问题。"

得知是从邓红芸那里借的钱，唐奕就放心了，不过他对张隐从渝棉四厂下岗工人手里借钱还是有些不解。张隐解释说："这还是段红霞提醒了我，为了规避风险，我们这个饮料公司在老邻居那里拿的钱并不是以民间借贷的方式，而是改成了入股的方式，一百元为一股。邓总已经帮我解决了主要的资金难题，其实我们并不缺这些钱，只是看到下岗工人们现在的生活状况，我就觉得还是应该想点办法帮一帮，让他们有余钱的就出一百元得一股,多出多得,没余钱的只要答应入股,就当我借给他,还是给他算入股。反正这个公司就我和段红霞两个人股份最多,我们说好了的,不管公司赚多赚少,每个季度就给他们这一部分股东分一次红,算下来还真不少哟,年息是百分之四十哟。"

唐奕点点头,说:"你这个张二娃还是有点良心嘛。"

张隐又说:"其实我是看不得我老汉儿爪起个手还要去扫大街,他的脾气唐大哥你又不是不晓得,死犟死犟的,这也是为他考虑,今后给老邻居分红的事就交给他了。我给他说这个事的时候,他那一张死鱼脸一下子就笑了,我从来没见到他这么高兴过。去筹钱时也是他一家一家带着我去敲门的。你不晓得,那些叔叔伯伯也高兴得很,他们说等我们的饮料上市后,他们闲在家里没事做就去全城的火锅店做宣传,搞推销。他们都是这个饮料厂的股东和老板,当然应该去宣传自己的产品。"

唐奕拿起啤酒瓶和张隐的杯子碰了一下,说:"张二娃,以前我一直把你当成一个不醒事的小弟娃。今天老哥哥很高兴,觉得你长大了,真的长大了。来,碰一个!"

唐奕借放酒瓶子的动作顺带悄悄拭了一下眼角。父母总是为自己的子女着想,而当子女的想尽个孝道,往往是子欲养而亲不在。张隐这家伙看似没长醒,又遇上张昇那个犟拐拐老汉儿,父子俩见面往往是话不投机。但没想到这次张隐还真想到了他老汉儿心里去了,晓得他老汉儿对这个破厂子有感情。而张昇带着儿子一家一家地去敲老邻居的门,他也是为这个儿子感到骄傲,是一种实实在在的显摆。

两个人喝得唏嘘不已,不知不觉一件啤酒就被消灭掉了,他们歪歪斜斜搀扶着去了好几趟厕所。这更是让唐奕感伤万千,时间过得真快,世界变化真大,相同的场景仿佛就在昨天,而那时装作上厕所和自己一起去后厨偷辣椒的还是胡文鹏,这个家伙现在也不知道混成什么样子了,他想到胡文鹏,心里五味杂陈。

酒一喝多唐奕的话就更多了,他对张隐说:"你娃真是从小就和童幺妹喝的一根自来水管里的水,想的东西都能想得到一起去。你晓得不,那个

‘火锅爽’是哪个注册的？就是她童幺妹注册的！用凉茶做火锅专用饮料的点子你以为是我想出来的呀？不是！我哪想得出来这些哟，这个是童幺妹想出来的。唉，老子一不小心多了句嘴，把她的秘密讲给你听了，我都不晓得怎么给童幺妹交代……"

今天张隐喝得早就过量了，但这个时候心脏也咚咚跳得厉害，他嘻嘻一笑，对唐奕说："我就猜到了是她。"

唐奕说："前几天童青青回了一趟渝城。"

"啊？什么时候的事？"张隐摇摇晃晃地站了起来。

"坐嘛，我看你站起来，脑壳晕得很。"唐奕把张隐的衣服往下扯。

"唐老头儿你怎么这么不地道呢？她回来了你不给我说？你给我说了我肯定会去火车站接她！"酒劲涌上头，张隐也不管上一句还是唐大哥，这一句就变成了唐老头儿。

这点酒对唐奕来说只算是喝到了兴头上，不算醉，他装醉其实是想把那些话借机抖搂清楚，解一个心里的疙瘩。唐奕抬起半边眼皮扫视了一下餐馆，确认段红霞没在这里，说："张二娃，童幺妹都已经结婚了，娃都抱起了，你还不放手？早点干啥去了？真是服了你们，那个时候把我急得哟。啧啧，结果你们两个捉迷藏，这一藏就把人藏不在了……你现在就莫去东想西想了，你看看，这个段小妹儿多好，人也长得漂亮……"

唐奕还要喝但肚皮已经撑不下了，只能小口地抿了一下，接着把话往外面倾倒："你看到没，这个段小妹儿凭啥跟着你一起干？她不晓得给她二叔说一声，直接到报社来？我是过来人，懂得起，她是看上了你这个家伙。哦，说这个话也可能早了一点，人家是名牌大学的大学生，你娃就是一个癞蛤蟆，只不过我看得出来她对你不反感，还有一些好感。张二娃，莫再去想那些没用的，该出手时就出手，追！难道你还等着她来追你呀？你个宝器！"

张隐不接话。唐奕继续说："你娃心里想的啥未必我不晓得？刚刚她走的时候你就盯了很久她的背影。"

张隐把头放在桌面上，用两臂抱着。

唐奕想，干脆今天就把话讲透哟，把这个年轻人点醒，于是接着说："你发觉没有，这个段小妹儿和肖春有几分相像。"

这个话一说，就见张隐把头抱得更紧了。就这样坚持了一分钟左右，张隐的肩膀还一颤一颤地抖动，过了几分钟他才抬起头来，两只眼睛已经红了，润了。"唐老头儿，莫说这些。今天我就问你一句话，你老老实实地给我回答，那个童青青回来你为什么不给我说？"

此时唐奕的酒劲也渐渐上来了。这段时间他的心也是紧绷着的，小美经过一系列检查，他四处托人请专家，真是做得比亲舅舅还要到位。专家的诊断结论是小美得的是重型地中海贫血，这是一种隐性遗传性疾病，换句话说就是童青青和吴青云两个人的基因里都带着这种缺陷。他们如果换个人结婚，生的娃娃或许就不会生这个病，但这又有谁能预料到？

对重型地中海贫血这种病，国际上都没有特效治疗方法，患者只有时不时地去医院输血，这要一定经济实力来支撑，但即便这样也不一定能活到成年。童青青说输血就输血，先活下去，活下去就能等来医学技术发达了，就有治愈的希望了。

吴小美再在医院住下去也没多大意义，当然这个住院费用给大人带来的压力也是显而易见的。童青青说还是带小美回黔省，只要把诊断搞清楚了，把治疗方案弄明白了，回黔省的医院里也是一样的，况且孩子对那边的环境要熟悉一些，要比在渝城儿童医院过得快乐一些。

唐奕见张隐语气不善，心里的火气也一下腾了起来，压抑已久的情绪爆发了。他吼道："我凭啥要告诉你？她和你有半毛钱关系吗？他们两口子是带娃回来看病的，告诉你做啥？你想做啥？你算老几？你管好你自己才是对的，多管闲事，老子最瞧不起你这种端着碗里还看着锅里的人。别人碗里的是不是就要香一些吗？再香也是别人家的！关你什么事！"

张隐突然暴怒，大喝一声："她是我姐姐！这个理由可以不吗？"

"你姐？你晓不晓得女人是特别敏感的，老子还不是为了你好，如果段小妹儿晓得了她的存在……"他停了一下，指了指张隐的鼻子，继续说，

"她未必没有想法？你们两个还搞得成吗？"

"我喜欢哪个又关你什么事？"话音未落，就见他手拿啤酒瓶往唐奕的脑袋上敲去。或许是力气不够大，啤酒瓶并没像电视里演的那样碎得玻璃四溅，声音也只是闷闷的，但很快一缕鲜血从唐奕的头发间淌了下来。

跑堂的伙计有点晕血，躲得远远地喊："老板儿，快点打电话报警，这个人把那个人的脑壳打冒烟了！"

见了血，张隐的酒也醒了一大半，背上唐奕就亡命地往医院跑。唐奕的脑袋上被缝了五针，万幸的是没有脑震荡，他老婆赶到医院，张隐见到嫂子腿就打闪，舌头打搅，又不说话又不走动。嫂子也不客气，将张隐推出病房，喊他滚远点，回头又骂唐奕。

第二天，张昇两口子就提着一大袋水果来医院看唐奕，唐奕的老婆见到他们夫妻俩，虽没有下逐客令，但始终是阴沉着脸。唐奕堆出一副苦笑的面容，指了指张昇他们提来的那袋水果，说："这都是高档货，苹果都单独用白色的网眼泡沫包裹着的哟。"唐奕又指了指自己的脑袋，他的脑袋也缠着差不多的白色网眼头罩，他又说："张炊棒，老子这辈子是不是欠了你们两爷子的？你家小东西敲了我一瓶子，老哥你又专门带着道具来嘲讽我？"

这个玩笑话一下就将病房里的气氛缓和了下来。唐奕的老婆又好气又好笑，骂他："谁让你一天到晚就抱到那个猫尿（方言：酒）喝，这下喝安逸了，走嘛，你们现在就出去接着喝！"

正说着，病房的门又被缓缓推开了，进来的是段红霞，她也拎着一袋一模一样的水果。她一进来，三个人都愣了，段红霞愣是因为水果"撞衫"，张昇夫妻俩愣是因为人的"撞衫"，他们疑惑地望向唐奕。唐奕眨了眨眼睛，又指了指自己的脑袋，意思是说他就是因为说这个事才惹恼了张二娃，被他敲了一酒瓶子。

唐奕和张隐一个是渝城美食文化研究会的副会长，一个是秘书长，虽然各有各的事，但协会的工作也是要推动的，只要开会他们总是能见上一面。

见面该开玩笑还是开玩笑，脑壳冒烟儿的事两人都不再提，除此以外，两人也心照不宣地不再提童青青三个字。这让张隐心里很难受，因为唐奕不提，他更不好意思再问，而童青青的消息他只能从唐奕这里得知一二，现在这个人就这样彻彻底底地从自己的生活中消失了。

唐奕说："现在全国经济状况都很好了，物资紧缺转眼间就成了过时，各地都意识到餐饮行业的作用不仅仅是解决口腹之欲，而且能带动地方经济的发展。最近渝城市政府也给商业局布置了任务，希望尽快搞一次餐饮主题活动。"

唐奕又说："这是常务副市长亲自提议的哟，现在领导已经扣响了发令枪，各位会长副会长大展拳脚的机会就来了，就看怎么表现了。这个机会不是你们哪一家的机会，而是我们整个渝城餐饮界的机会。"

餐饮界大佬没有人不心动的，特别是邓红芸，她一直揣摩着田螺的更大市场化。当然，仅仅是田螺这一种单一的食材，就算做出万般滋味也不足以撑起渝城餐饮江湖的这杆大旗。但这"江湖"二字启发了唐奕，在传统餐饮、宴席菜肴之外，像辣子田螺这样越来越多的创新菜，以及老菜名新食材新做法在餐饮江湖上不断冒头，有些很快消失，有些则掀起一阵又一阵新潮流。唐奕在报纸上做了很多的选题，将其命名为渝城江湖菜。作为渝城美食文化研究会的会长，邓红芸也是江湖菜的领军人物，听唐奕这一传达，邓红芸立即应和道："我们大家正好借这个机会将渝城江湖菜这块牌子打响，借美食展美食节，把渝城的这类新派餐饮推向全国。"

副会长何震玲立刻提出反对意见，她一直以来对邓红芸不服气，邓红芸所有的提议她会为反对而反对，借机进行情绪宣泄，经常被人笑话无理取闹。不过这一次她对邓红芸的反对更多出于自己餐饮产业的立场，何震玲认为自己现在已经算得上是传统渝菜的"带头大哥"，"武林盟主"的第一把交椅已经让给了邓红芸这个"江湖派"，但"正统"二字绝不可以再拱手相让，她何震玲就是"正统"二字的扛旗人。

张隐是秘书长，争辩的双方都是自己曾经的老板，在这菜刀满天飞的时候他只想找一个桌子底下好好躲一躲。但唐奕哪会轻易饶了他，见争论已经从何震玲邓红芸两人扩展到整个理事会，他咳嗽几声，说："我们听听秘书长的建议。"这一句话把张隐活生生地从桌子下拎到了桌面上，还放在了餐桌的正中间。

从个人情感而言，他是无条件倾向邓红芸的。但现在讨论的是渝城的餐饮主题，"江湖派"和"正统派"之争中他感觉到了自己血液中也有着一股力量在奔涌，他觉得自己将要说出来的话会成为渝城餐饮界发展的一个重要节点。

张隐终于对"众目睽睽"这个词有了切身的感受，他喉头发干，但并没去拿面前的水杯。在各位大佬面前发言还要先喝一口水，他觉得有一些装模作样，张隐把自己的身份看得比较低。他清清喉咙，说："各位会长副会长，我提议搞一次火锅节。"

他没有赞同江湖派，也没有赞同正统派，他的这个提议并不是和稀泥，包括他自己都没注意到，这句话很短，用词很冲动，说的不是"建议"而是"提议"，表明他直接推出了第三项选择。二虎相争即将变成三国大战。

唐奕扫视了一下会场，在这些会长副会长中竟然没有一家是从事火锅经营的，现在渝城的火锅经营者众多，但还没有几个是有影响力的。唐奕突然心里一阵泛酸，如果不是这么多的变局，"火锅姑娘"能开到今天的话那一定是渝城火锅的代表。今天的会议上应该有她童青青的一个位置，可惜了。

在这三个派系中，张隐是孤军一人。而且现在的张隐，严格来说也并不是火锅派的代言人，他只是一个饮料生产商，只不过他站在秘书长的位置上说出了一个渝城餐饮界长期被忽略的话题：火锅是不是渝城餐饮文化中的一员？

会长邓红芸率先表态，她说："对于这个提议，我以个人名义先表个态，我投赞同票。这样说吧，不管我们说的传统餐饮还是新派餐饮，我们都没把火锅纳入其中，但目前渝城的火锅店已经有上万家的规模了，火锅既不是传统也不是新派，它融入了各种味道和食材，虽然现在还没有几家叫得响的牌子，但我敢预言，要不了几年火锅必然会成为渝城餐饮的代名词。今天张秘书长的提议也让我有了思考，同时我也建议各位副会长，既然火锅在渝城已经成为了一种趋势，而且是大势，我们何不顺势而为？我的意思不仅是赞同搞火锅节，还有就是，我们各自的生意能不能也参与其中？"

说到自家生意，这是最实在的，邓红芸这句话一说，在座的各位纷纷打起了算盘。包括何震玲也在谋算，最初她进军渝城收购君君火锅是有其他目的的，并不是想真正参与火锅经营，纯属玩票，花钱买个宣传效应，现在确实是可以考虑在自己旗下搞几家火锅店起来。

因为搞火锅节契合了每一个人的利益，于是所有参会的人就达成了共识。这是关系到所有渝城餐饮人利益的事，但是政府部门能否接受这一概念呢？果不其然，这个建议在渝城市政府的办公会上被打了回票。

商业局吴局长一脸苦笑，将唐奕和邓红芸召到办公室，说领导的意思是希望搞一个餐饮活动，重在技艺的表现，比如厨王争霸赛、厨艺大比武这些，活动要展示餐饮技术的精髓，而不是搞一些只晓得"吃吃喝喝没名堂的事"。

唐奕曾经当过一段时间的时政记者，也经常去参加政府会议，老百姓通过新闻所能看到的就是一个结果，既然是结果那就是达成了一致的，没达成一致也是遵从少数服从多数的原则。而他作为记者坐在会议室后面的小板凳上看到的则是部分过程，领导们商议的时候也是会各抒己见，各有各的立场和观点，甚至是将个人的好恶也充分表达出来。唐奕很清楚，作为主管商业的江副市长肯定是会极力推动这个活动的，而常务副市长柳副市长对待餐饮则是一个保守派加反对派。"餐饮将这个城市整得乱七八糟的。你们看看，大街上到处都是卖小吃的，早上看那些上班的人，手里拿着油条，还端杯豆浆，就不能把餐饮环境搞好一点？让大家坐在干干净净的店里舒舒服服地吃？这哪有文明城市的样子？我们城市要发展，就要抓好支柱产业，要搞好城市环境。城市环境就是我们的营商环境，是能为我们的经济服务的，这些'吃吃喝喝莫名堂的事'要严格管理！"柳副市长的这番话一说出来，渝城很快就搞了一场整治运动。街头的小吃摊点全部被清理，为这事报社的电话真被打成了热线，很多市民打电话进来只有一个目的：骂娘。民以食为天，大家长期习惯了的早餐摊一眨眼全都不见了，怎么能不骂娘呢？那些小吃摊贩大多是下岗工人，做点小本生意，哪里租得起门面？这一整顿就把他们一日三餐的饭碗端掉了，于是他们和城管打架，天天来堵信访办的门。这个事没坚持几天就慢慢"回潮"了，城管队员可吃不了机关食堂，他们自己也要吃早点，他们的爸妈也要上街买早点，小吃摊又上街了，信访办门前也就清静多了，市民打报社电话也不再是投诉没早餐吃的问题了，一切都恢复到了整治以前。据说此后的会议只要一提到餐饮议题，柳副市长就不发言，心里还装着委屈咧，对餐饮行业有着成见。柳副市长这次只是提出活动要搞技术比赛，没有彻底否定商业局报送的方案，已经算是很隐忍了。

离开商业局大楼，唐奕对邓红芸说："我们就做两手准备，一是按厨艺比赛的方式进行筹备，另一方面我们还是要做好火锅节的筹备工作。"

邓红芸自然知道唐奕肚子里有文章，但仍然有疑惑，她觉得既然领导都已经否决了，再搞火锅节的可能性微乎其微，不由得微微摇了摇头。这个微表情被唐奕捕捉到了，他一笑，说："领导关心的是大事，是整个城市发展的大事，而不是具体到炒哪样菜煮哪样汤这样的小事，我们要站在领导的角度去看问题想问题。"

"有些领导不了解火锅这个产业也很正常，前几天我们开会商议的时候，如果张隐没有提搞火锅节，你看我们这些搞餐饮的人中又有谁想到了呢？每个人都有自己的思维惯性和局限性，换句话说，如果张隐没有专注到火锅这个产业里面，仍然是在你那里，或者在王会长那里，他都不可能冒出这样一个想法。大家之所以最后都赞成搞火锅节，也是看到了餐饮发展的趋势，看到了自己的生意蓝图。"

邓红芸笑着说："唐老师，你不仅是个笔杆子，算盘也打得响嘛。你要真是起了心想做生意，我们现在餐饮圈可能没有哪一个人会是你的对手。你就直接说我们应该怎么筹备吧，这个事还得靠你拿主意！"

"这样吧,火锅节的事我们就给张秘书长压担子,交给他去办就是。他虽然没有各位会长副会长这么有影响力,但他聪明,也有他的人脉圈,桃花运还旺得很,一直都有人帮他,一个二个的不但长得乖人又能干得很。"唐奕一提到张隐,嘴里就关不住闸,开始"草原跑马"了。

唐奕已经很久都没跑时政新闻了,他没有按采访指令到市政府去集合,而是早早地来到渝棉四厂等待大部队的到来。

街道早就接到命令,把马路打扫得干干净净,负责渝棉四厂破产工作的轻纺局领导也早早来此等候。唐奕知道柳副市长今天要来这里慰问下岗老工人,于是就给段总编打商量,要求再过一把当时政记者的瘾。段总编虽然不知道他葫芦里卖的是什么药,但也明白这个唐奕肯定是要搞一点名堂的,不过作为几十年的老记者分寸肯定是有的,段总编并不担心他会闯祸。

政府新闻办的张处长在收到采访调度回函后,心里猛跳了几下。唐奕是老熟人了,这个家伙现在是难得现身这些常态活动中的,这样一个例行公事的活动,报社竟然派了他来,可能会搞一些事情出来。张处长也是一个老江湖了,他没随大部队,而是提前赶到渝棉四厂来探路,摸摸水深水浅。

见到唐奕他开门见山地问:"老唐,你能不能让我心里有个底?说说你在打什么小算盘。"

唐奕直接上手掏张处长的衣兜,摸出一包烟,给周围等候的地方官员散了一圈,最后剩了半包也不还给他,直接揣进了自己兜里。唐奕说:"张处长,一会儿能不能安排首长往里面多走几步?首长不是要来慰问老工人吗?他一下车,你就给他递几句话,说我们渝城的待业青年和下岗工人自力更生,就在前面开了一个小店,中央新闻电影制片厂还专门来这里拍了一部纪录片,赵忠祥都来过。这个店虽然名义上是待业青年开的,其实背后真正做事的还是这个厂里的一个残疾老工人。小年轻懂些啥嘛,还得靠我们老工人师傅的技术支持,只不过他有残疾,就推年轻人出来接受采访,全国发展民办集体和个体先进表彰大会就是她去参加的，还被中央领导接见过……"

张处长恍然大悟，说："我想起来了，是不是你写的火锅姑娘？"周围的人也哗然，原来火锅姑娘最初就是在这里啊，于是纷纷向唐奕打听火锅姑娘的消息。唐奕努努嘴道："欲知详情如何，等会儿大家一起往里面走嘛。"

说话之间两辆考斯特就停到了跟前。柳副市长一下车，和轻纺局的领导、街道办的领导握了握手，说了几句套话。此时见整个人群仿佛形成了一个磁场，这个磁场在往厂区纵深处牵引。柳副市长被裹挟其中也不由自主地迈腿往里走去，他一动腿，所有人都迈腿，形成了一股洪流。

张处长靠近柳副市长，悄声说了几句，就见柳副市长的眼睛里突然闪出了光。张处长看时机成熟，用眼神向唐奕打了一个招呼，唐奕立刻堆着笑快走几步靠了过来。

等走近张隐他们曾经住过的那栋宿舍楼时，唐奕已经将火锅姑娘的故事讲了一个大概。张隐和段红霞正等在宿舍楼前，这个地方已经连夜被装修了一番，其实也算不上装修，就是搭起塑料棚，摆了三张桌子、十二根长条凳，周围墙上贴着童岚岚在北京开会时的大照片，童家几姊妹的合影照片，还有一张童青青身着围裙挽着袖子被抓拍的照片，当然还有唐奕写的那几篇报道的复印件，就相当于做了一个小展览。

一张桌子上还放着一个炭炉，上面是红汤沸腾着的锅，散发出浓浓的香气。这个香气很特别，和一般火锅的香味还不一样，勾得所有人的唾液腺全开。

为这个展览张昇和唐奕还吵了一架，吵架的主要原因也是因为香味。张昇说火锅的香是一种自然的香，那香是入口的香，是舌头感觉出来的香，而不是鼻子闻着的香，鼻子闻得着的那种浓浓的香味只能是用增香剂勾兑出来的，压住了食材的本味，要不得要不得！

唐奕说："你看公主驸马成亲的戏，难道演员在舞台上就真的要给你表演洞房花烛夜吗？这是表演，领导会来吃你这个？照相机摄像机对着他，他就算口水流了一肚子，也不可能流一滴在外面。"

最终还是张隐在中间打圆场，他说："要不就按老汉儿的手艺整一锅火锅？唐大哥说的用香味来勾引领导的招也要用，怎么样？也不需要香精，要不就让老汉儿再弄几个卤狗肚子煮在里面？"

这香味正是卤好的狗肚子煮进锅里受热所散发出来的。柳副市长也是凡人，是凡人就逃不掉卤狗肚子的诱惑，不能吃那就多闻一闻，这也是不可多得的福分。他找了一根长板凳坐了下来，领导一坐，同行的人也各自照顾自己，找地方坐了下来。

"民以食为天，餐饮行业不仅涉及所有老百姓的一日三餐，还牵涉成千上万的人的饭碗问题。餐饮业是一个劳动密集型产业，渝城三千万人口中，餐饮行业的从业人员就超过了一百万人，解决了大量下岗工人的再就业问题。"唐奕向领导作汇报，"所以我们认为发展餐饮业，绝对不是吃吃喝喝这么简单的事，它是一项有关民生，有关城市发展的重要支撑。柳副市长，我们从市商业局吴局长那里听说了，您是非常支持餐饮行业发展的，这样的领导有远见。"他还故意竖了一个大拇指，周围的人都堆着笑脸附和着。

柳副市长也笑，说："唐记者，我早就听过你的大名了，在《渝城日报》上也经常读到你的大作，看得出来你对我们渝城的餐饮行业是很了解的，做了很多功课嘛。你今天有什么想说的尽管说，但是我也要告诉你的是，我作为这个城市管理者的一员，考虑的可是三千多万人，不仅仅是这一百万人啊。"

唐奕点头，接着汇报："我知道目前渝城已经确立了经济发展的方向，主要是汽车和IT行业，这个我是举双手赞成的，咱们渝城有制造业基础嘛，这些都是未来的产业发展趋势。但是……"唐奕讲到这里，故意停顿下来，从衣兜里掏出那半包烟来，抽出两支，递一支给领导，自己嘴上也衔上一支。

柳副市长听得对胃口，也想继续听下去，他接过唐奕递过来的烟，但只拿在手上，并无点烟的意思。唐奕一见也赶紧将香烟从自己嘴唇上拿了下来。

唐奕说:"我们的城市发展不仅仅是第二产业的短兵相接,更是要拼第三产业,有人把第三产业比喻成温柔乡,让投资老板吃得好,要得好,留得下来。我斗胆在您面前说一句话吧,如果我们渝城没有餐饮业的良好发展,就谈不上互联网和制造业的高速发展,最后连我们的农业发展也会受到很大制约。餐饮业说它重要吧,从规模和税收这些方面来说,肯定是不能和主导产业相比的,但说它不重要吧,古人还有一句'民以食为天'搁在那里。这样说吧,我认为餐饮行业的发展就是我们这个城市发展的润滑油……"

"润滑油?这个比喻好!"柳副市长点点头。

"柳市长,我的的确确做过这个行业的专题研究,目前国内餐饮行业收入排第一的是鲁城,排第二的是穗城……"

谈到经济数据,柳副市长心里自然有一个账本,他清楚得很,于是打断了唐奕的话,说:"我们渝城和它们没法比,它们的经济总量和人口数量都远大于我们。"

"您说得对。但我们是不是也可以从另外一个角度来看,正是因为它们餐饮行业的发达,才进一步促进了城市经济的更快发展呢?"

"小唐,你这样说也没错,你很懂得唯物主义的辩证法嘛。"

"您这样说就是捧杀我哟,这些数据还是我昨天去查的资料,我怕记不住,还带了小抄。"唐奕一边说一边把采访本翻开,将那密密麻麻的数字展示给对方看。

"蜀城排多少呢?"柳副市长问。

"蜀城排在第六位,我们渝城排在第十三位。"唐奕能很清晰地感觉到柳副市长眼睛里有一点小火苗。蜀城和渝城是近邻,无论渝城这几届班子如何努力,但就经济文化领域来说,蜀城始终是压在渝城头上的。唐奕准备把领导眼睛里的火苗再整旺一点,继续说道:"柳副市长,我们渝城有一样数据是排在全国第一的。"

"哦?"柳副市长眼睛里的火苗果然腾的一下就燃烧起来,他将把玩了许久的香烟往嘴里一放,秘书就将打火机递了过来。柳副市长给自己点燃了烟，把打火机让给唐奕。唐奕正要讲到高潮处了，他接过打火机并没点烟，而是将打火机顺手揣进自己的兜里了。

"柳市长，在餐饮细分品类中有一样的占比我们渝城是第一位的，那就是火锅。"唐奕故意停顿片刻道，"蜀城紧随其后，是和我们争夺'火锅之都'的最大对手。"

柳副市长手里拿着烟的手一抖，烟灰洒了一地。"火锅之都？谁评的？"政府新闻办张处长此时也趋前一步，说这是《渝城日报》率先提出的一个概念。

柳副市长点点头。唐奕又赶紧拿出数据给他看，补充道："您看，有专家说火锅作为餐饮行业中的一个分支，准确说它既不是鲁菜、粤菜，也不是川菜、渝菜，而是一种独有的烹饪方式，食客自己参与整个烹饪过程，这和所有传统菜系都不一样，所以也可以说是一种新的菜系。调查部门也做了一个统计，火锅品类因其市场需求增长及可扩张性、标准化模式，成为了餐饮细分中的一大品类。数据显示，去年火锅市场总收入涨幅超52%，预计到了2019年，全国的火锅营收将会达到9600亿元，占整个餐饮市场的15%。现在渝城的火锅店数量有1.5万家，蜀城有1.3万家，渝城和蜀城两个地方的火锅店数量相加约占了全国的18.4%……"

柳副市长打断他："小唐，你这个数据来源可不可靠？准不准确？我觉得你不应该在报社当记者，应该把你调到商业局去嘛，我看吴局长专门干这个事都说不出这些道道来。"

唐奕赶紧说："这是您误会吴局长了，这些可是吴局长给我安排的采访任务，很多数据我都是从他那里拿到的。"

柳副市长又点点头："那就麻烦唐记者尽快把这些数据再整理整理。小张，你也要主动配合和协助《渝城日报》的工作，营造声势，给我们的餐饮行业，特别是火锅行业鼓鼓劲，别看就这样小小的一口锅，这可是为我们这个城市做了很大的贡献咧。"

张隐毕竟还年轻，站在外围第一次听到大领导说这些话，非常激动，按捺不住接话道："那我们究竟是搞厨王争霸赛呀还是搞火锅节呢？"

柳副市长并未因张隐的话而生气，他扫视了一下现场的人，大家都眼巴巴地望着他。他说："搞火锅节！而且请吴局长赶紧跑北京去找找商务部，征求一下他们的意见，我个人的意见是请商务部来做主办单位，把我们的第一届火锅节整成全国性的，要提档升级，市里面会给予各项支持的。"

临走时柳副市长用手指点点唐奕道："你们文化人做事就喜欢玩儿虚头巴脑的，搞这样一个火锅店的赝品来有什么意思？无非就是骗骗我这个老头儿。你知不知道？你这样骗我的后果是很严重的，如果我哪天下了班带着老婆娃儿跑这里来吃火锅，那可不被他们骂惨呀？"

众人皆笑。柳副市长又说："火锅姑娘是我们渝城火锅发展历史中非常响亮的品牌，为什么不做了？做垮了？这个事情我们要好好追究下去，是不是我们的营商环境出了问题。"

说到这里，他突然就像有很多话憋不住了，直往嗓子眼里冒，干脆拉开了场子说："一个地方的经济发展得好不好，重要因素就在于营商环境。餐饮业是服务行业，与老百姓生活密切相连，但我也知道，这个行业的门槛低，从业人员的素质差，很多从业人员都将自己的头低到了尘埃中。你们可能认为环卫部门是最卑微的吧？但就连一些环卫部门的人都要去欺负他们。我要求进行一次城市环境整治，要求的是各个街道根据不同的条件尽力安排座椅，让上班族不要太匆忙，能坐下来吃口早餐，结果一到下面就变成了所有摊点都不允许摆上街，要求他们去租门面经营，市民吃完餐点乱扔包装袋，环卫部门的人不敢惹这些市民，就去罚摊点的款。真是岂有此理，把整个城市搞得民怨滔天，严重败坏了政府的形象！下一步政府要对营商环境中各方面的腐败问题开放举报机制，包括窗口单位及工作人员服务流程不优、态度蛮横、推拖躲挡、效率低下等问题，包括对待群众和企业办事方面不担当、不作为、慢作为、乱收乱罚、以权谋私等问题，必须严惩不贷！"

现场响起了热烈的掌声。柳副市长又说："我们就从火锅姑娘这里查起，看看究竟是什么原因，是哪家衙门干的好事？！"

唐奕赶紧打圆场,说:"柳市长,您刚才说的营商环境整治说到了大家的心窝里。我今天回报社就给总编汇报,我们报纸要做几期专题,把您和市委市政府的态度充分表达出来,给我们各行各业的经营者们吃颗定心丸。不过……"他话题一转,压低声音说,"火锅姑娘嫁到黔省去了,这家火锅店是因为这个原因才没继续做了。"他说这句话的时候还故意瞥了一眼张隐。

柳副市长拉着脸说:"她人嫁出去了,你们就不能把这个品牌留下来?你们今天拉我来唱戏不就还专门搭了这样一个舞台吗?知道这个品牌的重要了?"他停顿了一下,觉得自己的话对于群众而言有点过于严肃了,于是缓和了一下表情,眼睛又往人群里扫了一圈然后停在张隐身上,"我说你这个小伙子,你来说说,这么能干又漂亮的姑娘就这样被黔省的小伙子抢走了,你们这些渝城的小伙子后悔不?"众人皆大笑。

考斯特离开后,人群也各自散去。张隐留下来收拾场地,他在揭下童青青的大幅照片时停了很久,然后轻轻用指腹抚摸了一下照片上那人的嘴唇。不远处的段红霞也停下了手里的动作,静静地看着张隐抚摸那张照片。

十四　雷区

段红霞被他当着众人的面一呛，脸一下就红了，眼泪在打转，和刚才侃侃而谈的飒爽英姿判若两人。

第一届全国火锅节在渝城搞得轰轰烈烈，这个盛会一下子就将"火锅之都"的帽子牢牢地戴在了渝城的头上。

《渝城日报》的报道也做得轰轰烈烈，俗话说生手怕熟手，熟手怕高手，高手怕失手，老记者唐奕洋洋洒洒写了好几个整版的重头文章，没想到一个小细节让他差点惹上官司。

市政府敲定了火锅节的方案，但唐奕总感觉欠缺了什么，不是太完美，思来想去，他觉得是名字出了问题。"火锅节"和"火锅文化节"名字只差两个字，但内涵就差得太多了。"火锅节"是一个纯商业性的展会，而加上"文化"二字就不一样了，这个可想象的空间就大得多，换句话说，"美食研究会"是厨师的技艺研修班、比武场，而"美食文化研究会"则能给唐奕这种会吃不会做的人提供谈古论今、大展拳脚的机会。但事已至此，唐奕可没有修改这个名字的本事，他只能在自己的一亩三分地上勤下功夫。《渝城日报》连续推出了好几个整版的报道，有商业方面的，也有文化方面的。

渝城的火锅店如雨后春笋，开店的大多是夫妻搭档，最多请几个跑堂的伙计。这些老板认为火锅本就不是什么高档餐饮，来吃火锅的人要的是实惠和味道。味道要整好不是那么容易的，但办法总是人想出来的，有人就往锅底里加添香剂，这样一来人闻着香吃着上瘾。要说实惠也简单，价格大家都是"三拖一"，卖的是份数，荤菜三元一份素菜一元一份，大行大市都是这样，既不好涨价也不好降价，要让食客感到占了便宜那就只有在堆头上打小九九，把筲箕换成土碗，菜放上面就看着尖尖的。面上的分量虽减，但人的贪婪之心是无底的，还得动脑筋继续降成本，这里面的花样就太多了。《渝城日报》社会新闻部的记者去卧底采访就摸到了大量一手材料，记者发现在渝城已经形成了一个劣质火锅食材的供应链，把一些病死猪肉、变质罐头再加工，把毛肚用福尔马林浸泡，然后以很低的价格供应给火锅店。记者偷拍回来的照片让人一看就想呕吐。

唐奕拿到稿件揣度良久，敲开了段总编办公室的门。唐奕说："这一篇是揭露火锅产业'黑'食材的，这个是大事情，要不要发头版？"

段总编将稿件仔仔细细反复地看，沉思片刻，说："这个黑加工厂的老板名字，你熟悉吗？"

唐奕明白总编能说出这句话肯定是有深意的，尽管他审稿时不敢有丝毫马虎，字斟句酌，但他还是又看了一遍稿子，找出了那个名字——杨国辉。他对这个名字没有印象，摇了摇头。

段总编说："你再仔细看看这一句，这个人原来是做酒水生意的，唉，做酒水生意，你那位小兄弟不也是做酒水生意的吗？他们会不会搅和在一起？"他停顿片刻，忧心忡忡地说，"红霞还在和他搭伙做生意，我还是有点担心。不是信不过你的介绍啊，如果你觉得你那个小兄弟人品没问题，适当时候该提醒就提醒一下，哪怕是蹚进去了，也要赶紧抽身出来。我建议缓发这篇稿子，首先是出于公心，不想影响到火锅节的举办，同样也有我的一点私心在里面，我看红霞好像是对你那个小兄弟有点意思，这点女儿心思就连我大哥大嫂都看出来了，他们也不反对，如果小兄弟做人做事都是堂堂正正的，大哥大嫂也愿意支持他们创业。既然话都说到这里了，我也相信你唐主任识人的眼光，那我老段也就再拜托你一件事，他们两个的事你就找个机会撮合撮合，不能只合股搞生意嘛，戳破那层窗户纸岂不是更好？如果那个小子根本就没那种想法，或者有着其他歹毒心肠，你告诉我，我来当这个恶人，让她趁早了断。"

这样一篇极有分量的调查新闻，却遭到段总编的"降温"处理，唐奕心里很堵，那一腔热血也降了温，前期的报道唐奕当的是吹鼓手，使劲地吹，吹得上上下下都高兴，越是临近正式开幕他的心里越紧张，就像自己的女儿要嫁人，越是临期越忐忑。就从这一篇调查新闻来看，虽然说这些不是渝城火锅行业的普遍现象，只是个案，也不具代表性和典型性，但既然发现了一只蟑螂，就说明后面肯定还有一窝蟑螂，说不定还有更多黑料没爆出来。这个行业看似顺风顺水，其实已经潜藏了危机，既然"狠"料暂时不能报，那唐奕的笔也悄悄转了舵，开始涉及另一些问题了。当然，写作手法还是很讲究的，是从行业发展和引导入手，同一个问题先讲四五家做得好的，再在最后一段不点名地提某些店面做得不太好的，比如店面清洁卫生，菜品的分量，这些报道不痛不痒，也无风无浪。

尽管小心再小心，还是闯了祸。唐奕写了一篇谈火锅文化的稿件，因为技术、材料等话题是唐奕最熟悉的领域，稿件写得那叫一个洋洋洒洒。他谈到渝城火锅的文化提升第一步就是要放在店名上，现在满街的火锅店看不到几家雅致的店名，都以俗为荣，有的店以所在地点特征来命名，比如水凼凼火锅、陡梯子火锅、老猪圈火锅、六公里火锅、渝棉四厂火锅，当然也有根据老板以前的职业特征来命名的，好听的有劳模火锅、标兵火锅，不好听的有下岗火锅。唐奕的稿子里还提到了一个木匠火锅，渝城有一家铁匠火锅算是比较出名的，然后很多跟风者或者是仿冒者就整出了打铁火锅、打白铁火锅、老铁匠火锅、金匠、银匠、皮匠、教书匠都成了起火锅店名的素材，就连豆瓣酱也变成了豆瓣匠火锅。唐奕在文章中批评了这种现象，说旧时渝城有"八作"的说法，现在全都成了"火锅匠"。

这篇报道一出来影响就大了，柳副市长直接在报纸上作了批示：这么多莫名其妙的招牌挂在街头，和我们要打造的火锅之都怎能匹配？要工商和商业主管部门对这个问题拿出切实可行的管理办法！

唐奕是捅马蜂窝的罪魁祸首，一大群火锅店老板涌向了报社，有的老板很"懂事"，拿着条烟想请唐奕帮忙起一个好店名，有的不服气要和唐大记者辩论辩论。这些老板心里其实是有小九九的，来找唐奕都是想让他帮忙再炒作一把，因为那篇文章一出，被批评的店面门前都开始排队了，这就是《渝城日报》的权威性和传播力，大家看报纸并非想象中那么严肃和较真，而是觉得被点名的这些店有点意思，于是有些好奇，都想去看个稀奇。

唐奕正在办公室写新的文稿，突然见涌进来一大群人，不用多想就知道他们是为今天发的这篇稿件而来的。管他是福是祸，唐奕站起身来手一挥,大声喊道:"排队,排队!大家一个一个地说啊,我只有两个耳朵不够用的哟!"

有一个是例外,木匠火锅的傅老板气势汹汹,他拿着锯子斧头冲进报社大门。报社是什么地方,这可是渝城的市委机关报,早几年可是派驻了武警站门岗的,现在武警撤了,但保安还是有的。这里的保安刚从部队退伍不久,四五个群拥而上,直接就将他按倒在地上了。傅老板满嘴脏话,人被按在地上了嘴里还骂个不停,迅速引来一群看热闹的路人。他闹得也算有点理由,从营业执照来看,他的木匠火锅比铁匠火锅还要早开一年多。他以前是棉纺二厂的木工,下岗了到处打零工,看到四厂的很多下岗工人都开起了火锅店,于是东打听西打听,通过四厂的木工朋友引荐,算是拜了张昇为师,学了炒料,然后借钱开起了火锅店,店名就叫木匠火锅。只不过他的店生意不算好,也就没有名气。唐奕写稿子本是虚指,哪想到还真有这么一家木匠火锅,而且偏偏开店比铁匠火锅还早,偏偏傅木匠和他师父张昇一样,也是个"犟拐拐",心里一急,翻出自己以前当木匠的家伙就跑报社来正名。

唐奕和傅木匠彼此都不知道对方和张昇的关系。傅木匠受了委屈,唐奕扫视了一圈周围围着的火锅店老板,也不愿意低头认错,两个人争执了半天,如果没有周围的人帮忙拉住,没有保安在旁边盯着,他俩可能真会打起架来。

眼看两人又为一个字眼吵了起来,声音越来越大,又将再次触发身体接触,这时张隐赶到了。唐奕前几天给他打电话约了今天见面,是想问问他认不认识杨国辉,有没有蹚进他那一摊浑水里去。傅木匠看到张隐,尽管张隐年龄比自己小得多,但他是师父的儿子,还是规规矩矩喊了一声师兄。张隐喊他一声傅大哥,转头又喊一声唐大哥,问:"你们这是在做啥呢?"

周围的人一阵哄笑,晓得这是大水冲了龙王庙,没有戏可以看下去了,都散了。弄清原委后看热闹的人走了,张隐不算外人,唐奕也就不再绷面子了,诚恳地向傅木匠鞠躬道歉。傅木匠是个实心眼的人,非要唐奕再写一篇报道给他正名,眼看又要谈崩。张隐将傅木匠肩膀一拍,说:"傅大哥,登报有啥意思嘛!没几个人看,要不整一点实惠的如何?这样,我也不管你进不进货,我先送你十件火锅伴侣如何?"

傅木匠高高兴兴地走了。唐奕长舒一口气,对张隐说:"不好意思哟,还让你破费了,等一会儿我请你吃饭,感谢你帮我解围。"

张隐说:"嗨,我的火锅伴侣已经进了很多火锅店了,但到木匠火锅那里就是推不进去。这个傅木匠生意做不好是有原因的,太死板了,我的面子都不认,非要说客人只喝啤酒和汽水,不喝我这药水。这下安逸了,我送他十件,他只要一开始卖,客人一喝,钱就是他的,他就能接受这个产品,这相当于帮我开了一个新客户,这还不得感谢你?"

"哦,原来是这种人。"唐奕笑着说,"他的店干脆就叫木脑壳火锅还恰当一些。不过你还莫说,真和他师父有点像,你那个老汉儿也是一个木脑壳。又有好几天没见到张炊棒了,他还在扫地呀?上次把柳市长请到渝棉四厂,你老汉儿还真是做了大贡献,锅子弄得香喷喷的,要不然那场戏还不好演哟!对了,要不你把他喊来我们一起喝点酒?"

张隐直摆手道:"算了,其他都好说,你要说吃饭喝酒,那就是有我无他,有他无我。"

唐奕问:"你现在做酒水生意,应该听过杨国辉这个名字吧?"

"何止听过,他还是我的恩人,救过我两次,一次是在穗城做泥水小工,另一次就是他引我走的酒水批发这条路,才起步的时候多亏了他帮忙,火锅伴侣也是他在帮我推荐客户,只不过他现在转向做食材和调料批发,酒水生意慢慢就弱下来了。这不,我现在也才不得不考虑自己建一个销售渠道。"

酒水的利润绝对比食材供应的利润高,更何况品种也要简单一些,竞争没那么激烈。杨国辉好好的酒水生意都要放在一边了,那也就说明他现在做的生意利润可能会比酒水批发的利润还要大。唐奕想到这里,右眼不由得跳了跳,嘴角也不经意抽搐了一下。宁和明白人吵场架,不和糊涂人说句话。虽然因了童青青的关系,唐奕从内心深处并不太喜欢段红霞,但他明白段红霞是个聪明人，她的聪明劲儿不输童青青，张隐和她们相比就是一个"憨憨"，而且如果他说到张隐救命恩人的事，说不定又会跳起来，一激动拿啤酒瓶敲自己脑袋一下，那就麻烦了。唐奕弄清了张隐并未涉足杨国辉的生意中，心里落下了一块大石头，其他的话就不再提了，包括段总编交代的有关两个年轻人感情走向的事，他决定不说只做，演一场戏。

美食节进行得很顺利，邓红芸以美食文化研究会会长的名义宴请副会长唐奕和秘书长张隐。既然是她请客，请什么人可不是由张隐决定的，他也不能拒绝。这次请客其实是唐奕在背后谋划的，借了邓红芸的名义和地点而已，所以张隐坐上桌了才发现还有张昇和段红霞。段总编姗姗来迟，还没入座就忙不迭地要敬大家一杯酒表示歉意。张昇的眼睛一直往段红霞脸上瞟，话也少，酒也没怎么喝，心事重重的。

段总编坐主位，邓红芸和唐奕分坐两边。邓红芸说："现在表面看渝城的火锅店发展得红红火火，但很多问题已经逐渐暴露。目前最大的问题仍然是资金问题，要开一个小店，亲戚朋友凑一点还是开得起来，但要想发展，那就要更多的资金支持了，很多店都走不出这一步，本来资金就应该是用来支持企业发展的，但是银行贷款贷不出来，我跑了很多趟银行，哪怕关系再好，都说现在放不出款来，理由是存款大量减少。"

唐奕对新闻很敏感，而且这是有关渝城火锅企业能否做大做强的一个重要环节，他很感兴趣，追问原因。一直没怎么说话的段红霞接过了这个话题，她说："最近央行连续多次降低储蓄利率。看到银行的存款利息一降再降，老百姓就不愿意把钱存银行了。银行放款还受一个存款准备金的限制，就是说存款中有一部分要上缴央行作为风险准备金，是不能够用于发放贷款的，存款少了，贷款额度自然也会减少。去年和今年央行执行货币紧缩政策，将存款准备金率又分别上调了2%和1%，银行贷款更是雪上加霜。"

段总编也很感兴趣，问侄女有没有解决办法。段红霞思考了片刻，说："有些人觉得自己聪明，又喜欢贪便宜，哪里利息高就把钱存哪里。这也不能全怪他们，这些机构看上去都像是国家办的，你想嘛，既然银行利息低，贷款又放不出去，有些地方就自己批了金融机构，用高利息揽存款，然后不受限制地放贷，很多地方只看中眼前政绩，也参与进来背书，有些领导还亲自站台，特别是农村，搞了很多农村合作基金会、乡镇企业投资公司、供销合作社社员股金服务部……"

段总编一拍桌子，饭桌上的杯盘都跳了跳，他大声道："乱弹琴！这些是非法的，出了事可不得了。"

段红霞看了张隐一眼，继续说："还有一些民间集资。现在是国有企业破产下岗的高潮时期，社会保障体系严重滞后，下岗职工拿到一点工龄'买断'的补偿金，比较了一下，看到银行利息低，有些人给的利息高，就把补偿金全部存了进去。这也是导致银行存款大幅减少的一个原因。"

见段红霞看着自己，张隐明白她这话是有针对性的，有点冒火，脸一拉，说："你心里不安逸就明说嘛，我不就是向渝棉四厂的老邻居们拿了一点钱，又不是集资，你啰嗦了很多次，我晓得非法集资的问题很严重，我不是已经听了你的建议改了方式吗？算作入股，定期分红，你也晓得我们不差那一点钱，只不过照顾一下那些老辈子，让他们手头宽裕一点。唉呀，你就是舍不得分钱出去吧？反正是你在做账，大不了把这些分红算在我的那份里面，这些钱算我一个人出的！"

段红霞被他当着众人的面一呛，脸一下就红了，眼泪在打转，和刚才侃侃而谈的飒爽英姿判若两人。

段总编坐在旁边像看戏一般，看到侄女的窘态，觉得彻底印证了自己心里的猜测，他用手臂轻轻碰了碰唐奕。唐奕也看出来了，强忍住笑意。

张昇坐不住了，他对着张隐吼："你声音小点要不要得！这些都是领导，你就不晓得讲点礼貌？这个……这个女娃儿说得没得错的，你就是不听别人的劝，人家说这些是害你吗？你听了要死人吗？你不听别人的劝才真的死了人！你这个砍脑壳的背时娃儿，不长记性……"

这里面有一些只有唐奕才懂得的关窍，他赶紧劝住张昇。段红霞见有张昇为自己撑腰，鼓起勇气说："张叔叔，我们公司拉一些厂里的老工人入点股其实真没啥，我也认，这些股权证书我都弄好了的。但是张大哥还给人家去做担保,有人要搞厂,想借钱,他也没和我商量就去签了担保书,还和我说又没借钱出去,只是帮朋友签个字盖个章而已,他们的人品又怎么怎么好,做事踏踏实实肯定会还得上,我们不用承担责任。"

邓红芸虽是东道主,除了礼节性地敬了大家一杯酒之后就没怎么说话,现在她也坐不住了,对着张隐说:"小张,这个可不能乱担保哟。就你我的关系来说,你找我借钱可以,但要让我帮你担保,我是不会同意的,这个风险太大了。"

张隐不说话。唐奕忍不住接话道:"不管你想的和做的有没有风险,首先我认为你和段小妹儿两人是合伙做生意,你去签了担保,没出问题还好说,出了问题就是你们公司的问题,段小妹儿也会有损失。这个事你没和合伙人商量,没有达成一致意见你就不能这样做。办公司和你一个人打光棍儿是不一样的。嗐,既然事情都已经发生了,你就也说一说情况嘛,大家帮你评估一下。"

这个事儿还得回到童家姐妹身上。

童秀秀两口子的生意也慢慢做大了,摊位也扩张了。前不久有一家厂子不想再做这一行了,这个供货商也不是什么大厂,就一个小作坊,生产毛巾类的小产品,对方问龙林和童秀秀两口子愿不愿意接手,可以将厂子低价转让给他们。这一说夫妻俩就动了心,他们两人的性格都比较内向,如果不是为了挣钱还真不愿意来守这个摊。守摊就要和各种各样的人打交道,童秀秀很怀念以前手摸机器的日子。

就在龙林和童秀秀两口子紧锁眉头的时候,张隐撞上门了。张隐从唐奕口里得知童青青回了趟渝城,心里就像又被堵上了棉花,他要想痛痛快快地吸气,就得把那棉花纤维一根根地理清楚,但哪有那么容易?要从唐奕那里打听消息不是不可能,但那一酒瓶子敲过去之后,唐奕是好了伤疤忘了痛,对小兄弟的冲动早就释怀了。但张隐却是能不见他就尽量不见他,哪还好意思主动开口问?张隐便有事无事就跑到龙林这里来,龙林和童秀秀都是老实人,也不太懂察言观色,张隐问啥他们就说啥,偏偏天南海北地将龙门阵摆完了,他却对童青青的话题开不了口,他不开口,那两口子也就不会主动搭话,于是张隐就一遍又一遍地往他们那里跑,见他们犯愁,张隐把胸脯子一拍道:"贷款啊!贷款要抵押和担保,厂子和门面是可以做抵押的,找担保人就比较麻烦了。"张隐既然拍了胸脯子,也就帮忙帮到底,帮他们做了担保。

办担保手续因为要用公司的公章,段红霞才得知这件事,她当然不同意,但张隐现在和段红霞说话也不同于以往,以前还比较尊重她的意见,现在生意慢慢做起来了,两人相处的时间也久了,张隐也就没再把段红霞当作外人看待,臭脾气一上来就不管不顾,直闹嚷说干脆散伙,张隐一喊散伙,段红霞眼泪就打转,妥协了。

今天她见桌上坐着的一个个都是能煞张隐臭脾气的人,心里的委屈才憋不住吐露了出来。可一看到张隐挨骂,她心里并没因为解了气而舒服一点。

唐奕打圆场,说他对龙林和童秀秀两口子也是比较了解的,人很踏实,一心一意想做点事,他们现在的产业也是一步一步慢慢熬出来的,张隐没帮错人。只不过老实人做生意,小摊子能玩得转,摊子一铺大能不能稳赚不亏就难说了。他故意对张隐说道:"不是谁都像你这个小混蛋一样有福气,到处都有贵人帮你。你自己揣摩揣摩,你哪一次摔在地上爬起来没有几个贵人相帮?而且还都是美女!"唐奕指了指邓红芸,大家都笑,他又指了指段红霞,段红霞害羞地低下了头。张隐此时心里在打鼓,他害怕唐奕会说出童青青的名字,现在他才感觉到,这一段时间以来自己的心态已经有了一些微妙的变化,好像更在意段红霞的想法了,不自觉地会在段红霞的面前避免提到童青青,哪怕是两人之间发生争吵的时候。可奇怪的是,为什么最近和段红霞的争吵越来越多了呢?难道两个人的相处真像两只刺猬一样,远了冷,近了痛?

唐奕没有继续往下说,他端起一杯啤酒,将童青青的名字吞进了肚子里。

邓红芸说:"真没想到小段做生意比小张还要厉害,小伙子敢往前面闯，小姑娘能稳得住，控制住风险，是一对好搭档。我觉得你们如果是开夫妻店肯定会比现在这样合伙开公司做得好！你们看她，合伙人嘛，温温柔柔的，两个人吵架她还不得不打个让手。等开成了夫妻店，哈哈，你们看咱渝城的姑娘哪个不是风风火火的？这个公司肯定就是由小段说了算，把公司和人一起管起来，那生意不就做得更好了吗？"

这层窗户纸一下子就被邓红芸捅破了。满桌尽欢笑，大家都喝得有些过量了，唯独段红霞把控住了，她很想赶紧找一个地方躲起来，但酒桌子上这些人摆谈起了张隐曾经的种种糗事让她舍不得离开，她想了解张隐的过去，了解他的一切。

从众人的摆谈中她还留心听到一个信息，唐奕和张昇都谈到了一个地名，说到了"君君火锅店"，她从言谈中才弄清楚这个君君火锅店以前就是靠张昇的技术撑起来的，靠唐奕的一篇文章被炒火的，而君君火锅店的老板就是童秀秀和龙林两口子，并且张隐回渝城之后也接手君君火锅店经营过一段时间。虽然大家在摆谈中都刻意绕开了童青青这个人物，但段红霞猜得出来，突然间她对张隐冲动地为龙林和童秀秀建厂当担保人的事多了几分理解，脑海里又浮现出张隐抚摸童青青照片的画面。他就是一个有情有义的糊涂虫，段红霞在心里总结道，或许这也就是自己对眼前这个男人有好感的原因吧，不只是好感，为什么他说什么做什么我都心甘情愿地顺从呢？

君君火锅店？她突然又想到了一件事，好像之前这个火锅店停业转手了好几次，现在被杨国辉买了下来做酒水批发点，又听说杨国辉转向在做火锅食材供应的生意。她想趁他们退出的时候把店拿下来，不管是重做火锅店还是直接接盘做酒水批发都挺好的。

段红霞在心里继续盘算，买这个地方可不能用公司的钱，干脆找爸妈把他们承诺的嫁妆钱提前支取出来，然后把店买下来，今后要是真把这个店当自己的嫁妆，他不知道会有多惊喜。想着想着段红霞的脸就红透了。

酒喝多了的段总编没管住自己的嘴，把准备发内参的事儿吐露了出来。邓红芸心里赶紧就盘算开了，酒宴结束就立即安排连夜进行内部检查，对供货渠道和原材料进行一次全面清理。但让邓红芸没想到的是，段总编所说的内参究竟是要参什么内容，她猜错了。

山雨欲来风满楼。

渝城的四季并不是那么分明，秋老虎还在发威。隔了一夜一场秋雨落下，温度表上的读数立刻就打五折。街上有人短袖短裤瑟瑟发抖，有人却又过早地穿上了羽绒服。

"三金三乱"的清理开始了，这个清理行动是一波紧接着一波。首先是明显违法违规的机构和个人被清理，但这一动，本就混乱不堪的金融市场出现了挤兑现象，合法合规的银行也遭受了冲击。国有银行还好，一些信用合作社在吸储和放贷上本就有些乱来，这一挤兑，头寸一短，也不管三七二十一把门关了，甚至还有不少机构卷款跑路了。渝城政府也是骑虎难下，只能硬着头皮继续往紧了收，一些正在扩张的火锅店首当其冲受到了影响，资金短缺，就连放高利贷的都喊手里没钱，只要能赶紧还本，他们连利息都可以不要了。

银行催龙林和童秀秀赶快还贷，可他们刚把厂子接过来，手里所有的资金和贷来的款项都砸了进去，货发出去后货款又被经销商拖欠着，如果再没流动资金就买不回原材料了，工厂也即将停产。

他们一筹莫展，只有来找张隐商量。段红霞给他们倒了茶，她本想扭头就走出去一句话都不听，从内心来讲她很不愿意看到这两口子，但她知道这夫妻俩的难题最终还是会落到张隐身上，谁让他去做了担保人呢？而这个难题最终也会落到自己头上，她已经主动将自己和张隐捆绑到一起了。于是段红霞以女主人的姿态款款落座。

童秀秀还是第一次看到段红霞，目不转睛地盯着她看，看得段红霞心里更不舒服了。童秀秀嘴里小声嘀咕着："这个妹子我怎么看着有点面熟呢……"张隐赶紧打岔，没让她继续说下去。

听他们商讨了半天仍然没个结果，段红霞忍不住插话道："你们现在欠了银行的债，这些钱又没挪用，只不过一时之间抽不出来还不上而已。但我们能同情你们，银行可不会同情，在这种情况下你们也只有一个办法，就是另外想办法搞一笔钱回来先把银行的款还上……"

见他们三人都在摇头，段红霞火上浇油又有点促狭地说："不还的话银行就有权把你们的厂收了，拍卖。"

一想到梦寐以求才接手办起来的厂又要没了，童秀秀的眼眶一下就红了。段红霞故意收住话头，要让她多难过一阵。

张隐对段红霞的脾气是比较了解的，听她开口就知道她一定会有主意。张隐赔上笑脸，对段红霞说："大哥大姐的事也是我的事，我是他们的担保人，他们还不上钱，银行还不是要来找我收账呀，那我就只有把我们这个饮料厂卖掉了哟。"

果然，一物降一物。段红霞明知张隐这是在激自己，但又有什么办法？段红霞白了他一眼，说："你们欠的是银行的钱，这一次政府对'三金三乱'的清理不仅仅是要收回资金，更重要的是防止风险进一步扩大。你们的生产是正常的，钱账都清楚，又不是欠债不还。既然是债，那就有还债的办法，直接拿钱去还债是最简单的，还有一种办法——债转股，让渡部分股权质押给银行，虽然会分走一些利润，但这样也可省下一大笔利息，各有各的算法。"

张隐眼睛一亮，将段红霞上上下下仔仔细细地打量一番，看得她脸红心跳。张隐夸道："我们段总果然是专业人士，这个主意不错，解决了大麻烦了。"

童秀秀仍然很犹豫，她说："银行是国家的，我们渝棉四厂以前就是国企，结果破产了，反倒是我们这些个体户把小厂盘活，生产的也还是那些东西，也没见亏钱。不行不行，不能把厂子再交出去了。"也不论童秀秀说的有没有道理，龙林也是个没有主见的人，见老婆这样说，他也跟着附和。

段红霞叹了一口气，要让他们接受这些金融知识可真是太难了，但又不能强迫他们接受。她有些不耐烦地说："你们可以再想一想。我觉得这个办法是目前唯一能帮你们脱困的办法。你们不要把'债转股'想得很容易，这要跑关系，做大量勾兑工作的，如果你们再多犹豫几天，其他一些被催贷的小厂先你们一步，这个机会稍纵即逝，到时就是再找关系也不一定能搞得定了，恐怕你们想走这条路都没机会了哟。"

段红霞的这套说辞张隐是认认真真听了进去，听进去后他对段红霞打心底地佩服，想到自己身边能有这样一块宝，他心里就美滋滋的。

这一得意他就又闯出祸来了。

渝城美食文化研究会中的会员绝大多数是餐饮行业的老板，大家都受到近期金融政策的影响，毕竟每个人的生意都不是孤立的，从食用油、调料到各种食材，甚至是锅碗瓢盆等器具，全都在一个产业链上，一个环节受影响必然会对它的上下游产生影响。而餐饮企业和其他生产型企业还不一样，固定资产占比不大，对流动资金的需求比较大。没有抵押物，很多老板向银行贷不了款，就只有向社会上的一些机构贷款，而这些机构恰好是此次清理整顿的重点，这样一来，这些餐饮老板就成了最受煎熬的人，清欠小组开始上门催还贷款了。

张隐私下也就将段红霞所说的"债转股"方法说给了一些老板，有一些老板心里通透，赶紧和相关部门勾兑。清欠小组也明白，要收现款一时半会儿是收不回来的，股权也是钱嘛，只要他们的店开着，每天就有营业流水，于是一些餐饮老板就此脱困了。

但这种口子一开，体量一大，和"三金三乱"整治工作整体思路不相符，引起了高层的警惕。市政府召开了专题研讨会，也请了一些行业的代表参会，张隐以渝城美食文化研究会秘书长的身份受邀出席。

这次会议名字取得挺好，叫《"三金三乱"整治工作企业纾困恳谈会》，中间位置就坐的是柳副市长，也算是老熟人了，只不过有一些细微之处张隐并没看出来，上次去渝棉四厂调研的柳副市长虽然"被骗"去参观了他们布置的小型火锅展，他全程都是笑眯眯的，还当场拍板解决了一些困扰餐饮企业发展的问题，最终还推动了火锅节的举办，但这一次柳副市长一直是愁眉紧锁。

这是暴风雨的前奏，大家都在想办法避雨，偏偏张隐要跑进雷电交加之地。

十五　结婚

> 什么是真正的成功者？就是能享受最好的，也能承受最坏的，这就是成功者。我们往往只听见了前半句，没听见后半句，这不算真正的成功。

轮到张隐发言，他忘了唐奕的嘱咐，并且也没完全照着唐奕帮忙整理的发言稿念，那篇发言稿可是唐奕字斟句酌熬了两个通宵才整出来的。张隐觉得唐奕写得像温开水，谈了对市政府决策的拥护，谈了协会如何做企业沟通工作，谈了银行和政府部门怎么来帮扶企业，偏偏就是没谈现实中发生着的那些活生生的困难。

他突然想起了和段红霞日常讨论时的一些观点，搬进了发言，还进行了发挥："柳副市长，很感谢您能邀请我作为企业代表来参加这次恳谈会。如果我不说真话那就对不起您，对不起我所代表的那些企业老板们。实话实说，现在清欠小组一刀切的做法反而加重了我们企业的困难。就我们协会而言，一共有326个会员，今年以来因清理'三金三乱'，被逼债垮掉了52家。柳副市长，这些老板确实是从各种途径去借了钱，他们借的钱没有拿去吃喝玩乐，而是投入到了店面装修和新店面的扩充上。是的，我们也知道有一些贷款的渠道不太合法，但银行如果能把款贷给我们，我们还会出高利息去向银行以外的机构贷款吗？"

会议主持人见柳副市长面无表情，虽然张隐的发言不是按照大会既定的调子在走，但也没有特别离谱，既然领导没有否定，那就让他继续讲吧。

可是张隐却把柳副市长的态度理解成了默许、赞成，他更兴奋了，于是就将和段红霞、唐奕等人平常交流讨论的话全都搬上了会场："柳副市长，我有一个问题一直想不明白，为什么我们的经济政策一直东摇西摆呢？经常出现那种要么不管，要么往死里管的极端。这些非法金融机构的存在也坑苦了我们经营者，但没办法呀，你们没有管嘛，我们要想生存和发展，低利息的银行贷款借不到，我们只有出高息去那些机构借贷。现在发现了问题，你们一管就下狠手，这样一来那些骗了钱的都跑了，我们老老实实做生意的跑不了，还要被逼债，这岂不是对我们这些经营者赶尽杀绝吗？我读书不多，但我晓得的是渝城和穗城的经济发展差距这么大，就是管理思维不一样，穗城是放水养鱼，渝城是圈养杀猪……"

柳副市长并没有像上次那样发出爽朗的笑声，他没有说话，没有打断张隐的发言，只是眉头又稍微皱了一下，只不过他的眉头一直紧锁着，这增加的一点变量不花力气盯着看是看不出来的。

会议主持人立即就打断了张隐的发言："好了好了，你新增加的这些建议请会后写成书面报告送上来。我们很重视你的这些建议，会开会进行研究讨论的。今天的会议时间很紧，还有一些同志要发言。来，有请下一位。后面发言的同志请注意控制好时间，不要在之前提交的书面材料之外过多发挥！"

后面的发言者全都是照着材料念一遍，大家都没有用心去听，悄悄交头接耳地对张隐刚刚那段超纲的发言进行着讨论。包括柳副市长，他也在材料上用笔将张隐的名字画了一个圈，批了几行字，然后推给旁边的陈副市长。陈副市长是渝城市"三金三乱"整治工作领导小组的副组长，同时也兼任渝城市公安局长。

唐奕得知会场上张隐"放炮"的事时已是第二天了，而且还是从跑政法口的记者那里得知的。据说张隐这个"炮"一放，在"三金三乱"整治工作领导小组内部也产生了很大的影响。市委常委会连夜召开紧急会议商讨下一步的整治清理工作究竟是该放缓还是继续加紧，各有各的理由，有说要刮骨疗伤就应该来个休克疗法的，有说发展经济是长期行为要适度缓缓，给予区别对待的。

但是他们对待张隐这个人的态度却是一致的：严查！他们不相信张隐是干干净净的，最让他们愤懑的是张隐将渝城和穗城做了对比，那就麻烦了。这个事情传得很快，旺兴酒店里官员来往得比较多，何震玲心里对张隐偏向邓红芸有芥蒂，就煽阴风点鬼火，说："如果他手脚是干净的，有必要这么激动吗？"这个话又反方向传回到政府部门的耳朵里了。

这一查就真查出问题来了。首先是张隐给龙林和童秀秀工厂担保的事，这两口子还在犹豫，段红霞给他们建议的"债转股"几乎没下文，他们到处筹钱也筹不齐。张隐是他们的担保人，银行是认钱不认人的，消息灵通，一得知张隐惹了麻烦，祸从口出得罪了上面的人，不管张隐的饮料厂要承担多少债务责任，也不管操作是否符合流程，就将张隐的饮料厂报给了"三金三乱"整治工作领导小组，对方立刻就冻结了饮料厂的账户。

账户一冻结，往来款项就出了问题，原材料供应商立马找上门来，这个信息也迅速扩散到了渝棉四厂，那些老邻居一听到风声也慌了神，虽然他们每家入股的钱不多，目前拿分红也至少拿回了一半的本金，但老人们还是心慌，毕竟这些都是好不容易才省出来的养老钱和救命钱，互相一邀约就走上了街头。

这一下就整成了群体事件。

平常和和气气的老邻居现在是什么脏话都骂得出来，将张隐的爷爷光着屁股发疯的龙门阵又扯了出来。当然，张隐是没有听到的。这些老工人在街上转了一圈被驱回渝棉四厂厂区后就去堵张昇的家门。张昇闭门不出，不是他不想出门，是宋文菊死命拉扯住他残疾的右手往里屋拖，她说："骂就让他们骂嘛，我们二娃没有做对不起他们的事，不亏心，这件事总能慢慢解释清楚的。"

张昇本就是鞭炮性格，别说一点就炸，就算没有点火，周围的温度高了他也会自己炸，更何况堵着家门的火星子一个接一个来。终于，没向外面炸出来，内部就先炸了——他脑溢血了，咚的一声，直挺挺地躺倒在地上了。惊慌失措的宋文菊只晓得用手托着张昇的脑袋连哭带喊。听到屋里的动静，外面堵门叫骂的人也不骂了，听出屋里动静不对，他们就使劲敲门，喊宋阿姨赶快开门救人。宋文菊脑袋里全是糨糊，不知道该不该开门，就这样坐在地上用手托着张昇的头，都不敢再发出哭声来。

门是被砸开的，一群老工人冲进门来，有手脚利索的一下就把张昇家的床掀开，抠出半张床板做了一个简单的担架。房间狭窄，楼道也狭窄，但工人师傅们总是有办法的，张昇就躺在这副简易担架上从人群上方被传递出去，一大群人蜂拥着抬着床板往外跑。最近的区人民医院在五六站之外，出厂区的这条马路虽然天天被张昇夫妇俩打扫得干干净净，却也冷清得没有车来车往，等车是等不来的，等救护车赶到的时间也足够他们跑到医院了。这群人中没有一个领头的，大家也没有商量，将张昇从楼上转移到楼下后一刻都没停顿，人潮继续往医院的方向快速涌动，等所有人都累得气喘吁吁的时候也终于到医院了。

毕竟不是职工医院，管你是不是老工人，人民医院是要拿出人民币才能办住院的。几十个人把荷包摸得干干净净了，总数还是没有多少。好在这个时候张医生恰好路过急诊室，他是原来职工医院的医生，大家都比较熟悉，他也了解张昇家的情况，知道张二娃开了饮料厂，不担心张昇会拖欠医药费的问题，便大着胆子在挂号室签了字帮他办了担保。张昇这才住进了医院，赶紧开颅取出血块，主管医生说幸亏送来得及时，病人出血量大，颅内压高，再晚一点就会引发脑疝，那就回天乏术了，不过他也告诉宋文菊，患者的预后不是很好，轻则一侧的肢体瘫痪，重则可能要一直瘫床上了。

张隐得到消息火急火燎赶到医院时，张昇刚被推进手术室。老工人们都还没有散，反正闲着，在哪里都是一样看热闹，那还不如就在医院里看，但他们嫌医院里管束太多，说话的声音都不能放开，于是全都聚集在医院大门外，像一群医闹者一般，搞得门卫紧张了好半天。当张隐冲过来的时候他们还给他指了指路，张隐来不及多说就冲进了医院，当他从母亲那里得知了各位工人送父亲来医院的事，这才又赶忙来到医院大门口，给大家作了一个揖，憋了半天才说："各位叔叔阿姨，你们放心嘛，你们的钱我一定会尽快给你们兑现。"

和宋文菊曾在一个车间工作过的胡师傅说："算了算了，这才多少钱嘛，你们之前分的红就基本把本钱还回来了，还说这些有啥意思嘛。你老汉儿生病也要用钱，我们现在身上没带好多，如果你手里紧，也不要担心，我们回厂里后再一家凑一点，治病要紧。钱嘛，多有多的用处，少也有少的用法，你就安安心心照顾你妈老汉儿。"胡师傅的儿媳妇刘阿姨在旁边扯着她的袖子，看没拦得住胡师傅的话头，就补充道："张二娃，我们是看到你长大的，当时入股可不是看你老汉儿的面子，我们的钱不是借给他的，我们相信你，钱是投资到你的公司里的。当叔叔阿姨的都晓得你现在有些困难，但再困难嘛也没得我们家困难，所以说嘛，都是熟人我们也不催了，等你缓过气来也还是要记得这件事哟，莫装忘了哟。"

张隐脸上一阵红一阵白的，按他的个性虽不至于当场怼回去，但这口气是忍不下去的，他马上从衣服口袋里抓出一把钱来，一张又一张地往刘阿姨手里塞，最后还特意多塞了一张。张隐脸上强堆起了笑容，说："刘阿姨，你们的大恩大德我都记着的，等我缓过这口气之后，你们的钱我会一分不少地还给你们，我和我老汉儿一家一家登门给你们送钱来。"他又拱手向周围作了一个揖，转身就回医院了。

经过抢救，张昇的命算是救回来了，但正如医生预计的那样，半边肢体瘫了。宋文菊难过得不得了，张昇反而逗她，用左手抓抬起已无知觉的右手，说："我的运气才好耶。你看嘛，右边瘫了，本来右手就是废了的。如果我左边瘫了的话，那才叫倒霉哟。"

宋文菊悄悄抹了抹眼泪。张昇继续逗她说："这下我才是真的要享福了，弄不成饭了，今后就只能是吃你弄的现成的了。不过你的手艺还真是说不得，和你老汉儿比起来那差得不是一点。我就想不明白，你就没有遗传到一点你老汉儿的天赋吗？你看看我们家，二娃没有学，弄起火锅来那是比我带的徒弟都还好，这就是天分，这就是遗传。咦，个狗×的二娃，这几天看我好了就不来医院看我了吗？他也不心疼一下你这个妈？还是应该来和你换一下嘛，你也该回家躺床上好好睡一个整瞌睡了嘛。"

宋文菊立马正色道："娃儿有娃儿的事，这两天他正在上课，走不开。"

宋文菊说话真一半假一半。张隐的确是进了学习班，只不过这个学习班不讲课也不上课，是"三金三乱"整治工作领导小组找了一家农家乐，将一些企业老板"请"到里面，也发了几份有关整顿金融秩序的文件让他们自己学习。有几个老板借的钱不多，咬咬牙，让家里人砸锅卖铁，或者干脆就把公司和厂子关掉，资产一处理，凑了钱把欠款还清了，这就证明学习合格，可以毕业了。

张隐在里面心急火燎，但没办法，他和段红霞的公司并没有欠银行的钱，老工人们的入股手续也齐全，真没违规的地方，可他是龙林和童秀秀两口子的担保人。龙林和童秀秀的工厂欠了钱，欠得还不少，而且这两个还真是老实人，油盐不进，之前没有听劝说，现在"债转股"的路又被彻底冻结，各家银行都在紧缩银根，上下游都喊差资金，两口子欲哭无泪，现在想还钱也还不了了。

按理说这个学习班也应该让龙林来而不是张隐，毕竟欠钱的是龙林，龙林又没跑路，一笔一笔的账他都认了的，他也在想办法，如果债主本人跑路了，或者明确还不上，这时候再找担保人还说得过去，可这算怎么一回事呢？张隐回过味来了，他晓得这是有人在存心整自己。这一想明白他就平静下来了，就算是再着急也没用，在童秀秀他们两口子把厂子的事理顺之前，自己就只能在这里耗到底了。

农家乐在南山上，南山被称为渝城的肺叶，空气好，学习班里有吃有喝，除了不能离开之外还真是挑不出来什么不好的地方，只不过这样的日子对于这些当老板的却是最难熬的。

其他老板是心急如焚，张隐的感受却是百无聊赖。这一静下来，张隐想起了远去的事和人，他想起了哥哥宋军舰，一想到哥哥，他就开始后悔，后悔自己从小的顽劣。他摇摇头，想把宋军舰的影子从大脑中摇晃出去，试了几次都没成功。那就想想不会让自己后悔的人和事吧，这念头转过，又一个身影映照进了他的头脑里，小小的个子坐在摩托车的后座，那人用两只手勉强把他的腰环抱住，张隐还记得她的小腹已有微微隆起，那是肖春，让他痛彻心扉的女人。

张隐胡思乱想了一番，突然感觉脸颊痒酥酥的，他用手往双颊一摸，湿漉漉的。这两个至亲去世时，张隐处于一种忙乱中，之后心也一直没有静下来过，他不记得自己是否为他们流过泪。现在，他将积攒的泪水全都宣泄出来了。

张隐去水房擦了一把脸，平复了心情。但很快又有两个人的身影浮现在了他脑子里。这两个人似乎在争执,她们的争执不是吵骂,而是各自在娓娓道来,讲述张隐对自己的在意。渐渐地,其中一个有了优势,她说:"我和张二娃接过吻,我还知道他的第一次遗精。那个时候他的脑子里也是想着我的。"另一个人一瞬间抓住了战机,驳斥道:"你胡说,张隐那个时候明明想的是你那像女特务一样的二姐童慧慧。"第一个影子不甘示弱反击道:"你以为你现在在张隐的身边就一定会进到他的心里?你不过是和肖春长得像而已,张隐根本就不爱你。"

不,不,我……张隐听到了自己的声音在狂喊。这两个女人都住了嘴,紧张地盯着张隐。

嘭的一声让张隐惊醒过来。门被推开,学习班的"班主任"站在房间门口,似笑非笑道:"张老板,你'毕业'了,可以走了。"

唐奕的车就停在农家乐的院坝里,段红霞站在车旁,两只脚没停歇地原地踩着小碎步。张隐突然就嗤笑出了声,喃喃自语道:"青青姐已经嫁人了,有了孩子和自己的家。我还东想西想干吗呢?肖春,我知道你不是恨我,也不是不来看我,你已经变成了段红霞来陪我帮我了,我怎么就没想明白过来呢?"

唐奕开着车,平常说笑惯了的他今天就像换了一个人,感觉就是一个不会说话也不会听别人讲话的机器,他自顾自地开车。段红霞和张隐一起挤在后座。下山的路有些颠簸,唐奕又故意左扭右扭。张隐和段红霞就在后排座椅上和着节律东摇西摆,总有那么几个踩错拍子的时候,就又撞在一起,也不知是谁先伸出手来的,两个人的手就握在了一起。唐奕轻轻抿了抿嘴角。

张隐问:"龙大哥他们把钱筹够了?"

"筹够了,他们把厂子卖了。"段红霞说。

沉默了几分钟,段红霞又说:"这个时候大家资金都吃紧,买家完全是趁火打劫,厂子打对折卖了还差一些钱,他们就把劳力街批发市场的铺面全部卖了,龙林还把农村老家的房子也卖了,这才把银行的欠款还清。"

又沉默了几分钟，段红霞接着说："龙大哥现在用一根竹棒挽两根麻绳在劳力街给人家当力夫挑货，他说自己最初来渝城就是靠这一根棒棒找饭吃的，熟门熟路，做这个还不要本钱，反正力气用了力气还在。大姐也找到一个家政公司的活儿，就是上门做清洁，她也说自己其他本事没有，不怕累就是自己最大的本事，这还是前些年在工厂里的机器上练出来的，眼里有活手脚不停，这点很受雇主欢迎。"

段红霞轻叹一声，努努嘴说："唐大哥曾想把他们介绍到邓老板的幸福楼去。他们两口子说自己没有文化，笨手笨脚的怕干不好，宁愿去下力。"

唐奕打破了段红霞一个人说话的局面，问张隐："张二娃，你在山上关了这么久，想吃点啥？唐大哥今天请客。"

张隐终于堆出一丝笑容，说："我在山上吃得好睡得好，享了几天的福，嘴巴一点都没吃亏。只不过啥事都没有的日子过着也确实无聊，一无聊还真是想着各种各样的吃食，要说最想的还是我老汉儿弄的那个卤狗肚子。"话说到这里，唐奕踩在刹车上的脚抖了一下，车身也随之一颤。

张昇已经出院了，救治及时，医生说后期再好好做下康复训练还是能保证生活自理的。张昇心里自然明白，这还多亏了儿子是一个不大不小的老板，医药费不用愁。厂子里以前也有老工人中风送到医院的，但医药费总是一件麻烦事，厂子说是要认账，但要工人自己先垫付，真等到报账时又不知要拖到猴年马月了，很多人连垫付的钱都借不出来，拖一天是一天，躺在床上就再也起不来了。

躺在医院里让张昇感到很无聊，他左思右想，想得最多的还是自己的厨艺可能再也没办法露一手了，想来想去，他觉得还是应该把这些留下来传给张隐。

张隐上山"闭关修炼"的这段时间，段红霞在医院里跑上跑下，交钱眉头都不皱一下，但交完钱后她的心里还是紧了又紧，她毕竟是学财务的，公司虽是张隐和自己两个人合股的，但张隐以前拿钱从不给自己打招呼，都是先斩后奏，让出纳事后来补手续，这些总是让自己心里有点硌硬。她想，钱怎么开支张隐可以拿主意，但规矩还是应该兴好，特别是公款和私款应该分清楚，她准备等缓过这口气了再将财务账细细地理一理。

段红霞是这样想的，但她没想到的是另外有人也盯上了这一笔账。就在唐奕开车下山进到城边，刚刚有了信号时，段红霞手提包里就传出"滴滴滴"的声响，她拿出深红色的传呼机。唐奕通过后视镜一看，说："耶，高级货哟！摩托罗拉的！中文汉显！啧啧，你看看你财迷二叔给我们报社记者配的都还是数字的，接到传呼还要到处去找电话。"

段红霞按了按传呼机的键，看了一眼，脸色顿时就变了，她说："唐大哥，你能不能把我们送回公司去？"

张隐问发生了什么事，段红霞说是公司财务给她发来的信息，经侦队的人到公司里将账本全部封存了，并要她通知负责人立即回公司。

唐奕也知道这不是开玩笑的事，脚放在油门踏板上就几乎没松下来，很快开到了公司。唐奕拍拍张隐的肩膀，说："莫紧张，你们的公司是规规矩矩地做事的，随便哪个来查都不怕。"

张隐苦笑一声，说："唐大哥，我以前是只管走路不管望天，这段时间我在山上就像那些老和尚闭关修禅一样，想了很多事，也悟到了一些道理。有一句话我觉得说得很好：既往不咎，当下不乱，将来不迎。这话很有些哲理。怕有用吗？没用，没用那还怕个啥子？！你放心吧！"

唐奕又拍拍他的肩膀，安慰道："既然你开这个公司做这个厂，就注定要经历九九八十一难，发生些磕磕碰碰的事在所难免。不过这个社会也不是完全乱来的，还是有法律管的。营商环境是个大课题，金融是商业的血脉，这个把血断了来抽血的处理方式的的确确简单粗暴了一些。我也正在整理材料和进行调查，准备写内参，我相信这个困难的时期很快就会过去的。"

唐奕是乐观的，张隐有些悲观，而段红霞更相信张隐的判断。

段总编有深厚的人脉，也就有内部消息，他把段红霞叫到家里去。段红霞到二叔家才发现自己的父母也在，说明这次谈话肯定很重要。

果然，二叔将话说得很直接，几乎是命令侄女赶紧和张隐一刀两断，他说："公司财产能分割就尽快分割，能撤出多少就撤出多少，哪怕一分钱都拿不出来那也算了，宁愿钱吃亏不要人吃亏。"段红霞的父母也在旁边帮腔，说钱是小事，没了就没了，做生意哪有不亏的呢？她要是还想学着做生意，再给她一些本钱就是。

话无须问得很清楚，就算是问，二叔也不会再多说一个字的。但段红霞心里明白，肯定是张隐摊上大事了，只不过经过这么一段时间的接触，张隐是怎样一个人她心里清清楚楚，她始终是相信张隐的。

当晚，段红霞和张隐也进行了一次深谈。"跑吧，跑远点，避开这个风头就好了，我相信我们会没事的。"段红霞说。

"跑？为什么要跑？跑了不就满足了他们的愿望了吗？说明我犯了法，心虚。我不跑。"张隐摇头。

"唉呀，你这个时候赌什么气呢？这可比不得让你上山进学习班。经侦队是干吗的你知道吗？是对金融犯罪、经济诈骗这些经济犯罪案件进行侦查的，不是这个范畴的可叫不动他们。既然是动了这一坨人，我想他们罗织的罪名肯定不会那么简单。"

张隐挠了挠头说："随便他们怎么整，我不相信就能把罪名套到我们公司头上。"

段红霞想了想，走私假币？危害税收征管？扰乱市场秩序？侵犯知识产权？这些都是和自家公司毫不沾边的事。经侦队管辖的范围还有什么呢？妨害对公司、企业的管理秩序？我们自己的公司，怎么妨害？那难道是金融诈骗犯罪案件？张隐给龙林他们厂子担保的事情都已经了结了，更不可能沾边。那还会有什么问题呢？段红霞又想，还是相信唐大哥说的吧，现在毕竟还是讲法律的。

段红霞用开玩笑的口吻说："好，你不怕我也不怕，要抓就把我们两个一起抓了！"

张隐也笑说："你开什么玩笑？凭什么抓你？打胡乱说！"

"我也是老板呀！哦，难道你还想把我的股份独吞了？我可是从老爸老妈那里借的真金白银来入的股，那些钱还是他们给我准备的嫁妆……"话说到这里，段红霞又红了脸。

张隐恍然大悟，但他的想法和段红霞的想法却不在一条道上，他说："怎么可能嘛！你是入了股，但我是法人代表，除了赚钱和亏钱和你有关系，公司出了其他事都和你没关系的。只不过你要是现在就要嫁人，要退股兑现嫁妆钱，我还真是一时半会儿抽不出钱来给你。"

"我什么时候说要撤股了？我什么时候说要嫁人了？我这一辈子都不撤！"

"这不是你爸妈给你准备的嫁妆吗？那你一辈子不嫁人了？"

"呸！我嫁不嫁人关你什么事？"

张隐又挠了挠头，笑道："你一直嫁不出去，到时又来责怪说是我把你的嫁妆吞了，我可承担不起这个责任。"

段红霞愤愤地说："你把我的嫁妆钱都拿去用了，你还不想负这个责？"

其实两个人之间就只有一张薄如蝉翼的窗户纸，哪怕呼一口气就会破。但谁都没有轻轻地去吹那一下。段红霞只是轻轻张了张嘴，终究没有呼出那一口气来。

张隐半开玩笑地说："我倒是想负这个责，可惜没这个命嘛，要是哪个人能娶到你，那不晓得是好大的福气。我要是有这个命，能把你请来当压寨夫人，莫说是把你的钱退给你，我的那一半也都全部给你。"

他也只是张了张嘴，仍然不敢捅破，马上又圆了一句："看这个阵仗我就是一个快要坐牢的人了，你不会傻到要嫁给我吧？为了给我送牢饭吗？"

"你要是真的去坐牢了，那我就天天给你送牢饭！"段红霞脱口而出。

哗啦，这层窗户纸终于扯破了，这么迅捷，这么突如其来，又这么水到渠成。两人相视无言很久。

还是张隐打破了沉默，他说："你这是何必呢？这个世界上好男人多得很，我……我还是一个结过婚的人，背了命债的，现在又是这个样子……"

段红霞目光灼热，问："你知不知道我的过去？我给别人当过'小三'，也差点杀了人……"

这个社会什么都可能紧缺，流言则是永远过剩，并且会如影随形地追着一个人跑，然后灌进他身边每一个人的耳朵里。对于段红霞的过去，张隐并不会蠢到一无所知。

"唉呀，莫说那些了，又不是你的错，你也是受害者！"不知什么时候，两个人的手竟然又握在了一起。张隐再稍稍用了点力，将手紧了紧，把力量传递过去。

段红霞的眼眶里有水波荡漾，她说："我们第一次见面的时候你的眼睛里有着一种高傲，甚至是目空一切，又有着一种谦卑，我想那时候我的眼睛里也应该是这样的，我们两个是相同的。后来我仔仔细细看你的眼睛，我身边所有人的眼睛。他们看我的时候脸上也是笑嘻嘻的，但他们的目光中总有一些闪躲，有一些讥讽，甚至包括唐大哥，他看我的眼睛里有一种同情。我不要同情，我就要你眼睛里的我是一个普普通通的人，所以我认定了你。我……我愿意把嫁妆钱都投进来和你一起做生意，永远都不撤出来。"

很长一段时间的沉默，两人四目相对。

"你嫌弃我？"她突然又问。

张隐将握着的手又用了用力，说："我的命不好，和我在一起的……"

"我的命好，我来给你改命！"段红霞说。她将手抽出来，然后双臂绕上了张隐的颈项，凑近了嘴唇。她闭上眼。

这是一场暴风骤雨般的浇灌，干裂的土地被迅速漫灌，在水的滋养下，一些皲裂在一瞬间就愈合了。

激情过后，段红霞说："我看到过肖姐姐的照片，我是不是和她很像？"

张隐没有掩饰，点点头说："是很像。"

"你会不会把我当成她？"段红霞又问。

张隐说："不会，你们的性格完全不同。"

"但我和她都会对你好，是不是？"段红霞又问。

张隐笑了，点点头。

"你说我的性格和她完全不同，那你怎么会喜欢我的？是不是我的性格和你喜欢的另外一个人很像?"段红霞又问。

张隐沉默了,他不愿意撒谎,撒谎会伤害童青青,但他也不愿意说出真话,真话会伤害到段红霞。

段红霞揉捏着张隐的耳朵说:"今后你心里还是可以装着肖姐姐的,但不准你再去想那一个人了!"

"为什么?"张隐问。

"肖姐姐已经到另一个世界去了,我知道她这一辈子都是最爱你的。如果你忘了她,就是没有良心!但我会比她更爱你的。"她吻了上去。

"那她呢?为什么……"张隐抽隙问道。

"哼!"段红霞只回了一个感叹词。两个人的嘴唇又贴合在了一起。

第二天,段红霞就拖着张隐去了民政局办理了结婚登记。两人脸上的笑和其他新人一样像灌了蜜,但只有他们自己心里清楚,这蜜中还泡着好几根黄连,他们像蚂蚁一样,能预感到大雨将倾盆而下。

张隐说:"我们这一走出去,你很可能就成了'罪犯'家属哦,我们度蜜月也只能是一个铁窗里一个铁窗外。不过你现在反悔还来得及。"

段红霞说:"我是一个特别怕麻烦的人,今后你如果去了里面,我来探视,我不可能说是债主来找你要债吧?那多麻烦!等我们拿到这个红本本,来探视你就名正言顺了,会少很多麻烦!"

两人相视一笑。

走出婚姻登记处,段红霞说:"姓张的,今天起我们就是夫妻了,今后你荣华富贵了可别背叛我哟,否则我真的会拿刀捅死你!"

或许过往的事对很多夫妻而言是一种芥蒂,一辈子都要小心翼翼地呵护,生怕被触碰。但段红霞和张隐在昨晚就把话讲开了,心里反而没有了障碍。在他们的二人世界里,没有任何谈论的禁区,只剩下"童青青"是谁都不能去触碰的芥蒂。

"今后有任何困难,我们两个一起来扛。"段红霞又说。

所有动物对灾难来临都有一种预感,包括人。这即将到来的灾难不仅是张隐和段红霞两口子预感到了，唐奕也预感到了，这两天他想方设法通过各种朋友途径套上了经侦队的关系，在酒桌子上一切荤的素的玩笑话都能说，但他只要一提到张隐，对方就马上举杯喝酒。唐奕心里明白了八九分。

唐奕开车来到张隐的公司，发现张隐和段红霞都不在，他一阵好等，终于等到他们两人回来。

走出了婚姻登记处，张隐去商场给段红霞买了一套新衣服。段红霞去理发店简单地烫了一下头发，披肩长发腾起了波浪，整个人就添了几分成熟的风韵。

一进公司，张隐和段红霞就给员工一人发一包糖。唐奕一见他们这副喜气洋洋的神情，心里也是一漾，挤出几分笑来。

"找个安静的地方聊聊？"唐奕说。

张隐环顾四周，这个办公室是开放式的，他和段红霞以及其他员工都在同一间大办公室办公，只有一个小会议室还空着，关上门来算得上是一个独立的空间。

"真他妈乱套了！"掩上门后唐奕张口就骂。

张隐和段红霞对视了一眼，没有像以往那样急慌慌地插话和追问，他们静静地等待唐奕往下说。

唐奕自嘲地笑道："我与你们才一天的时间没见面，怎么感觉你们一下子就老了几十岁了呢？成熟、稳重，我和你们一比，感觉自己才像一个'天棒'。你们要把我劝到拉到哟，说不定我一激动，也就拿起啤酒瓶往人家脑壳上开个天窗哟。"这是玩笑话，他故意把氛围搞得轻松些。

段红霞要维护张隐，说："唐大哥，你就别取笑我们两个了。我们年轻，还得靠你这个大哥多指点，有你指点我们才能少犯错。"

唐奕说："你说得对，我们谁没有年轻过犯过错？其实人的成长就是一个不断犯错的过程。通过错误我们不断学习和成长，这个社会和我们人是一样的。"

张隐和段红霞点点头，又对视了一下。张隐说："唐大哥，你有话就直说嘛，是不是又听到了什么不好的消息？"

唐奕没有直接回答，而是讲起了自己当记者时的一些故事。他说："我当记者经历了很多事，只不过是体验和旁观，而没有去亲身经历，所以我说的有些话好像是隔靴搔痒。你们不要嫌我唠叨，张二娃，你以前也在里面蹲过一段时间，出来后是不是觉得自己懂事了很多？但是有很多和你一样的人就没有重新爬起来。垮了，就是彻底的失败者，只会留下被人嘲笑的话柄。什么是真正的成功者？就是能享受最好的，也能承受最坏的，这就是成功者。我们往往只听见了前半句，没听见后半句，这不算真正的成功。"

他又说："我们人在不断纠错中成长，我们也相信这个社会是有自我纠错功能的。我们会受到一些委屈，外在环境我们是没办法一下子去改变的，只能让自己先适应下来，活下来。我现在最佩服的还是你家那个张炊棒，你看他中风了，现在刚起床，就拼着命想锻炼，想恢复自己行走的功能，还给我说想继续拿锅铲。"

唐奕又把目光盯着张隐，说："张二娃，你和你老汉儿见面就吵，这个脾气要改一改了！有时候父母和子女间的吵吵嚷嚷并不分什么对错，好像就是一种习惯，老的要树威，怕小的吃亏，所以总是想要管住小的。小的在成长，在反叛权威，在通过否定老的来确认自己的成长。其实你要多回头看看父母的期盼和牵挂，这才是对过去的一种致敬，有了对过去的致敬，我们才能一切都往前看。"

唐奕用双手抹了抹自己的脸，笑着说："你们看，我打胡乱说了些什么哟，和你们这一闲扯，我就想起了我的父母亲，伤感了，伤感了。"

张隐说："本来我们就商量好了，今晚我和红霞回厂里去看看老汉儿，这么大的事都还没有给妈老汉儿说，再怎么说他们也要给红霞包一个大红包。唐大哥，你放心，现在我不是一个人了，有什么事情我都晓得要扛起来。男人嘛，做男人的底线就是绝不能做人死账灭的事，我这一辈子欠的账还多，欠红霞的嫁妆钱，欠妈老汉儿的……"

"好了，好了，我也不多说了。等你老汉儿恢复得差不多了，也不要他来做，他嘴上说你手上做，我们好好整一锅张家火锅，地地道道的。你看，这个火锅就是一门融合的艺术，可煮百味，我们渝城人现在怎么离得开火锅嘛！我们的生活本来就是一锅火锅，容得下各种人和事，经得起各种折腾，经得起各种熬煮，越煮越香。"

正说着，门外一阵喧哗。等他们推开门一看，几个警察站在办公室里，一个警察出示了逮捕证，他显然认识张隐，或许最近就一直跟在张隐的身后，张隐走哪里他就在后面不远处盯着，现在收网了，他威严的语气中也就有了几分如释重负的轻松感。

十六　死讯

> 每个人在成长的过程中和父母都必有一战，如果孩子赢了，是喜剧，如果父母赢了，则是悲剧。这个战有着很多不同的形式，像这种逃离也是其中的一种。

张隐被判了五年有期徒刑，罪名是非法集资和挪用公款。

法庭上，张隐被指控其饮料厂有着几万元的集资款。律师辩护称那并非集资行为，而是老工人们自愿入股，有股权证，有分红记录，这些财务账和凭证上都写得清清楚楚明明白白。法庭没有采纳律师的辩护意见。同时被指控的还有挪用公款，当时张昇突发疾病，段红霞在情急之中抓了一笔现金就去了医院，张昇住院期间她又陆陆续续从公司财务那里支了不少钱，借款手续不完备，账也还没来得及做平，经侦队就上门把账本和凭证查封带走了。公诉人称，对于挪用和侵吞公款这一罪名，如果张隐拒不承认，那就请法庭退回卷宗，他们可以补充侦查，最终还会将具体经办人作为同案犯罪嫌疑人一并起诉。

张隐认罪。

时间说长不长说短不短，渝城的市长和副市长也换了一轮，有提拔了的，也有去坐牢的，据说柳副市长和陈副市长也都进来了。对于"三金三乱"整治行动没人再提，仿佛从没发生过一样。街头巷尾的火锅店仍然是越开越多，有垮掉的，很快又有新开的。

每一次段红霞都能给张隐带来好消息：张昇的身体在逐渐恢复，开始慢慢地口述他的厨艺经验。征得狱警的同意后，她还拿出本子给张隐看。墨绿色的塑胶封皮上有着几个烫金的字，这是一本《渝城日报》的采访本，不用猜就知道这一定是唐奕提供的。张昇没有多少文化，右手残疾加上中风偏瘫，不可能写字。张隐怀疑是段红霞和唐奕联手设的一个局。段红霞看出了他的疑惑，把本子翻开，本子上的字迹歪歪扭扭，记有日期，且每天记载的内容长短不一，多是一些掌勺的心得体会。张隐仔仔细细地看，认出这些字迹是宋文菊的，这才放下心来。

监狱里的日子总是过得特别慢，而外面世界的时间却过得很快，这座城市一天一个变化。段红霞说："唐大哥也跳槽到了一家新办的《渝城时报》，当分管新闻采编的副总编，忙得很。"

"那他就彻底不和我们这一帮伙头军厮混了哟？"张隐难得地露出了笑容。

监狱里是有劳动车间的，张隐没有干几天就被换了工种，这很有可能是唐奕四处活动的结果，也可能是监狱考虑到人尽其才，晓得他有厨师手艺，所以安排他帮厨。在这里面搞伙食和外面做餐饮那可是两个完全不同的概念，食材简单而重复，要求就是煮熟能入口而已，更无须考虑刀工和口味。可人与人不同，手艺的差别总是在毫厘之间，比如火候，比如油盐下锅的时间和顺序，这些微妙的变化可以让人的味蕾产生不一样的生理反应。张隐硬是把监狱里的伙食整出了花样，因此他也因积分多而减刑了一年半。刑期将满，张隐的心里越来越焦躁。

崩溃往往就在一瞬间。出狱前的最后一次探访段红霞没有来，来的是大忙人唐奕。

张昇已经死了，那是三年以前的事，也就是张隐刚进监狱不久。这几年段红霞一直瞒着张隐，眼看此事即将穿帮，她不知应该如何应对，这个难题就交到了唐奕手上。

唐奕对张隐说："最初我也还能在你面前演，但越到后面我越觉得你离真相更近了，我很害怕演不下去了，所以就尽量不来探视，因为你每问一次，我就要用谎话来搪塞一次。"而歪歪扭扭的每天记录着厨艺心得的笔迹，正是唐奕、段红霞和宋文菊三人的合谋。

"我爸爸是怎么死的？"以往张隐说到父亲张昇总是用"那个人"来指代，就算是当面称呼，他也是用的渝城人惯常所喊的"老汉儿"。而这一声脱口而出的"爸爸"，却因阴阳两隔，张昇听不到了。

那是张隐入狱后不久。第一次探监回到家后，张昇给人的感觉并无异常，话还要比以往多些。大家都认为张昇是在努力锻炼自己的语言功能。

唐奕记得很清楚，张昇让宋文菊把他请到家里，去了才知道张昇说自己很想去吃火锅，还不准宋文菊和段红霞陪着，就只要唐奕和他一起去。都知道张昇的犟脾气，这个提议没有人反对。当然他们也不敢走得太远，只在附近随便找了一家小火锅店，火锅的味道比较糟糕，好在清静。

依张昇以往的脾气，这种味道吃了第一筷子后肯定会摔碗而去，但他这次偏偏没有。张昇用左手持筷，夹了一片毛肚七上八下在锅里烫着，他的左手仍然很灵活。没有喝酒，这也是破天荒的了，唐奕自己是很想喝啤酒的，但他必须得劝住张昇，中风的病人尽量不要喝酒。

没有酒，再加上这火锅的味道不敢恭维，唐奕不愿多动筷子，他皱眉撇嘴，见到张昇的筷子就没停过，实在忍不住了，问："你觉得这火锅……"

张昇说："唐老头儿，你还记不记得？那一年，我们，你还偷人家的辣椒，花椒。我们做贼一样，还有胡文鹏，还偷，偷了牛油……"

说得吃力，听的人也有些费力，但唐奕还是认真在听，能听明白张昇的意思，那是在说他们当年为了研究火锅锅底一家一家地去吃火锅的往事。

说到胡文鹏，唐奕重重地叹了一口气，喊："老板，拿一瓶啤酒来！冰的！"他又对张昇说，"张大哥，你就莫想了，身体要紧。但你说到这个崽儿，我就……我就……不喝一点不行。"

张昇也放下了筷子，没放稳，其中一根滚了几圈掉落桌下，油渍糊到衣服上他也不理会，含糊不清地说："这个家伙，也是个，可怜娃，如果没有遇到那件事，他……算了，莫说了，不管怎样，我都还是认他这个，干儿子，只不过希望他能走正道。那个东西一定要戒，害人啊，如果你今后见到他，好生劝一劝，他还年轻，和我不一样，不能废了。"

唐奕顾及着张昇的感受，难得地没有对着瓶子吹，他要了一个土碗，啤酒倒在土碗里，黄澄澄的，漂着白色的沫子，煞是好看。唐奕认认真真地看了半分钟，看那些白色的啤酒沫翻卷升腾，又一个个退潮般破灭。

"这个娃的手艺还没学够，我还有很多东西没有教给他哟。"张昇两只手都放在桌面下，看着唐奕手里的那碗啤酒，似乎在自言自语。

"那你就把这些写下来嘛。哦，你手不方便那就用嘴说，改天我去报社拿个本子给你，你说我来记，你每天想一些说一些，我没来的话你就喊张二娃的妈来帮着记，我有时间了再来统一整理。这些东西今后交给你那个干儿子，让他照着学，我再复印一套，给张二娃，他也是一个做餐饮的好苗子哟。"

一提到张隐，唐奕和张昇都沉默了。唐奕端起酒碗轻抿一口，像是在喝药。

张昇突然说："这些天我做梦梦到我老汉儿了。"唐奕虽然从未听他谈起过自己的父辈，但从其他途径多少还是有些耳闻，他对这个人充满了好奇，对于张昇他们这个家族充满了好奇。

张昇说："那时候我还很小，没有多少记忆，这些年我曾经使劲地去想，想记起我老汉儿的样子，但记不起来哟。我只记得他光起身子往洗澡堂外面跑，我能记得起的就是那光溜溜的屁股。这几天做梦，我在梦中看到他是穿着西装的，白色的西装，全身都是白色的，比我们厂子里机器纺出来的棉纱白多了。他对着我笑，他还和我说话。我现在明白了，在梦中说话是不用张嘴的，他就那样笑着，但我听到他在对我说，他不该自己走了把我留在这个厂子里。"

"那你又说了些什么呢？"唐奕问。

"我什么都没说，我就在梦里哭，在梦里我突然之间就变回到了很小的时候。"

唐奕听完，又抿了一口啤酒，陷入了沉思。《渝城时报》前段时间恰好做了一个有关家庭关系的系列报道，还是唐奕做的总策划。有一位心理学家在接受采访时讲到过，每个人在成长的过程中和父母都必有一战，如果孩子赢了，是喜剧，如果父母赢了，则是悲剧。这个战有着很多不同的形式，像这种逃离也是其中的一种，只不过稿件中没有将专家的话记录得更多，所以唐奕并不清楚像张昇和他父亲之间这种分离，这种战，究竟是喜剧还是悲剧。如果是想当然的，那父子的这种分离对张昇而言必然是场悲剧，按这种逻辑来说就是他的父亲赢了？他光溜溜地逃离难道就是赢？这些狗屁专家,纯属扯淡!很多的家庭在孩子的成长过程中其实是双输啊。

张昇并不知道他在想什么,没停下话头,他说:"我醒过来后就在想,如果我的老汉儿没有走,一直活起陪着我长大,我的命又会是怎样呢?呵呵,说不定我比二娃还要混账。"他重重地叹了一口气。"好不容易看到我们二娃长大了,长醒了,结果我……我这一病……竟然害得他去坐牢了,这……"

唐奕没想到这次见面竟然是他和张昇的最后一次见面。对于张昇谈到的家事,谈到的两种不同的父子关系,他心里也是乱的,他压低着声音对张昇说:"狗×的,这家火锅是真的难吃。走,我们换一家。"

张昇拉了拉他的袖子说:"算了,哪家都差不多,我现在尝不出味道来了。"

一个厨师如果说自己尝不出味道了,就像唐奕拿着笔忘了怎么写字一样,无疑是一种职业生命的终结。事后唐奕回忆,这似乎是张昇诀别的原因,至少也是诀别的原因之一。那之二呢?唐奕记得张昇还说:"我这一辈子守着这个厂,就想要等我的老汉儿回来,守了一辈子,守了个空,厂子也没了。我有两个儿子,大儿子很懂事,很争气,大学快毕业的时候死了。老二从小就像我一样到处惹祸,看着他好不容易懂点事了又去坐牢了,这一坐牢,他这一辈子就毁了。"

唐奕打断他的话,说:"没得你说的这么严重,张二娃这个牢坐得有些冤,会有还他清白的那一天。时间过得快得很,等他出来了你再看嘛。这小子有技术,有悟性,现在这算是一次打磨,今后会更有出息的。你就等着享福吧!人是为活着本身而活着,而不是为了活着之外的任何事物活着。"唐奕说:"老哥哥,想事情要往好的方面想。"

"你觉得我这一辈子守着这个厂,好笑不?厂子垮了,我也不愿意离开这里,还要把这里的大街扫得干干净净的,我盘算着总有一天厂子里的机器会重新转起来,结果呢?我所有东西都没守得住,我自己都觉得好笑。"张昇说。

十六 死讯

"最初我来是因为不得不来，最终我离开是因为不得不走。"张昇说。唐奕认识他这么多年，还第一次听到这么文绉绉的话从他的嘴里出来，他没有反驳。这句话本身很有道理，只不过从张昇嘴里说出来味道就有些不对，唐奕也没有去多想，只当他说的是这个厂，事后才明白过来他说的是这个人世间，唐奕懊悔至极。

唐奕又抿了一口酒，他还是把这场对话当成哥俩日常的闲谈，他对张昇说："你晓得堂吉诃德不？有人说他是咬卵犟（方言：固执己见的疯子），也有人说他是英雄。这个事其实是可以从两方面来看，在别人眼里他是咬卵犟，在他自己的心里，他就是英雄。何必去管别人怎么说呢？你放心，张隐出来后一定会重新振作起来，会成就一番事业的。"唐奕认为张昇是在为儿子忧心，继续宽慰他。

直到张昇死之后，唐奕才又回味起这些看似松散和无意义的对话。人内心深处总是有所坚守的，哪怕外人觉得可笑，却都是值得尊重的。

张隐听到唐奕的这些讲述，并没有出现情绪的剧烈波动和失控，在他心里，这一段时间其实早就有了很多猜测，只不过现在这猜测从他们嘴里说出来，印证了这个事实而已。

唐奕又给他讲述了张昇死之前的一些事。

两人吃完这一顿火锅后就再没见面。过了几天，一大早，渝城因城周有高山，又毗邻大江，一直有着雾都的别称，这天也是雾腾腾的，五米之外看不清人影。张昇独自一人拖着行动不便的腿在整个厂子里慢悠悠地转了一圈，他不是用眼睛去看，而是用手到处摸了又摸，摸那些厂房和机器，在几近废弃的食堂里，他在那块熟悉的案板前停留得最久。

三个小时后他回到家对宋文菊说想在家里做一顿回锅肉吃。这是张昇近段时间里主动提出了想吃的话题，宋文菊心里一喜，赶忙小跑着去街上买了一块坐墩儿肉，她生怕时间一晚张昇又成了闷葫芦。这几天张昇精神不太好，问十句答不了一句，对饭菜更是没有胃口，快把她愁死了。

"这个回锅肉啊，我们看着是吃它的肉，其实这个汤才是精华，是供奉先人的，这还是你老汉儿教给我的，那个时候是你老汉儿收留了我，这个汤今天就拿来祭拜一下我的师父吧。"这一天张昇的话特别多，他一边讲师父教他的往事，一边给正在上灶的宋文菊讲做回锅肉的诀窍。

宋文菊印象中就没吃过张昇做的回锅肉，这一次张昇也只能是说，借宋文菊的手来做，做出来的这一盘回锅肉一入口那是瘦肉不柴肥肉糯，皮子不顶（方言：嚼不烂）。这个味道把宋文菊自己都惊到了，她不相信自己竟然还能做出这样的滋味。

这顿饭吃完都快两点钟了，张昇说还要去厂里转一转。到吃晚饭的时间，见张昇没有回来，宋文菊的心里怦怦直跳，担心张昇出去摔了，但她又不敢出去找，首先是不知道他究竟去哪里了，其次是担心他回来而自己不在家，他饿了又没办法照顾自己。宋文菊将饭菜热了又热，直到晚上九点多都没等到张昇回家。宋文菊只有出门去找，左邻右舍的老师傅们也帮着找，最终在废弃的澡堂里找到了张昇，他已经自缢在一根横着的一人多高的喷淋水管上。他的右手是残疾的，一条腿又因中风而残疾，谁都不知道他是怎么拴的绳子，又是怎么把自己挂上去的。警察来后排除了他杀的可能，也没向大家做过多的解释。

从唐奕的口中知道了这些细节后，张隐的表情出乎所有人的意料。他脸上的肌肉在聚集，嘴角上翘，他在笑，他在以笑的方式痛哭。此时此刻，他无力去驱动自己的情绪，任由其错乱。

作为一个词语，"活着"在我们的语言里充满了力量，它的力量不是来自喊叫，也不是来自进攻，而是忍受，去忍受生命赋予我们的责任，去忍受现实给予我们的幸福和苦难、无聊和平庸。

"段小妹儿是一个了不起的女人，这几年她一直想办法瞒着你，这可比我躲着你难多了。"唐奕对张隐说，"她把自己这一辈子都赌给了你，不说其他的，为了她这份情，你也要再爬起来。"

等张隐的情绪平复下来后唐奕又说："你可能不晓得，以前你心心念念的被人在黔省抢先注册了的那个'火锅爽'的商标，是童青青注册的。她要把这个商标送给你。这个，也是值得让你重新爬起来的一个理由吧。"

童青青这个名字的出现让张隐脸上的肌肉群再一次失去了控制，僵住了。

"唉，你莫问，我晓得你想问啥。"唐奕犹豫了一下，接着说，"她的日子过得并不好，我晓得你们心里都有一些弯弯绕绕的东西，不然她为啥要把商标给你？她是怕你人垮了走不出这个地方。这个东西给了你，你就不是一无所有，出来后还可以重新来过，还会比以前做得更好！我本来想帮你回绝掉，让她把商标卖给其他人，可以得一大笔钱，你晓得不？这些钱对她很重要，不过我也想了想，我也晓得你心里还有她，再熬几天你就要出来了，等你出来了就能帮她扛一扛，她一个人就快扛不动了。"

离北京奥运会开幕还有六个月的时间，张隐跨出了监狱的门。

街边停着一辆车，站着四个人。车是报社的车，唐奕、段红霞站在车旁边，童秀秀和龙林见张隐从小铁门里走了出来，几步就抢到了他的身前，一左一右地搀扶着他的胳膊。

唐奕脚步没动，站在原地远远地喊："你们不要这么激动好吧？他又不是不会走路，还要你们这一左一右地去扶他呀？"听得此言的龙林和童秀秀才赶紧把手撤回来，两个人的脸上都刷上了红色。龙林的手缩了回去，嘴却停不下来："都怪我，都怪我，应该是我进去坐牢的，我没听你的话，你帮了我们，我反而害了你……"

这个时候段红霞也已走到跟前，把张隐手上的小提包接了过去，问："这个你还要不要留着？"张隐摇头。段红霞走到不远处的垃圾桶，见塞不进去，就放在了旁边，转身对着张隐这边说："童大姐，龙大哥，我们就莫在这个地方东拉西扯的了，要说话就换个地方慢慢说，时间多得很！"

童秀秀和龙林都红了眼眶，"要得要得"地答应着。众人到了车前，张隐往车里看了看，只有唐奕坐在驾驶座上，他赶忙往四周又看了看。段红霞在他身后轻声地说："妈妈在家等着的，她说要给你拿柚子叶熬一锅水，好洗一洗去去晦气。"

张隐现在最想见到的就是自己的母亲，看到来接他的人群中没有宋文菊时，他的心咯噔了一下，此时他最害怕听到不好的消息，听段红霞这样一说，便放下心来。但同时想到了父亲，得知父亲早已去世时张隐一滴眼泪都没流过，它们全部流向了身体里面。而此时，泪水终于灌满了他的身体，再也装不下一滴，开始从眼眶里往外溢出，一滴既出，就如决堤，他俯身放声大哭。

唐奕刚把车启动，又将钥匙又反扭一圈，熄了火。童青青和龙林背过身抹眼泪。段红霞轻轻拉了拉他的肩膀，想递一包纸巾给他，拉不动，反而有一股方向相反的力，她伸出双臂将张隐环抱住，将脸贴在他的背上。

又过了一阵，唐奕又发动了车辆，按了按车喇叭，喊道："上车上车，不晓得你们饿没饿？我是一大早就出门等到现在，还没来得及吃早饭咧。现在都快中午了，肚子在唱卧（饿）龙岗了。走哦，我们去找点吃的打个腰战（方言：临时加餐）嘛。"

龙林急慌慌地举手说："要得要得，我请，我请。"

陆续上了车，段红霞对张隐说："我对童大姐他们两口子那是一个佩服，三年前他们不是还开了厂嘛，好歹也是当过老板的人，后来遇到这么一档子事，他们把厂子卖了，龙大哥就拿起一个扁担，挽起两根绳绳去当'棒棒'，童大姐就去家政公司给人家当钟点工。耶，这不光是要吃得苦，还要把面子摘下来放进荷包里，没几个人能做得到哟。"

张隐坐在副驾座，扭头看向龙林和童秀秀，龙林嘿嘿地只顾着笑。

段红霞又接着说："他们两口子当丘二没当多久就又当起老板来了。"她一边说着话，一边把手放在前面张隐的肩上，稍稍用了点力，"童大姐把原来渝棉四厂的一些下岗姐妹组织起来成立了一个家政公司。龙大哥也把那些厂里的下岗兄弟团结了起来，搞了一个搬家公司。现在他们都当老板了，两个公司都还做得不错。"

童秀秀说："这都还是靠唐大哥帮忙，他不教我们，我们哪晓得做这些？"龙林也还是只顾得上笑，等童秀秀说完他才接着说："我们不算有钱，但也不穷，所以今天就由我们来请张兄弟吃这一顿，我们去渝城最好的酒楼。"

一路上唐奕都没怎么说话，这时他打断龙林的话，说："今天中午这一顿饭你们都莫争来争去了。张隐妈妈在家里肯定也做了很多菜，只不过我们之前预计的是他下午才能出来，只能回家吃晚饭，没想到上午就出来了。这样，我们也莫去想是打腰战还是吃大餐，丰俭不论，就看张二娃想吃啥。反正我们有车，不管是哪里，几个轱辘一滚就到了。"

"要得要得，"龙林一直点头，"看张兄弟想吃点啥，你点就是。"

张隐脱口而出："我们去吃火锅嘛，想惨了！"

张隐这一说大家都感觉到小轿车突然一耸。唐奕踩了一脚油门，车向南山开去，沿着山路盘旋而上。唐奕说："现在渝城的火锅店是越来越多了，这还真是受了那次火锅节的益，现在全国都知道渝城是火锅之都了。林子大了什么鸟都有，鱼龙混杂，现在有些火锅店乱劈柴（方言：不按规矩办事），一盘荤菜就两三片毛肚，一盘素菜就两三片白菜叶子，而且还减质量，有的店用的那些原材料呀，你到后厨去看了绝对会甩脑壳，我是吃一次就要拉一次肚子，怎么得了哟。想起当年，我和张炊棒，还有胡蛤蟆，我们三个人一晚上要吃十几家火锅店，从来就没拉过肚子……"

唐奕兴之所至，无意间就又提到了张昇和胡文鹏，等他反应过来时话已出口，收不回来了。车上的其他四个人都装作没听见。唐奕干咳两声，清了清嗓子，转移话题："南山上有一家小店，店名都没有，只有三张桌子，晓得这个地方的人不多，但他们弄的火锅那味道才叫安逸。我不久前听朋友介绍才去吃过一次，吃了一次就忘不了，我给你们说嘛，他那个锅里掺的就不是其他火锅馆里吹嘘的那种骨头汤，而是老荫茶，用老荫茶的茶水来熬底料味道安逸惨了，那个底料炒得那也才叫好哟，就跟当年张炊棒炒的底料差不多……"

说话间车就到了一处山坳，路边有几间普普通通的村舍，路边立了一块木头牌子，远看木牌的边不规整，但细看却很像一件工艺品，不规整的边似乎是顺着这块木头的天然纹路，很像一幅天然的写意画。只是可惜，上面用红色的油漆张牙舞爪地写了"火锅"两个字，完全损毁了这件宝贝。如果没看到这块牌子还真不知道这里是一家火锅店。和街上大多数火锅店不同，这里闻不到那种浓郁的火锅香，张隐很清楚，那种浓烈的香气是用香精和增香剂勾兑出来的，闻着香吃着无味，必然又要在锅里加各种各样的添加剂。这家的火锅要走近了才能闻得到一种比较恬淡柔和的香气，那香气是花椒、辣椒、五香、八角以及姜、葱、蒜等香料自身挥发出来的，这种香味不沾衣服，却沾舌头，会顺着舌头沁进胃里。

看到停车，老板娘迎了出来，不冷淡也不热情，只是指挥唐奕把车停好。

唐奕问："老板娘，不认识我了？两个星期前我就来过一次，我是《渝城时报》的，上次我就说你们的火锅很有特色，想采访采访，结果你给我说老板不在，今天老板在不在吗？"

老板娘不回答，只管扯开喉咙对着店后面吼了一声："你还在搞整啥？有人找你！"

话音未落，里面就传出一迭声的"来了来了"，老板小快步地跑了出来。

一见张隐，老板一下就停了步子，上半身没来得及刹住，又往前晃了晃，他冲着张隐就喊了一声"师兄"！

张隐和唐奕也几乎是同时喊了出来，张隐喊的是"傅大哥"，唐奕喊的是"傅木匠"。这个人就是曾经到报社找唐奕"撕过皮"的木匠火锅的老板，为平息纠纷，张隐还送了他十件火锅伴侣。

老板娘咕哝了两句："又是熟人？你又要喊打折嘛，打折打折，生意都做不下去了，还喊打折！"

中午没有其他客人，连老板傅木匠在内的六个人围着一张桌子坐了下来。唐奕一会儿还要开车下山，忍了忍，没有要啤酒，请老板娘泡了一壶老荫茶。"老荫茶解油腻，这是张炊棒揣摩出来的，用这个来熬火锅比用骨头汤要好得多。"他自言自语，然后又冲着傅木匠问："这是不是你张师父教的？"傅木匠点头。

张隐觉得奇怪："他怎么没给我讲过这种做法呢？"

唐奕嘿嘿地笑，说："你娃自己想一想，你有没有认真学过嘛。你那老汉儿东西多得很，他想教你，你躲得多远。只有胡蛤蟆，他还是学到了七八成的本事，只可惜……"

监狱是一个极封闭的世界，张隐脚已踏出那道大铁门，但他仍然感觉自己并没完全走出来，外面的一切都是那么熟悉，却又陌生。对于监狱外的一切他都迫切地想去了解，特别是和他曾经密切相关的那些人，不管恩怨情仇他都想知道，何况胡文鹏这个名字在唐奕的嘴边打了好几次趔趄。并且，胡文鹏这个名字又是和另一个名字紧密相连的，与其说张隐迫切想知道胡文鹏的情况，不如说他更迫切地想知道童青青的近况。只不过大家都没提到她，段红霞还在自己身边，他也不便主动问，如果说此次牢狱之灾有没有给张隐带来一点正面的收获，也是有的，那就是学会了不再任性，学会了察言观色，现在的张隐会顾及其他人的感受。

唐奕终于还是忍不住，把车钥匙摸出来。"你们哪个会开车？等一下把车开下山去！"然后大声地对后面喊道："老板娘，麻烦你提一件啤酒来！冰的！"

一瓶啤酒嘴对嘴，咕嘟咕嘟就这样直接灌下了肚，然后他又开一瓶，又灌了下去，像是肚里有一块旱了几年的地一样，就等着这场雨。

众人也都晓得唐奕的脾性，任由他喝，他一定是有话想说，这些话像是皮球装在他的肚子里，必须要有这两瓶酒灌进去，那球才浮得上来。唐奕闪躲开张隐的目光，他把木匠拉到身边坐下，将其肩膀一搂，说："你晓不晓得你那个师父写了一本秘籍？"木匠摇头。

"你那个师父，你觉得他炒的火锅底料霸道？其实他根本就不懂火锅，根本就不晓得火锅底料要怎么炒制，各种材料要怎么去选，怎么搭配。那一年童幺妹要搞火锅店，你师父和我，还有你真正的大师兄，那个姓胡的，我们三个才好耍哟，到处去吃，一晚上要吃好几家的火锅。我们哪里是去吃火锅嘛，是去到处偷师学艺，看别人家的火锅底料里用的是什么料，去揣摩人家是怎么配方怎么炒制的，去偷人家的手艺，上趟厕所回来还顺手牵羊地往荷包里悄悄装辣椒。我们从一家店出来，你师父就赶紧说他的感受，我就拿出采访本来记，就这样整理出了一本'武功秘籍'。你这个师兄当年还是一个天棒，自己的老汉这么牛，他偏偏不想学这门手艺，那个姓胡的师兄就不一样了。说实话，当初我一直以为他是为了追童家姑娘才假模假样跟着我们来整这些玩意儿的，没想到他还真的迷上了，正儿八经拜了师，其他红案白案的手艺没有学，他专门研究这火锅炒料技术。你师父手有残疾，自己做不了，姓胡的就是他的手。那个时候他们那个炒料真是炒得好哟。"

"你师父后来就将那个本本传给了他。可是没想到啊，这个家伙后来吸毒，把自己整个人生都毁了。说来也怪可怜的，如果不是童岚岚出了事，那个胡文鹏也不会那么自我毁灭吧？吸毒之后那个家伙就彻底疯了，有一次还拿起那个本本儿想卖给我。"

木匠好奇道："那你买了没有？那本本儿现在在哪里？能让我看一下不？"

"买？我会拿钱给他让他去买粉儿？"唐奕又一口气灌下一瓶啤酒，"不是他，我们童幺妹会被整得那么惨？老子没捶他就还是看在童岚岚的面子上。"

童秀秀一向不大说话，这时她很难得地开了口，说："他对我家三妹还是多好的，还不是三妹出事后他才变了的。算了，唐大哥你就莫骂他了嘛……"

众人皆沉默。唐奕继续摆龙门阵："后来张昇也伤了心，离开友友火锅店后心里头还是离不开灶台，人在厂子里转圈，心里头也在转圈，乱七八糟想了很多。"唐奕还表扬他，"他比以前想得有高度了，也有深度了，在想火锅的传承和创新。莫看他没有多少文化，结果却干了我们很多文化人都没干的事。这个火锅才兴起没多少年，如果时间再久一点，张炊棒也就算得上是火锅开山立派的祖师爷了。如果大学里要搞火锅专业，那张炊棒就是教授级别的科研性人才。"

桌子上的氛围渐渐轻松了。木匠是一个比较轴的人，追着一个问题问："我师父后来又写书没有？"

唐奕这时重重地看了看张隐，回答木匠道："你师父又找我要了一个本子，我在的时候就让我写，我不在的时候就让张二娃的妈来写，又整了厚厚的一本，说是要留给张二娃，还说要我多复印一本给那个姓胡的。"

木匠咂咂嘴，眼里充满了羡慕。唐奕看了看他，说："你真把你师父的这些东西当成宝？那改天我就送给你，要不要？"

木匠又是点头又是摇头，说："我只是一个挂名徒弟，从师父那里只讨教了几招。这几招就让我做的火锅与其他人的不一样了。我是从心底服他，他整的那个武功秘籍我当然想要哟，可我哪有那个福分，那是师父要传给张师兄和胡师兄的。张师兄如果肯再传我几招，点拨点拨，我也就够满足的了。"

唐奕长叹一口气："你师父活着的时候我一直没给他说实话，其实胡文鹏早就死了！"这一句话把所有人都惊住了。张隐更是觉得眼前一阵恍惚。童秀秀的眼泪珠子直往外滚。

报社旁边有条街叫花街子，渝城很多"粉粉儿客"就集中在那里，他们坑蒙拐骗，用尽各种歪门邪道，只要弄到一点钱就赶紧买粉儿。

有一天开编前会，社会新闻部的陈主任报稿子，有一个整版的特稿，是说几天前花街子的公共厕所里死了一个粉粉儿客。记者对这个粉粉儿客的过去做了深入的调查采访。这个粉粉儿客比较特别，换句话说就是死得特别惨。记者采访得很深入，也严格把握了导向，报道出来很有教育意义和警示意义。

这座公共厕所其实和报社就一墙之隔，里面已经死了好几个粉粉儿客。吸粉儿的最初是吸，越吸瘾越大，后来就只有改注射才过瘾了，这些人一看就是面黄肌瘦的，两个胳膊上有很多针眼儿。他们的死亡原因一般都是注射过量，真正因毒瘾发作难受死的还很少见。陈主任说："死的这个粉粉儿客就是毒瘾发作，又找不到粉儿。法医说可能是突发心脑血管疾病致死的，他死亡前毒瘾发作是极度痛苦的。你们晓得他是怎么来缓解毒瘾的痛苦不？他偷了一大把朝天椒，放在嘴里嚼……"

当天下午下班路过鸭肠王火锅店，唐奕恰好就碰到了辖区派出所的副所长，寒暄了几句，所长说："现在的社会治安问题越来越恼火，这些粉粉儿客连火锅店里的辣椒都要偷来过瘾。这些白粉儿害人得很，好好的人，以前自己还是开火锅店的，吸了粉儿把店吸完了，把命也吸走了。"

唐奕说："听说死的粉粉儿客以前也是开火锅店的，我心里就咯噔了一下。以前有很多开火锅店的人发了财，最后都毁在了这个白粉儿上，但我一直不会想到胡文鹏也是这个下场。我心里有一种预感，就问所长。所长想了半天，说死在公共厕所里的那个粉粉儿客好像就叫胡文鹏，以前是友友火锅店的老板。我一听就往报社跑，那条稿子已经上版了，虽然隐去了胡文鹏的真名，但只要是从事火锅行业的人都知道这篇文章写的是胡文鹏。文章写到了他曾经对一个姑娘的苦苦追求，因为爱情而放弃父亲给他安排好的工作，成为一个小火锅店的伙计，后来成为了炒料师傅……我拿着大样去找段总编说要撤稿，这是我的一个小兄弟，当大哥的没有劝得住他，现在唯一能尽点力的就是给他留一点最后的尊严。段总编说从来没见到我流眼泪，哪怕是以前去暗访被人打得像猪头，我都没有在他面前流过泪。"

唐奕接着说："那篇稿件被撤了下来，我把那张报纸的大样保留着的。张二娃，你哪天到我家里来我把它交给你，这个大样只要还放在我家里一天，我的心上就像压了一块大石头，不过要让我毁了它，我又实在舍不得。这应该是胡文鹏留在这个世界上唯一的一点印迹了。"

张隐看着在锅里翻滚的红辣椒，突然一阵眩晕，直直地向后倒了下去。

十七　新店

　　他把头抬得更高了一点，像是要越过招牌的位置看向天空，但谁都没有注意到，他一直微笑着的眼角此时慢慢沁出了一丝湿润。

　　"你有没有什么计划？"段红霞问，"我们要不就再开一家火锅店？过去的事已经无法改变了，我们只能往前看。要不我们就去把君君火锅店重新做起来？做出渝城最好的火锅来，这才是对他们最好的纪念。"

　　张隐的眼睛里腾起了一点小小的火苗，但很快又成了一波死水。从那一点点火苗中段红霞就明白了丈夫的心思，她长长地舒了一口气，不由分说地拉着张隐出了门，招了一辆出租车，对司机说："去神仙洞公园后门！"

　　这是一个张隐极为熟悉的地方。公园旁边有一个两层小楼房，当初童家姐妹在这里开了君君火锅店，有一段时间张隐顶替童青青到这家店里当了好一阵子的"老板"，只是可惜君君火锅店也由盛而衰，最终关门大吉，再后来杨国辉将这栋房子租来做过酒水批发点。离那栋房子不远的地方还是以前肖春的家……张隐看着车外的街景思绪万千。

　　渝城的每一个出租车司机一上车就好像进入了飞行训练状态，不管是大街还是小巷，直行还是过弯，都只踩油门不踩刹车。这辆出租车也是一样的，车很快就来到了神仙洞公园的后门，司机这时才踩了一脚老刹车。张隐和段红霞坐在后排没有抵御得了惯性，同时往前一倾。段红霞吼了一声："你这是做啥哟？不晓得开稳一点吗？"

　　司机还是一个好脾气，说："妹儿，到了。我看马上要跳字了，所以就停这里，不然你又要多遭九角钱。"

　　前方百多米的地方就是以前的君君火锅店。那栋楼房还在，远远地就看得出来这个地方已经没有再做酒水批发业务了，重新恢复成了一个餐馆。张隐心跳有点加速，他盼望着能看到曾经熟悉的那些人，又害怕看到那些人。走近才发现这里虽是餐馆，但只是一个卖小面的馆子，张隐心里又酸酸的。

段红霞说:"你看我们把这个地方拿回来开火锅店怎么样?"

"拿回来?"张隐的心又咯噔一下,能拿回来做火锅店当然好,他对这个地方有着太多的感情。如果能重新开一家火锅店,张隐心想就是拼了命也要把它做好,重新做成渝城最好的火锅店。但这个念头转瞬即逝,人家经营得好好的,凭什么说拿就拿呀?人家不愿意转让,你就是花再多的钱也拿不到呀。

段红霞拉着他进了店,她朝一个正在忙碌的人喊了声大姨后就找椅子坐了下来。那个被喊作大姨的人虽自顾自地忙着,却也时不时偷瞧着张隐,目光里欠缺友善。张隐读得懂那种眼神,在监狱里犯人与犯人之间就是这种眼神,但他不明白自己在哪里得罪了这位姨,毕竟是亲戚,他只得颇为尴尬地对她笑了笑。

段红霞说:"这就是我们的店,你如果确定了想重新做火锅,我们就把它改成火锅店!"

那是在几年前,段红霞从唐奕和张昇的一次摆谈中听说了君君火锅店,也知道了君君火锅店就是靠张昇的技术撑起来的。张隐曾接手君君火锅店经营过一段时间,后来这个店几经转手,还被杨国辉租下来当作过酒水批发点。当时她就动了念头,想找爸妈要点钱把这个房子买下来当自己的嫁妆。

张隐遭遇牢狱之灾,他进去后段红霞还是独自一人勉强支撑着饮料厂。段红霞一边殚精竭虑地支撑着,同时又焦虑不安,因为她不清楚张隐出来以后他还会不会继续做这个厂,如果不做,那这样的支撑还有什么意义呢?思来想去,她想到了杨国辉,虽说他把精力转向了做食材,但毕竟他是从做酒水生意发家的,销售渠道和关系网都还在,往上游产业延展的可能性还是有的,如果把这个厂卖给他们,厂既能继续经营下去,自己也可以套现,拿着钱等张隐出狱后再做决定也不错。

杨国辉却没有收购饮料厂的意图,他连酒水批发生意都彻底不想做了,觉得还是做食材供应更有赚头。他用很低的价格把饮料厂买了下来,只要地皮和厂房，机器设备全当作废铁。

段红霞有些心痛，半开玩笑地说："杨老板，你这是忘本了哟，有了更赚钱的大生意就把酒水生意彻底甩了呀？这些机器你搬到仓库里好好保管，今后你哪天又想做酒水生意了，把这些机器搬出来，还能用来继续生产……"

杨国辉说："好马还不吃回头草，这些留着没用，酒水生意我是不会再做了。"

段红霞问："你以前那个门面呢？"

"你还莫说，现在那个门面留着，以我的精力根本就顾不过来，空着又太可惜。我最近就是在想着把它卖了。"杨国辉回答道。

"杨大哥，你看嘛，我们的厂已经卖给你了，张隐也进去了，今后他出来还不晓得在哪里去找饭吃。要不你就把那个门面卖给我，我来开个小面摊赚点稀饭钱？"

软磨硬缠，压了不少价，段红霞把门面买了下来。把门面买到手后段红霞没有自己开店，她知道自己没有这个本事，干脆就借给大姨家开馆子卖小面，租金是象征性收取，附加条件是张隐出狱后无条件收回。段红霞心里一直有预感，等他出来之后肯定会继续做火锅生意的！

既然心里已经认为开火锅店是板上钉钉子的事了，段红霞也开始了她的打工计划。她到渝城的各个火锅店去应聘，既然对工资多少都无所谓，那工作就是很好找的。最初应聘服务员，她会去揣摩怎么才能让服务员跑得更欢，怎么才能照顾到更多桌的顾客。后来她又去应聘厨工，她揣摩怎么处理食材更快捷又少浪费，怎么摆盘才能在菜品的分量和美观上找到平衡点。她在每一家都干不长，多的两个月，短的只待几天。

唯一遗憾的是她接触不到炒料。每一家火锅店都将炒料当成了最大的秘密。段红霞心里也不着急，她对张隐充满了信心。这几年她就这么忧伤而愉快地过着日子，盼着张隐。

现在她把张隐带到店里来，终于压抑不住，一边淌着眼泪一边指着店里店外，说这里要怎么改造和添置，店员要怎么招聘和管理，食材应选择哪些供应商……

张隐看着越说越激动最终泣不成声的妻子，眼里的小火苗也突然间升腾起来，心里也有一把烈焰。他紧紧搂住段红霞，说："我们一定能做出渝城最好的火锅店来！"

段红霞拉着张隐来到店外，说："我有点不满意的是这个地方只有门面，没有停车的位置，我们只能做做附近居民的生意，客单价不会太高。这几年大家的经济条件都发生了很大的变化，如果我能早点想明白，就应该去找一个更方便停车的地方，那些开车来的客人更有消费能力……"

张隐握着她的手加了一点力气，他觉得这能将自己心里的力量传递过去。他说："你选的可是全城最好的位置，你看，旁边就是神仙洞公园，每天都会有很多来公园游玩的人，他们都会经过我们的店，我们不用花一分钱的广告费就能让所有渝城人知道我们这个店。中午的生意我们就不先说，到了晚上，那才是我们店生意最好的时候，想停车还不简单？公园晚上会关门，我们去找他们谈一谈，可以给一点费用，让我们的客人把车停在公园里。"

段红霞激动道："你果然是最聪明的！我都没想到这个主意！"

张隐笑着说："我在里面有太多时间胡思乱想了，我在怎么开火锅店的问题上也想了很多很多。其实我早就想好了，出来后一定要先开一家火锅店，只不过没预料到的是你也是这么想的，而且还做了这么好的安排，最让人头痛的店面问题你都解决了……媳妇儿，谢谢你！"

这句话说得段红霞有点害羞，脸上浮现出红晕。

两人依偎着站在店门外又看了好一阵。段红霞昂起脸问道："你说我们这家店应该取一个什么店名呢？"

在问了这个问题后，段红霞突然有点后悔和害怕，她很担心张隐会把这里以前的店名说出来。的确，君君火锅店很有名，张隐以前也在君君火锅店干过，重新树一块君君火锅店的招牌或许可以一炮而红。但君君两个字可不只是张隐一个人的过往，那个店名更多铭记着童青青的过去。换句话说，她觉得任何人的过去都没关系，但只要是牵扯到童青青和张隐两人之间的过去，那就不行！

张隐并不知道她心里的想法，他也认真地思考了片刻，说："叫龙头火锅如何？"

段红霞没有多想，立刻开心地点头。张隐微微一笑，他想起了自己曾经骑着龙头摩托车在街巷中拉风地穿行，那是多么美好的回忆。他把头抬得更高了一点，像是要越过招牌的位置看向天空，但谁都没有注意到，他一直微笑着的眼角此时慢慢沁出了一丝湿润，他想起了肖春，想起了胡文鹏，还有童青青……

黔省。

"唧唧唧唧，纺织娘。唧唧唧唧，你真忙。纺了几斤纱？织了几尺布？给我做条小花裤……"

童青青抱着女儿轻轻地哼唱着这首叫《纺织娘》的童谣，在童谣声中女儿小美渐渐入睡。这首童谣还是童青青小时候在渝棉四厂的幼儿园里学会的，老师只教了两遍她就学会了这首童谣，可挺聪明的宋军舰无论老师怎么教总是学不会。放了学，童青青牵着宋军舰的手到楼下院坝边坐着，给他当小老师，教了一遍又一遍。

童青青收回了遐思，看了看枕着自己肩膀入睡的女儿，母女连心，看着女儿难受童青青也难受。她将女儿轻轻地放在床上，揉了揉自己酸胀的手臂，疼痛得差点叫出声来，她咬住嘴唇，生怕发出声音惊醒了女儿，这声音可不敢从嘴里跑出来呀，她倒吸了一口凉气，这样也能稍微缓解一下自己的痛楚。童青青撩起袖子，手臂上青一块紫一块的。

她不怪丈夫，他也知道丈夫心里很难受，所以她一次又一次原谅了他。

童青青和吴青云在八角街的见面，她认为是一种缘分，这段婚姻也是自己的选择，所以没什么好后悔的，而遗憾始终是会存在的，人生哪有那么多的完美？必然有所遗憾。第一次见到吴青云，他还是川菜馆里的一个小伙计，有些木讷，但更多的是善良。两个人结婚以后也是妻唱夫随，两个人共同打理店铺。在童青青怀孕后他们又一起回到黔省，仍然做着餐饮。

在那段日子里虽然童青青也偶尔会想起渝城的家人和朋友，但她把心思几乎都放在了丈夫身上。吴家对她也都挺好，吴青云更是对这个媳妇儿呵护备至。但女儿的病一下就击溃了这个幸福的家庭，他们带着小美多次来渝城检查，专家的诊断结论仍然是重型地中海贫血病。小美需要长期去医院输血，这可要一定经济实力来支撑。对于挣钱，童青青心里是有底气的，餐饮行业是勤行，只要不怕吃苦就一定能挣到钱。童青青心里还有其他谋划，她早早地注册了"火锅爽"商标，她一直相信渝城的火锅将来一定会成为一个大产业，而她更相信自己的眼光，专门针对火锅餐饮的降辣降燥饮料市场还是空白。

但是专家告诉他们，小美这种病是一种隐性遗传疾病，换句话说就是童青青和吴青云两个人的遗传基因里都带着这种缺陷。如果两人再生一个孩子，仍然可能患病！专家的这个结论彻底击溃了吴青云，小美的病痛，家庭长期的经济压力，还有失去再生一个孩子的可能，吴青云遭到三重打击。

丈夫的转变至此开始。吴青云开始酗酒，一喝就醉。吴青云醉酒后不吵不闹，也不打砸东西，他就是要把小美紧紧地抱着，哪怕小美已经睡着了他也不管不顾，这是让童青青特别痛苦的地方。小美被父亲抱得紧紧的，她不舒服，她感觉到痛，按医生所说小美是血液病，如果吴青云失手将她弄出了内伤那可是会要命的。常常是童青青在店里忙前忙后地招呼客人，一看见婆子妈（方言：丈母娘）求救般跌跌撞撞地往店的方向跑来，她的心就会紧缩起来，她和婆子妈一起迅速跑回家去，从丈夫的手里抢过哇哇哭叫的女儿。这个时候怀里突然失去了女儿的吴青云好似清醒了，又好似还在沉醉中，他又一把将童青青母女俩一起搂抱入怀。童青青会将自己的身体塞在父女之间，尽量不让丈夫接触女儿，丈夫的力气太大了，他双臂紧紧地箍住自己的身体，像要将两人的身体融为一体，任神仙鬼怪都无法分离开来。

童青青身上经常青一块紫一块，她的身上多一些伤痕女儿身上就会少一些伤痕。有一次带女儿在医院输血，熟悉的护士看见了母女两人身上的伤，义愤填膺说要给妇联和公安打电话，说这是家暴。童青青连忙摇头，说护士误会了，她说丈夫对自己和女儿都很好，这些伤和他没有关系。她唯一的一次向外人倾诉还是通过电话告诉唐奕的，她说每一次丈夫紧紧搂抱着她时，她的身上很痛，但看着他眼角流淌着的泪水，她知道丈夫的心里有着更深的痛。

除了照顾小美，童青青和吴青云把所有精力都投入到了自己的店里，但店里的生意越来越差。当年童青青和吴青云回到黔省后就商量着还是要尽快做一点事，两个人都是做餐饮的，熟门熟路，肯定还是做这一行。虽然他们在拉萨的八角街试着做的渝城火锅大获成功，但对于回黔省是否可以做渝城火锅，他们心里没底。

在黔省，酸汤及酸味食品历来是黔省苗族人民的传统风味菜肴，童青青的婆子妈就有做白酸汤的好手艺，她把淘米水加无叶蔬菜存于坛内，每天煮饭时一边取用又一边继续把淘米水放入其中，让其自然发酵而成汤母子。做饭的时候先舀一瓢酸汤出来放入锅内煮开，再将要煮食的素菜和荤菜放入烧开的酸汤中。鱼、排骨、腊猪脚等要多煮一会儿，嫩南瓜、水白菜、黄豆芽等一烫即熟，待食材煮熟后再放入适量的油盐、辣椒、生姜、木姜花或木姜籽、葱蒜、鱼香菜等佐料再煮片刻即可上桌食用，其汤鲜肉嫩，非常可口，若蘸着特制的辣椒水食用则味道更佳。

童青青第一次吃时怀有身孕，那酸中带甜、甜中带辣的味道可太对她的胃口了，她一边吃就一边在想，这酸汤和渝城的火锅有很多相似的地方，又有差别，但渝城火锅可能适应性更强一些，她就动起了开火锅店的念头。可经过一番详尽的市场调研，童青青差点打消了这个念头。在拉萨开店，来吃的是来自各地的游客，很多人并没有吃过真正的渝城火锅，他们要的是麻辣开胃即可，随便弄点罐头午餐肉或者牦牛肉片就能应付。但黔省和渝城相邻，这些年渝城火锅声势渐隆，而且很多食客已经养出了固有的习惯，吃火锅必须得有毛肚和鸭肠。

黔省有着自己的饮食习俗，自然也有一套固有的食材供应体系，比如牛瘪火锅，锅底是用牛未消化完的胃里的内容物来熬煮，俗称"百草汤"。

换作黔省以外的任何地方，食客可能都接受不了，但在黔省就特别受欢迎。

最终童青青和吴青云两口子还是开起了一家火锅店，他们做的火锅将渝城的火锅和黔省的酸汤相结合，这又是童青青的发明。以前开店的时候客人太多桌子不够用，她就整出九宫格来，让不同的客人可以镶桌。现在她干脆把一口锅一分为二，中间用铁皮焊死，将汤水完全分离开，一锅两用，半边锅是渝城火锅，半边锅是黔省酸汤，这种镶锅方式可以满足一桌客人两种不同的口味要求。至于食材那就只能因地制宜，采用当地烫煮酸汤的那些食材来应付。

当她回到渝城才发现渝城也已经流行开一锅两味的方式，只不过另一边不是用酸汤，而是用熬成奶白色的骨头汤，白白的骨头汤可以烫一些素菜，适合口味清淡的小孩和外地食客。渝城人很聪明，锅中间的铁皮还做成了双弧形，加上两边的锅底一红一白很像太极的阴阳鱼，他们干脆将其命名为鸳鸯火锅。据说这种创意还是唐奕提出来的，在火锅文化节上他提出火锅要走向更大的市场就得不断"进化"，要适应更多客人不同的口味，就像川菜一样，绝对不能只局限在麻辣上，要"善用三椒""一菜一格，百菜百味"，多变就是川菜的内核和生命力，火锅最终也只能是一种外在形式，渝城的火锅从业者应该去积极探寻火锅的内核。童青青所不知道的是，第一口鸳鸯锅还是唐奕构思好后让张隐去做的样品。张隐有钳工手艺，高高兴兴接了这个活儿，这口样品锅在火锅文化节上立刻引起了轰动，得到迅速的推广。

生意越来越差，归根结底还是他们两口子因为女儿的病情而被迫分散了精力。童青青轻揉着手臂上的瘀青伤痕，她明白丈夫心里的疼痛并不比自己少，再看看店里的生意，她萌生了回渝城的想法。回到渝城，自己还有姐姐和唐奕大哥可以倾诉，回到渝城，火锅生意也可能会更好做。

可是吴青云会愿意去渝城吗？现在的他也处在最艰难的时刻。一家人最困难的时刻应该彼此守护。她想和丈夫好好谈一谈。

渝城。

十七 新店

龙头火锅的招牌挂了上去。

开业当天，龙林和童秀秀两口子送上了一个厚厚的红包。张隐掂量着怎么也得有两三万块钱，便坚持不要，他什么道理都讲了，说过去的事情大姐和龙大哥没有任何错，给他们做担保也是他自愿的，坐牢这件事是有人存心要整自己，只不过是用了他们的事借题发挥而已，如果一定要说拖累的话，反而是自己拖累了大姐和龙大哥。大姐和龙大哥现在小本经营已经非常不容易了，这点钱可能就是他们两个小公司所有的流动资金，他绝对不敢收这么大一份礼金。

龙林是个老实人，不太会说话，眼看着说也说不过，硬塞也塞不出去，一激动就脸红脖子粗，两膝一软就放大招准备给张隐跪下了。张隐一看这可了不得，马上就把他往上架。龙林说你不收我就跪，两个人就这样在店门前斗牛，不分胜负，都是一身大汗。

这时候唐奕也来道贺新店开张，刚下出租车就看到了这一幕，他也就帮着张隐把龙林拉开。童秀秀看着有人帮忙，丈夫落了下风，她也没有力气去帮着拉，干脆也直直地跪了下去。唐奕又来拉童秀秀，童秀秀没拉起来，龙林借势也跪下去了。

"唉呀，你们两口子这是在搞啥名堂呢？张二娃今天新店开张，你们这一跪，不晓得的还以为是来喊冤扯皮的，怎么这么不懂事哟！"唐奕装作很生气。

这样一说这两口子才满脸通红地站了起来，手足无措。龙林两口子可都是认死理儿的，既然唐奕来劝，干脆就把手里的大红包往他身上塞。在他们看来，唐奕和张隐谁收都无所谓，反正塞出去了就心安。

这下唐奕惹火烧身，他急忙躲，最后和龙林两个人就把张隐当作磨心，围着他玩起了老鹰捉小鸡的游戏来。"慢点慢点，我跑不动了，你先听我说一句。你们如果不缺钱用，就借一点给你妹妹吧，她现在恼火得很，娃儿治病要钱，生意又不好，找我都借了两次应急了……"唐奕一边喘气一边求饶。

这句话像孙悟空念的定身咒，一下就把龙林、童秀秀和张隐三个人都定住了。唐奕脱口而出的"妹妹"除了童青青又还能是谁呢？童青青这么心高气傲的人竟然开口向唐奕借钱，那真不晓得她是遇上了什么急难事了，而这些事她却从没给大姐说过。

唐奕看他们的表情就暗叹一声不好，童青青一定还瞒着他们的，自己这一下脱口而出又惹出祸来了，赶紧打圆场："哦，哦，上次她带娃儿来渝城看病的钱在路上被扒手偷了，找我借了点钱应急，可能她觉得找我容易一些嘛，我有车嘛，接了电话可以马上赶过去接人，找你们的话还得等很久，娃儿也不是啥大不了的毛病，就没有惊动你们……"

听他这样一解释，童秀秀和龙林眉目一下就舒展开来，但张隐的眉头却越皱越紧，他听得清清楚楚，唐奕的话是前言不搭后语，漏洞百出，明显是在撒谎掩饰。

唐奕一看张隐的表情，心里又叫了一声苦，这个小爷不像那两口子那么好哄骗。他也顾不了太多，得先把眼前的事敷过去再说。"秀秀，龙林，你们如果要表示一下心意我倒可以帮你们出个主意。就这几天把你们的员工带到二娃这个火锅店来，让他们安安逸逸地吃一顿，搞一次团队建设，这对你们两个的公司运营肯定是有好处的，增加凝聚力嘛，对张二娃这家店也有好处，俗话说赚钱不赚钱场子先扯圆，把人气做起来，把名声做起来。张二娃，大家都来帮你扎起，你就打个折，把分量再整旺实（方言：实在）一点。"

他一边说话一边往店内躲，能躲一时算一时，他知道张隐肯定会追着自己问童青青的事。张隐一直把唐奕盯得死死的，但看到他一直在段红霞身边转悠，又找不到合适的时机把他单独拉出来，心里憋得直冒火星子。

唐奕趁张隐去接待另一伙朋友的空当，赶紧脚底抹油溜掉了，临走前还是给段红霞塞了一个大红包。当然，第二天的《渝城时报》上还推出了一篇浓墨重彩的报道——《新店开张敢称龙头，渝城火锅绝技再显》，这也算是他给的一份贺礼。

十八　办厂

> 火锅要发展需要整个行业的共同提升，我不敢保证把大家都带到山顶，但如果能修一条路，让这些经营者都能轻松到达半山腰，这个行业的基准就在半山腰了。

龙头火锅虽是一家新店，但周围很多居民都还是吃出了曾经君君火锅的味道。正如张隐所说，这里紧邻公园，来往的人流量比较大，再加上报纸那篇文章的影响力，火锅店的生意一下子就火了，很多人来晚了没有桌子，排队等两三个小时的座都愿意。对于这些等座的客人张隐特别殷勤，心里也多少有些歉意，于是隔一会儿就从店里走出来和他们打打招呼，散几支烟，聊聊天。

这天他刚走出店就看到坐在队尾板凳上的邓红芸，她正带着几个人一边排队等座一边闲聊。张隐连忙朝店内喊了几声，把段红霞叫了出来，两个人一起走到邓红芸面前毕恭毕敬地向她打招呼，赶紧把她请进店里。其他排队的客人不干了，起哄。张隐就堆着笑说："这是我们两口子的媒人，你们说该不该让她插队嘛？"客人们顿时哄笑："不仅该插队，更应该免单！"

邓红芸反倒有点丈二和尚摸不着头脑，问是怎么回事，在她的印象中张隐和段红霞应该是在何震玲的旺兴酒店认识的。

段红霞倒是大大方方地说："其实我们两个开始有点意思还是在美食文化研究会的时候。当时为了促成火锅节，我们把柳副市长骗到了渝棉四厂去，我就是那个时候喜欢上他的……您是研究会的会长，您不搭这么个平台，我们哪有这个姻缘哟。"

邓红芸也笑说："看来美食文化研究会就这一件事是做对了的，那这个媒婆的身份我就认了嘛。来嘛，你们再给我嘴角边点一颗媒婆痣嘛。"众人皆笑。

贵客登门颇为难得，张隐放下手里的事坐了下来。话题当然得从美食文化研究会聊起，目前协会已经换届，邓红芸仍然担任会长，而秘书长则是由谭咏旗担任，这倒有点出乎张隐的意料。邓红芸说唐记者现在当了总编了，一是工作忙，二是他作为有现职的领导，再在美食文化研究会挂职也不太妥当，干脆也就退出了，挂了一个文化顾问的虚衔。而何震玲第一届没争到会长一职，她心里也非常清楚，只要邓红芸不主动退下来，大家仍然会选邓红芸当会长，自己仍然只能是当个副会长，她嫌弃副会长不好听，干脆就退出了美食文化研究会，另拉了一帮人组织了好几个协会。当然，美食文化研究会毕竟牌子响亮，影响力也大，她怎么会舍得真正放弃嘛，于是就想方设法把谭咏旗推举成了秘书长，实际上就是她的代理人，也是用来给会长邓红芸设置障碍的重要棋子。

邓红芸问张隐："你就做这一家火锅店，没有其他想法？你这一辈子总不至于一直做这个店吧？你看看外面多少排队的人，不想把店再扩大一些？不想多开几家店？"

段红霞走了过来，她靠在张隐身旁，笑盈盈地对邓红芸说："我们张隐以前就是在邓总那里学习的餐饮经营，张隐一直在给我说邓总您对他有多么好。他还给我说过，后来离开幸福酒楼，就是觉得在黔省没有把店做好，有点愧对于您。"

从这几句话里邓红芸就看了出来，不仅是这家店的经营，他们小两口家里的大事小事看来都是段红霞说了算。邓红芸也干脆直接把目光转向了段红霞，张隐反而成了旁观者。

邓红芸说："张隐有技术，也有经营管理的经验，而且还有担当，和我又合作过，我对他是知根知底的。你以为我真是来你们这家店吃火锅？我就算是想吃你们家的火锅也可以安排人来提前排队，我选了一个倒早不晚的时间排在后面，本来就是想等到最后，一边吃一边和你们两口子慢慢聊聊天，结果张隐太热情了，那我也就恭敬不如从命。今天这一趟没有白来，张隐还是重情重义认我这个大姐的，我也真正认识了我这个兄弟媳妇儿，以前还只当你是跟着张隐跑跑腿做做报表的小丫头，是大姐看走眼了，你也是一个很能干的人，就你这张嘴都不得了，半个渝城就只找得出你这一个。我就把话挑明了，今天我来这里其实是想扮演刘备，演一出三顾茅庐的，你们这家火锅店还是池子太小，外面有江河湖海，那才是值得你们两口子去扑腾的地方。今天算是一顾，我也就巷道里赶猪直来直去了，懒得再二顾三顾了，你今天就给大姐一句实话，想不想再做大一些？"

张隐还没开口，段红霞就抢着回答道："怎么会不想呢？渝城做餐饮行业的都把您当作偶像，您也是白手起家，现在生意做得这么大，而且还在不断地想着开发市场……"

张隐拉了拉她的袖子，说："你先听听邓总说嘛。"

邓红芸果真是巷道里赶猪直来直去的性格，直说道："我建了一个火锅底料加工厂，张隐来当老板！"

邓红芸从田螺系列起家，主打传统川菜，大麻大辣，被人称作田野派。而何震玲偏重走高端路线，用川菜的味道来做粤菜的食材，被人称作宫廷派。至于火锅，两家都在另用字号经营，从营业收入上来说算不上她们的主营业务，只不过渝城餐饮界的大佬们有着相同的观点，就是火锅在渝城会越来越火，也逐渐进行着产业升级，假以时日火锅定会成为渝城餐饮行业的主导力量，不可小觑。

渝城的火锅店越来越多，累计起来对花椒、辣椒、鸡精、味精等调料的用量可是一个惊人的数字。何震玲成立了一家食品加工厂，生产火锅底料，赚的不仅是批零差价，而且还要赚加工费。作为江湖派的领头人，邓红芸也不再含蓄了，立刻买地建厂，也马上生产火锅底料。

张隐轻轻摇了摇头，说："火锅底料还是应该手工来熬制，味道可以随时增减，工业生产线的火锅还有什么吃头吗？"

话音刚落段红霞就用手捅了捅他，抢过了话头，说："现代餐饮行业必然要从传统的手工作坊向工业标准化方式转变。别说火锅了，就是川菜，你不是说每个厨师做出来的味道都不一样吗？还有，你爸爸的手艺那么好，他不做菜了，谁又还能做得出那种味道？我所知的是美国那个快餐，那个汉堡包，一年卖两百多亿美元！换算人民币那就是一千多亿！谁来做？勤工俭学的学生就可以给你做出来！你不是一直在说总有一天你会想办法把渝城火锅做大吗？这就是最好的机会呀！"

邓红芸赞同张隐的说法，她说："好火锅和好川菜其精妙之处的确在于随时增减。张隐有这个资格说，那是因为他有这个技术，其他人就不敢这样说了，我很看好火锅未来的发展。火锅要发展需要整个行业的共同提升，我不敢保证把大家都带到山顶，但如果能修一条路，让这些经营者都能轻松到达半山腰，这个行业的基准就在半山腰了。这和做汉堡的标准化是不一样的，我也没有那个雄心壮志，我只想给我们的火锅行业当个铺路石。"

听到这里，张隐直了直身体，他看到同桌的其他人都不由自主地直了直身体。张隐想，或许这就是书上所说的肃然起敬吧。

邓红芸说："前几天我是看《渝城时报》上的一篇文章才晓得你这新店开张的，《新店开张敢称龙头，渝城火锅绝技再显》，这篇文章写得好，你这个店名也取得好，就是要敢当龙头。张隐，怎么样？来帮我把食品加工厂整起来？你不是还说你不想让老汉儿的手艺被白白浪费了吗？我之前也打听过，问来问去都说渝城火锅底料炒得最好的就是张昇张大厨了，而且还听说他手受了伤之后就靠一张嘴，口传心授教出来的徒弟也很霸道，我很想请他们出山，问了一圈，唉……张隐，这不仅仅是帮我，也是把你老汉儿的手艺发挥出来、流传出去的最好机会。我们新产品的名字都由你来定，叫张大厨火锅底料或者友友火锅底料都行……我这次不仅要请'诸葛亮'，还想邀请'黄月英'也一起加入。"

段红霞虽极力怂恿张隐接受这份新的事业，可她自己面对邀请却是没有丝毫犹豫，直接摇头拒绝。段红霞说："邓大姐您刚刚谈到了很多企业发展的理念，最重要的一点就是标准化，您说到了人才培训和原材料供应，但您还忽略了一个很重要的环节：一个企业要做大，它的管理也是要标准化的。"

"哦，你有什么想法？"邓红芸颇感兴趣，一桌的人都将目光聚焦到了她的身上。

段红霞说："这几年我去过很多火锅店打工，这些火锅店有什么好的地方和不好的地方，我心里已经总结出了七七八八。现在我们开这个店就正好可以好好实践一下，扬长避短嘛，这样成功的概率就会大很多。如果把以前总结出来的再加上现在实践出来的形成一套经营管理模板,那今后再去开几家几十家火锅店,是不是能多一些成功的把握?"

邓红芸惊讶道:"你想做连锁加盟?"

"我大学里是学经济的,很多知识都还给老师了。但有一个故事我印象很深,以前美国西部淘金热时最赚钱的不是那些淘金者,而是一个服装商人,他将厚实耐磨的厚帆布做成牛仔裤卖给那些淘金者。我猜想,今后会有越来越多的人想进入火锅行业,比如邓大姐您就建了火锅底料厂,解决了这个行业最大的技术难题。而我做好一个品牌和经营模式,就解决他们的管理问题。"

说到这里,段红霞小快步地跑到收银台,从抽屉里拿出一本《商事》杂志。这是一本全国都很有名的杂志,文章浅显易懂,很受那些小企业主和有创业梦的人喜爱,有人甚至戏称它为"发财故事会"。这本杂志的加盟广告特别多,厚厚一大叠,甚至已经超过正文的厚度了。段红霞翻到中间两个广告页,一页是"旺兴火锅底料,渝城最香的火锅底料",这是招底料代理经销商的广告,另一页是"加盟旺兴,快速开家火锅店,渝城最牛火锅助你创业",这是品牌加盟的广告。段红霞说:"这两个发展方向旺兴的何总也想到了,并且先行一步。邓大姐,请原谅我班门弄斧哈,我虽然不会炒料,但我看过我先生炒料,一锅好的火锅底料并不是花椒辣椒加得越多越好,也不是火越大越好,炒一锅底料就算是辣椒都要放好几种,有的出辣,有的提香,有的增色,下锅的顺序也不同,还有就是火候,大了糊锅,小了出不了味。其实我们做餐饮管理和做餐饮技术是一样的道理,都讲究一个度,讲究一个控制,一旦失去了这个度的把握,那就会成灾。有些人做加盟图的是赚加盟费,靠扩充网络卖自己的底料,这种做法加盟店的数量会发展得很快,但那些加盟的小老板垮得也更快。我也想为这些想创业的小老板做一点负责任的事。"

邓红芸站起身来,对张隐和段红霞两口子说:"今天这顿火锅是我吃到的最香的火锅,我也挖到了两块宝。张隐,我还是那句话,诚心诚意请你来负责我那个工厂的生产和技术,你先莫拒绝,听我把话说完,听听我能开出什么条件来,本来我还想把红霞也挖走,现在我改变主意了,这块宝我是挖不走的了,挖到我那里反而是埋没了,有她在这里做龙头火锅,打造龙头火锅这个品牌,我是有绝对的信心的。我现在就说我的条件了——你如果愿意去帮我把底料厂做起来,我就给你们的龙头火锅投资,帮助你们尽快做起加盟连锁模式来!"

  大家都很高兴。可张隐的心里却又打起了另一个小算盘,他想,既然是邓总主动邀请我去帮她办厂,那我还有一个条件要单独跟她谈谈才行,那就是能不能在生产火锅底料的同时再多加一条饮料生产线?这样就可以把火锅饮料恢复生产。唐奕把童青青注册的火锅爽商标转给了我,现在唐老头儿不给我说她的情况,想必她的日子过得不会太好,这个商标还是应该还给她,而且我还要想办法帮她把产品也做出来。

  他偷偷看了看段红霞,生怕她看出了自己心底的那一点秘密。

  邓红芸听后很爽快地答应了。这一下张隐反而为难了,这么大一件事又该怎么给段红霞交代呢?想来想去就想到要唐奕来"背锅"。

  这天中午张隐把唐奕约到店里来烫火锅,边吃边聊,客人走完了,他们还在慢慢吃慢慢喝。张隐示意段红霞和几个丘二先去休息,不用管他们。等人都走了,张隐才靠近唐奕的耳朵告诉他要把这一条火锅爽的生产线"送"给唐奕。

  这并不是一个好主意,唐奕知道纸是包不住火的,对于搅和到张隐他们两口子中间去,他内心是十万个不愿意,可想到童青青的困难,他也只能点头同意当这个挂名老板。卸掉了心里的大石头,张隐很高兴,给自己斟了一杯啤酒,再帮唐奕撬开一瓶,他站起来想敬唐大哥一杯,突然一下子没站稳,人一摇晃险些摔倒,他还以为是自己把腿坐麻了,赶紧用另一只手扶住桌子。而同一时间从后厨也传来段红霞她们的尖叫声。张隐赶紧两手扶着墙,半蹲着。唐奕脚边的几个空啤酒瓶倒在地上发出清脆的碰撞声,而锅里的红色油汤竟然荡漾起来,一下又一下地奔出锅沿,浇得锅底发出滋滋声,火苗也借助油的滋养一下腾了起来。

  地震了!职业习惯使然,唐奕立刻看向墙上的挂钟,此时是2008年5月12日14时28分。

十九　重逢

> 黑和白本是构成图画的最基本的色调，比如素描。可这团黑是会动的，这一动就像是一大摊浓酽得化不开的缤纷色彩，填满了整个画面，这个世界也慢慢活了过来。

晚上六点多，《渝城时报》的号外就印了出来，全城免费发放。邓红芸也通过短信向她手机通讯录里的人发出倡议，希望大家捐赠物资。渝城美食文化研究会将组织车辆前往灾区。

晚上九点多，三辆车头处挂上抗震救灾红色横幅的货车就已经满载了。秘书长谭咏旗代表何震玲捐赠了整整一车的旺兴火锅底料。大灾面前，所有人都团结一心。

何震玲平常喜欢搞户外徒步运动，她背着一个鼓鼓囊囊的登山行囊站在第一批出发的队伍前方。邓红芸握着何震玲的手说："现在灾区除了救人之外肯定是缺吃缺喝的，我们渝城离灾区比较近，我们的人越早赶过去越好，要把锅碗瓢盆都带上，哪怕是去熬一碗粥也行。那些活下来的人现在最需要这一碗热粥。我还要组织几批物资，这支先头部队就拜托给你了，你们一定要注意安全！"

第二天天蒙蒙亮，第二批物资也准备就绪，又装了整整六辆大卡车。这一批物资中有燃料也有饮用水，还有为灾区女性准备的卫生用品。显然经过了最初的忙乱后整个援助行动也更有序了，客车也开到了集结现场，这一批队员都是开餐馆的老板，说是老板，其实也都是摸着锅碗瓢盆成长起来能独当一面的厨师，张隐也在其中。

就在车队即将出发时，唐奕也开着他那辆奥拓赶了过来。他把车停在车队前，急慌慌地从后座搬出一大包文化衫，激动得满脸是汗，放大声音喊："这是我守着广告公司催他们赶出来的。"

张隐打开一件。白色的文化衫正面印着：众志成城；背面印着：渝城餐饮界。

张隐问唐奕："怎么不是渝城美食文化研究会？"唐奕朝不远处的邓红芸一努嘴，说这是邓会长的主意，她说不管哪个协会都是渝城餐饮界的一部分，大灾面前不分彼此。

车队赶到驻扎点和第一批队伍会合后，人们立即各自忙碌起来，有的淘洗，有的烧火，有的熬粥，也有的负责分发馒头。他们没日没夜连轴转了起来。

粥棚子比不得正经厨房，物资不齐备，旺兴酒店的火锅底料就发挥了很大作用。锅里放点菜油，放几包火锅底料一加热，底料里的油、辣椒、花椒、香料全都化开，再将荤菜素菜下锅，翻炒一阵，又麻又辣的一锅菜就成了，非常方便。

白案师傅程峰和张隐已成了好朋友，他搓搓手说："张兄弟，我看这里做饭的人手还比较充足，但前面救援的人手就紧张得多，救援就是抢时间，我们多去一个人就能多救几个人出来。老子当过兵的，越是危险就越敢往前面冲，就是不晓得你崽儿敢不敢一起去？"

说到往震中地区去直接参与救援，大家纷纷摩拳擦掌。何震玲和邓红芸商量了一下，又和指挥部沟通了，从渝城餐饮界这支厨师队伍中抽调出八个年轻小伙子，由老兵程峰带队前往震中地区作救援力量的补充。张隐和谭咏旗也加入了这个队伍。

才过了四天，张隐就感觉特别疲倦。这四天时间里只有在困到了极点他们才会在废墟旁坐下来打一会儿盹。每过去一分钟幸存者获救生还的机会就少一分，时间越来越紧迫，他们配合着消防战士拼命地挖，拼命地找支撑物和搬运抢险设备，每成功救出一名幸存者他们都会欢呼流泪。

救援队伍仍然在搜寻，仍然在继续挖掘，突然队伍里出现了躁动，生命探测仪有反应，废墟下面还有人活着。专业救援队一点一点仔细地挖掘着，张隐他们在外围做着辅助工作，他们的眼睛和心全放在那个洞口上。

很快洞口处就向外围传出了好消息，里面还有一个小男孩，他还活着，还有一只小狗陪伴，也还活着。

担架缓缓地从洞口往外抬移，现场人人都感到紧张。张隐咬紧了嘴唇，齿痕深深地印在嘴唇上，他感到了一丝甜腥味，嘴唇已经被咬破了，他想喊，想跳跃，但这堆废墟上容不下任何大动作。小男孩被救了出来，张隐看见他的眼睑轻轻动了一下，整个脸和身体全沾上了白色的水泥灰，那眼睑的微动在这些尘灰下很难被人注意到，但张隐看见了，孩子似乎是想睁开眼看看下面那叫得低声但凄惨的小狗。

担架刚被转移到平地，两个外穿白大褂内穿军装的医生就俯身上去做起了胸外按压。张隐他们站在废墟上保持着静默看着这一切，直到他们看见医生站起身对着消防战士摇了摇头，全世界的悲怆一下全都扑打在了张隐身上。所有人都默默走下废墟，无力感已彻底击垮了他们，一直没有流淌出来的泪水现在淌满了他们的面庞，在白的和黑的尘灰上勾画出了世界上最悲伤的图画。

突然，程峰沙哑着嗓子用尽全身力气大吼一声："狗×的张隐，你要做啥?!"所有人的目光都因这吼声聚焦过来。程峰跟跄着脚步往刚刚那个洞口扑去，只可惜脚下被一块预制板一绊，他直挺挺地摔倒在了废墟上，就这一耽搁，张隐已经将大半个身子钻进了洞里。

正在往远处撤离的消防队员立刻转身回奔，但到了废墟上他们的动作就立刻变得缓慢而小心翼翼。刚刚经过了一波余震，这时候的废墟就像是一只在太阳下熟睡的猫，阳光慢慢偏移着离开它的身体，一种冷寂即将把它唤醒。

特别是刚刚打通的那个洞口，边缘的石头还在顺着洞口往里掉。突然间洞口又陷落了一大块，就在混凝土块坍塌的一瞬间，又一个人像足球守门员扑救点球一般，在空中划出一个弧形的鱼跃，他的身体重重地摔在洞口，而他的两只手则牢牢地抓住了正欲下坠的混凝土块。

很快，张隐被拉出了洞口，他的胸前用衣服做成了兜袋，兜袋里包裹着一只纯黑色的小奶狗。

抓着混凝土块的是谭咏旗，他见张隐出了洞口才长舒一口气。谭咏旗

十九 重逢

261

的两只手臂被划出了很多道血口子，手掌流着血，左腿膝盖也磕破了，疼得他龇牙咧嘴，他对着张隐大骂道："你个狗×的，老子在穗城第一眼看到你就晓得你是个亡命之徒！只是想不到你会为了一只狗赌命！老子真的怕了你了！"

就在张隐他们离开渝城餐饮搭建的粥棚后不久，黔省的救灾志愿者队伍来到了粥棚，童青青也在其中。

到了粥棚，他们才想起为了赶时间这一路全是吃的饼干和方便面，现在见到馒头和粥，他们肚子全都发出了抗议。领头的拿不定主意，他们商量着说："这是给灾民提供的餐饮。我们是志愿者，如果也去吃一顿怕是不好哟！"

童青青一下子就注意到了这些文化衫背后的"渝城餐饮界"几个字，她跑上前去，说道："我们是从黔省来的志愿者，有两天没有正经吃过饭了，可不可以让我们也喝一碗稀饭吗？我们可以拿方便面来换。"

正在分粥的卞师傅听她口音是纯正的渝城口音，眨眨眼睛逗她说："你们是黔省的志愿者？来嘛，随便吃。但是你们想拿方便面来换恐怕不行，要换也得把你这个渝城妹儿换回来才行哟。"

黔省的志愿者们热热闹闹地坐了下来，一口热粥入口，浑身都舒坦了。

童青青东张西望，她看到那码成一堆的火锅底料，又问："你们这里还可以烫火锅哇？"

卞师傅哈哈大笑，说："你这个妹儿馋火锅了吗？哪个叫你要跑到黔省去嘛，留在渝城不好吗？留在渝城好安逸嘛，天天都可以吃火锅。唉，莫说你想吃火锅，这一说起来我也很想吃一顿火锅了，但现在再怎么想吃也没法，这里怎么可能烫得了火锅嘛。这些底料我们是拿来当佐料用的，炒菜煮菜都很方便。"他一边说一边指了指旁边一个不大的不锈钢盆子，里面盛着满满一盆炒包包白，就是用火锅底料炒出来的。童青青拿起筷子夹了一片尝了尝，撇了撇嘴，说："一点儿都不好吃。"

卞师傅一边盛粥一边忙里偷闲和童青青斗嘴玩儿："你这个小妹儿嘴巴

还刁得很咧，那你说啥才叫好吃吗？"

童青青笑嘻嘻地反问："师傅，你是天天待在渝城的，应该是我来问你。你说说，渝城哪一家的火锅最好吃吗？"

卞师傅忙完了手里的活儿，双手在屁股两边擦了擦，从粥棚子里走出来，认真地想了想说："现在渝城的火锅有上万家，你非要问哪一家最好吃，这个我怎么回答得上来呢？不过你要说哪一家最有名，我还是可以给你摆摆龙门阵的，那就是好几年前渝城的友友火锅，好像是两姊妹开的。其中一个女娃儿凶得很，电视上报纸上都做过宣传，赵忠祥都到店里去吃过火锅的，还把她喊成火锅姑娘，她还去北京领过奖，你说厉害不厉害？这可是我们渝城餐饮界从没有过的荣誉哟！"

童青青听厨师大哥在闲谈中竟然提到了火锅姑娘，她一下就愣了神。

卞师傅叹了一口气，说："后来不晓得怎么就垮了，再也没听到过火锅姑娘的音讯了。现在渝城火锅店这么多，还真找不出哪一家的名气超过原来那家友友火锅店的。"

休息片刻，黔省的志愿者队伍又出发了。童青青上了厕所回来，急匆匆地追了上去。他们离开粥棚后，卞师傅收拾碗筷时捡到了一部小巧的摩托罗拉手机。这时邓红芸忙完了手里的事也赶回到粥棚帮忙，卞师傅就将手机交到了她手里。刚把手机拿到手里便有来电，邓红芸以为是机主打来的，按了接听键。

电话是找童青青的，对方的话语带着黔省方言，邓红芸也没听清，她说这个手机是刚刚捡到的，手机的主人离开一阵子了，可能要过好几天等失主回来时才能还到她手里。电话那边的人也是只听了个半截，也不容邓红芸多说，带着哭腔让她赶快把机主童青青叫来接电话，她有很重要的事要给机主说——吴青云死了！

又过了好几秒，电话那边的人才真正反应过来，明白了现在拿着手机的人并不能找到童青青，她更着急了，说："大姐，您行行好，能不能赶快把手机还给机主？这个事真的很重要呀！半个小时前她老公出了意外死了，让她赶快赶回黔省来！"

邓红芸马上找到卞师傅，问道："你晓得她是往哪个方向走的不？赶紧拿着手机去追，一定要把她追上，把手机还给她，让她回一个电话。"

等卞师傅跑出去很远了，邓红芸才醒了过来，童青青？那不就是火锅姑娘吗？

她立刻拿出手机拨打了张隐的号码，电话还没接通邓红芸的心里又一转，好像看到段红霞的影子在自己眼前晃了一下，她马上就挂断了，然后拨通了唐奕的电话。

黑色，一般人将其视为死亡的色彩，可在张隐眼中这是整个世界的希望。

因为张隐这一次冲动的涉险行为，他们这组志愿者队伍被现场指挥部勒令后撤。这四天他们全部生活在瓦砾中，困了就在瓦砾中打个盹，醒来就在瓦砾中搜寻和挖掘，他们的眼里只有瓦砾的灰白色。现在他们一路蹒跚着回撤，大家的目光时不时就瞥向张隐胸前那团毛茸茸的黑色，黑和白本是构成图画的最基本的色调，比如素描。可这团黑是会动的，这一动就像是一大摊浓酽得化不开的缤纷色彩，填满了整个画面，这个世界也慢慢活了过来。

撤回到粥棚后这几个家伙互相交流了一下眼神，这几天大家已经形成了默契，除非发现生还者，除非危险迫在眉睫，他们都默默靠着眼神进行一切交流。他们心照不宣地违背了指挥部要求完全撤回的命令，混进了粥棚，很快进入到熟悉的厨师角色中，或洗或淘，或烹或炒。

张隐给黑色的小奶狗取了一个名字，串串。住在抗震棚里的那些小孩子突然间就多了一个玩伴，他们把串串围在中间然后分开跑，嘴里喊着"串串，串串"，拍着手，看小黑狗究竟跑向哪一边。

串串是一种川渝地区都流行的烹饪方式，是把食材用竹签串成一串串的然后放进锅中烫煮。张隐看孩子们笑闹，心里一直堵着的那块石头也终于算是坠到底了。

邓红芸见到他只是说了很多声辛苦了，平安回来就好，其他什么话都没多说，但她的眼睛里明明白白地藏着很多话。

前几天唐奕也给张隐打来电话，灾区的电话信号还是恢复得比较快的，但充电困难，如果不是紧急事情大家都把手机关机了。张隐打开手机看到很多漏话提醒，拨打回去时唐奕也只是问他在什么位置，是否安全。张隐感觉到唐奕藏着真正想讲的话，要不然他怎么会接二连三地拨打自己的电话呢？就为了问声平安？

邓红芸和唐奕费尽心思掩盖的谜底竟然自动揭晓了，张隐撤回的当天晚上，童青青也撤回到了渝城粥棚。

那天黔省志愿者队伍以为童青青留在粥棚帮忙，没有等她。童青青追的时候又追错了道，这也难怪卞师傅一直没追到人，她也就一直没拿到自己的手机，她在这几天的时间里和她熟悉的世界脱离了联系。

童青青掉了队，但她很快就混进了其他志愿者的队伍中。这些队伍对于陌生人都分外客气，甚至把她当成灾民对待，脏活累活都不让她做。童青青找不到存在感，非常郁闷，她动了念头，干脆去渝城的那个粥棚吧，自己还可以露两手，可等了两天才等到一辆后撤的空车。

童青青刚从车里钻出来，就恰好看见张隐在前方不远处，他蹲在地上抚摸着小黑狗，旁边还围着一大群闹腾的孩子。小黑狗并不老实，或许是被孩子们吵烦了，想突围出去找个安静的地方，它圆滚滚的身体一拱一拱地向童青青的方向跑来，张隐和孩子们的目光也跟着它往前。他看到了，他目光前方的童青青正看着自己。

张隐站起身向前走了几步，又放慢两个步子，再加速一步。两人就这样面对面地站在了一起。

张隐想拥抱她，但他身体似冰山般僵直，即便要融化也会是哗啦啦地崩塌。这座冰山上的裂隙逐渐增多，逐渐加深，逐渐往着崩塌的边缘一丝丝地积蓄着力量。

童青青更快地回到了现实中，她伸出右手说："张二娃，我们有好多年都没见了哟，没想到在这里碰见你了。"只不过她的眼眶现在就如堰塞湖一

十九 重逢

般，稍有风吹草动就会决堤，就会一泻千里，她的肉身就会被这一汪蓄积的泪水冲击得溃败和消融。

张隐也回到了现实中，也伸出右手与她相握。他们的手一触碰，一个是水，一个是冰，虽彼此不同却也相融在一起了，水和冰先天就是相融的。

邓红芸远远地看到了这一幕，她看到张隐的神情，立即就判断出这位女子的真实身份。她的包里还放着一部手机，应该就是眼前这个女人的，而手机里还藏着不幸的消息。

"张隐！"她喊道，"赶快过来，我们一起去一趟指挥部，有点事情要马上协调！"

卞师傅也看见了童青青，一下就激动起来，他小跑着迎过来，说："唉呀，上次没认出来，原来你就是火锅姑娘！唉呀，你真是霸道，我也只是听别人摆过你的龙门阵，结果见了真佛竟然还不认识……"

童青青将自己的视线强行从张隐的背影上拉了回来，对卞师傅说："那是江湖上乱传的，火锅姑娘是我三姐，我只是一个打杂的小妹儿。"

邓红芸将张隐拉到清静处，将童青青的手机交到张隐的手里，她长长地叹了一口气，将她所知道的前几天在黔省发生的事情叙述了一遍。张隐听着，神情木然，他好似没听清，等邓红芸说完一遍后他又问："你刚刚说什么呀？"

邓红芸轻轻地摇了摇头，说："我知道这个消息后已经想了很多办法，但就是没找到她。现在……你想办法把这个消息告诉她吧……哦，我已联系过唐奕了，他已经去了黔省。"

说完这些话后邓红芸走向人堆，将童青青从人群中拉了出来，她简单介绍了一下自己，问了问前方的大致情况，然后朝着张隐的方向扬了扬下颌，说："青青妹子，张隐在那边等着你，他有话要和你说。"

童青青疑惑地看了看邓红芸，走向张隐，还有几步距离时她就看到张隐手里紧紧攥着的手机，问："咦？这不是我的手机吗？怎么在你手里？你是在哪里帮我找回来的？"她伸手就要去拿手机。张隐没给她，而是将手机装进了自己的裤兜里。童青青一个大步上前去，一只手按着他的脖子，另一只手就去掏他的裤兜，动作熟练得就像小时候张隐藏了她的发夹她要抢回来的样子。只不过现在的张隐已经比她高了半个头，按脖子是按不下去的，手一搭上去更像是勾着张隐的脖颈，张隐的头微微一低，两人就几乎是额头碰额头，脸对着脸。彼此的呼吸都很急促，彼此都能听到对方的心跳。

张隐一把就攥住了她去抢手机的手，低声说道："青青姐，你家里出事了……你的老公出了车祸……还在医院里……还在抢救……应该没啥危险了……"

就像是在给一个昏迷不醒的植物人喂糖水，张隐吞吞吐吐一边编织一边将真真假假的信息灌输给童青青。

童青青是和张隐一起长大的，从小就看着他一边挨打一边编瞎话，他哪句话是真哪句话是假，她不用看他的表情就能从他的语调上判断个八九不离十。童青青一言不发地看着张隐继续编，直到他实在无法再编下去了。

"莫骗我了，你帮我找找能离开这里的车，越快越好。"她冷静地说。

平常来来往往的车很多，可这一时半会儿外面来的车不少，源源不断地往灾区里送人送物，而从灾区往外开的都是拉着警报器的救护车，那是抢运伤员的，其他空车一辆都没有。

邓红芸已经安排所有的厨师帮忙留意着，只要不是救护车，如果有往外开的车就先拦下来再说。她把正在补瞌睡的何震玲拖出了帐篷，这个小帐篷里面搭了两张行军床，有一张折叠桌和四个折叠椅，平常这个帐篷既是库房也是邓红芸和何震玲的寝室。何震玲满脸倦容，说："你是睡饱了的，我昨晚值了夜班还欠着瞌睡账。搞啥吗？做人能不能厚道点？"

邓红芸也不多说，言简意赅："你想睡另外找张床去睡，腾个地方出来，这里有其他用途。"

帐篷构成了一个小小的独立空间，里面只有童青青和张隐相对而坐。童青青仿佛是刚睡醒一般，她将手机拿过来，打开翻盖又合上翻盖，好几次想回拨那个熟悉的手机号码，终究还是没有按下呼叫键。

"他终于轻松了……不用和我一起受罪了……"童青青想起最初见到吴

青云，还是在八角街，他还是一个憨憨的小伙子。他们一起回到黔省，他们一起开店，然后又迎来了小美，他们抱着小美一趟又一趟地跑医院。他喝酒，他一喝就醉，他一醉了就要去抱小美，然后会将童青青紧紧地抱在怀里，会在童青青的身上留下瘀痕，那身体上的痛哪比得上心里的痛啊。

离开黔省的时候，吴青云是答应了自己的，童青青去灾区当志愿者，他留在家里照顾小美，他再三保证了不会再喝酒的。唉，也不想再埋怨他了，不管是不是因为喝了酒出的事，总之今后他不会再那么痛了。这些痛只有我童青青一个人来承担，不，这不是一个痛，而是两个痛，不，这也不是两个痛，而是三个，是四个……她想起了三姐童岚岚，最后一次见到时她竟然成了胡文鹏怀里抱着的一个盒子，她没有流一滴眼泪，她只疯狂地对着胡文鹏拳打脚踢……还有一次痛彻心扉的是在病房外面，她没有进病房见宋军舰最后一面，一向天不怕地不怕的童青青竟然害怕推开那扇门……

终于，眼泪决堤了。

张隐的肩上被浸湿了一大片。

二十　煤山

　　童青青紧靠着张隐站在最中心的位置，她两只手紧紧抱着张隐的手臂，在快门按下的那一瞬间，不由自主地将头靠在了张隐的肩上。

　　餐饮志愿者们返渝了，在灾区大家都忙碌，没有太多时间可以用来伤感。返程的大巴车离灾区越来越远，就像一部灾难片在倒放一般，倒塌的房子越来越少，受损的道路越来越少，树上蒙着的瓦砾尘灰也越来越少。整个世界渐渐从黑白向灰白过渡，最终还原成了一个色彩丰富的世界，但所有人都觉得这个彩色的世界竟是如此不真实。车厢里隐隐约约传出了啜泣声。

　　张隐比他们更早经受了心理冲击，小黑狗串串正伏在他旁边的座椅上酣睡。那一晚，邓红芸和张隐将童青青送上了车，车开走后张隐梦游一般，竟然独自一人转身就往震中方向走去，那时他心里就只有一个念头，不是要去挖人，而是想把自己埋葬在里面。没有人发现他的反常，只有串串一直跟着他，它用小短腿一路小跑拼命地追，但再一次掉进了路边的一个坑里，坑不深，但它试了好几次都爬不上来，只能无助地哀鸣。正是串串的哀鸣将张隐唤醒过来，他回过身把串串捞上来，抱着它一步一步回到了自己的营地。

　　如果任由这种情绪积压下去，张隐觉得自己会再次发疯的，他想用新话题来改变车厢内的氛围，但实在是想不到什么好的措辞来，只能憋出几句官样文章的话来："兄弟们，我们回家了，回家以后一切都会变好起来的。"大家把脸搓一搓，准备拿出笑脸去见自己的家人。

　　张隐一进家门，段红霞半是激动半是羞涩，红着脸拿出一张医院的化验单来。她说这几天一直觉得不太舒服，闻着店里的火锅味就反胃作呕，悄悄去医院挂了传染科的号想检查检查。医生问了几句后就让她去换一个妇产科的号。听医生这样一说，段红霞的心就像玩了一次蹦极，在快速下坠快触底的时候突然变成了飞速上升。

拿到了检查结果，段红霞独自坐在医院的长椅上痛痛快快地哭了一场。她并没有对张隐隐瞒自己曾经的恋爱史，可她隐瞒了一个极其重要的细节，她为爱付出过，也痛悔终身。那时她还是一名即将毕业的大四学生，不敢声张，也不敢告诉父母和闺蜜，自己独自一人去了家承包医院做了人工流产，虽然花了很多钱，但医院的高收费并没有体现在技术上。手术消毒的不严格导致了她严重的宫腔感染，继而引起输卵管粘连。这就瞒不住父母了，最终带她到大医院进行了正规治疗。可医生还是叹了一口气说今后她能正常生育的可能性不到5%。

就是这5%的可能性才让段红霞决定向张隐隐瞒，她要去赌这5%的成功率。这件事始终像一块沉甸甸的巨石一样压在她的心里，她担心总有一天夫妻俩会因为一直没有小孩而爆发矛盾冲突。这块巨石会滚落下来，会将自己的婚姻和人生碾压得灰飞烟灭，而现在，这块石头突然化为乌有了。

张隐也是喜出望外，对于生小孩的事他是又惧又盼，和肖春在一起的时候他也体验过即将当父亲的那种激动，可幸福瞬间成为泡影，这也导致了他和段红霞结婚以来他对于再次成为准父亲有着一种内心深处的恐惧。但他又何尝不想有一个自己的孩子呢？特别是去地震灾区的这一趟，他更是明白了生命的可贵。有了孩子，这个世界就有了新的希望，越是珍惜越怕失去，他现在害怕失去任何一个亲人。

这一个月，张隐和童青青都把日子过得提心吊胆的，又惊又喜又害怕。一直以来张隐都对庙宇、道观、教堂无感，最终他和段红霞还是决定去一趟花岩寺，烧几炷香。

花岩寺旁有几十亩地的荷塘，名字却叫作"七步荷塘"。去花岩寺的人大多会顺道去赏荷，不进庙但专程来观荷的人也不少。此时塘里的荷花正一朵朵地盛开，红的、白的、粉的，各自开得心无旁骛，间或也有些枯残的、败落的，掩映在荷塘中央，难以被人发现。

说巧不巧，谭咏旗也到七步荷塘来赏荷。有了在灾区同生共死的经历，两人相见就特别亲热。张隐很实诚，拍着谭咏旗的肩膀说："谭大哥，现在我们离开了灾区，但我的心还在那里。灾区的人好遭孽哟，那里不是一年两年就能恢复得了的。你看见没有，我们去的时候路边的花椒树都在开花，算算时间，现在都结了籽了，又该收新花椒了。有些家里少了几口人，路也烂了很多，今年要把花椒卖出去恐怕有些难。我有个想法，把协会的会员单位动员起来，可以再组织一些人重进灾区去帮他们收摘，我们集中收购。灾后重建还很漫长，我们还可以组建一个基金会，募集一些资金对灾后重建进行长期扶助……"

段红霞站在旁边，谭咏旗曾经还是她的直接上级，她对谭咏旗本就没有好感，看他和丈夫叙旧，眼见丈夫的话匣子越敞越开，越来越没有把门的，甚至豪言壮志又扯到协会的事情上去了，她就更多了几分戒意。段红霞心想，人家是现任的秘书长，你是过期的秘书长，不该你管的事你把手伸进去干吗呢？当听到"基金"两个字，段红霞顿时就感觉右眼皮直跳，张隐呀张隐，你的牢狱之灾就因这"基金"二字而起，此基金虽非彼基金，但她心里仍颇为忌讳，立刻打断张隐的话，对唐咏旗说道："谭秘书长，张隐在监狱里住了几年，才刚刚出来几个月，哪晓得现在社会已经变成啥模样了哟。他不过就是一个开小火锅店的小老板，哪有资格和你讨论这些大买卖哟？你就莫听他打胡乱说！"

谭咏旗可是人精，故作惊讶道："唉呀，兄弟还坐了牢的呀？还是刚刚出来？这些事我怎么不知道呢？"他又故意装作才看见段红霞一般，"呀，这不是段小妹儿吗？你怎么也来这里看荷花呀？你离开旺兴这些年又到哪里去发财去了呢？我早就说过，我那里庙太小了，看嘛看嘛，我果然说准了嚎，你一定是发大财了！到幸福楼去了？"

段红霞把身子依靠着张隐，说："我和我家先生一起创业，小本生意，不过挣的都是干净钱。"

谭咏旗故意惊叹一声："唉呀，恭喜恭喜！真正是郎才女貌哟，天造地设的一对。"他故意忽视段红霞，把目光投向张隐，说，"在灾区我看到一个漂亮妹儿抱着你哭,你们还住到一个单独的帐篷里,我还以为那才是兄弟媳妇儿。唉呀,不对不对,我可能看错了,一定是认错人了!"

张隐大窘,不知道应该怎么回答。段红霞接上话说:"进了灾区,那种生死之痛随便哪个人看了都会受不了,哭一哭抱一抱又有啥关系?到了那里生死面前还分男女?不管谭秘书长有没有看错,我都信任我家先生,他可不是那种心里暗戳戳的人。你们能平平安安地回来,今后平平安安地做点生意就行了,这就已经是阿弥陀佛了,其他的事莫再去管那么多。"

午夜,见段红霞还在生闷气,张隐搂过段红霞的肩说:"谭大哥是在故意调侃我,在逗你。哪有那些事嘛,生生死死的,自己都顾不过来……"

"算了,你莫说了。我也不想听你们那些烂龙门阵,管你是有还是无,还不都是由着你说。不过谭咏旗那张嘴里说出来的任何话我都不得信,这下子你放心了?还谭大哥,你以后少和这种人来往!不过话又说回来,你现在也是快要当老汉儿的人了,莫又脑壳发昏,你还记不记得我们结婚那天我给你说过的话?我不是那种小肚鸡肠的人,我会允许你的心里有值得纪念的人,你能一直想念着肖姐姐说明你是重情重义的,我又不是那种不讲道理的女人,但我绝对不允许你和那个童家幺妹再有联系!听到没有?"

"还有,你向邓老板借了钱,要恢复一条饮料生产线,你给我说这是唐大哥的产业,他不方便出面,由你代他管理。我问了唐嫂子的,她说根本就没听说过这件事。你说,唐大哥有这么大的胆子呀?"

张隐自知纸终究包不住火,但还是心存侥幸不愿坦白,他顾左右而言他,东拉西扯。段红霞越听心里的火就越大,看到张隐躲躲闪闪的样子,心里早就猜出了七八分,但她也犟,非要逼张隐自己将童青青三个字招供出来。张隐负隅顽抗,始终不愿缴械投降。

段红霞气极,回到卧室甩上了门。

张隐在门外喊了几声,喊不开,就坐在沙发上,没几分钟就响起了鼾声。

段红霞独自在房间里翻来覆去睡不着,听着客厅里的鼾声,想到他竟然能心安理得地睡得这么香,心里就又腾起一团火来。她终于忍耐不住从床上起身，准备走出去狠狠踢他一脚，和他大吵一架。但刚一起身就发觉不对，小腹一阵坠胀和疼痛，她赶紧又躺下身子，很快她就发现有血从阴道里流出来了。

张隐被她的惊叫吵醒，他也慌了神，抱着段红霞就一路小跑，跑到医院时张隐已经浑身湿透，而段红霞也哭得稀里哗啦的。

检查能看到正常的胎芽，甚至还能听得到胎心，可惜的是孕酮降低得太多，医生面无表情地说："你这个是先兆流产。"

段红霞问："先兆流产就是要流产吗？"

医生解释说："先兆流产并不一定都会流产，有一些情况是可以进行保胎治疗的，比如母体因素导致的过度劳累、剧烈运动或情绪波动，这些可以通过补充孕酮和卧床休息等方法进行保胎……"

段红霞强压住自己的情绪，打断医生的话，说："是我的原因，是我的原因，肯定是我太激动造成的。我要保胎治疗，求求你了医生……"

医生摇摇头说："你先听我把话说完再决定吧。先兆流产还有很大一部分因素是胎儿因素，比如胎儿本身染色体异常，无论是染色体数目异常还是结构异常都属于染色体疾病，一般会伴有胎儿发育畸形……所以我们还要做进一步检查。不过从我个人的经验来看，我是建议你们放弃这一次机会，你们都还年轻，今后还有机会的。"

"不！"段红霞直接就回绝了医生，她一咪溜，在病床上从半卧位变成了平卧位，给人的感觉是要赖在这张病床上了，"我们就要保！只要有一丝一毫的希望我都要保！"

医生站在病床旁不再说话，盯着张隐，根据她多年的行医经验，孕妇在这种情况下往往比较缺乏理智，而丈夫一般都会听从医生的建议。张隐犹豫了片刻，俯身对段红霞说："我觉得医生说得有道理，今后我们还有机会，就听医生的吧，如果这次保胎……如果真是一个畸形又该怎么办呢？"

"就算是畸形我也要保下来，你嫌弃你可以不管，我自己就算一个人过日子也要把娃儿养大！"

医生知道眼前的这个女人一时半会儿是听不进劝的，就对张隐说："那就先保胎治疗吧，但你们还是要有心理准备，病人要长时间绝对卧床，而且要大剂量地注射黄体酮和补充人绒毛膜促性腺激素。即便这样我们也不敢保证保胎能成功，还有我刚刚所说的，胎儿的畸形风险特别大，如果你们想好了就来医生办公室签字。"

医生还没走出病房，段红霞就催促张隐："快去呀，快去签字呀！"说完见张隐还在犹豫，她就准备翻身下床，"你不去我就自己去！"

张隐急忙把她按回病床上。

这一折腾，等终于办完手续天已大亮了。又是一番查房的折腾，段红霞被医生命令必须一直保持平躺姿势，这种姿势看着很舒服其实特别累人。他们想了很多办法，用被子和枕头放在身体两侧以防睡着了翻身。段红霞一夜没敢合眼，终于熬不住了，精疲力尽沉沉地睡去，睡着了还小心翼翼地用双手护着小腹。

张隐用手搓搓脸，离开病房，来到医院外面买早餐。早晨到小店吃早餐的人比较多，有些是买了带走，有些是找个位置坐下吃完再走。有人刚刚吃完，张隐见空出一个位置就赶紧过去一屁股坐下，他坐下的动作有点大，邻座埋头喝豆浆的人就往里让了让。张隐觉得不好意思，正想说声抱歉，这一看邻座的竟然是龙林。他碗里还剩一小口豆浆，面前的盘子已经空了，而桌子上还有塑料袋装着三根油条，另外还有一个保温桶，这是医院陪护带早餐的标准配置。

"龙大哥，你这是？"张隐打了招呼，朝桌上那堆东西努了努嘴，问道："秀秀姐不舒服？"

龙林不会撒谎，老老实实地回答："不是你秀秀姐住院，是小美又来渝城住院了，你秀秀姐和青青姐轮流陪护，昨晚是你秀秀姐在医院陪的，我想着她早上可能没有吃饭，就到医院来看看，吃完了就把早点给她带过去。"

"小美？是青青姐的孩子？"张隐有一种直觉，但又不敢肯定。一个月前和童青青匆匆一见，当时他唯一能做的就是抱着她，只有抱着她才能减轻一点她的丧夫之痛，他们之间并没有过多的语言交流，童青青的很多情况他仍然不得知。

"才两岁多,可怜兮兮的,娃儿这么小,得了这种怪病,娃儿她老汉儿又死了,这一下子青青就造孽了哟。"龙林这几句话把他自己都说得唏嘘不已。这就由不得张隐多想了,他还得安慰龙林。店小人多容不得他们久坐,张隐让店老板拿塑料袋装了四个芽菜包,这是段红霞最喜欢吃的一种包子,他自己反而不想吃早餐了。

儿科就在妇产科的楼下,他在龙林的带领下来到儿科,一进病房就看到了童秀秀。童秀秀见到张隐和龙林一起进来却没有一丝吃惊,反而是小美见到和大姨爹一起进来了一个陌生的叔叔,两眼怯怯的,身子直往大姨怀里躲。

童秀秀又对着张隐感叹了好半天,小美在她怀里听得厌烦了,推了推大姨想让她抱着自己出去玩。童秀秀对张隐说:"你就再多等一会儿,青青应该就快过来了。趁着还没输液,我先抱这个小家伙去下面花园转一转,你别看她平常多听话的,在房间里关久了她就会吵闹,也难怪,这么小的娃儿,生起病来也难受得很,我们大人也只能迁就她一点。"说完这些她才注意到张隐手里拎着的包子,又问:"二娃,你到医院里来也是探望病人吗?哪个?是宋阿姨生病了哇?唉呀,你看看我,只顾自己说话了,这个龙莽子(方言:笨蛋)也不晓得提醒我一下,在哪个病房?我也去看看宋阿姨,你如果忙不过来就给大姐说,我从家政公司里给你安排一个最有责任心的陪护大姐……"

张隐将塑料袋故意拎到眼前看了看,说:"不是的,我妈妈身体好得很。我今天路过医院正想吃早餐恰好就遇上了龙大哥,这是我买来自己吃的。哦,你看这一说话差点把我自己的事情搞忘了,那我就先走了,有时间我再来看看小美。"走前他从裤兜里摸出几张百元钞票塞给童秀秀,说:"第一次见到小美,我这个当叔叔的啥都没有准备,这个你拿着帮我给小美买几件漂亮衣服嘛。"

童秀秀抱着小美送他出了病房门,她远远地还在教孩子挥手做再见。张隐只得在她们的注视下往楼下走,他下了一层,绕了很大一圈才找了另一个楼梯，然后爬上了妇产科所在的楼层。

段红霞的情绪已经稳定下来，吃了两个芽菜包子，又和张隐聊了几句，但只要张隐一劝她放弃保胎，她就扭过头不理人。张隐也渐渐神思恍惚起来，时不时思绪就又飞到了楼下。段红霞的爸爸妈妈也满脸是汗地赶到了病房，他们也去找了医生，又回到病房来劝说女儿。段红霞还是那种说什么都可以，但只要一说放弃保胎就闭上眼睛装听不见的态度。

"张隐，你就先回家去，这里就交给我们两个老的。你回去把你们的火锅店生意看着，那个厂就不要去了，别人的厂没必要那么费劲。医院里的事你也就莫管了，让我们来对付她这个犟拐拐。"岳母对着张隐说。

张隐和岳父岳母客套了几句就下楼去了，到了儿科病房楼层，他快步走过那间病房门口，匆匆往里一瞥，看到孩子正躺在小小的病床上，输液杆上正吊着一个血袋，病床旁坐着的还是童秀秀。

没有见着童青青，张隐长舒了一口气。

他一边下楼梯，一边懊悔自责，我这是在干吗呢？就是见到她了又怎么样？和她说些什么？安慰她吗？说什么话来安慰呢？难道还是抱着她让她痛痛快快地哭一场？

岳父岳母最终也没拗过女儿，好在治疗效果还是出来了，医生也同意段红霞出院回家休养，只不过每天肌注黄体酮和卧床还是免不了的，同样还是要受罪，只不过换了一个地方。没多久，段红霞两边的臀大肌都布满了针眼，也形成了硬结，岳母一边抹眼泪一边帮她热敷。

有了岳父岳母的照顾，张隐的心里也算是卸下了一块巨石。白天他要去管理火锅底料厂，新的生产线刚投产，事情多得一塌糊涂。机器熬料和手工熬料还是有很大的区别，就拿辣椒来说，手工熬料前一锅和后一锅可能用的不是同一批次的辣椒，辣度和干燥程度可能会稍有差别。手工熬料就能凭借经验调整投料的多少，选择不同的油温和下锅的时机，这样熬出来的底料味道大致是相同的，连唐奕这种老饕都可能认为是相同的一锅。而机器熬制就麻烦了，它的程序是固定的，每一个步骤都是设置好了的，一个参数发生了变化，最终熬制出来的味道就会出怪象，有的发苦，有的不麻。张隐守在车间一点一点地琢磨，一点一点地调整，厂里的工人们下班了他还下不了班，还得去照看一下自家的龙头火锅店。火锅店里的员工平常还是比较自觉，段红霞管理员工还是有几把刷子，但老板要是多个几天不去盯，那还是会出怪象的。张隐也管理过饭店，吃钱的，短斤少两的，以次充好的，这些都是会砸招牌的。

张隐离不开龙头火锅店还有一个关键原因就是他每隔两三天还得亲自炒一锅底料，他在每一锅的熬制中逐渐将父亲小本本上的那些窍门一点点地融入进去，就像是在修炼绝世武功，这是到了即将打通任督二脉的关键时刻。

张隐忙得昏天黑地地，即便如此，他还是动了几次去医院的心思。

这一天邓红芸给张隐打来电话，请他到幸福楼去一趟，说唐奕也在那里等着他，想一起商量一件重要的事。

到了幸福楼，张隐熟门熟路地推开邓红芸办公室的门。门一推开，屋内的三个人都把目光聚了过来，张隐的笑容顿时就僵住了，除了邓红芸和唐奕，童青青也在房间内。

上一次见到童青青时她是长发，在地震灾区中徒步了那么久，头发上沾满了尘土，但每一丝头发都还是显得那么顺滑。现在看到童青青头上顶着大刨花般的菊花烫，张隐实在是控制不住自己惊讶的表情。

童青青看他的视线停在自己的头发上，也就伸出手去摸了摸，说："一个人带着孩子有很多麻烦事情，这样好打理一点。"停了片刻她又说，"以前老吴就说，我们黔省比较流行这种发型，喊我去烫发，我嫌老气，烫过一次就再也没有弄过了。不过现在人本来就老了，也就无所谓老不老气了。"

张隐条件反射般回应道："不老气，一点儿都不老气，挺好看的。"

唐奕打个哈哈，说："童幺妹都老气了，那我唐老头儿岂不是要成老棺材板了？"

邓红芸说："张隐，你好大个人物哟，你一进来我们大家都站了起来。

来,来,大家都坐下吧,坐下来我们好说正事。"

邓红芸接着说:"童青青是我们渝城有名的火锅姑娘,这个不用我多说了吧?你们肯定比我还清楚。她这几年经历了一些事情你们也都清楚,现在她准备回到渝城来,毕竟渝城的医疗条件要好一些,对孩子有好处,回到渝城亲戚朋友间能多一些照应少一些牵挂,对我们青青妹儿未来的生活也有好处。生活就是生下来,还得活下去,一切都得往前面看。现在她有一些比较具体的问题,就是给孩子治病得花钱,而且输血的长期花费下来还不是一个小数目,还准备做骨髓移植,那更是要一大笔钱。青青来找到我,希望在我这里找一份店长之类的工作。我也摆句老实龙门阵嘛,我不是不相信青青姑娘的能力,她以前自己开过店,在穗城也管理过酒楼,这种人才我求之不得,但一个店长能挣多少钱吗?我就算是给她开双倍的工资,也不够帮她给孩子治病要用的那些数字。怎么办?你们两位都算得上是她的亲人了,也是能干人,也该你们帮她想点办法了。"

唐奕说:"邓老板财大气粗,你觉得开双倍都委屈了那就开三倍嘛,童幺妹绝对值这个价。"

邓红芸说:"唐大记者,你就莫调侃我了,我不是不愿意帮青青姑娘。但俗话说救急不救穷,有个急难开个口我肯定会借钱,但是这不是长久之计,我的酒楼虽然做得不大,但也算是一个企业,工资是有一定的标准的,对其他员工我也得考虑一个公平。我既然把你们两位请了过来,就是让你们帮忙出主意的,你们如果能想出一个办法让我内部搁得平,那也没问题。"

唐奕说:"邓老板,邓会长,我还不了解你吗?你肯定早就想好了,让我们来不过就是要两个打帮腔的,你直接说你想的是啥招嘛。"

邓红芸笑笑,说:"我劝她自己创业当老板。"

唐奕摇头说:"做生意都是有赢有亏,她当老板创业赚了还好,亏了那不就是雪上加霜?还有本钱呢?凭我对这个干妹妹的了解,但凡她有自己创业的想法就不会来找你说愿意给你打工了。"

张隐倒是直接,说道:"要不这样,她来当厂长,她肯定会比我做得好一些。我家里也正忙得很……"

邓红芸说："你们怎么都和童青青一样的想法呢？不要只想打工这一条路嘛，创业也有很多种办法，难道你们都没想过要支持她重起炉灶开个火锅店，把'火锅姑娘'的招牌重新树起来？我们有钱的出钱，有力的出力，有笔能写的就再继续写几篇……"

唐奕说："这个提议好，启动资金其实也要不了多少，邓总你就借一点儿。青青妹儿你就把火锅店重新整起来，唐大哥这里肯定没问题，这个吹鼓手（方言：吹号打鼓帮腔的人）我当定了，技术上又有张二娃在，他也不会推脱的。"

邓红芸说："老唐，你这个说起来倒还简单耶，开一个几张桌子的小店难道还不简单吗？这么简单的事我会请你们两位一起过来开诸葛亮会？我是觉得'火锅姑娘'这个品牌埋没了挺可惜的，要做就要把它做大。另外我也说句不中听的话，开个小店，挣点小钱，就能帮到童青青？青青前几天来找过我，为这个事我也是想了好几天，我就直接给你们说我的想法哈，我在南山上有一块地，本来准备拿来建田螺菜的培训基地的，现在这块地我可以拿出来，就算是我入的股，要整就整一个像庄园一样大的火锅店。我和童青青交流过，现在渝城的火锅还在走低端路线，吃个火锅闹麻麻的，吃火锅的客人就不需要一个相对高端一点的环境吗？那块地有很多香樟树，在香樟林里吃火锅是不是听起都很安逸？顺着那半个山坡我们再好好修建一下，拉上彩灯，到了晚上把灯一开，你们想想，半山都是火锅灶，一桌又一桌的人坐在香樟林下吃。我们这家'火锅姑娘'就是渝城火锅的新标杆。"

童青青终于开口了，她说："邓总说的这个思路我也很认同，但我……"

邓红芸却没让她说完，抢过话头说："我还是那个想法，不是请童青青来当一个店长，我也不想去白捡一个'火锅姑娘'的品牌回来。再说实在一点的话，现在做事难就难在专注，火锅这种餐饮模式未来肯定会有大的发展，但我还是想专注在田螺菜这一亩三分地里。火锅江湖是你们这些英雄豪杰的，由你们去折腾——我想这个店就是童青青的，我就是一个拿着闲置房产入股的股东，等她做起来之后我就等着分红，其他的事我也不懂，也帮不上忙，所以就请你们二位前来，看看你们怎么表态?"

唐奕说："没问题，这个我全力支持。青青，你就大着胆子干!"

张隐却是犹豫了很久，直到其他三个人的目光都转到他身上锁定了很久，他还是没有说话。

童青青说："我知道要做好一家火锅店，那些环境、管理，我就不带个怕字，但我还是比较怵火锅底料，我没得那个技术，底料弄得不好火锅的味道就不好……"童青青咬了咬嘴唇继续说，"以前我开火锅店玩儿的都是花架子，能做起来其实是靠的张叔叔，他教我三姐夫炒料，没有他们炒的料，我那个店不晓得要被我整垮好多次。"

"嘿，张二娃，你表个态？你在这里装腔作势一言不发是啥意思呢？"唐奕有点着急，冲着张隐嚷。

张隐仍然很犹豫，换到以前他会二话不说，甚至是撸起袖子就帮着干。现在不一样了，他不得不考虑段红霞的想法。他说："邓总，其实这个底料的事情也很简单，我们的厂不是正在生产火锅底料吗？由厂里供应给她的店里不就解决了这个问题吗？"

童青青说："这个想法邓总也给我提过，但是机器熬制的火锅底料它就是一个标准化的味型，买回去在自己家里烫一两次火锅过过瘾那是没问题的，味道像模像样就行，可在火锅店里就不得行了。你想想，如果客人在每家火锅店吃到的都是一样的味道，那这个火锅吃起来还有意思吗？我虽然不是很会炒料，但也在张叔叔那里学了一招半式，他说过，根据季节的不同他炒出来的料就有很大的差别，冬季的火锅麻辣味重，秋季的底料要想办法降燥，夏季要减腻牛油要薄，春季时蔬多牛油就要加重，还有下雨天湿气重口味淡，麻辣就要比平时重一点。哪怕火锅上了桌也还要看看客人的情况，外地人口味要淡一些，也不是很懂烫火锅的方法，就要勤加汤多冲水，少一勺盐，多一勺醪糟，服务员还要时不时地帮忙搅搅锅底。"

这才是一语惊醒梦中人，这段时间张隐也正在为机器熬料和手工熬料的差别伤脑筋。童青青虽然没去过车间，但她这一番话真正说到了火锅味道的关键，那就是一个变字。因时因事的千变万化才能给客人带来口味纯正的感觉，而每一个师傅不同的技艺水平和个人偏好也造就了渝城火锅百花齐放的景象。

童青青的这句话也解开了张隐在生产上的困惑。厂里的生产要做到照顾大多数人的口味，反而不能太有个性特点，要解决的问题也就变得简单了：不是在工艺流程上去调整，而是在原材料的选择上把好关，原材料要保证品质一致，比如辣椒就要测量它的辣度值，这样不同批次的产品生产出来品质也就是一致的。

见大家的目光还是紧锁在自己身上，张隐赶忙把思绪从工厂的生产上拉回了现实中，说："青青姐说得对，这不是炒底料的问题。你们也不是缺我这样一个炒料师傅。要整一锅好的火锅除了炒料，还有服务员对食客的照顾，对烫煮过程中火候的把握，甚至是菜品的处理都有很多窍门，要对各个岗位的员工都进行相应的培训才行。一锅好的火锅不仅仅是要让客人成为烹饪过程中重要的一环，每一个服务环节也是重要的一环，这样在千变万化之中才能产生出最美妙的感受。青青姐，我来给你们的员工做培训，多教几个师傅出来，要让他们学会现场调味，还要让你那里的服务员都成为火锅上桌后的烹饪师傅。"

童青青终于舒了一口气，所有人都舒了一口气。童青青对邓红芸说："张二娃肯帮这个忙，我开这个店的信心就从50%提高到了90%。"

唐奕也笑了，打趣道："那我就没有用处了哟，告辞，告辞。"

童青青说："唐大哥要起的作用更大，不是还有10%吗？有了你的那10%我才能做到100%。"

唐奕乐呵呵的，他又想起了一件事，问："这个火锅店的名字想好没有？就用'火锅姑娘'吗？'火锅'和'姑娘'都是通用词，恐怕现在的工商注册通不过哟。"

"唐大哥，那你就帮忙再想一个吧。"

唐奕想了片刻，说："要不就叫'巴倒烫'如何？这个词是渝城人的一个俚语，用作火锅店的名字形象生动，和火锅天然贴合，一下就能让人记住。"

由于把严了原材料的质量关，比如对辣椒的选择就按辣度指数来定，这样就相对固化了原材料的质量指标，后续的工艺流程也更容易调试，出来的火锅底料成品就有了品质保证，工厂的底料生产终于走上了正轨。

张隐本来借鸡下蛋，已经重新购置了饮料生产线，也在火锅底料厂里安装调试完成，最初曾考虑过一旦火锅底料的生产正常之后就启动饮料生产线，把火锅爽生产出来，相较于做底料，张隐对做饮料更有热情，特别是这个火锅爽的商标失而复得，这里面有着太多的故事，也有着张隐和童青青磁石遇上铁一般心有灵犀的巧合。现在这个想法也只能继续搁置，暂时顾不上了，他在厂里也只上半天的班，另外半天就待在南山上。

巴倒烫火锅店的筹备工作千头万绪，童青青把大姐和姐夫也搬来当救兵，甚至把他们搬家公司和家政公司的员工都"招安"了。家政公司的阿姨们转岗做服务员，搬家公司的汉子们做墩子和传菜员，这些人中有少部分还是渝棉四厂的下岗工人，童青青和张隐看到他们不是喊叔叔阿姨就是要喊哥哥姐姐，他们也算是看着这两个娃长大的，也多少知道一些他们的故事，免不了在背后悄悄议论几句，为他们惋惜几句。

张隐和童青青彼此心照不宣地保持着足够的距离，能不见面就尽量不见面。童青青忙里忙外打点着新店的扩建工程，张隐就不急不躁地培训着员工。

童青青激励员工："大家一起努力！这个店不是我童青青一个人的，也不是邓总的。我们留出了很大一部分股份，这是将来要送给你们大家的，你们都是我们这家店的老板，今后大家共同将店做好，我保证你们今后都能买车买房。"

张隐也会激励员工，他说："你们把技术学好，洗碗洗盘子也是有技术含量的，有了技术今后你们就算不在这里干了，随便到哪家餐馆都会有人抢着要的。"

整个店里人人都像是打了鸡血般，其中最不惜力的还是童青青和张隐。

回到家张隐就会显出原形来，累得瘫成一团泥。小黑狗串串已经长成半大的狗了，学会了帮张隐衔拖鞋。有几次张隐累得连弯腰换鞋的力气都没有，串串竟然把鞋又咬又拽地帮他脱了下来。

丈母娘还是很心疼女婿的，就说："那个厂就别去干了，这段时间红霞的情况好多了，医生也说可以适当下地走一走，你干脆辞掉回来多陪陪她。你爸这段时间去帮你们照看那个火锅店，他脾气大得很，说是把他耗在这家小店亏大了，不晓得耽搁了他自己好多生意，他损失的钱远比你们店挣的多。要不干脆把店也关了？等你们度过这段时间，想开店也好想开厂也罢，让你爸出钱就是，那时再做也不晚嘛，何必把大家都整得这样辛苦呢？"

好在筹备工作已近尾声。

就在巴倒烫火锅开业的前一天，谭咏旗突然造访。

这段时间整个渝城的餐饮圈都在传巴倒烫火锅店的消息，大家第一次看到这么大的硬件投入，第一次看到有人做林间火锅，树下火锅，荷塘边的火锅，但这种露天火锅下雨天怎么办？很多餐饮老板都悄悄上山来看热闹，看过的有点头的，也有摇头的。谭咏旗自然也听到了各种评价声，叫好的是说这里环境好，这是在帮渝城的火锅寻找升级的方向，甚至还有人从经济学的书上搬来"场景革命"这类词来证明自己的观点。摇头的还是占了多数，说地理位置太偏僻是首要因素，"商业的第一要素是位置，位置，还是位置"。这也是从经济学书本上搬过来的观点。

谭咏旗停了车走下来，东张西望，他一下车就被童青青看到了。虽说两人曾在地震灾区的粥棚子相遇过，那时两人并没直接接触，天色又暗。现在时过境迁，互不认识也很正常，童青青只当谭咏旗也是山下某家餐饮店的老板，迎上来带着他参观了一圈，请他提提意见。谭咏旗也表扬了几句这里的环境，在看到来来往往的员工时他还是忍不住皱了皱眉头。

"我是渝城非遗美食协会的秘书长，你可能听说过我们这个协会吧？"

童青青摇头，她是真不知道。

"那我就简单说说吧。其实我们还不止一家协会,我们一共有八家协会,都在一起办公,按有些政府部门的说法也可以说成是八块牌子一套班子。我们这些协会涵盖了渝城餐饮界大大小小方方面面,我们的会长就是何震玲,旺兴酒店的老板,听说过吧?"

童青青点头:"听说过。"她说这句话时还隐隐约约带出了一点黔省的口音。

谭咏旗见她听说过何总,而且言语中还有点恭敬和畏惧,心里就得意起来,说:"你加入我们的协会,这对你是有好处的。"

"哦?有什么好处?"

"你现在这些毛肚鸭肠、辣椒花椒、油盐酱醋是在哪里进的货?你如果是我们协会的会员,那你就能享受到我们会员单位才能享受到的优惠供货价。"

"哦!那是不是我也只能在这个供应体系内选择原材料呢?"

"那是当然的咯,权利和义务是对等的嘛。"

"那你能保证这些都是最好的原材料?"

"嗯,这个'最好'怎么说呢?你要说天上的星星月亮才是最好的,我怎么能给你保这个证呢?我只能拍胸脯给你保证,绝对是最低价。"

"我哪里会要星星月亮嘛。花椒我要汉源贡椒,辣椒我要石柱红,醪糟我要大竹的,八角我要防城港的,桂皮我要平南的,香叶我要百色的,茴香我要民勤的,大蒜我要金乡的,还有毛肚鸭肠血旺我都要最新鲜的。如果你的供货商没有,或者他们拿不出最高等级的,我能不能去找其他供货商要货呢?"童青青笑嘻嘻地问。她不是不愿意降低进货成本,但她做过这么多年的餐饮心里很清楚一分钱一分货才是真正的江湖规则,而在原材料上的成本投入最终在消费终端是有着放大效应的。换句话说,就是你用的材料越好,最终能赚得越多。只不过很多经营者并不明白这个道理,一味强调低价。她看面前的这个谭秘书长只谈如何从供货商那里拿到最低的价格,其实就是迫使供货商不断用低品质的来替换优质的,而这恰恰是她最厌烦的。

话不投机半句多。谭咏旗从童青青类似相声贯口的这几句话中就已经明白了，这还真不像是一个外来户，她绝对是一个行家。如果把她拉进协会中来或许又将会是一个邓红芸那样的厉害角色，算了算了。

　　不过他心有不甘，临告辞时他上了车又故意下车，对着站在路边送客的童青青说："小姑娘，你发现没有，你这家店门口的公路有问题。你看嘛，公路在你的店门口拐一个弯，你就在这个弯的顶端，从风水学的角度来讲这叫'反弓杀'，来来往往的车都像是冲着你的店杀过来的，不仅做生意要折本打倒，就是老板本人或者亲眷都可能得重病，要遭遇血光之灾……唉，我只是一片好心，懂一点风水，见不得你一个女娃娃这么劳碌一场还竹篮打水一场空，说几句实话，可能不中听，你莫怪哈。"

　　他说完就钻进车里一踩油门往山下驶去，车刚开出不远他就憋不住放声大笑起来，他从后视镜里看到童青青站在马路边一副失魂落魄的样子，这和他预想的还是有些许不同，他本以为这个姑娘一定会破口大骂，会追着捡块石头来砸车。这些话哪会是好心好意看风水嘛，明眼人都看得出来这是一种恶毒的诅咒，在人家新店还没开业之前就这样诅咒，很不厚道，还诅咒其家人，更恶心人了。但谭咏旗没觉得自己理亏，他觉得刚刚童青青的那些反问就是不给自己面子，撕了自己的脸皮，这算是回敬她的。

　　谭咏旗心里还是有底气的，你就算懂餐饮又怎么样？你就算行家又怎么样？这个店迟早会做垮的，哪有跑到山上来开火锅店的哟？吃顿火锅还要开车上来？有车的人不到我们旺兴酒店来还跑你这里吃野火锅？笑话！他想到得意处，使劲按了按喇叭。

　　看着小车消失在了远处，童青青才如梦初醒一般。谭咏旗最后这几句话深深地刺痛了她，生意成不成对她来说没有太大所谓，她从不相信自己每次都能赢，但输了之后她很清楚自己一定会努力再去赢回来。而说到家人，说到家人的重病，这才是她心里最痛的、绝不能去触碰的软肋，一粒沙的摩擦都会让她鲜血淋漓。

　　她将身子慢慢地缩成了一团，就这样蹲在了路边，将头埋进两膝之间啜泣不已，但她必须压抑住自己的声音，因为她身后还有来来往往忙碌着的员工们。

就在这个时候,一辆满载着煤炭的货车沿着公路直冲过来,这辆车哪会只是满载?是明显超载,车上的煤像一座小山包一样,司机开得又快,看着前方公路有个急弯,他就忙踩刹车想减速,但速度并没减下来,仍对着公路边的房子冲了过去。而正前方的公路边,童青青正蹲在那里埋着头,根本就没注意到这辆向她冲过来的车。

司机狂按喇叭。童青青被这疯狂的喇叭声惊醒,她抬起头来,但哪还来得及反应?所有在室外的员工也被这喇叭声惊到,都看向这辆疯狂的运煤车,看着它疯狂地冲向童青青。有的女员工已经叫出了声,更多的员工则闭上了眼。

滋……滋……哗啦!

眼看就要撞向路边的童青青,司机顺着公路方向一个急打方向盘,车辆彻底失控,发生了侧翻。车头已经躲过了童青青,但车上的煤一下子倾倒出来,就如小型的山体滑坡,黑色的煤流向童青青扑面而去。

在运煤货车从远方疾驰而来时,张隐正好也走了出来,这疯狂的喇叭声自然也唤起了他的注意,在所有人都目瞪口呆时,他毫不犹豫地朝货车飞奔而去。货车侧翻的一瞬间,他恰好冲到了童青青所在的位置,只来得及伸出一只手一搂,两人同时翻滚在地,只翻滚了半圈煤流就一倾而下,好在只有最前端的少许煤淹没了张隐的小腿,且是小煤块,也没造成什么伤害。

"快救人!"张隐一声喊。

这时所有人才清醒过来,迅速向张隐他们跑了过来。张隐指了指侧翻的货车,大声道:"救人!救司机!"

魂魄刚回到身体里的童青青突然紧紧地抱住了张隐,一直在她胸腔徘徊的哭声冲破了闸门。断断续续地,她将刚才所发生的事讲了一遍,此时她已忘了自己是这家即将开业的火锅店的老板,忘了一大群员工正默默地站在她和张隐的身后。此时,她就是一个刚经历丧夫之痛,长期被孩子的病情所折磨的弱女子。

救护车来了，救援拖车来了，侧翻的货车也被拖走了，路边还剩下一堆煤，煤堆的后面是情绪崩溃的童青青。张隐回头再看，几乎所有的员工都站在了店门前，每个人都垂着头。还没开业一堆煤就倾倒在店门前，这是多么不祥的预兆呀！龙林站在人群中憋了一泡眼泪，叹了一口气说："这才真是霉（煤）到家了！"

张隐松开搀扶着童青青的手，手脚并用地爬上了煤堆。他扫视了一眼大家，众人的目光也全集中到了他的脸上。

"我是一个坐过牢的人，还是一个坐过两次牢的人！我要结婚的时候老婆娃儿还都被我害死了，要说倒霉，你们哪一个人有我这样霉的？"他又扫视了一眼众人，和他们交换目光，继续说，"我还不是爬了起来。刚刚你们也看到了，车翻了，煤倒出来了，我还没有受伤，这算倒霉？我给你们说，一个人不可能永远倒霉，吃过了大亏之后人这一辈子就该转运了，就会顺顺利利！我张二娃在地震灾区的时候也陷进了要垮的楼里，还不是毫发无伤出来了？你们觉得我还在倒霉吗？现在我和大家一起来干这家店，你们觉得我还会倒霉吗？"

他踩了踩脚下的煤堆，说："你们晓不晓得，这堆东西还有一个名字叫黑金！这是老天爷给我们送财来了呀，我们要发财了，我们大家都要发财了！我们的这家店开业必然会红红火火的！"

张隐招呼着所有人："来，大家都站在这堆黑金上，我们一起合个影，拍个全家福，算是提前开张剪彩了！"

童青青腿发软，被人又拉又拽地推到了煤堆顶端，紧靠着张隐站在最中心的位置。她两只手紧紧抱着张隐的手臂，在快门按下的那一瞬间，不由自主地将头靠在了张隐的肩上。

第二天上午11点28分，是原定的开张剪彩时辰，但张隐却失踪了，给他打了几十个传呼，不回，剪彩时预留给张隐的位置就只能让龙林给顶替上了。火锅的味道让所有人都惊叹，也让邓红芸暗暗吃惊，感觉张隐这小子像是在练什么神功，打通了任督二脉，突然间功力大增。这火锅的味道竟然比在龙头火锅店吃到的更妙,在麻辣中又能吃出鲜美来。唐奕也是老饕,他一下就识破了玄机,指指锅中对邓红芸说:"他以前用的都是老荫茶,那是老火锅的传统做法。这次换招了,用的是牛骨高汤,在传承中有创新。咦,这个家伙跑到哪里去了呢?"

在花岩寺旁的七佛塔苑,张昇和宋军舰的骨灰就被安葬在那里,童阿姨和童岚岚的骨灰也被安葬在那里。童岚岚旁边的一个墓位中安葬的不是骨灰坛,而是一张没有刊发的报纸大样,墓位是安葬童岚岚时胡文鹏就买好的双人墓位,只不过他的骨灰没人去收敛,已不知飘向何处了。张隐给他们各点了一炷香,嘴里默念道:各位多保佑保佑青青姐。

在另一处较偏僻的墓位,张隐又点燃了一炷香,自说自话地:"我又要当爸爸了,今后有机会我会带红霞和孩子一起来看你的。你看到她就晓得你们前世一定是有缘的。如果孩子长得像妈妈就好了,就是像你,你一定要保佑哟。"

二十一　流产

　　就这一瞬间，段红霞的心跳突然静止了一般，这静止的时间是为了铺平她脑海中的那张纸，纸上立刻印上了这个孩子微笑的脸。

　　巴倒烫开业就火，半年的时间原本冷冷清清的南山公路两旁纷纷大兴土木。商人的眼光都是敏锐的，巴倒烫的成功秘籍虽然还没解开，但大家至少发现了自然环境对食客的吸引，这可能会是渝城餐饮行业的下一个爆点。他们一边佩服巴倒烫后面有高人，一边就动手纷纷抢占。何震玲资金充裕，直接包下了紧邻巴倒烫的一座山头，请来香港的设计师，拿出了具有日本宫崎骏《天空之城》风格的设计图。

　　半年的时间说长不长说短不短，巴倒烫的火爆让不少专家惊叹并纷纷撰文鼓吹渝城的餐饮行业迎来了"消费者至上"的时代，餐饮消费进入了分级时代，是一种新的"价值主张"。对此唐奕评论说："餐饮行业的发展是靠着众多餐饮人不断摸索、不断试错才渐渐前行的，冷暖自知，不要理会那些专家的胡说八道。"

　　这半年里张隐偶尔会上山去看看巴倒烫的后厨，其他绝大多数时间除了继续帮邓红芸打理底料厂就是回到龙头火锅店照看一下生意。龙头火锅店的生意还是那么火，但张隐偏偏定了新规矩，不管生意再好，晚上十点必须打烊下班，他想早点回家去陪段红霞。可是员工们意见就大了，还没见到过这种把上门生意往外推的老板，再说了，晚上多翻一次台，员工的收入也会高一些。

　　张隐说："你们挣钱的目的是做啥？还不是为了回家过点好日子。累了一天，早点回家还可以一起看看电视聊聊天，不能只想着要多挣一点钱，回到家黑灯瞎火，家里人都睡了。你们早上一睁眼，他们上班的上班上学的上学，一天和家里人说不上几句话，有意思吗？"

　　刘大姐可不畏惧这个老板，说："挣不回去钱那才更是没有话说，一对二筒（方言：眼睛）瞪一张白板。"

张大姐帮腔说："张老板说得不对，刘大姐你也说得不对，挣不到钱的日子我是过够了的，那个时候回到家里也不是不说话，刘大姐你们家是不说话，我挣不到钱回去那话就多了，我们两口子就会吵架，吵得脑壳痛！"

看来家家都有一本难念的经。刘大姐出主意，说："张老板，我们这几个都是老员工了，你要是放心，我们就在十点钟的时候把账扎了，你就先回家去照顾老板娘。剩下的生意还是做吧？你拒绝了一次，客人第二次可能就不来了哟，你看现在火锅店好多嘛，又不只有我们一家，后面的营业款我们保证一分不少地交给你，大家互相监督。我在这里也发誓说一句，哪个要是黑了心子起了歹心肠敢做小动作吃黑钱，这一辈子都莫想过舒服日子，吃饭卡到，喝水呛到，走路绊到，屎胀慌了裤腰带还系了个死疙瘩……"

张隐连忙把她的话头子截断："唉呀刘姐，你就不晓得说点好听的吗？我不是不相信你们，我是想的多开两三个钟头你们也挣不了太多，你们还要在背后骂我是黑心老板，我还不是想给你们老板娘肚子里的娃儿多积点德。"

"哪个说你是黑心子老板哟？老板娘比你还凶，我们也没在背后摆你们两个的空龙门阵。老板娘给我们说过的，今后我们这个店做大了要是有人想投资开分店，她就推荐我们去当店长或者主管，工资会涨高一截，想起都安逸。老板娘还说过开分店要同步输出管理，如果那些老板不要我们这些人，她就不同意那些人用我们的牌子。"

张隐心想，这个段红霞还真是把员工们诓得好，她还真有想把龙头火锅做大的宏伟蓝图。他说："好嘛，那你们就轮流来当夜班店长，就当锻炼。我也想今后你们每个人都能出去多挣钱，也能开店。如果我们的龙头火锅店挣了钱，你们也莫等其他老板来投资，那个时候你们要是想开店，我们就帮你们出本钱。"大家一阵欢呼，每个人脸上都变得红扑扑的，像是喝了半斤酒。

这一招其实就是邓红芸用过的，底料厂是这种玩儿法，开巴倒烫也是这种玩儿法。有了童青青他们这一群人，原来死气沉沉的培训山庄一下子就盘活了，何况邓红芸还是股东，目前巴倒烫热气腾腾的火锅生意也能帮她赚不少的钱。张隐心里默算了一番，唉呀，最亏的竟然是自己，这半年花的心血还真是不少，一分钱的酬劳都没拿到，成了一个杨白劳。虽想明白自己上了当，但张隐还是笑了。

回到家他就感觉氛围不对。丈母娘和老丈人站在门外楼道里堵着他，丈母娘看了看紧关着的门，压低着声音对张隐说："现在胎儿好不容易稳定下来，但医生说红霞还是属于高危妊娠。她一直以来心情都不好，而且从小到大没怎么受过委屈，有些脾气……有些事我们两个老的也不懂，也不好劝，但我们都相信你，有时候她发脾气让你受委屈你就忍耐着点，莫和她吵，过了这段时间就好了。"

老丈人也想说点啥，丈母娘就推搡着他进了楼道门，虽然走得远了些但嗓门高，两个人吵吵嚷嚷传过来的声音反而大了些。丈母娘气鼓鼓地埋怨老丈人道："你也是尽给家里添乱，非要把那些烂报纸拿回来，你这不是惹事吗？他们两个吵起来有啥好处吗？过段时间等娃娃生下来，该问不该问的再拿出来——理顺不行吗？你就只晓得添乱，不看时间场合！我给你说，要是红霞和孙娃子出了事我跟你没完！"

张隐进门，客厅灯火通明，卧室开着门，里面却是一盏灯都没有开。

黑狗串串被关在笼子里，见到张隐就欢快地摇尾巴，可见张隐没有理它又只得委屈地呜咽了两声。

张隐按亮卧室的顶灯，光一下就洒满了整个房间，他吓了一跳，段红霞正半躺在床上，身边一大摞报纸散放着。她的眼睛通红，应该是刚哭过一场，难怪丈母娘会给他提前预警。只不过不晓得这次又是啥原因惹恼了这位小祖宗，岳父岳母应该也劝过，反而被赶出了门，难道是两位老人家说了她什么，发生了争吵？

张隐心里一阵苦笑，看来自己今天又得当出气筒了。

张隐脸上先堆上了笑，然后用故作轻松的语调说："你晓不晓得，今天我们店里的员工把你的秘密透露给我了，哈哈……"

"笑个屁！看到你这种假笑我就烦！"

"唉，"张隐马上用手搓搓脸，借此把面部肌肉全部归位，说道，"好嘛，我现在不笑了行不？"

"不行！你今天给我老老实实地坦白。我问你，童青青回渝城来了，还开了一家火锅店，你晓得不？"

张隐心里一咯噔，但面部肌肉仍然各在各的原始岗位，他悄悄做了一个深呼吸，以平抑一下过快的心率，然后故作平静地说："晓得啊。"

"你怎么晓得的呢？"段红霞把眉毛拧成了牵牛花。

"她开的是火锅店，我们也是开火锅店的，她开店还是这个圈子里比较大的新闻，传来传去，想不听都不行。"

"那你去见过她没有呢？"段红霞把眉毛拧成了麻花。

"没有。"

"真没有？她没找过你？"

张隐稍微犹豫了一两秒钟，整理了一下思绪，说："她托唐大哥来带过话，想让我帮她开店出出主意。"

"你去没去？"

"没有！你不信就问唐大哥嘛！"张隐一边说一边拿出手机，他相信唐奕会帮他把这些谎话圆过去的，这个时候若是有个外人来打打岔事情就好办得多，不至于被一个问题接一个问题地把人怼到墙角。张隐心里暗暗叫苦，埋怨起岳父岳母，你们两位老人家出门去躲啥呢？

电话接通，段红霞接过手机按成免提，接听电话的时候她就像变了一个人一样，语气顿时变得知书达理。在电话中根本就不问张隐的任何事情，而是问唐大哥什么时候有空到家里来坐坐，什么时候有空到龙头火锅店吃顿火锅，好久没见到唐大哥了，今后自己的店应该怎么做还想向唐大哥请教。唐奕在电话中也打哈哈，说大半年都没见到他们两口子了，也想念得很，有空就来。

挂断电话段红霞瞬间变脸，说："我就晓得你们都不是好人，你以为我会相信你说的话？这个姓唐的酒疯子也不是好人！你以为和他串通好了就能骗过我？姓张的，你还记不记得我给你说过的，这辈子都不许你去见那个女人！我怀起娃儿你却扯谎，还好意思在这里给我说从没见过，只是听说过！呸！张二娃，做了还不敢承认？你就不是个男人！"她一边说，一边就将身边那散乱的报纸向他劈头盖脸地扔过来。

张隐抓过一张报纸，脑袋嗡的一声。

这是昨天的《渝城时报》，用了半个版面对渝城新兴的火锅业态进行了报道，重点当然是南山上的巴倒烫火锅店，对于这家新开店所引领的新业态自然也有不少反对的声音。龙林在接受记者采访时就将"倒煤"变"黑金"的故事讲述了一遍，还拿出了一张照片，就是他们所有员工站在煤堆上拍的那张。记者被这个故事所感动，也翻拍了这张照片刊登在了报纸上。照片上张隐和童青青站在最中间的位置，也是煤堆最高的位置，童青青紧紧抱着张隐的双臂，她的头侧倾靠在张隐的肩上，所有人的表情都充满了对未来美好前景的畅想，也包括张隐和童青青两人。

张隐心里非常委屈，自觉行事坦坦荡荡，处在当时那种境况下不帮童青青一把自己的内心也说过不去，而隐瞒和撒谎也是不得已，还不是为了顾忌到段红霞的情绪呀。唉，画蛇添足了。他只好认错，解释，说自己光明磊落，而且还是受邓红芸和唐奕所托，自己只是在开业前帮了几天，巴倒烫开业后自己就再也没有去过了。

"哼！"段红霞冷笑一声，说，"我看了报纸上的时间，那段时间正好是我躺在床上不能动弹的时候，你那几天就没在家里待过，说是店里和厂里特别忙。我一点都不可怜自己，我可怜的是你，看你累得像狗一样，我让爸爸去帮你看店，让你轻松一点，结果你精力旺盛得很，跑去帮别的女人！我不晓得这个世界上会不会还有比我更蠢的女人！"

段红霞一边诉说一边哭，还用手拍打她隆起的腹部。

张隐知道，这个时候自己随便说什么都只会是火上浇油。他把散落在地上的几张报纸捡起来后默默退出了卧室，或许等一会儿她情绪平静下来再解释，或者等岳父岳母回来后先给他们解释一下。对于童青青当时的境况，自己伸一把援手于情于理都无失当之处。他想请岳父岳母帮忙解释一下，劝慰一下，这件事或许就这么过去了。

段红霞的哭声渐渐减弱，岳父岳母也一直没回来。张隐坐在沙发上困意来袭，直到串串的一连串狂叫声惊醒了他，还从没见过它这样狂躁过。张隐揉揉眼睛，仔仔细细地打量着笼子里的串串，刚一打开笼子，串串就窜了出来，它并不像以往那样往张隐身上扑，而是一下子就跑进了卧室，并且在里面狂吠不止。

不好！张隐几步就窜进了卧室，他看见段红霞仍然半躺在床上，脸上挂着大颗大颗的汗珠，牙齿咬着嘴唇，强忍着疼痛，就是不愿意发出一声呻吟。

张隐再一次横抱起段红霞，跟跟跄跄往医院跑。现在段红霞的体重已增加了近三十斤，张隐抱着已经非常吃力，右后脚尖踩左前脚跟地小步快跑了一阵，到急诊室时已浑身大汗，他一下就瘫坐在地板上。岳父岳母一直在楼下小花园散步，看到女婿抱着女儿往医院跑，心知又出大事了，也跟着一路小跑追了过来。

张隐赶紧给医生介绍段红霞的流产病史。医师一边下医嘱让护士测血压和抽血验血，一边问段红霞有没有出现妊娠期高血压，腹部有没有受到外伤撞击。

张隐着急地问："这是不是又引发了流产？"

医生说初步判断有可能是胎盘早剥，这是妊娠中后期非常凶险的一种情况。妊娠期高血压疾病由于血压高胎盘后小血管痉挛，局部容易发生缺血坏死引起胎盘早剥。另外一种情况是怀孕后期增大的子宫受到外力的冲击，胎盘后血管发生破裂，局部出血或血肿，也容易造成胎盘早剥，使得胎儿与子宫壁部分或完全分离。这种情况非常凶险，可能造成胎儿宫内缺氧，严重的胎盘早剥可能会造成胎儿死亡。

张隐像是没有听进去一样，一直问医生："我老婆有没有危险？"

医生深吸一口气，说："胎盘早剥对于母体的影响也非常大，容易造成母体出血、失血性休克，最严重的是会发生DIC，也就是弥漫性血管内凝血。如果发生了DIC，抢救成功率不超过20%。孕妇心跳这么快，血压又在降，我判断她体内已有出血，量还不少，我担心会出现失血性休克，现在已经提前安排了配血，但愿能控制住出血情况……不过医学上的偶发因素太多，你们家属还是要有一定的心理准备。"

医生刚把话说完，就见眼前的张隐身形一矮，直接跪在了他的面前，哀求道："医生，只要能救她，随便你们怎么安排！我们家属一切都听你们的！"

段红霞一直忍受着剧痛，不愿在丈夫面前发出一声呻吟，不愿向这个爱极了又恨极了的人示弱，甚至想就这样死去算了，她要让张隐后悔一辈子，但此刻她看到丈夫突然间就在医生面前下跪，这个走进监狱时都还梗着脖子的人，这个在自己又吵又闹乱骂他时都不愿意多哄一哄自己的男人，竟然一下就跪了下去。段红霞突然就有了强烈的求生欲，但她再也无力抵御黑暗的到来。

等她再次见到光明时，见到的是床边的父母，她问："张隐呢？"

母亲指了指旁边一张空着的病床，说："他守了你两天两夜，一直没有睡觉。刚刚我们让他在那张床上去打个盹儿。"

"孩子呢？孩子保住了吗？"

母亲很艰难地摇了摇头。

"我今后还能有孩子吗？"

母亲没有办法再回答下去，她不知道怎么向女儿讲述这件事。医生和家属谈话，要求签输血同意书。张隐并没按医生的要求去写那句套话，而是自行写下一大段话：我们家属一致同意，请医生尽一切力量，想一切办法，用一切手段对段红霞进行抢救，不管成功与否，均不追究医生和医院的任何责任。他签完名字后又请岳父岳母签字。当医生拿到这张不符合规范的输血同意书后，仔细地看了又看，然后才放进病历夹中。

完成手术后医生又对张隐他们说："这个病情发展太快，如果不是你们之前给我的承诺书，那么手术中不断出现新情况，我就需要不断地出来和你们商量谈话和签字，有可能今天就救不回来了。我们先放弃了胎儿，但出血仍然控制不住，进行动脉栓塞手术也失败了，不得已只好又进行了子宫全切术，避免了病情向更凶险的方向发展……"直到这时岳父岳母才原谅了之前张隐"强迫"他们签字的举动。

在医院里住了一个多星期，张隐寸步不离病房。段红霞脸上渐渐有了血色，张隐却明显消瘦下去。

病房只有他们两个人。段红霞将身子挪了挪，空出半张病床，拍了拍，说："你也躺下。"

"我又不累。"

"你躺下嘛，我们好好说说话，如果不说完这些话我是不会甘心的，你听我说完后就可以走了。"

"走哪里？医生不是说还有两天等拆完线才能出院吗？"

"你愿意走哪里都可以，可以回家，也可以去找童青青……你别打岔，你先听我说完。"

张隐长叹一口气，无可奈何地躺了上去。

段红霞张口就说道："你瞒着我去和童青青见面……"

张隐忙打断，他不想让这个不愉快的话题引发新情况从而加重她的病情，他立即解释道："她当时确实有困难，就算是不认识的人，有那种难处，我也应该帮上一把……"

"你不要解释，你先听我说。我现在说这个事不是责怪你，这一段时间我也想明白了，你说得也有道理，之所以瞒着我，这并不能怪你，还是因为我内心太狭隘了，曾逼着你发誓不和她见面。现在我想来也觉得好笑，你是一个自由的人，我怎么可能管束得了你，即便你们有什么，我也没权去管你。"

张隐又忙辩解："我和她真没有什么……"

"我现在要向你坦白一件事，听完之后你就可以马上离开这里。你去找她我一句怨言都没有，这一切其实都是我自己作的孽。"段红霞说到这里又动了动身体，换成侧卧位，将后背留给了张隐，继续说，"在和你认识以前，我曾经经历过一段感情。"

张隐伸出双臂将段红霞搂进怀里，说："这件事你以前说过。我也说过，我不会介意。"

"不，我还隐瞒了……我还堕过胎，手术之后还引发了盆腔感染，有粘连和阻塞，当时医生就说过我再怀孕的可能性很小……我一直瞒着你，还想着等再过几年我们感情更稳定了再慢慢告诉你。但我竟然怀上了，你知道我有多高兴吗？我觉得是老天爷原谅了我，所以我决定继续瞒着你，想把那件事永远隐瞒下去。自从我怀上了我们的孩子后，我就容不得再有人插进我们的生活，特别是童青青，你们青梅竹马，你的心里又一直有她，我特别害怕她。"

她带着哭腔继续说道："我知道你是真心对我好，但我还是害怕，因为我向你隐瞒了这么严重的事，你又为了那个女人撒谎骗我，我就更害怕，特别特别害怕，我觉得她已经不声不响地把你抢走了。"

她肩膀在微微颤抖，说："我拼命想保住这个孩子，但最终也没保住，这是老天爷对我的惩罚，而且还是最重的惩罚。今后我再也不能有自己的孩子了，我不能再拖累你，我做错了就该一个人来接受惩罚。我们离婚吧。"

张隐紧紧搂住她的身体，感受得到她全身都在颤抖。

张隐说："我曾经失去过一个最信任我的人，一个最爱我的人，一个让我痛悔终身的人。现在我怎么能再失去你呢？虽然我一直告诉自己你是段红霞，她是肖春，你们绝对不是同一个人，但你知不知道，我永远也说服不了自己，我就认为是肖春舍不得我，她求了老天爷才让你来陪着我一起走完未来的日子。为什么你没有保得住这个孩子？是孩子不愿意呀！上一次我没有保护它，它还在生气，还在惩罚我。我觉得老天爷真的是在惩罚我，这一次又想把你们母子都带走，就像上一次那样，这是对我的惩罚。我知道上一次我为什么害了肖春母子，是因为我太猖狂，太任性，老天爷看不惯我。这一次又来，又想来惩罚我让我痛一次？我偏不遂老天爷的愿！我改！我不再执拗！我信任医生！我可以给老天爷下跪，求原谅我，求放过我，求救活你。"

张隐又紧了紧双臂，说："我绝不同意离婚，这辈子哪怕就只有我们两个人，我也认了，我不会去责怪老天爷，更不会责怪你。"

段红霞慢慢地转过身，和张隐面对面，两个人都是一脸的泪水。

又休养了两天，张隐办完了出院手续。

他搀扶着段红霞慢慢地下楼，只下了一层楼就和唐奕打了照面。段红霞一见唐奕，堆出极为勉强的笑脸，但她很快就看到在他身后紧跟着一个人，那人抱着一个两三岁的小女孩。段红霞立刻就拉下了脸，身子一侧，似乎要隐藏在张隐身后，又狠狠拉了拉张隐的胳膊，似乎还想让张隐和她一起消失。

这就是避之不及，抱着孩子的正是童青青。童青青和张隐一打照面也甚是惊讶。童青青脑子转得快，坦坦荡荡地问："张二娃，这是弟妹吧？以前就听很多人夸奖过她，说她是一个能干人，今天才第一次见到……你们是来探望朋友的？"

张隐尴尬一笑，他问唐奕："唐大哥，这是怎么回事？小美又要住院？"

唐奕点点头，轻声说："有点小问题，先住进来检查。"

几个人都很尴尬，却也都保持了起码的礼节，互相点点头，然后张隐和段红霞侧身让唐奕他们先走。段红霞和童青青擦肩而过时，两人都用余光打量了一下对方，心跳都不约而同地加速。

童青青心想，她的眉眼怎么有点像肖春妹妹呢？难怪……唉……

段红霞的目光只短暂地瞥了一下，很快就向下，转到了童青青怀抱中的女孩脸上。孩子的脸苍白，睫毛很长，眼睛睁得大大的，也正瞧着自己，就那一瞬间小女孩竟然对着段红霞微微地一笑，就这一瞬间，段红霞的心跳突然静止了一般，这静止的时间是为了铺平她脑海中的那张纸，纸上立刻印上了这个孩子微笑的脸。

两人一路无话，进了家门后串串欢天喜地地扑向段红霞和张隐。段红霞和串串玩儿了一会儿，抱着串串问张隐："那个小孩儿叫小美？得了什么病？"

张隐就将小美的病情以及童青青这几年的生活情况细细地讲述了一遍，也讲了他们是怎么在地震灾区相遇，又将她丈夫的噩耗告知了她。

段红霞静静地听完，摸了摸串串的脑袋，说："我还是很羡慕她，她有一个这么乖的孩子。"

又过了一周，段红霞又向张隐问起小美的病情。张隐说："我也是刚刚从唐大哥那里得到的消息，小美的病情在加重，目前最好的办法就是进行骨髓移植，可骨髓移植也不是一件容易的事，费用高。童青青他们搞的火锅店生意是很不错，但只开了半年，成本高，还没赚到什么钱，不过这都还不是主要问题。邓老板说了，如果小美治病要钱可以预支。麻烦的是骨髓移植必须要配型，一千个人中还不一定有一个合适的，医院也不能保证找得到合适的捐献者。"

"那怎么办？"段红霞着急地问。

"唐大哥也在想办法，他凭自己的关系联系了红十字会，希望能找到一条捷径。另外他也谋划了一条新闻，不仅是要救小美，也想通过媒体的呼吁让更多人成为捐献者。不过这和献血还不一样，骨髓捐献有一定痛苦，很多人都不能接受。唐大哥说如果能有一个典型示例就好了，这样的新闻更有冲击力，也能让更多读者受到感动，积极加入捐献者行列。"

张隐犹豫了一下，继续说："我正想和你商量一下，我想去登记申请成为志愿捐献者，不只是为了小美……"

"就是为了小美又怎么样？你还是不是个男人哟？"段红霞对张隐一脸不屑。

张隐反而哑然。

段红霞拨通了唐奕的电话："唐大哥，我听张隐说你们正在策划一条鼓励骨髓捐赠的新闻？张隐准备报名，对，我能有什么意见，肯定支持。不过我觉得他没有什么典型性，你们这个新闻如果是报道他的话看点不是很突出。嗯，我倒是有一个想法提出来供你参考一下。是这样，我认识一对夫妇，我把你们的想法给他们说了，他们夫妻两人想一起去医院登记配型成为捐赠志愿者，你觉得这样是不是更好？还有故事也可以写的，这夫妻俩刚刚失去了一次做父母的机会，他们不想让这世界再失去一个孩子……我知道这涉及个人隐私，这个你们不用担心，他们同意了的，就算是要拍照片要用真实姓名都可以的，他们愿意配合你们做这次报道。越早越好？明天就能见报？好的，我通知他们，一个小时后在渝城人民医院医务科见面，就这样。"

张隐急道："红霞，其他啥话我都不说了，你能同意我去我就已经很感激了，但是你不能去，你才做了手术，这不行，绝对不行。"

"有啥不行？又不是让我现在就去捐骨髓，只是去抽点血做配型登记，何况概率这么低，就一定是我吗？张隐，我就奇怪了，你去就行，我去就不行？你这究竟是什么意思？你是不想让我和童青青见面是吧？"

张隐苦着脸说："我什么时候说过这些话嘛。"

"那还说什么废话呢？赶紧换衣服，穿整齐一点，把你那套西装穿起。唐大哥说了要拍照登在报纸上"。

"可不可以不拍照嘛？"张隐无可奈何，只能提出最后一点建议，以示他的反抗。

"你和童青青都能一起拍照登报纸，就不愿意和我拍照登报纸？"

见段红霞又把眉毛拧了起来。张隐不敢再说话，赶紧换衣服。

等唐奕弄明白段红霞电话里说的"朋友"原来就是她和张隐两口子时，顿时哭笑不得，隔空甩了一个疑问的眼神给张隐。张隐只能用苦笑回应。唐奕又甩了一个意味深长的眼神。五分钟后，童青青也赶到了医务科，她也是来配合这次采访报道的。这时张隐才弄明白唐奕那意味深长的眼神意味着什么。

张隐和段红霞分别填表，抽血，这些过程都有摄影记者在拍照。采访即将结束的时候，还不知内情的记者突发奇想，说："张老师、段老师，实话实说，我是真为你们的这种爱心所感动，你们刚经历了丧子之痛，你们的善行将带动更多志愿者，会拯救更多孩子。现在正在医院里的小美也可能就是第一个获救者，要不你们就认一个干女儿，这是多么好的事呀！"记者激动得直搓手。

第二天的报纸果然刊登了一张巨大的照片，照片中张隐抱着小美，小美大大的眼睛、长长的睫毛，从黑白照片上看不出她苍白的脸色，她就像一个可爱的洋娃娃，按下快门的那一瞬间，她突然扭头望向右侧的段红霞。段红霞将头靠在张隐的肩上，一脸幸福。他们的身后还有一排医生护士，童青青也站在这一排中间偏右的位置，就在段红霞的身后，她的目光看向女儿。

张隐和段红霞的检验结果出来了，和小美配型不成功。但好消息接踵而至，这篇报道的影响力巨大，很快找了合适的配型，小美顺利完成了手术。

二十二　儿女

我还是很爱他，我怕控制不住自己。

大鱼吃小鱼，小鱼吃虾米，这不仅是自然界的生存法则，也是商业发展的规律，渝城的火锅行业不得不又迎来一次冲击和阵痛。短短的几年时间，几个大的连锁品牌虽然说不上垄断市场，但十个头部品牌占据了渝城火锅30%的市场份额，渝城之外的全国市场更是被它们尽数瓜分。

傅木匠坐在龙头火锅店里等张隐，和他坐在一张桌子上等的还有五个小火锅店的老板，平常他们几个走得比较近。

龙头火锅店主要还是段红霞在打理，说是打理，也就是当一个"翘脚老板"（方言：不管事的老板）。店里的经营都理顺了，员工也都持有一些股份，除了工资还有分红，人人都是"主人翁"，店里的生意根本就用不着她操心。有时间她就去美美容，或者带着串串满城逛。

和张隐相比，邓红芸才算得上是一个真正的生意人。张隐把火锅底料的生产做了起来，但幸福楼毕竟是做田螺起家，田螺菜名气太大也就掩盖了幸福牌火锅底料的光芒。旺兴牌的火锅底料进入市场在先，买火锅底料的人同样是认品牌的。幸福牌的火锅底料和旺兴牌的火锅底料摆在同一个柜台，十个人中会有九个人选择买旺兴牌的，买幸福牌的往往是回头客，比例太少。邓红芸也安排了大量的地推工作，甚至架起锅邀请消费者进行盲评和对比，费尽九牛二虎之力也才把旺兴牌火锅底料的市场占有率抢来十个百分点，邓红芸也不得不叹了口气。

做饮料比做火锅底料更赚钱，一个瓶里装的是水，成本主要在瓶子上，瓶子里面的成本可以忽略不计，更何况"火锅爽"这个商标在渝城的火锅餐饮消费人群中市场认可度高。

经过一系列换股操作，张隐成为了火锅底料厂的大股东，从职业经理人变成了真正的老板，邓红芸也承诺将剩余的股份陆续出售给张隐。饮料生产线那边又独立建成了饮料厂，毕竟规模小，换股之后饮料厂就全部成为邓红芸的了，包括"火锅爽"这个商标。

在商标这件事上张隐对段红霞说了实话，也提出了自己的想法，想按饮料厂股权售卖价格的百分之十折现给童青青。但是麻烦出在童青青身上，她坚持不要，说这个商标早就送给了唐奕，是唐奕再送给张隐的，与自己无关。

这下就把唐奕整成了磨心，凭空捡了几十万。还没等他表态，段红霞提出了反对意见，她说："既然那个商标是唐大哥的，他又不缺钱，我们现在资金这么紧张，还是折成底料厂的股份给他哟。"她又对张隐悄悄说，"唐大哥为人很耿直，手里的资源丰富得很，让他当个小股东对我们这个厂更有价值。"

新的底料厂必然要更名和换标，"龙头"也就成了底料产品的新商标。这一换标把所有人都惊到了，他们这才发现"龙头"在火锅食客心中的位置。还是那条生产线，还是那些原材料，还是同样的生产工艺和品质管理，换了包装，摆在相同的柜台上80%的客户都选择了"龙头"，"兴旺"和其他几十个品牌共同占有剩下的20%的市场。

傅木匠和另外几位老板已经来了很多次，也和张隐谈过很多次，张隐只同意给他们供应底料，而他们坚持希望能在店门口挂上"龙头火锅"的招牌，换句话说就是强逼着张隐进行连锁加盟。

木匠仗着和张隐有师兄弟的这一层关系，说话也就直接一些，他说这些兄弟都经营着小火锅店，现在渝城几个大的品牌把市场搞得腥风血雨，他们的小店快熬不住了，不得不想着也去靠一棵大树，结果更惨，加盟费交了不少，结果无非就是把他们的店重新装修一遍，把桌椅锅碗换成统一样式，底料统一供货，而这些还得另外给钱，比市场价贵。最终的结果是钱花了，生意并没见好，加盟这条路走错了？可街头巷尾同样的加盟火锅店还在一家接一家地开，难道就只是自己运气不好？

这些老板们想换一块"龙头火锅"的招牌再试试，如果生意再做不起来他们也就彻底死心了。不死心也没办法，这几十年开店赚的钱在这一两年里都赔了进去，再也没有本钱了，而且现在和二三十年前是不能比的，不再是仅靠一点勇气，支两三张桌子就能成长起来的。

张隐匆匆忙忙赶了回来，和他一起回到店里的还有唐奕。唐奕和他们也都熟悉，打趣道："你们自己都是开店的，未必天天吃都还没吃够吗？要吃也要吃自己家的，不照顾自己的生意偏偏要来照顾张二娃的生意，你们才是好耍得很哟。"

木匠也晓得他是在开玩笑，苦笑着说："我们哪是来照顾他的生意嘛，我们晓得你唐大哥要过来，专门来打你的巴壁（方言：顺便占便宜），有你在怎么可能还喊我们买单嘛。有抹活（方言：白得的）不吃那是傻！"

唐奕笑道："耶，龟儿小木匠，你白吃白喝不说，今天还要把我当成傻子整？几天不见你嘴巴越来越嚼（方言：牙尖嘴利）了哟，跟你婆娘学的吗？"

正事总是放在酒足饭饱时才会谈，开场都是扯闲龙门阵。木匠说："张师兄，我觉得你这几年变化还是有些大哟，以前看到别人亮刀子，你就敢把胸脯子往上迎，为打抱不平坐牢都不怕，现在怎么这么尿呢？人家是人是鬼都在搞加盟，你们的龙头火锅就是不搞加盟，这恐怕不太合适哟！我们今天来不是为了吃你这一顿，前几次我们都提到过让你弄加盟的事，你今天还是要给个答复。我们几个算是第一批，只要你开了这个口子，后面要找你加盟的肯定多得很，你也赚钱，我们也赚钱，怎么不好呢？"

张隐回答道："木匠师兄，你为这个事已经说过好几次了。我也一直在想究竟做不做加盟，现在感觉加盟已经成为一种趋势了，不做加盟的就不是好火锅？其实你们这是：不识庐山真面目，只缘身在此山中。我觉得现在的连锁加盟是有资本在推动的，是以收加盟费赚快钱为目的的，并不是我们火锅餐饮行业的一个主力发展方向。渝城火锅的诞生和发展就是那些下岗工人和待业青年用一两张桌子做起来的，味道有好有差，但正是这百店千味才是真正的渝城火锅。我给你们提供底料，也只是说我的选材比较好，工艺流程掌握得适中，能讨好大多数食客而已，但真正的好火锅味道是根据客人的口味调的，这个我也给你们讲过，该加麻加麻，该加辣加辣，每一锅都有差别，但都能满足那一桌客人的口味，这就是好火锅的标准。"

唐奕笑道："张二娃，你现在还是有文化的人了耶，随随便便还吐几句诗出来，还高瞻远瞩地说火锅产业的发展方向。俗话说能力越大责任也就越大，你这几年不晓得是怎么的，生意是越做越大，胆子是越来越小，你还不如童青青，她当了政协委员，每年都要给提议案推动火锅产业的发展……算了，不扯远了，现在这几位兄弟都遇到了困难，也都是诚心诚意的，你就搞一下加盟嘛，这不是跟风，帮他们也是帮你自己。"

张隐连忙打断唐奕的话："唐大哥，你就莫用激将法了。我想问问几位兄弟，你们这大半年都是用的我的火锅底料，和我这个店里用的是一模一样的吧？我并没有给大家整两副碗筷吧？"

众人皆点头。

"你们几位开店比我这家龙头火锅店开得更早吧？"

众人又点头。

"那为什么我这里生意做得好，你们又做不下去了呢？"

众人叹气。

"你们有几位是不是加盟过别的品牌，还是做不下去？"

这几位都不说话默认了，他们都在等着张隐揭秘。

"底料给了你们还是做不好，你们以前加盟的那些也算是品牌，但都做不起来，为什么呢？你们想过什么是真正的品牌这个问题没有？如果这个没搞清楚，你们就算是挂上了龙头火锅的招牌，没做几天一样也就做不走了。"

唐奕也微微点头。

"唐大哥，我不得不夸夸我家媳妇儿，外面的人说她成天不在店里照看生意，而是东一家西一家地逛美容院，你们以为她真是钱多了烧的？我给你们揭秘嘛，她说现在的美容店才厉害，能把几块钱的水卖出几千块钱来，能让女人放放心心地把那些搞不懂成分的水往脸上涂，这就是服务，服务才能创造价值。莫说服务人了，就是牵着狗儿去都有人帮忙先把狗儿安抚好,再让客人安安静静地享受美容服务。你们不要看我们店外面排队等座的人多,你们羡慕我们的生意,其实我们着急得很,这个餐饮市场在不断变化,你以为大家都愿意这么天天排队等下去?明天没有人愿意再来排队了又怎么办?我今天就先提前给你们曝点光,我媳妇儿已经挖了几个做美甲的技师,下周开始在我们店外等座的客人都可以免费做美甲,这就留住了女性客户,有免费擦皮鞋的,男客户也不会等得那么烦躁,还有免费小零食,吃完火锅还有冰淇淋,这又能讨好小朋友。我家媳妇儿说今后有客人来火锅店遇上过生日要送蛋糕,所有员工一起给他唱生日歌,让他一辈子都忘不了,这样客人才会经常来。"

这一桌的小老板们听得出神,各种揣摩。乖乖,如果他们真这样搞起来谁都会忍不住的,活该他们家生意这么好,这家老板厉害,老板娘更厉害。

张隐又说:"我们店里很多服务员都懂这些招数,如果你们真想把火锅生意做起来,我给你们供应底料,把这些营销思路分享给你们,还可以推荐一些优秀员工给你们。生意做得好不好,人是关键。我一点都不保守,你们也莫说啥感谢我的话,如果有员工能成为你们的店长,对他们来说是成长,也说明我们的店是个优秀的平台,我这个店也就能吸纳更多优秀的人才进来,我们是互相成全。"说到这里,张隐向大家拱了拱手,在座的除了唐奕,竟然也不约而同拱手回礼,大家都显得颇有古时的君子之风。

木匠和这些小老板们高高兴兴地散了。唐奕不走,还有话说:"张二娃,我们差不多有半年没见面了吧?我觉得你这家伙变化还真的有点大耶。先说餐饮经营,你说得头头是道,以前是我说得多,你听得多,今天我认认真真听了你所说的,我服了,我说的那些都是纸上谈兵的屁话,你讲的才是接地气的正儿八经的生意经,而且仍然有侠义心肠。兄弟,哥哥是很难佩服一个人的,以前有一个,是你老汉儿,他的技术我佩服极了,后来又有一个,就是童幺妹,一个女娃儿,怎么都击不垮她,这个我必须得佩服。现在我佩服的人又多了一个,就是你小子,脑壳里的东西比我的都还多了,我敢说你娃如果不再闯祸,稳稳当当地做你的火锅生意,不管是开店还是做底料生产，要不了几年你娃绝对能做到渝城的蓝博万（NO.1）。"

唐奕突然一拍脑袋，哈哈哈地笑了一阵，又说："我怎么忘了这件事了呢？我突然想到了原因，你可能自己都还没发现，你现在讲话讲得文绉绉的，我没猜错的话这半年你陪着读书也算是有收获了。怎么样？第一次当家长，感觉如何？"

半年前，一个穿着中学校服头发却是又烫又染的小伙子闯进龙头火锅店，大呼小叫要找张隐。当时张隐不在店里，段红霞出来应付，这一打照面两人都愣了愣。小伙子话不多，硬邦邦地说："我老汉儿说的，张隐欠了我们家的钱，让他还钱！"

段红霞觉得莫名其妙。

小伙子几乎吼道："我老汉儿住在医院里的，没得几天了。你们赶快把张隐给我找出来，让他去我老汉儿面前把账了清楚，莫想拖到我老汉儿断了气想打横耙！你们要是不把张隐喊出来，老子今天就要砸了你们的店！"

店里几个伙计看不惯这小伙子的态度，做了这么久的生意，还从没听说过张老板欠过谁的钱，见这小伙子态度嚣张，也懒得废话，直接就要轰他出去。段红霞拉住伙计们，制止了冲突。

段红霞问："你叫啥名字？张老板在外面欠钱欠得多哟，你不说名字我们又怎么给他说呢？他又怎么晓得要还给哪一家呢？"

小伙子见段红霞和颜悦色地和他说话，一下子就有了一种亲切感，说话也不像刚才那么冲了，便说："我叫肖敛。"

段红霞听他说姓肖，又看到他的长相，心里自然就明白了八九分。正要再多问几句，肖敛有点害羞似的，态度语气竟都柔和下来，但语气仍然急匆匆的："我老汉儿住在渝城人民医院消化科十二床，你见到张隐就给他说一声，让他快点，我老汉儿拖不了几天了。"话一说完人就跑了。

肖敛是肖春的弟弟。前面几年张隐还多少留意着肖家的情况，肖春的母亲身体一直都不太好，熬到肖敛上小学就去世了，就靠肖父一个人抚养着肖敛。张隐知道这些情况，但只能暗中关注，想伸把手都不行。这位岳父恨他恨得入骨，岳母去世时宋文菊以亲家的身份去吊唁，还险些被赶出来。

张隐坐牢出来后就彻底失去了和肖家的联系，只知道肖父把房子卖了，搬走了。

段红霞问张隐："要不要陪你去医院？"

张隐想了想说："算了，老人家身体不好，肯定是有什么话想和我说，就算是要点钱也是应该的，老人家憋了这么多年，让他好好出口气，要打要骂我也能承受得起。不过你去了老人家可能会更伤心的。"

到了医院找到肖父所在的病房，张隐一时间竟然不敢相认。肖父曾经是一个很壮实的人，现在骨瘦如柴，一身蜡黄，刚刚打了一针才稍稍缓解了他的疼痛。肖父见到张隐前来一点也没觉得意外，拍拍床沿让他坐下，他说："我是老来得子，又是一根独苗苗，他妈妈走得早，没受到苦没受到气，那是她命好，现在我也要跟着她走了，也算解脱了。虽然我是被我这个娃气死的，但我还是得说这是我自己造的孽，太娇惯他了，想到没妈的娃就多迁就一点，这一迁就就养出坏习性来了。"

"这么些年过去了，我也晓得你结了婚，本来不好意思给你说这句话的。唉，实在是没得办法了，我现在这一死呀这个娃就怕是没人管了，不晓得要闯出什么祸来，我总不至于到了那边了还眼睁睁看着他吃枪子儿啊！说来说去你也是他姐夫，我死了以后，你就算是他在这世上唯一的有亲缘关系的人了。我这算是托孤了，我现在下不了床，下得了床的话我就给你磕一个头。如果你有能力就帮一帮他，莫让他走邪路，实在帮不了拉不住我也不怪你。如果哪天他被抓进去了，你就看在他姐姐的份儿上帮忙送个铺盖卷，要是挨了枪子儿你就帮忙收收骨灰。"

张隐说："爸爸，这么多年你都没和我说过话，一说就说这些乱七八糟的，好没意思嘛。肖春人虽然是走了，但我还是肖敛的姐夫，这个没得啥说的。"

张隐又说："你可能不晓得，那个时候你还在地质队工作，那个靴子好厚实哟。肖春把你的靴子偷出来送给我，没有那双靴子救我，我在穗城说不定也早就成了孤魂野鬼了。其他不说，就这双靴子的债就够得我还。我算了一下，今后肖敛跟着我，吃的住的上学的，这些钱就算是我还给您老人家的靴子钱。"

正说着肖敛冲进了病房，耳朵上还塞着耳机听着歌，看见有人也不打招呼，一屁股就坐在椅子上。

老头子额头上的汗珠又滚了出来，疼痛让他的声音发抖，他喊了肖敛几声，肖敛也没听见。张隐站到肖敛面前，手一伸就把他的耳机扯了下来。肖敛想冒火，抬头一看张隐个儿比自己高，身体又壮，心里就先怵了几分。

"你叫肖敛？我是张隐，是你姐夫。你还很小的时候我是见过你的，后来我坐了几次牢，从牢里出来后就没见过你了，没想到长这么高了。"张隐一边说就一边去摸肖敛的脑袋，用手指撩起他的长头发还顺便扯了扯，说，"把这个剪了，哪点像学生嘛。"肖敛听张隐介绍自己坐过几次牢，心里就打鼓，更怵了几分。见他来摸自己的头发，想躲又不敢。

张隐把他脖颈一拍，说："来，今天当着你老汉儿的面我们把话说清楚，今后你就跟着我生活，我吃啥你吃啥，不管你以前在做啥，先好好读书，能读多久我就供你多久，这是姐夫该帮的。如果你读不了书那就在我的厂里打工，自己能挣多少就用多少，多一分钱我都不会给，你也莫怪我不像个姐夫，姐夫的钱也不是抢来的。"

这几句话一说完，老爷子眼泪水就滚了出来，他终于放心了。

有钱也不是什么事情都能办得成的，还得靠唐奕帮着疏通关系才办妥了转学手续。换个学校也就把肖敛的生活环境彻底改变了，他断了和以往那些狐朋狗友的联系。肖敛人很聪明，可惜的是以前耽搁得太多，到了新学校他的学习成绩仍然是烂得不得了。张隐在学生时代也是一个不爱读书的人，自从肖敛来到他们家后哪怕是装装样子他也得在手里拿本书。在这个家里肖敛也只畏惧张隐，在他面前规规矩矩的，张隐拿着书守在他身边，他也就只能老老实实看书做作业。半年时间，收获最大的竟然是张隐，装模作样读了几本书之后他还真的读进去了，现在有些后悔呀，当年那么好的时间竟然完全荒废了。前段时间肖敛的学校安排学生阅读《苏东坡传》，他也拿过来读，这一读就成为了"苏粉"——苏东坡的人生经历了那么多磨难，还是那么豁达，更何况他还是一个美食家。

与张隐的严厉不同，段红霞对肖敛就比较宽容，甚至也有点娇宠。她早就接受了这辈子不会再有孩子的事实。小美是她的干女儿，童青青会管束和责骂小美，而到了干妈家小美就高兴得不得了，段红霞一句重话都不会说，小美想要个什么玩具什么衣服，她都一一满足，小美夸奖说霞霞干妈是天天上班的圣诞老人，这些话把段红霞哄得特别开心。但干闺女毕竟是干闺女，周末来干妈家玩，平常要上学，放学后还得回自己家，这一周的时间里段红霞是高兴两天，思念五天。

肖敛把张隐喊作姐夫，一进家门他对着段红霞自然就喊姐姐，段红霞却很难喊他一声弟弟，在心中她觉得肖敛更像是自己的儿子。

多了一个人，段红霞觉得这才真正有了家的味道。肖敛的家长会段红霞抢着要去，张隐本想和老师好好交流一下，没争赢段红霞，也就只能摇摇头另作打算。老师不太清楚肖敛的家庭情况，看着段红霞，模样又还与肖敛有几分相似，自然而然就把她当作了肖敛的妈妈，开口就是"你儿子成绩太差……"突然间听到这一句，段红霞没有纠正，反而是喜滋滋的，搞得老师莫名其妙的，她还是第一次见到挨批的家长还能笑得这么灿烂。

听唐奕提到肖敛，张隐就苦笑着摇摇头说："他姐姐也太惯着他了点，那孩子在我面前不敢开口，和红霞在一起倒是无话不谈。他给红霞说不想读书了，实在是读不进去，你猜段红霞怎么说，她说就让肖敛来火锅店学着当老板，反正你姐夫也没啥文化，还不是把店做得像模像样的……你看看，对其他事情她清醒得很，一到肖敛身上就糊涂透顶，我一说她就和我吵。你倒是帮我想想办法，或者你也说说红霞，让她不要太迁就孩子了，这样真的会毁了这个娃儿。"

唐奕沉思了片刻道："这个孩子基础差，确实也不是读书的料，你强行让他读书他也读不进去。段小妹儿说得也有一定道理，在社会中来学习，你们两口子能把他盯着，只要他不走歪路，等他年龄再大点也就明事理了。你还不是这样糊里糊涂走过来的，记不记得你几十岁的人了，还拿啤酒瓶子砸我脑袋？"

"那也不能让他来当老板吧？他懂个啥？其他员工怎么想？"

"那是段小妹儿开玩笑的，你还当真了？这个你还真得向你媳妇儿学习，和这样一个半大的孩子相处别太严肃了，该哄的时候也要哄。我知道你是把对肖春的愧疚都想放在他身上来弥补，这个孩子哪能懂咧，我也多说几句，你以前的岳父岳母虽然心里不原谅你，但他们并没有把仇恨传递给肖敛，凡事过犹不及，孩子如果对你有了敌对情绪，今后你怎么解释他都不会听，偏要和你对着干，那岂不是真正害了他？我也说句不该说的话，你们现在又没有孩子，小美是干女儿，但她有自己的亲妈，肖敛呢？我看段小妹儿和肖敛表面上是姐弟，实质上是母子，我这样说你想明白没有？你也要转过弯来，你自己的儿子不争气你又会怎么办？还不是得想办法教他一门手艺，你手上的那些技术是不是也可以考虑传给他呢？"

"做餐饮是个勤行，苦得很……何必让他来吃这份苦呢？"张隐仍然很犹豫。

"看嘛，我没说错嘛，你这就是父母心，又想娃儿好，又舍不得娃儿吃苦。"

张隐尴尬地笑了笑。

唐奕把张隐拖出店，走到一个街角，左右看了看确认没有熟人，才又说："再过几天是不是就是小美的十岁生日了？我是搞不懂了，段小妹儿给我打了电话，请我中午参加小美的生日宴，童幺妹也给我打来电话，说是请我晚上参加小美的生日宴。你们这是搞哪样哟？这么多年还是不见面？娃儿平常两边跑都是喊她大姨接送，她童秀秀送着不嫌累我看着都嫌累！"

张隐挠挠头，叹了一口气："她们两个都不是省油的灯，我又说得赢哪一个？这个事我还是躲远点好，一切行动听我媳妇儿安排就是，莫去东想西想整些麻烦事出来。平安是福，平安是福。"

"你倒是脑壳一缩，但我们这些朋友就惨了，小美过个生日我还要买两份礼物，跑两个地方，唱两次生日歌……喊！不得行！这些陈谷子烂芝麻的事也早该抖落清楚了。"

"大哥，这个我就要帮着我媳妇儿说几句公道话了哟。红霞是当着我的面给小美说过好几次，让小美把妈妈也请到我们家里来耍，不要每次都让大姨接来送去的，是青青姐不接这个招，不晓得她是怎么想的？为这事红霞还有点怄气，说我们这些年又没得罪童青青。这样给你唐大哥看到起还以为是红霞小肚鸡肠。看嘛，果然说准了，你是不是冤枉她了吗？"

"哼！"唐奕摸出手机来，打开免提，拨打童青青的电话，眼瞅着张隐想溜，一把就将其揪住："童幺妹，小美过生日怎么非要整两场呢？你和张隐两口子合在一起给她办一场不行吗？我问过小美了的，你别看娃娃小，懂事得很，她就给我说了让你这个亲妈和她的干爹干妈一起给她过生日，这就是她今年的生日愿望。我这个当舅舅的就想满足她的这个生日愿望，我还以为是段小妹儿在装怪相，这么多年了，有啥还抹不开的面子嘛，结果我还真是怪错了人，这搞得我灰头土脸的，我给你说，人家段小妹儿大方得很，说通过小美邀请了你很多次，结果是你不答应。"

张隐听到免提里面传来童青青的声音："大哥，你就莫掺和这些事了嘛……"

"不是我想掺和，童幺妹，你看这几年我好久问过你们这些事？我今天给你打电话是小美给我提到的生日愿望，我送她一份她想要的生日礼物不行吗？"

"大哥，小美的任何心愿我都可以满足，但这个就是不行！"

"为什么呢？"

对面沉默了良久，终于传出声音："我看到张隐有一个幸福的家庭……"话只说了一半，又是长久的沉默。

唐奕性子本来就急，等了半天也终于忍不住了，对着手机提高了声音说："莫名其妙，他家庭幸福你应该高兴才对，你是他姐姐，走动得更亲热才对，你这样遮遮掩掩的，我是真搞不懂你是怎么想的。"

"我还是很爱他，我怕控制不住自己。"

二十三　闹剧

> 这些年张隐从外貌到性格都发生了很大的变化，但童青青却相信她心里的张隐是不会变的，眼前这个人也是不会变的。

三年时间比过去三十年所带来的变化还要剧烈。

这是一个最好的时代，也是一个糟糕透顶的时代，命运并不以人的善恶和努力与否来决定结果。

邓红芸和何震玲都将资金投入到了房地产项目中。但邓红芸只看到了这个行业的高回报，低估了这个行业的高风险，政策一夜变天，一次不算太大的调控政策就给她带来了灭顶之灾，银行催还贷款成了压垮她的最后一根稻草。而何震玲凭借多年圆融的政商关系和银企关系，多熬了两个月，又再一次迎来新的政策，新政策一百八十度大转弯，邓红芸黯然离场，何震玲赚得盆满钵满。

单纯的餐饮行业受金融政策的影响不大，但仍然逃脱不了人为的影响。渝城新调来了一个公安厅长，迅速掀起"打黑行动"，确实打掉了一些黑社会分子和保护伞，但这个行动很快被人为地操控成了"黑打"，一些私营企业老板被抓，被定性为"黑社会"，搞得官场和商场都人人自危。这一次何震玲提前听到了风声，将她旗下的餐饮企业和地产楼盘快速变现后消失了。

唐奕和张隐见了一次面，他悄悄对张隐说："你要汲取教训，不仅不要在公开场合和他们唱反调，就是摆龙门阵的时候也要少发牢骚，自己埋着头做你的火锅就是。俗话说三十年河东三十年河西，很多不干净的东西总会被历史的一阵风吹走，但是我们这些个体，最重要的是忍，只有足够隐忍，才能等到风吹云散的那一天。"

谭咏旗没有跟随何震玲消失，而是更活跃了。现在他不仅顶替了何震玲留下的八个协会会长职务，也将邓红芸留下的渝城美食文化研究会会长位置一并兼任了。"打黑"行动只要玩一点新花样，谭咏旗就会让协会集体呼应，共同向渝城的餐饮企业发出倡议，捐钱捐物。

有些老板觉得这个家伙看着烦，听着聒噪，就怂恿张隐出来和谭咏旗打对台。张隐牢牢地记住唐奕的话，坚决拒绝了，而且任何餐饮老板组织的聚会都不参加。这个渝城的餐饮江湖就任由谭咏旗闹腾得欢。

肖敛读书不行，让他学做火锅他倒是挺高兴，也很投入。张隐自然是尽心尽力地教，段红霞也教了他很多店面管理的经验，慢慢地他们就放手让他自己在龙头火锅店折腾了。

张隐为了少麻烦，干脆住在厂里。

公安厅长又迅速掀起了食品安全领域专项整治工作，公安代替工商和卫生部门开始了对食品行业的"执法"行动。执法队闯进张隐的底料加工厂，加工厂从建厂之初就比较规范，每一批次原材料的进出库和实验室报告都整理得规规矩矩，对于执法队的所作所为张隐早已有所耳闻，但为了避免麻烦又反复进行了流程检查，确保万无一失。既然做了这些准备，张隐也就自认为就算是执法队的人故意刁难也很难查出问题。

执法队一进厂区就东张西望地想找茬。既然来者不怀善意，张隐本来还比较淡然的心态就悄悄发生了变化，心里有了火气难免就浮现在了脸上。执法队的人一瞧，哟嚯，真牛啊！那就查，使劲地查，不查出问题来不撤退。

各项文本资料查了个遍，执法队这才知道今天碰上了硬茬，所有的检查标准都像是比照张隐的厂来制定的一样，找不出不合规的地方。

带队的谭队长在心里冷笑，我就不相信老子今天还收拾不了你。

像文件、制度等软件的东西很多单位可以打突击赶材料，但硬件却是不容易打突击的，平常的生产中多多少少有些不合规的地方，时间一长大家也就习惯了。谭队长成竹在胸，前面那么多家食品厂的检查中有一个普遍被忽略的地方，就是员工洗手池。按照食品生产行业的标准，员工洗手时水龙头要用脚踏式的，一踩就出水，脚一松就关水，避免了手和水龙头的接触，可很多厂都用的是普通水龙头。

"去看看你们的员工洗手池!"

张隐带领他们来到洗手池边,谭队长脸上立刻就挂不住了,这个食品厂在洗手池的设计和建设上也都是按标准来的:脚踏式。

执法队的其他人员也稳不住了,悄悄议论,说赶紧签字去下一家检查算了。谭队长狠狠地瞪了张隐一眼,从他们进入厂区到现在张隐连一杯水都没有请他们喝,这个人太嚣张了,这可怪不得我!谭队长走到水池边,抬脚就向脚踏开关的连杆横向踢去,一脚,两脚,三脚,连续踢断三根连杆。

谭队长说:"经检查,你们这个设施设备不能正常使用,不合格!现在给你下达处罚通知,责令你厂立刻停止生产进行整改,罚款五十万,待缴清罚款经我们检查验收合格后才能继续生产。"

张隐将拳头攥得要流出水来,但他还是强忍住了。

最终仍然是在唐奕的斡旋下给了二十万元罚款才算过了这一关。唐奕也只能是拍拍张隐的肩膀,说:"兄弟,你让我怎么说你好呢?说你会忍吧,你就不晓得拿个一两万把这几条狗打发走?说你不会忍吧,你又还忍住没有动手。说实在话,换作我在现场最后这一下我就不一定忍得住,忍不住又怎样呢?现在这个世道你忍不住就要遭得更重。算了,舍财免灾,这种无法无天的日子不会太长久的"。

虽然唐奕说这样的日子不会太长久,可也不是一下就能结束的。食品生产领域的"打黑"暂告一个段落,针对餐饮流通行业的"打黑"又开始了。张隐吃过一次亏学了一个乖。算了,龙头火锅店开业这么多年第一次宣布闭店,所有员工带薪休假,什么时候结束"打黑"就什么时候恢复营业。

段红霞觉得张隐是一朝被蛇咬,胆子变得太小了,她说:"整个渝城开餐饮店的有多少家?火锅店就有两万多家,我不相信大家都不开门做生意了。"

张隐说:"换个思路嘛,人家是人家,他们怎么想我不晓得,但我们龙头火锅牌子响当当,恐怕早就被那些人盯上了。我们放这个假能花多少钱?

遇上那些说不清道不明的'打黑'，多的钱都要被整出去，说不定人都要被弄进去。"

尽管段红霞嘲笑张隐说他的这一套叫作龟式理论，不过这么多年还真是难得有这么充裕的时间来享受二人世界，虽嘲笑一番，却也乐在其中，就连旅游路线也任由张隐去规划。张隐想的路线是先去湖北黄冈，然后去安徽阜阳，再到广东惠州，最后去海南儋州，没有一个是热门旅游城市。

段红霞一看，恼了："张二娃，你这是要带我去东坡一路游？"

张隐见自己的心思被识破，嘿嘿一笑："你怎么晓得的呢？"

"这四个地方不就是苏东坡被贬的四个地方吗？古称黄州、颍州、惠州和儋州。我好歹也是读过大学的，这点知识还是有的吧？再说了，这几年你买了好多本有关苏东坡的书，你心里有什么小算盘能瞒得过我？"

"你也是越来越啰嗦了，越来越像一个老太婆了，去不去吗？就一句话的事！"

"去！你想去哪里我就陪你去哪里！这下你心里舒服了噻？"

一路游玩，两人悠悠闲闲地来到了海南儋州。正在东坡书院里参观的时候，张隐的手机响了，一看是唐奕的电话。

唐奕在电话里惊抓抓地（方言：不顾场合地大声说话）："张二娃，童青青找我要你的电话。你们两个这么多年不见面不联系也就罢了，竟然相互连个电话都不留？你们确实有点好耍，把我当查号台的了吗？我现在脑壳也是糊的，怕了你们两个了，所以先问问你，这个号码给还是不给？"

张隐看了看段红霞，对着电话说："你给她嘛，要不你把她的号码给我，我打给她。"

"莫这么麻烦了，她现在就在我这里，我把电话给她，你们直接说就是。"

张隐捂住送话器，转头对段红霞说："是童青青的电话……"

段红霞心里一扑腾，着急地问："是不是小美的事？赶快接！"

张隐拿起手机喂喂两声，然后就见他的眉头越皱越紧，段红霞也越来越紧张，干脆也将耳朵凑近话筒听了几句，听筒里童青青说话还是像放鞭炮一样，她听了几句发现不是在说小美的事，这才松了一口气。

挂断电话张隐说："青青姐说了一下现在渝城的情况，现在整个渝城的火锅行业都闹麻了（方言：非常闹），他们现在要打击'老油'。"

老油就是将所有的配料用小火慢慢熬制提炼出来的火锅红油。渝城人平常说的火锅底料其实就是说的火锅老油，一锅火锅的味道好坏全靠这一锅油，要炼出这一锅油来既花功夫成本也高。

童青青所说的打击老油行动，就是那些人将火锅行业中普遍使用的老油当作地沟油来看待，予以打击，查封罚款。现在渝城的火锅从业者人人自危。

除了龙头火锅，巴倒烫也是目前渝城很有影响力的一个品牌。相关部门让协会出面召开一个会议，准备拿这些头部品牌当典型，至少也得先表个态，有了这些大品牌的"支持"，后面的行动就更容易推进。龙头火锅竟然停业放假了，打电话张隐不接，发短信他也不回，谭咏旗也没办法，只得让人将会议通知贴在龙头火锅店的大门上。童青青也接到了会议通知，而且明确要求她作为发言代表。

童青青找唐奕出谋划策，唐奕长叹一口气，说道："这哪是在抓什么食品安全问题哟？只不过是有些人在借题发挥，打着义正辞严的旗号炫耀自己的权力。别说什么合法不合法，他们要想整你根本就无须打法律的旗号，他们觉得你睡觉的姿势不对也能成为打击你的理由，只不过披上法律的外衣才更能说服人心。"

"大哥，莫感叹了，先想想办法看怎么应付？"

"胳膊扭不过大腿，你还能怎么办？'食品安全'有没有错？没有！你们作为餐饮行业该不该响应？应该！但……这种做法确实难服人心！开会让你表态，你就说几句四平八稳的话就是。"

唐奕突然想到了张隐，说："这个张二娃，以前他犟起来比他老汉儿还要犟，这两年突然转性了。你看看，他现在还来个三十六计走为上计，躲了。"

童青青笑了笑。

"我给他打个电话，问问他跑哪里逍遥去了……唉，你们两个有好多年没见过面了？说过话没有？你们呀真的是，就像两个幼儿园的小朋友一样，幼儿园的小朋友都没有你们这么幼稚！你现在不准走，我给他打个电话，打通之后你和他说几句……这样，你就说说现在老油的问题，业务探讨，这个理由比较合适吧？"唐奕曾经找了很多机会试着拉拢这两人见面，没想到这两人竟然心照不宣，让他的计谋从未"得逞"过，他耿耿于怀已久。

拿过手机的时候，童青青还是觉得声带有点不受控制，前面一两句话竟然还带着些颤音，不过说了几句小美的事后就自然过渡到了老油的问题上，个人情绪也不由得渐渐宣泄出来。她将自己的委屈不满以及对政策发布者的看法都向张隐作了倾诉。在和唐奕聊这些的时候她还会遣词造句，像是化着浓妆，不过这已经比她和其他人说话戴着面具强了，而在电话中她对张隐说话时更像是素颜。唐奕在旁边也听出了不同，直眨巴眼，心里暗自好笑。

结束通话，童青青长舒一口气，心里的郁结似乎都在这一口气之间消散了。

"张二娃是怎么说的？"唐奕问。

"说个屁！他在电话里除了问几句小美的事就是哦哦哦，全是我在说，他除了哦就没多说一个字。不对，最后他还说了一句再见！装得文质彬彬的，装个大头鬼！"童青青说完，忍不住噗嗤笑出声来。

几天后渝城召开了"抵制老油，渝城餐饮我发声"的餐饮行业自律动员大会。童青青在会议要开始的时候才姗姗来迟，要发言的代表被安排在前面两排就座，等她找到自己座位时意外发现邻座的是张隐。他正和相邻的其他几位餐饮老板聊天，如果不仔细看童青青还真认不出他来了，只见他剃了一个光头，座位旁还放着一个大旅行箱。

童青青一坐下就问："你刚下飞机吗？还带着行李来开会。"她又压低声音说："你就不晓得再多躲几天回来？未必你还是专门赶回来参加这个会的？你个宝器！"

张隐摇摇头。

童青青声音压得更低，语气急迫："那你是来捣乱的？你发傻呀？莫乱说话好不好？算我求你了！"

张隐还是摇头，微笑，竖一根手指在嘴边示意她不要再讲话。

童青青立刻拿出手机给唐奕发短信，说在会场见到了张隐，不知道他要干吗。她让唐奕赶紧给张隐发信息，让他千万不要乱说话！

会议已经开始了，童青青时不时打量一眼张隐。没一会儿，张隐掏出手机看了看，他一点也不怀疑是童青青给唐奕告的密，他故意冲她皱眉撇嘴做了一个小小的鬼脸，然后又送上一个微笑，点了点头，意思是让她放心。

尽管得到了答复，童青青的心还是悬着的。该她上台了，她拿着事先准备好的发言稿，稿纸上那些表态的套话她早就背熟了，此时照着念竟然还念得结结巴巴的。她心里还在忐忑不安，她还是不放心下一个要发言的张隐，真不知道他要说些什么。

童青青坐回座位的时候张隐已经走到发言席了。他用手调整了一下话筒，看了看台下，台下的人他几乎都认识，绝大多数都是做火锅生意的。

"尊敬的各位餐饮同行……我是张隐，大会本来没有安排我发言的，嘿嘿，我和我的木匠师兄打了个商量，换了这次发言的机会，想和大家摆几句龙门阵，澄清一点关于我个人的事情。前不久我们龙头火锅店关了门，有很多人在传，说我张隐欠债跑路了，说啥的都有，给我打电话的朋友也不少，不好意思，我一个电话都没接。我今天就给大家说句实话嘛，我是真的跑了路，只不过现在又回来了，这一跑一回，龙头火锅店还在，可惜呀可惜，我不再是老板了。唉呀，我犯了你们很多老板都犯过的错，去赌钱，被整了，各位老板，莫沾赌，看嘛，我就是一个活典型。不过我张隐人再烂，也还是有不烂的地方，愿赌服输，不赖账。我把店和厂都卖了，老婆和我把婚也离了。就是这么个情况。"

台下一片哗然，用渝城话说，张隐的这一番话纯属乱绕（方言：胡说），和主题一点都不相关，大家都晓得张隐这发言就是在捣乱。主持会议的是谭咏旗，他哪会不知道张隐的这些花头，拉长着脸，正在思考着怎么把他赶下发言席去。

张隐拍了拍话筒，继续说："我说这些只是表明我现在不是餐饮行业的老板了，不晓得协会是否还同意我继续发言？如果允许，那我就代表一个曾经的餐饮从业人员谈几句感想——我是完全赞同这次会议主题的，坚决抵制老油！"他做了一个举手宣誓的动作。

这一眼花缭乱的表演把大家都看蒙了，你要说他是来捣乱的，他又斩钉截铁地拥护打击老油的行动。你要说他是真诚地来表态的，没人会相信，特别是前面他的开场白，摆明了就是胡说八道。

谭咏旗脑子里转了好几个弯，他凑近自己桌上的话筒，说："今天是我们餐饮行业各个协会联合召开的一个动员会，不管你现在是不是老板，以前你还是把生意做得很好的，也还是我们渝城美食文化研究会的会员，甚至还当过秘书长。俗话说浪子回头金不换，我们也相信你今后会东山再起的，所以你要发言也是可以的，不必完全拘泥于自己的身份。"

张隐看了看会场下面，两百多双眼睛都盯着他，此时会场鸦雀无声。

"抵制老油，我说我是赞同的，你们很多人可能不相信，会说我是在假打（方言：演戏），说'你个张二娃，自己就是做火锅的，怎么能这样子说呢？'各位，第一，我刚刚就说了，我的火锅店和底料厂都卖出去了，我已经不是做火锅的了，又怎么说不得呢？第二，就算放到以前，我既是开火锅店的也是开底料厂的，你们这些说老油好的，是不是都是开店的？摸到良心说嘛，你们还是从成本上在考虑，并不是在考虑老油火锅的味道，对不对？我作为搞底料厂的，不准你们火锅店用老油了，那每一锅火锅都要用新的底料，你们想想，我的这个生意要翻好几番，对不对？我怎么不愿意抵制老油呢？"

会场下面一片哗然，大家反对老油所找的理由几乎都是出于食品安全的角度，没想到张隐偏偏要从生意的角度来谈，从反对者的成本账到支持者的销售账，这就相当于把在座的所有人的底裤硬生生地扒了下来，全部摆在台面上供人参观品鉴。

"大家莫吵,听我说……"张隐又拍拍话筒,待会场渐渐安静下来他才又接着说,"我相信还是有些老板从味道方面犹豫老油的去留问题,那我今天也就献个丑,教大家一招——你们将火锅底料炒制好以后,上面是不是都浮有一层油?你们记住,就将这层油打出一部分作为老油,就像做馒头发面要留点面母子一样,你们在下一次炒制底料时把它当作'母油'使用,因为这样做可使得火锅锅底的香味更加浓郁醇厚。从科学的角度来讲,这也是一个微发酵的工艺过程——这种'老油'的使用是不违法的,对吧?"张隐盯着主席台上的谭咏旗。谭咏旗摸不清张隐这家伙究竟想做什么,他的问题抛过来了,谭咏旗也就只得点头附和。台下有笔的人赶紧掏出来记下了。

"火锅用老油是一种传统,也是当时社会经济情况所决定的。但社会在发展,消费者的钱包鼓了,要求也多了,你们现在哪一家还有镶桌的?还有'三拖幺'的?都升级了嘛。我们先不说老油究竟卫生不卫生,你们想,要把火锅产业做大,把店开遍全国,把利润做起来,必然要照顾到更多的消费者对不?外地的食客会不会接受我们的'口水油'?我们本地年轻的一代会不会接受脏兮兮油腻腻的就餐环境?不会。那就因时因势而改变。谭会长,我说得对不对?"

谭咏旗带头鼓掌。

童青青在座位上看着张隐的表演,这些年张隐从外貌到性格都发生了很大的变化,但童青青却相信她心里的张隐是不会变的,眼前这个人也是不会变的。童青青太了解他了,突然之间她明白过来了,此时站在发言席的张隐正在憋大招。哦,这就是渝城人俗话说的"耍光棍",是一种彻底豁出去的姿态,这个张二娃肯定要闯大祸。童青青恨不得马上冲上台去掐断话筒线,可她全身发软,根本就站不起来。

果不其然,张隐清了清嗓子,继续说:"各位,我昨天去工商局办理手续——唉呀,说来还真有点丢脸,但没法,店和厂都卖了,总要去办理工商执照变更——我这个人有时候手贱,看到他们工作人员忙,我就去翻他们桌子上的资料，嘿嘿，竟然发现了两家底料厂和三家油脂供应商的资料，这五家单位都是我们协会指定的供货商，也是渝城公安部门食品安全专项整治工作领导小组通过媒体发布的'放心供应商'。奇了怪了，这五家公司的股东名单中怎么都有我们的谭咏旗谭会长呢？"

突然间，会场上连咳嗽声、手表指针的滴答声、呼吸声、心跳声全都停止了。

"谭会长，你莫激动，先听我讲完！我可不能让兄弟们去胡乱猜测，去坏了你的名声。我也认为这个事是不可能的，你常年给何震玲打工，赚了不少钱，但你也不可能钱多得可以同时操盘这五家公司吧？一定有人在利用你，这个我可接受不了，谁呀？谁在坏我们谭会长的名声呀？谁在把我们谭会长当傀儡呀？谭会长，本着对你负责的态度，我又继续翻，翻遍了工商局的档案室，还翻到了公安厅的档案室里去了……"

会场上有轻笑声，大家知道张隐又在胡说八道了，但心里也都明白，这个张隐绝对不是为胡扯而胡扯，他的话里都是有故事的。

"大家听说过股权穿透这个词没有？果然，我们谭会长只是背了个名，这五家公司真正的老板……'这个女人不简单！'"张隐竟然哼了一句《沙家浜》的经典唱段。这句唱词一出，在座的人都懂了。

张隐哪有那个本事去工商局翻这些资料，这些都是从唐奕那里得到的信息。那天和童青青通过电话后，张隐和段红霞在东坡书院里又逛了一会儿，恰好看到有父子二人，孩子不过十一二岁，和小美差不多的年龄。儿子问父亲："苏东坡究竟牛在哪里？"这句问话也吸引了张隐。这几年，张隐不知不觉成了苏东坡的"铁粉"，也会背他所写的一些诗词，那种豪迈感是张隐所喜欢的调性。孩子的那句问话是他一直想问的，但不知能去问谁，他曾想过去问问唐奕，唐奕给他解释了一大通，结果他没听懂。

父亲问孩子："你觉得苏东坡哪一句词写得最能感动你？"

孩子说："会挽雕弓如满月，西北望，射天狼。"

"为什么呢？"

"我觉得他像一个英雄。爸爸你最喜欢哪一句呢?"

父亲想了想,说:"竹杖芒鞋轻胜马,谁怕? 一蓑烟雨任平生。"

"为什么呢?"孩子也反问。

"这是《定风波》里的一句,在我看来这句话是对苏东坡一生最精简的概括,也最能体现苏东坡的精神。"

"他是什么精神吗?"

"乐观豁达又不逃避!"

乐观豁达又不逃避!张隐在心里反复念叨着这一句。

晚上回到宾馆,他对段红霞说:"我想回渝城了。"

段红霞也没多问,想回就回呗。

"我想搞点事情!"他说。

"为童青青?"段红霞斜了他一眼。

"为了火锅!"他说。

"喊,说得那么高大上,今天接了电话就开始心神不宁了,我还不晓得你心里那些小九九?"段红霞虽然嘴里不饶人,但她还是拨打酒店前台的电话让他们帮忙订了两张回渝的机票。

"竹杖芒鞋轻胜马,谁怕? 一蓑烟雨任平生。"张隐变换着各种调子将这一句词在唐奕的耳朵边念叨了好几遍。唐奕哭笑不得。

"唐大哥,不是我冲动非要去和他们对着干,你教我要忍,我也忍过了,但你看现在这些王八蛋还在胡作非为,再这样整下去我们渝城的火锅店要被整垮多少?"

"唉呀,张二娃,这些又关你啥事? 我给你说了,非常时期要夹起尾巴做人。等嘛,总有云开雾散的那一天。"

"为啥要等呢? 我们都嘟起嘴巴使劲吹,渝城这么多人,一起吹还吹不散吗?"

"我给你说,这里面不是那么简单的,有太深的利益链条,我们记者写了内参,我都不敢签字往上面送,谁又晓得上面又是什么错综复杂的关系呢? 不是我害怕,我怕个铲铲,老婆娃儿都不在身边的人我怕啥? 但我得保护我们的记者，保存下我们的报纸。"

"那正好，你不方便发声那就让我来，我来打一套迷踪拳……不管怎样，总得做点事，总得表达一点我们渝城人的态度，明确告诉那些王八蛋，我们渝城老百姓心里不爽！"

"张二娃，做这些对你没得好处！"

张隐说："管他有没有好处哟，过瘾就行！"

在会场上张隐将何震玲和谭咏旗他们的利益暗线公之于众，直接撕破了脸，已经触及他们和更深层次的利益关系，触怒了幕后之人。但张隐还嫌不够过瘾，继续说道："谭会长，我现在就告诉你，我就是一个光人儿，你们要想弄我，随便！你看看我的脑壳已经剃光了，看看我这个箱子，里面装的是铺盖卷。我就是想帮你们省点事，要讲法律，我也讲法律，我已经离婚，资产全部出售了。你们要弄就冲着我来，和其他人无关。要讲江湖我也和你们讲江湖，如果你们要对我家里人下手，我也当着这么多江湖兄弟的面说一句，江湖事江湖了，你能做初一，老子必定会给你做初二初三初四初五直到大年三十！"

这场自律动员大会终于被张隐搅黄了。

谭咏旗悄悄溜走了，众多火锅店的老板都围过来和张隐握手。童青青在他旁边见缝插针地问："你和她是真离了还是假离？"

"假的。"张隐很不好意思地说道。

童青青也不管是不是在众目睽睽之下，她使劲踢了张隐一脚，说："好好过你的日子，别拿这种事来开玩笑！"

正要继续骂，她的手机响了，她听了几句就立刻转身就往会场外冲。张隐扒开人群几步就追了上去，问："怎么回事？"

"小美出事了！"

终章　时光

> 同样一口锅，同样一种食材，不同的人烫出来就有入味和不入味，讲究和不讲究，优雅和不优雅的差别。为什么？有时这种差别仅仅是因为顺序的不同，或者取舍的不同。

这座城市就如一棵春笋，向着四周扩展，更向着天空生长。渝城人总是在不疾不徐地往前走着。

渝棉四厂的地块上再也找不到任何厂房的痕迹了。开发商还是动了些脑筋，将小区命名为绫锦小区。绫和锦都是古时织物的种类，虽不是棉纺制品，但多少还是能沾点边，这也是唯一能给这个地块留下的一点渝棉四厂历史痕迹之处了。

老工人们还是能判断得出大致方位，张隐家所在的宿舍楼现在被三倍高的楼房所替换。可惜的是现在的新楼房像是一座城堡，每一户人又用防盗门在这座城堡中建立了更小的城堡，这让人怀念起曾经的公共走廊，每一家人都在走廊上生火做饭，孩子们在走廊上跑来跑去，吃饭、做作业都在廊道上，整层楼就像是一家人，在厂里一起工作，回到宿舍了还是一起生活。

新楼的底层一户房门外挂了一块木制牌子，上书"隐君子"，让人过目难忘。

名字是唐奕帮忙想的，牌子是傅木匠帮忙刻的。唐奕和木匠说："没有招牌就不像个火锅店，不像火锅店我们吃着就会觉得差一点氛围。"于是强行在门外挂上了招牌。张隐没办法，只好又在木牌旁边用墨笔写一纸条：东主有喜，今日打烊。

龙头火锅店和底料厂已经全部交给了肖敛打理。张隐对肖敛说："你知不知道这个'龙头'的意思？很多人都以为龙头就是老大的意思，错了，这个龙头是一种年少轻狂的错。我用这个做店名，也是对你姐姐的纪念。"

段红霞和张隐不同，并不放心，她成天把肖敛盯着，这也说几句那也说几句，换作其他年轻人肯定很烦这些唠叨，不过肖敛一点也不觉得厌烦，这就是一个愿打一个愿挨，两个人都找到了自己的快乐。张隐也懒得管他们姐弟俩，得知渝棉四厂重新开发了，就买了这一套房子，专作几个好友相聚之所。

房间里就只有一张桌子，桌子中间挖了洞，下有小炭炉，上放一口铁锅，锅中油汤翻滚，和很多火锅不同的是汤中看不到辣椒和花椒，这是张隐捣鼓出来的私房火锅。张隐说："既然是我的私房火锅就得客随主，由着我来。你们看这锅汤，我去麻辣而留鲜香，吃也得按顺序来，第一道菜只能下牛肉，第二道菜只能下鳝鱼片，至于毛肚只能在半个小时后才能动筷，这样就能保证'吃牛见牛，吃羊见羊'的本味，才能在汤底渐浓时让不易入味的毛肚既吸味又鲜香脆嫩。唐大哥，你能说我这不叫渝城火锅？渝城火锅就一定得大麻大辣？"

此时的张隐仍然剃着光头，身穿一件青色的土布唐装，手里还握持一根黄荆杖。唐奕笑着问："你这光着头手拿杖，说僧不是僧说道不是道，你在玩哪样cosplay？你莫过几天也学童慧慧去终南山修行哈？她脑壳里想的东西反正是我搞不懂的。"

龙林也在座，他还是在经营着他的棒棒军搬家公司，他抢话道："张二娃在练习当'棒棒'，等拍《渝城棒棒军》续集的时候好去客串一个群众演员。"

张隐任由他们打趣，自忙自的，一会儿又往厨房跑。锅里还弄着好东西，现在火候不到。

大家就问龙林现在棒棒生意好不好做。"怎么不好做呢？服务行业永远都有市场，现在你们在街头看不到帮忙扛东西的棒棒了，就以为棒棒消失了？他们都换摩托了，那些送外卖送快递的不就是以前的棒棒吗？只不过我没有去做这一行，现在搬家的业务都做不完。"

段红霞问："龙大哥，当时童青青执意要卖掉巴倒烫，你们还是可以继续做吧？张隐也说了要钱他可以借给你们，你们把店接过来多好嘛，何必非要卖出去呢？你们另起炉灶好麻烦嘛。"

龙林拱拱手，说："弟妹的好心我一直都晓得，我以前借钱就已经拖累过张二娃了，我们这一辈子都挂在心里的。"

张隐端着一个摊放着鳝鱼片的筲箕，从厨房端里出来，说："龙大哥，这么多年了还说这些做啥哟。"说完他放下菜，又钻进厨房里去了。

龙林继续对众人说道："你们莫看我们两口子好像也做过火锅店，那只是背个名，我们哪有幺妹能干吗？做巴倒烫也还主要是靠她，我和秀秀只是打杂，要是幺妹不管了，我们还有哪个管得来吗？我们还不是学聪明了，落袋为安，拿着这些当本钱继续做我们的搬家公司和家政公司，做熟悉的行业还是安逸得多。"

段红霞叹了一口气："童青青这个人真是让人看不懂，小美不过是一个孩子，因为孩子任性的一句话，她竟然就把店卖了，她以前可从不惯着孩子……不晓得她现在在哪里，在干吗……"

在座的人听段红霞又一次提到童青青，也都陷入了一种伤感中。

张隐大闹会场后童青青接到了学校打来的电话。几个孩子玩闹推搡，这对于普通孩子而言算不上啥事，可小美不同于普通孩子。骨髓移植也只是缓解病情，并未彻底治愈，她仍然要定期进行输血治疗，久而久之形成了肝脾肿大，这一推搡，她就撞到了桌子上，导致了脾破裂。

手术很顺利，但医生同时也告知了一个不好的消息：小美的地中海贫血逐渐严重，乐观估计她的生命会停止在十八岁以前，而且后面几年也只能是在病床上度过。

对于小美的病情童青青从不回避，一直都是开诚布公地和女儿交流，她觉得生命中的每一天都应该是由女儿自己来掌握和决定。只不过小美不能再回到校园里学习了。小美想去旅游，那就买一辆车，母女两人出发了。她们去了少林寺，那是三姨童岚岚最想去的地方。她们去了穗城，去宋军舰叔叔读书的大学校园里逛过，去妈妈和干爹张隐曾经打工的酒店吃了一顿饭。她们还去了很多的地方，四川的汶川，贵州的遵义，去给父亲和奶奶扫了墓。她们唯一想去而没去成的是拉萨，因为小美的身体条件不允许。

这一逛就是大半年，花光了童青青所有的积蓄。小美的病情也在加重。

躺在病床上，小美还是眷恋着外面的世界，听别人说互联网是一个自由的世界，她也在揣摩，然后壮志凌云地说自己也要建立一个互联网公司。

所有人都劝童青青别把孩子的幻想当真，但她听不进劝告，把巴倒烫卖掉套取了一笔现金，租了半层楼，买来设备，请来十多个IT专业的大学生，办起了一个没有方向没有目标的互联网公司。

小美临终时躺在童青青的怀抱里："妈妈，谢谢你。这一年我过得很快乐。"

这之后童青青再次和大家断了联系，只有张隐会偶尔收到一张明信片，上面只有龙头火锅店的地址和张隐的姓名，而寄出的地方通过邮戳能判断得出是冰岛、丹麦、新西兰……这些明信片并不是当地风光的照片，而是用邮局的机器DIY制作的照片，无一例外，画面都是当地的火锅店的照片，招牌是当地的语言，食客也是当地人的样貌，这些外国人都熟练地拿着筷子。

除此之外再也没有更多的信息，自然也无法联系到她。

张隐从厨房里端出一碗切好的猪肝，喊道："来来来，这个才是好东西！新鲜猪肝，大家看看又有什么不同？你们吃猪肝是不是以为切得越薄越好？错了，我这是厚切，这样烫火锅反而更嫩。同样一口锅，同样一种食材，不同的人烫出来就有入味和不入味，讲究和不讲究，优雅和不优雅的差别。为什么？有时这种差别仅仅是因为顺序的不同，或者取舍的不同。"

"来哟，你也坐下来吃嘛。"众人招呼他。唐奕拍拍身边空着的位置说："啤酒给你开了，再不来气都跑完了哟！"

张隐一边往厨房跑一边回头说："你们慢慢烫着，还有一道菜马上上桌。"

只听得厨房里掀开锅盖的声音，一股香味瞬间就飘满了整个房间，好香，香得所有人都流口水，所有人都在猜测这是一道什么菜。

有人推门而入。一个熟悉的女人声音比人更先进屋："张二娃，这是不是你开的店？你是不是学会了卤狗肚子？"

所有人闻声都站了起来，涌向大门处。

空荡荡的桌子上只有一口火锅还在沸腾。

锅中小乾坤，人间大悲欢。

（完）